TILLIE COLE

TRÍADE SOMBRIA

Série Hades Hangmen

Traduzido por Mariel Westphal

1ª Edição

2021

Direção Editorial:	**Revisão final:**
Anastácia Cabo	Equipe The Gift Box
Gerente Editorial:	**Arte de Capa:**
Solange Arten	Damonza Book Cover Design
Tradução:	**Adaptação da Capa:**
Mariel Westphal	Bianca Santana
Preparação de texto:	**Diagramação:**
Marta Fagundes	Carol Dias

Copyright © Tillie Cole, 2018
Copyright © The Gift Box, 2021

Todos os direitos reservados.
Nenhuma parte do conteúdo desse livro poderá ser reproduzida em qualquer meio ou forma – impresso, digital, áudio ou visual – sem a expressa autorização da editora sob penas criminais e ações civis.

Esta é uma obra de ficção. Nomes, personagens, lugares e acontecimentos descritos são produtos da imaginação da autora. Qualquer semelhança com nomes, datas ou acontecimentos reais é mera coincidência.

Este livro segue as regras da Nova Ortografia da Língua Portuguesa.

CIP-BRASIL. CATALOGAÇÃO NA PUBLICAÇÃO
SINDICATO NACIONAL DOS EDITORES DE LIVROS, RJ
Meri Gleice Rodrigues de Souza - Bibliotecária - CRB-7/6439

C655t

Cole, Tillie
    Tríade sombria / Tillie Cole ; tradução Mariel Westphal. - 1. ed. - Rio de Janeiro : The Gift Box, 2021.
    292 p.

    Tradução de: Crux untamed
    ISBN 978-65-5636-096-6

    1. Romance inglês. I. Westphal, Mariel. II. Título.

21-72467   CDD: 823
                            CDU: 82-31(410.1)

Para aqueles que amam a quem escolham amar.

GLOSSÁRIO

(Não segue a ordem alfabética)

Para sermos fiéis ao mundo criado pela autora, achamos melhor manter alguns termos referentes ao Moto Clube no seu idioma original. Recomendamos a leitura do Glossário.

Terminologia A Ordem

A Ordem: *Novo Movimento Religioso Apocalíptico. Suas crenças são baseadas em determinados ensinamentos cristãos, acreditando piamente que o Apocalipse é iminente. Liderada pelo Profeta David (que se autodeclara como um Profeta de Deus e descendente do Rei David), pelos anciões e discípulos. Sucedido pelo Profeta Cain (sobrinho do Profeta David).*

Os membros vivem juntos em uma comuna isolada; baseada em um estilo de vida tradicional e modesto, onde a poligamia e os métodos religiosos não ortodoxos são praticados. A crença é de que o 'mundo de fora' é pecador e mau. Sem contato com os não-membros.

Comuna: *Propriedade da Ordem e controlada pelo Profeta David. Comunidade segregada. Policiada pelos discípulos e anciões e que estoca armas no caso de um ataque do mundo exterior. Homens e mulheres são mantidos em áreas separadas na comuna. As Amaldiçoadas são mantidas longe de todos os homens (à exceção dos anciões) nos seus próprios quartos privados. Terra protegida por uma cerca em um grande perímetro.*

Nova Sião: *Nova Comuna da Ordem. Criada depois que a antiga comuna foi destruída na batalha contra os Hades Hangmen.*

Os Anciões da Ordem (Comuna Original): *Formado por quatro homens; Gabriel (morto), Moses (morto), Noah (morto) e Jacob (morto). Encarregados do dia a dia da comuna. Segundos no Comando do Profeta David (morto). Responsáveis por educar a respeito das Amaldiçoadas.*

Conselho dos Anciões da Nova Sião: *Homens de posição elevada na Nova Sião, escolhidos pelo Profeta Cain.*

A Mão do Profeta: *Posição ocupada pelo Irmão Judah (morto), irmão gêmeo de Cain. Segundo no comando do Profeta Cain. Divide a administração da Nova Sião e de qualquer decisão religiosa, política ou militar, referente a Ordem.*

Guardas Disciplinares: *Membros masculinos da Ordem. Encarregados de proteger a propriedade da comuna e os membros da Ordem*

A Partilha do Senhor: *Ritual sexual entre homens e mulheres membros da Ordem. Crença de que ajuda o homem a se aproximar do Senhor. Executado em cerimônias em massa. Drogas geralmente são usadas para uma experiência transcendental. Mulheres são proibidas de sentir prazer, como punição por carregarem o pecado original de Eva, e devem participar do ato quando solicitado como parte de seus deveres religiosos.*

O Despertar: *Ritual de passagem na Ordem. No aniversário de oito anos de uma garota, ela deve ser sexualmente "despertada" por um membro da comuna ou, em ocasiões especiais, por um Ancião.*

Círculo Sagrado: *Ato religioso que explora a noção do 'amor livre'. Ato sexual com diversos parceiros em áreas públicas.*

Irmã Sagrada: *Uma mulher escolhida da Ordem, com a tarefa de deixar a comuna para espalhar a mensagem do Senhor através do ato sexual.*

As Amaldiçoadas: *Mulheres/Garotas na Ordem que são naturalmente bonitas e que herdaram o pecado em si. Vivem separadas do restante da comuna, por representarem a tentação para os homens. Acredita-se que as Amaldiçoadas farão com que os homens desviem do caminho virtuoso.*

Pecado Original: *Doutrina cristã agostiniana que diz que a humanidade é nascida do pecado e tem um desejo inato de desobedecer a Deus. O Pecado Original é o resultado da desobediência de Adão e Eva perante Deus, quando ambos comeram o fruto proibido no Jardim do Éden. Nas doutrinas da Ordem (criadas pelo Profeta David), Eva é a culpada por tentar Adão com o pecado, por isso as irmãs da Ordem são vistas como sedutoras e tentadoras e devem obedecer aos homens.*

Sheol: *Palavra do Velho Testamento para indicar 'cova' ou 'sepultura' ou então 'Submundo'. Lugar dos mortos.*

Glossolalia: *Discurso incompreensível feito por crentes religiosos durante um momento de êxtase religioso. Abraçando o Espírito Santo.*

Diáspora: *A fuga de pessoas das suas terras natais.*

Colina da Perdição: *Colina afastada da comuna, usada para retiro dos habitantes da Nova Sião e para punições.*

Homens do Diabo: *Usado para fazer referência ao Hades Hangmen MC.*

Consorte do Profeta: *Mulher escolhida pelo Profeta Cain para ajudá-lo sexualmente. Posição elevada na Nova Sião.*

Principal Consorte do Profeta: *Escolhida pelo Profeta Cain. Posição elevada na Nova Sião. A principal consorte do profeta e a mais próxima a ele. Parceira sexual escolhida.*

Meditação Celestial: *Ato sexual espiritual. Acreditado e praticado pelos membros da Ordem. Para alcançar uma maior conexão com Deus através da liberação sexual.*

TRÍADE SOMBRIA

Repatriação: *Trazer de volta uma pessoa para a sua terra natal. A Repatriação da Ordem envolve reunir todos os membros da fé, de comunas distantes, para a Nova Sião.*

Primeiro Toque: *O primeiro ato sexual de uma mulher virgem.*

Terminologia Hades Hangmen

Hades Hangmen: *um porcento de MC Fora da Lei. Fundado em Austin, Texas, em 1969.*

Hades: *Senhor do Submundo na mitologia grega.*

Sede do Clube: *Primeiro ramo do clube. Local da fundação.*

Um Porcento: *Houve o rumor de que a Associação Americana de Motociclismo (AMA) teria afirmado que noventa e nove por cento dos motociclistas civis eram obedientes às leis. Os que não seguiam às regras da AMA se nomeavam 'um porcento' (um porcento que não seguia as leis). A maioria dos 'um porcento' pertencia a MCs Foras da Lei.*

Cut: *Colete de couro usado pelos motociclistas foras da lei. Decorado com emblemas e outras imagens com as cores do clube.*

Oficialização: *Quando um novo membro é aprovado para se tornar um membro efetivo.*

Church: *Reuniões do clube compostas por membros efetivos. Lideradas pelo Presidente do clube.*

Old Lady: *Mulher com status de esposa. Protegida pelo seu parceiro. Status considerado sagrado pelos membros do clube.*

Puta do Clube: *Mulher que vai aos clubes para fazer sexo com os membros dos ditos clubes.*

Cadela: *Mulher na cultura motociclista. Termo carinhoso.*

Foi/Indo para o Hades: *Gíria. Refere-se aos que estão morrendo ou mortos.*

Encontrando/Foi/Indo para o Barqueiro: *Gíria. Os que estão morrendo/mortos. Faz referência a Caronte na mitologia grega. Caronte era o barqueiro dos mortos, um daimon (espírito). Segundo a mitologia, ele transportava as almas para Hades. A taxa para cruzar os rios Styx (Estige) e Acheron (Aqueronte) para Hades era uma moeda disposta na boca ou nos olhos do morto no enterro. Aqueles que não pagavam a taxa eram deixados vagando pela margem do rio Styx por cem anos.*

Snow: *Cocaína.*

Ice: *Metanfetamina.*

Smack: *Heroína.*

A Estrutura Organizacional do Hades Hangmen

Presidente (Prez): *Líder do clube. Detentor do Martelo, que era o poder simbólico e absoluto que representava o Presidente. O Martelo é usado para manter a ordem na Church. A palavra do Presidente é lei no clube. Ele aceita conselhos dos membros sêniores. Ninguém desafia as decisões do Presidente.*

Vice-Presidente (VP): *Segundo no comando. Executa as ordens do Presidente. Comunicador principal com as filiais do clube. Assume todas as responsabilidades e deveres do Presidente quando este não está presente.*

Capitão da Estrada: *Responsável por todos os encargos do clube. Pesquisa, planejamento e organização das corridas e saídas. Oficial de classificação do clube, responde apenas ao Presidente e ao VP.*

Sargento de Armas: *Responsável pela segurança do clube, policia e mantém a ordem nos eventos do mesmo. Reporta comportamentos indecorosos ao Presidente e ao VP. Responsável por manter a segurança e proteção do clube, dos membros e dos Recrutas.*

Tesoureiro: *Mantém as contas de toda a renda e gastos. Além de registrar todos os emblemas e cores do clube que são feitos e distribuídos.*

Secretário: *Responsável por criar e manter todos os registros do clube. Deve notificar os membros em caso de reuniões emergenciais.*

Recruta: *Membro probatório do MC. Participa das corridas, mas não da Church.*

PRÓLOGO

SIA

México
Sete anos atrás...

Disparei pelo corredor, mantendo o rosto virado para frente enquanto me aproximava da porta do quarto. Meu coração estava tão acelerado que eu sentia dificuldade para respirar. Eu me atrapalhei com a maçaneta, ouvindo os passos pesados ecoando pelo corredor. Minhas mãos tremiam e o medo tomava conta de mim, mas, por fim, a maçaneta girou.

Corri para o quarto, mas antes que pudesse me esconder em um lugar seguro, uma mão agarrou meu braço. Juan me puxou e me jogou contra a parede. Perdi o fôlego, sentindo as costas latejando com o contato. Os olhos escuros de Juan mantinham-se focados nos meus. E ele parecia tão perfeito como sempre.

Mas ele não era perfeito. O homem que eu amava... por quem havia me apaixonado tão rápida e profundamente... não era o homem que pensei que fosse.

Ele era... ele era mau.

— *Por que você me pressionou,* bella? — Congelei, todos os músculos do meu corpo retesaram enquanto Juan deslizava o dedo pelo meu rosto. Meus lábios tremiam, as costas ainda pressionadas contra a parede.

— Eu... sinto muito — sussurrei, com a voz trêmula e arfante.

Juan sorriu, então se inclinou e pressionou os lábios aos meus. Eu queria fugir. Queria gritar, dizer a ele para ir embora, mas estava paralisada pelo medo.

— *Não quero machucar você* — ele disse, movendo a cabeça para que seu nariz pudesse acariciar a lateral do meu pescoço. Sua mão segurou minha cintura.

Ele ainda cheirava tão bem como sempre. Ele ainda parecia tão bonito quanto no primeiro dia em que o conheci. Tudo sobre ele havia me atraído. E agora, eu estava presa. Uma garota idiota, enganada pelo lindo sorriso do demônio.

— *Você é minha rainha,* bella. — *Beijou meu pescoço, em seguida, segurou meu rosto entre as mãos. Seus olhos avaliaram os meus; eu não sabia para quê. Tentei sorrir. Para provar que ele podia confiar em mim... que ele não precisava mais me ensinar nenhuma lição. Não podia aguentar mais.*

Mas as mãos de Juan apertaram meu rosto; um aperto tão doloroso a ponto de bambear minhas pernas. Cerrei os lábios, tentando abafar o grito agonizante, e fechei os olhos com força.

— *Abra os olhos,* bella — *Juan ordenou, a boca colada contra o meu ouvido. Senti meu corpo ficar gelado, mas fiz o que ele mandou.* — *Ótimo.* — *Sorriu com orgulho e afrouxou o agarre, me fazendo ofegar em alívio.* — *Eu escolhi você,* bella. *Escolhi você para ficar ao meu lado.* — *A náusea tomou conta de mim quando ele disse:* — *Sua vida poderia ter sido tão diferente se eu não tivesse visto algo especial dentro de você. Sabia disso?*

— *Sim* — *respondi. E eu sabia que ele estava certo. O que eu tinha visto... o que ele fez com elas... Eu sabia que poderia ter sido diferente pra caramba para mim.*

Juan me beijou de novo, um beijo suave e doce, um completo contraste com a ameaça que acabara de lançar sobre mim.

— *Não posso ficar longe de você,* bella. — *Beijou minha testa.* — *Você é minha, rosa negra. E eu nunca vou deixar você ir...*

TILLIE COLE

CAPÍTULO 1

SIA

High Ranch - Austin, Texas
Dias atuais...

— Parada... Parada...

As orelhas de Sandy balançaram para frente e para trás enquanto me ouvia acalmá-la do meu lugar no centro do ringue. Mantive solta a rédea de treinamento da minha mais nova égua, vendo-a trotar na areia. Sua pelagem estava banhada de suor, assim como a minha testa. O sol queimava um buraco na minha roupa.

— Okay, chega por hoje — anunciei, tanto para Sandy quanto para mim mesma.

Eu tinha acabado de alimentá-la com feno e água, trancando a porta da baia em seguida, quando ouvi o som muito familiar de motocicletas rugindo à distância.

Franzi o cenho e saí do celeiro na mesma hora, e quando cheguei em frente à minha casa, avistei duas Harleys se aproximando.

Styx e Ky, eu percebi, surpresa, acenando para eles, mas não recebi o cumprimento de volta.

Sentei-me no último degrau da varanda e os observei parando e baixando o estribo das motos. Ky alisou o cabelo comprido e veio na minha direção. Eu me levantei e o abracei.

— O que vocês estão fazendo aqui? — perguntei.

Ele me segurou em seu abraço um pouco demais. O que foi bem estranho. Eu me afastei, curiosa, apenas para desviar o olhar, observando meu rancho. Estava prestes a perguntar o que estava acontecendo quando Styx veio em minha direção e me deu um breve abraço.

— Oi, Styx. Como estão Mae e a barriguinha? — A sombra de um sorriso surgiu em seus lábios.

— *Bem* — sinalizou, mas minha atenção voltou para Ky quando meu irmão disse:

— Entre, maninha. Nós precisamos conversar.

Ele agarrou meu cotovelo e me guiou pelos degraus da varanda.

— Ei! — resmunguei. Ele puxou com mais força, sem soltar meu braço. — Ei! Idiota! — Afastei o braço de seu agarre e deparei com a cara emburrada do meu irmão. — Que merda você está fazendo?

— Pela primeira vez na porra da sua vida, você vai apenas fazer o que eu digo, Sia? — Ky murmurou, exasperado. Seu rosto estava vermelho... na verdade, seus olhos também.

Cruzei os braços à frente do corpo.

— O que aconteceu? Por que seus olhos estão vermelhos? Por que você está parecendo uma merda? — Balancei a cabeça. — E mais especificamente, por que você está me tratando como uma maldita criança?

Ky suspirou. Seus olhos se fecharam e ele abriu a boca para falar. Mas não disse nada... Styx pigarreou pouco depois.

— *Tem sido um período estressante ultimamente.*

— Por quê? — perguntei, já em pânico. — Lilah está bem? Grace? — Observei meu irmão de cima a baixo, em busca de algum ferimento, ou... inferno, eu não sabia o que mais. Em que tipo de problemas os motociclistas podem se meter? — Você está bem?

Meu coração começou a bater forte, e uma estranha sensação de pavor percorreu meu corpo como um veneno. Ky abriu os olhos e concordou.

— Está todo mundo bem. — Mas era nítido que ele estava fingindo. Estava prestes a chamar sua atenção quando Ky deixou escapar: — Garcia está de volta.

Eu tinha certeza de que o vento quente soprava, porque vi mechas do meu cabelo loiro flutuando diante dos meus olhos, no entanto, não o senti. A boca de Ky estava se mexendo, dizendo algo que eu deveria ouvir, mas para meus ouvidos, ela não emitiu som algum. Eu estava perdida na memória de passos pesados no piso de madeira e que se aproximavam do meu quarto.

Memórias de gritos e ordens rosnadas açoitaram minha mente... e o toque *dele*, os dedos *dele* deslizando pelas minhas costas, os lábios *dele* mordiscando minha orelha enquanto acariciava minha carne queimada. Enquanto...

— Sia! — Ky estava segurando meus braços, me sacudindo para me libertar do estupor. Pisquei, mas um nó sufocante obstruiu minha garganta. Pisquei outra vez, para me livrar da enxurrada de lágrimas que queriam se derramar dos meus olhos. — Sia — ele repetiu, mais suave desta vez. Encarei meu irmão, sem dizer nada. — Entre.

Eu pemiti que ele me levasse para dentro de casa e me ajudasse a sentar no sofá. Um copo de uísque apareceu na minha mão um segundo depois, cortesia de Styx. Bebi tudo de um gole, saboreando a sensação de ardência que tomou conta do meu peito. Coloquei o copo com a mão trêmula em cima da mesa de centro e me virei para encarar meu irmão.

— Você está melhor?

— Sim — respondi. — Ele... ele me encontrou? — Minha voz estava embargada. Eu não poderia ter disfarçado meu medo mesmo se quisesse.

— Ainda não — Ky me assegurou. Ele se levantou e começou a andar de um lado ao outro. — Tivemos umas merdas no clube um tempo atrás, e Garcia estava envolvido. O filho da puta nos viu: eu e Styx. — Ky encontrou o olhar de Styx, que assentiu.

Em seguida, ele pegou um envelope do bolso do colete e o colocou à minha frente. Encarei o papel timbrado nitidamente caro sobre a mesa. Minhas mãos tremiam quando, devagar, peguei o envelope e o abri, vendo, na mesma hora, que havia uma foto *polaroid* ali dentro. Quando finalmente tirei a foto e a virei para ver, cada gota de sangue em minhas veias pareceu escorrer para os meus pés.

Uma única rosa negra.

Uma rosa negra, em uma cama que reconheci muito bem.

Não havia nenhum bilhete. Nenhuma explicação. Mas eu não precisava de uma. Esta imagem falava mais do que mil palavras.

"*Mi rosa negra*", o eco de sua voz sussurrou em minha mente. Seu forte sotaque mexicano deslizando em torno das palavras como um lenço de seda delicado enrolado em uma videira cravejada de espinhos.

Senti o arrepio eriçar todos os pelos da minha nuca.

— Para onde...? — Pigarreei, limpando a garganta. — Para onde isso foi enviado?

— Para o clube. — Ky se abaixou para se sentar ao meu lado. — Não gosto dessa merda enigmática — ele apontou para a *polaroid* —, mas sei que é a marca dele ou algo assim, não é? A que ele fez em você à força? Nas garotas que ele trafica?

Por instinto, passei a mão sobre a camisa xadrez que cobria meu ombro, onde a pequena rosa negra tatuada havia profanado minha pele. Eu ainda podia sentir a cicatriz sob meus dedos, fora de vista, mas que nunca sumira.

E se alguma vez eu ousasse mostrar minha pele nua ao sol, um contorno branco se formaria conforme a área ao redor se bronzeasse. Apagada, mas gravada para sempre em minha própria carne.

Pior ainda, quanto mais eu olhava para aquela foto, mais uma pessoa surgia em minha mente, um rosto do qual eu me lembrava reflexivamente várias vezes ao dia. Breves imagens do que pode ter acontecido com ela. Mas apenas o suficiente para me assombrar; eu não sabia como desbloquear mentalmente o resto. Onde ela estava...

— Sia! — Ky chamou. Pisquei até minha visão voltar ao foco. Meu irmão se ajoelhou na minha frente. — Você vai para casa comigo.

Balancei a cabeça.

— Não. — Cruzei os braços, em uma espécie de abraço e escudo protetor para afastar a ideia de ir embora. — Eu não quero. — Relanceei um olhar por toda a minha casa. O único lugar em que agora me sentia segura.

— Você sabe que não posso. — Ky abriu a boca, mas o interrompi antes que ele pudesse dizer algo. — Eu sei que fui às cerimônias dos casamentos de vocês. Eu não teria perdido isso por nada neste mundo, mas não posso ficar longe daqui por muito tempo. Eu... Eu... — Procurei por mais alguma explicação, para colocar em palavras o fluxo insípido de ansiedade que estava se formando em meu estômago como um buraco sem fim, roubando toda a minha coragem, razão, sanidade, meu próprio ser.

Era irônico: quando eu era adolescente, fiz uma promessa de deixar Austin e romper todo o contato com os Hangmen.

E então, uma fuga...

Isso foi o suficiente para me fazer desejar nunca ter pisado os pés fora do Texas. Para nunca ter cortado todos os laços com os Hangmen.

E um homem...

Um homem chamado Garcia me fez ansiar pelos dias preguiçosos do Texas e o som dos cascos dos cavalos pisoteando a grama do lado de fora da janela do meu antigo quarto.

— Não dou a mínima se você quer ou não, Sia. Você vai com a gente, e ponto final.

A falta de empatia na ordem direta de Ky rompeu a névoa mental que protegia meus pensamentos internos. Uma lufada reavivou o fogo que queimava dentro de mim. Meu queixo se ergueu e meus olhos entrecerraram para encarar meu irmão.

— Não se atreva a falar assim comigo, Kyler Willis. Não me confunda com uma puta de clube qualquer que vai pular sob o seu comando. — O rosto de Ky ficou vermelho; mas eu não aceitaria que falassem comigo daquele jeito. Neste momento, meu irmão se pareceu muito com o único homem que me tratou como uma criança travessa. Um homem que culpei por toda a merda da minha vida. — Eu amo a Lilah, de verdade. Mas não sou uma mulher mansa e submissa que aceitará suas ordens. Sou sua irmã, não seu cachorro de estimação.

Ky se levantou devagar, fechando os olhos e respirando fundo.

— Ele sabe onde moro? — perguntei a ele, que sequer me respondeu. — Eu perguntei se o Garcia sabe onde estou?

Os olhos de Ky se abriram.

— É só uma questão de tempo.

Eu me levantei, ignorando o tremor das pernas e, corajosamente, encarei os olhos de Ky.

— Então não vou deixar meu rancho. Estou escondida. Estive escondida por anos, com uma identidade falsa, fingindo qualquer atividade aqui neste lugar. Pelo amor de Deus, eu moro no quinto dos infernos, no meio da roça, porra. Não tem ninguém por perto por quilômetros. Ele não vai me fazer ir embora da minha casa. Não vou dar a ele essa satisfação.

— Pois você vai reconsiderar isso. — Ky se endireitou ainda mais. — Suba e faça uma mala, e diga àquela jovem cadela que contratamos pra te ajudar, que ela cuidará das coisas por aqui até você voltar. Diga que houve uma emergência familiar ou alguma merda do tipo.

Meu coração bateu mais rápido.

— Eu. Não. Vou. Clara não consegue lidar com tudo sozinha. Temos duas éguas a ponto de parir, dois broncos que precisam de treinamento com sela. Sou necessária aqui.

Discutimos por mais um tempo, nossas vozes e temperamentos aumentando, até que um assobio alto interrompeu nossa briga. Voltei-me para Styx, que estava de pé diante da lareira. Seu rosto tempestuoso e altura avantajada lhe davam a impressão de ser a porra de um titã. Ele ergueu as mãos e sinalizou:

— *Sia, pegue suas coisas. Você vem com a gente.* — Engoli em seco, a derrota caindo sobre mim como uma chuva indesejada em um dia ensolarado. — *Ky, se acalme, porra.* — Observei meu irmão se virando e saindo pela porta da frente da *minha* casa.

Tive uma sensação estranha de que isso – a discussão, seu péssimo humor – não era tudo culpa de Garcia.

Styx pigarreou.

— *Vocês dois são parecidos demais. Ambos são um pé no saco.* — Ele fez uma pausa e continuou: — *Tem mais coisa rolando no clube do que você imagina. Então, que tal dar um tempo com o drama? Já tenho o suficiente disso no dia a dia com meus irmãos idiotas sem adicionar você à equação.* — Seus lábios estavam franzidos, e eu sabia que não conseguiria que as coisas fossem como eu queria. — *Você vem com a gente, e não estou dando outra opção. Você é da família Hangmen. E aquele filho da puta está farejando o ar. Faça suas malas para irmos embora.*

Sentindo-me como uma adolescente mal-humorada, passei por Styx em direção ao meu quarto, esbarrando em seu ombro enquanto passava. Ele nem mesmo se moveu.

— Às vezes, odeio a porra da família na qual nasci. Idiotas chauvinistas. Vocês todos têm complexos de deus.

Styx nem mesmo vacilou com minhas palavras.

— *Contanto que esse complexo pertença ao Senhor das Trevas segurando uma forca e uma metralhadora, fico contente em ter essa merda. As coisas são assim e não vai ser diferente porque você está fazendo birra* — ele sinalizou. — *Você não precisa gostar das minhas ordens, mas vai obedecê-las.* — Em seguida, acrescentou: — *Você tem dez minutos.* — Então saiu ao encontro do meu irmão.

Irritada demais para me importar com o que havia de errado com Ky – provavelmente por conta de algum "negócio do clube" que eu não teria permissão de saber de qualquer maneira –, coloquei as roupas e produtos de higiene pessoal em uma bolsa e telefonei para Clara, para pedir a ela para cuidar do rancho enquanto eu estivesse fora; também orientei que ela pedisse ajuda ao veterinário, caso necessário. Ele me devia um favor ou um milhão deles por aceitar cavalos doentes quando seu consultório estava lotado.

Dez minutos depois, com a casa trancada e já em minha caminhonete, segui meus irmãos até o complexo dos Hangmen. A cada quilômetro que eu dirigia para longe do meu rancho, do meu porto seguro, eu me sentia cada vez menos eu mesma. Ouvi a voz de Garcia na cabeça, me dizendo que estava vindo atrás de mim. Ameaçando que me possuiria de uma vez por todas.

Porém, assim como Kyler, eu era boa em esconder o que me incomodava. Então, eu colocaria minha máscara e ficaria no clube por um tempo.

Ao passarmos pelo centro de Austin, as luzes da South Congress Avenue iluminaram a cabine da caminhonete, deixei que as duas figuras de Hades me guiassem: seu rosto presunçoso e uma forca, lembrando por que fugi tantos anos atrás.

Esse clube era areia movediça. Uma areia movediça na qual eu estava decidida a não ficar presa.

— Tia Sia! — No segundo em que abri a porta da casa de Ky, Grace veio correndo e se jogou contra as minhas pernas.

— Gracie amorzinho! — gritei, largando as malas no chão. Peguei minha sobrinha no colo e beijei sua bochecha, puxando uma mecha de seu cabelo encaracolado. — Cachinhos?

— Mamãe enrolou para mim agora, antes de dormir.

— Você está linda, querida. — Olhei por cima do ombro quando meu irmão passou por nós e acariciou a cabecinha de Grace antes de ir direto para a sala de estar. — Onde está sua mãe, querida?

— Na sala de estar. — Fui em direção da sala e vi Ky sentado no sofá, beijando sua esposa.

— Eu estou bem. Você precisa parar de ser superprotetor — ouvi Lilah sussurrar contra seus lábios.

Grace gemeu e cobriu os olhos.

— Eles estão se beijando. De novo!

Comecei a rir e Ky e Lilah se viraram. Quando Lilah fez menção de se levantar do sofá, Ky segurou sua mão e a ajudou a ficar de pé. Sua esposa colocou a mão em sua bochecha na mesma hora.

— Eu estou bem, Ky. Relaxe. Não estou doente.

Ele parecia estar prestes a discutir, mas fechou a boca em seguida, desviando o olhar para mim e de volta à mulher.

— Vou tomar um banho.

Lilah se virou para mim com um sorriso enorme se espalhando em seus lábios.

— Sia! — exclamou enquanto vinha em minha direção. Coloquei Grace no chão e recebi o abraço da minha cunhada. — É tão bom ver você.

Eu a abracei de volta.

— Está tudo bem?

— Sim, está — respondeu e foi para a cozinha. Ela fez uma cirurgia um tempo atrás, mas, pelo que eu sabia, havia se recuperado totalmente. — Mais precisamente, você está bem? — Colocou água na cafeteira e se virou para mim. — Não sei tudo, mas sei que Ky está preocupado com aquele homem... — Baixou o tom de voz, verificando se Grace ainda estava brincando na sala de estar. — Do seu passado.

Engoli em seco, mas assenti com a cabeça. Lilah sorriu, o cabelo cobrindo seus olhos. Ela conhecia homens como Garcia, e conviveu com os piores tipos desde criança. No entanto, ela tinha sobrevivido.

Na verdade, eu tinha plena noção de que ainda me encontrava numa espécie de purgatório. Desde que voltei para casa, depois do período horrível no México, eu não tinha levado a vida com intensidade. Lilah não sabia, mas ela era minha heroína; por passar pelo que passou e por sobreviver tempo suficiente para encontrar seu próprio "felizes para sempre". Esse era o meu maior sonho, mas eu não era ingênua. Lilah teve sorte. Eu era mercadoria danificada, e nem todos conseguem o final de conto de fadas.

— Espero que você goste de descafeinado. É tudo o que temos.

— Claro — respondi. Ela se sentou ao meu lado na mesa. Como sempre, meu coração apertou ao ver a cicatriz em seu rosto. Tomei um gole do meu café. — O que há de errado com o Ky, Li?

Ela congelou, a xícara a meio caminho da boca. Com um suspiro, balançou a cabeça e levou alguns segundos para me responder.

— Ele fica sobrecarregado, às vezes. Sei que ele pode ser agressivo e rude, mas ele tem lidado com muita coisa. O clube, as ameaças. Eu. — Deu uma risada e brincou com sua xícara. — Ele sempre se preocupa comigo. Com Grace. — Ela ergueu o olhar e acrescentou: — E com você. Não tenho certeza se você sabe o quão protetor ele é contigo, Sia, o quanto ele se preocupa. Tanto que ele quebrou o protocolo do clube e me contou sobre o homem que a machucou, aquele que está de volta. Isso estava pesando muito na mente do Ky, e ele precisava desabafar comigo. — Lilah apertou minha mão. — Você é sua única família de sangue. Ele a ama tanto. — Uma pausa. Um sorriso terno. — Todos nós a amamos. Grace, seu irmão e eu.

A confissão suave de Lilah fez com que a raiva que eu estava mantendo no peito amenizasse. Naquele momento, eu não conseguia falar nada. Ele era tudo o que eu realmente tinha; todos eles. O som da risada de Grace chamou minha atenção para a sala. Ky havia acabado de sair do banho, e usava apenas uma calça jeans, com o cabelo comprido ainda molhado. Grace gritou e correu para o sofá enquanto ele sacudia o cabelo e lançava as gotas de água nela.

Lilah riu, e ouvir aquele som foi o suficiente para atrair o olhar do meu irmão. Ele olhou além de Lilah, para mim, e o sorriso que ostentava à sua filha diminuiu. Com um leve aceno de cabeça, indiquei que estava contente em vê-lo tão feliz. Ky entrou na cozinha e se serviu de café.

— Acho que vou dormir — comentei. — Levantar de madrugada todos os dias no rancho me deixa cansada bem cedo. — Eu me levantei da cadeira, e quando Lilah começou a fazer o mesmo, estendi a mão para impedi-la. — Por favor, não se levante. Presumo que ficarei no quarto de hóspedes, certo?

— Sim, está tudo pronto para você — Lilah disse. — Boa noite, Sia. Conversamos mais amanhã.

— Boa noite, Li — respondi, e acrescentei: — Ky.

Eu estava quase fora do alcance de sua voz quando o ouvi responder:

— Boa noite, mana. — E como sempre, desde o dia em que ele me resgatou do inferno no México, meu coração se derreteu um pouco mais em relação a ele.

O cara pode ser um idiota; às vezes, ele era muito parecido com o Papai Willis. Mas dentro dele habitava uma ternura que nosso pai nunca possuiu. Uma ternura que eu sabia que foi herdada diretamente de nossa mãe.

O tipo de gesto que era impossível não amar com fervor.

CAPÍTULO 2

HUSH

AK entregou as armas ao checheno. Sentado no banco da minha Harley, com a arma em punho, observei o velho moinho abandonado. Depois do show de horrores com a maldita rede de tráfico sexual da Klan, e toda a merda com Phebe, nunca mais confiei em nenhum filho da puta.

Na verdade, eu não fazia isso há muito tempo.

Os chechenos dirigiram a van para longe do local de troca. AK embolsou o dinheiro, pegou um cigarro em seu *cut* e voltou para a moto posicionada entre as de Viking e Flame. Cowboy estava ao meu lado, deitado em sua Chopper. O filho da puta estava aproveitando o sol.

Uma porra de uma risada animada veio de Viking enquanto ele visualizava alguma coisa no telefone. AK olhou na direção do irmão e Vike ergueu a cabeça e agitou as sobrancelhas.

— Carne nova, garotos. Tem uma boceta nova no complexo.

Cowboy riu e puxou a frente de seu Stetson sobre os olhos. Cowboy era o homem mais descontraído que já conheci. Nada o perturbava. Ele vivia pelo momento, levando um dia de cada vez.

— Quem? — AK perguntou.

Viking passou a perna por cima do banco de sua Harley.

— A porra de um ovo dourado.

Arqueei uma sobrancelha.

— O que diabos isso quer dizer, *mon frère*[1]?

— Isso significa, Hush querido, que temos uma boceta *fora dos limites*. — Ele pensou por um segundo e então sorriu. — Tipo, toque nela e suas bolas serão arrancadas por puro prazer.

Esperei que ele continuasse, porque o filho da puta adorava um drama. Até mesmo Flame olhou em sua direção quando Vike se inclinou para frente e anunciou:

— Uma certa irmã se mudou para o complexo. Uma certa irmã com um longo cabelo loiro, olhos azuis e *uhmmm*... — gemeu e ajeitou o pau dentro da calça. — Um belo corpo, peitos... uma bunda redonda e suculenta. — Ele abriu os olhos. — Sim, a cadela está implorando por um bote da minha anaconda. Pelo menos é isso o que vai acontecer quando eu lançar o feitiço da cobra Viking nela.

— Irmã de quem? — AK perguntou, então um segundo depois, riu da cara do ruivo. — Você não está falando sobre a irmã do Ky, não é? A Sia?

Meu corpo tensionou enquanto esperava pela resposta. Minhas malditas mãos tremeram, aguardando a montanha ruiva falar.

— A própria. — Ele saltou da moto e apontou para todos nós. — Já aviso que vi primeiro, aquela boceta é minha.

Sia... Vike começou a falar sobre como ela o fodeu com os olhos no casamento de Styx. Mas eu estava congelado, pensando na irmã mais nova do *VP*. Senti alguém me observando, e quando ergui o olhar, deparei com Cowboy me encarando por baixo de seu Stetson levantado. Uma única sobrancelha se arqueou lentamente. Um segundo depois, voltei ao foco e me ajeitei na moto. Voltei a me concentrar na conversa, ignorando Cowboy, que ainda estava me observando. Eu sabia o motivo, mas não iria pensar sobre essa merda agora.

— Em primeiro lugar, não estou procurando uma boceta — AK respondeu a algo que Viking disse. — E em segundo, Ky realmente vai arrancar seu pau desta vez se você tocar em sua irmãzinha. Sabe, aquela que ele manteve escondida por anos e anos.

Vike olhou para Flame. O maldito psicopata apenas o encarou e, em seguida, passou a mão sobre sua aliança de casamento, fazendo com que Vike revirasse os olhos.

— Eu juro, desde que vocês dois levaram chave de boceta, deixaram de ser divertidos. Suas cadelas estão carregando suas bolas em suas bolsas.

---

[1] Mon frère (francês) – meu irmão.

TRÍADE SOMBRIA

Acariciando elas sempre que arrancam o dinheiro que vocês, sem dúvida, estão liberando. — Ele olhou direto para mim e para o Cowboy. — Na verdade, eu avisaria vocês dois, mas acho que não adianta. Vocês quase nunca estão no clube, provavelmente fodendo um ao outro ou se empanturrando de abacaxis.

Olhei para o Cowboy em busca de uma explicação, mas ele apenas riu e balançou a cabeça, silenciosamente me dizendo para não me incomodar em perguntar.

— Só sobra eu — ele disse, alegremente, e voltou para sua moto. — É hora do Viking molhar o biscoito.

— Apenas se certifique de que desta vez seja a Sia, okay? — AK recomendou.

Viking revirou os olhos.

— Eles têm o mesmo maldito cabelo, caralho!

— Sobre o que vocês estão falando? — Cowboy perguntou, montando em sua Chopper.

— Esse filho da puta aí — AK apontou para Vike e começou a rir — ficou trêbado de uísque no casamento do Styx e se aproximou da Sia no bar. Começou a sussurrar em seu ouvido e acariciar seu cabelo, tentou esfregar o pau contra suas costas.

— Só estava tentando mostrar a ela as coisas — Vike murmurou.

Uma onda de ciúme tomou conta de mim quando imaginei Vike tocando Sia. Ela se sentou comigo e Cowboy durante a maior parte do tempo naquele casamento. Eu não tinha visto Vike chegar perto dela, e Sia não tinha ficado muito tempo, preferindo voltar para a cabana de seu irmão com Lilah...

— Só que não era Sia, não é, Vike?

Um rubor cobriu as bochechas do gigante ruivo. Foi a única vez que vi o filho da puta envergonhado. Ele se levantou do banco e admitiu:

— Olha, ela e o Ky são idênticos pra caralho, beleza?

AK e Cowboy começaram a rir, e não pude deixar de me juntar a eles também. Porra, até os lábios de Flame estavam se contraindo.

— Você deveria ter visto o rosto do Ky quando ele se virou e Vike estava todo encostado nele — AK contou, em meio às lágrimas de riso.

Vike coçou o queixo.

— Levei um soco no queixo naquela noite. Os punhos do *VP* são como malditas pedras. — Cruzou os braços defensivamente enquanto todos nós ríamos dele. Quando nos acalmamos, ele olhou para mim e para o Cowboy e disse: — Vocês dois gostam de pau; sejam honestos... Ky é um irmão bonito pra caralho, certo?

Balancei a cabeça, ignorando o idiota, mas Cowboy deu de ombros e concordou:

— Ele é muito bonito, *mon frère*.

— Viu?! — Vike argumentou. — Um erro fácil de se cometer — resmungou. — O cara gay entende. Claramente, o único entre vocês, filhos da puta, com bom gosto.

Todos nós montamos em nossas motos, ignorando Viking, precisando dirigir de volta para o complexo. Então Vike acrescentou, mais para si mesmo do que para nós:

— E, porra, o cabelo daquele irmão era tão macio. Cheirava bem também... como baunilha queimada e açúcar refinado.

AK balançou a cabeça para seu melhor amigo. Então, liderando o comboio, ergueu a mão e sinalizou para que pegássemos a estrada. Quando saímos para as estradas secundárias, com o vento no meu rosto e Cowboy ao meu lado, tudo em que eu conseguia pensar era nos olhos azuis de Sia e em seu longo cabelo loiro. Além de seu sorriso.

Merda. A cadela tinha um sorriso de matar.

Pena que eu só o veria de longe.

— Chegaram — Tank anunciou quando entramos no bar do clube.

Tanner estava sentado ao lado dele. Como sempre, olhei para os dois. Tank não era tão ruim, já que conseguiu cobrir a maior parte de suas tatuagens nazistas com as de Hades. Mas Tanner, o maldito Príncipe Branco da Klan, não me fazia sentir nada além de raiva. O irmão poderia ter dito que mudou de rumo e caiu nas boas-graças de Styx, mas eu nunca confiaria em nenhum membro da Klan. Minha mão esquerda se contraiu para puxar a arma e empurrar a porra do cano contra seu crânio, aquele que tinha sido raspado a maior parte de sua vida para que todo filho da puta soubesse a que tipo de "pessoas" ele pertencia. E quais "pessoas" – como eu – ele nasceu para destruir.

— Você está bem, irmão? — Tank entrecerrou os olhos enquanto eu ainda encarava um de seus melhores amigos. Ao contrário de Tank, Tanner ainda ostentava suas tatuagens da Klan. Suásticas, o número oitenta e oito para "*Heil Hitler*", tatuagens celtas do orgulho branco e qualquer outra merda que um filho da puta racista pudesse pensar.

— *Ça va?* — rosnei, respondendo em francês *cajun* para não dizer exatamente o que queria. Dei um sorriso forçado aos dois ex-*skinheads*, mas meu coração bateu forte no peito e minha mão começou a tremer. Eu era a porra de uma bomba-relógio diante de qualquer sinal da Klan. Condicionado a sentir um ódio tão intenso que me controlava sempre que eles estavam por perto.

Tank e Tanner caminharam ao meu lado enquanto eu mantinha a cabeça baixa e seguia em direção à *church*.

— Você fez uma boa corrida? — Tanner perguntou, tentando conversar.

Mantive os malditos olhos focados em frente. Assenti com a cabeça, mas não disse nada. Eu não tinha tempo para o Príncipe tentar conversar com um "mestiço", um "vira-lata" ou qualquer um dos outros nomes que foram lançados sobre mim por causa da sua maldita espécie.

Sentei-me à mesa, na *Church*, e Styx e Ky ocuparam os primeiros lugares. Quando a porta se fechou e os recrutas – Lil' Ash, Zane e Slash – trouxeram as bebidas, Ky anunciou:

— Minha irmã vai ficar com a gente por um tempo. — Styx se recostou e deixou seu *VP* falar. Ky enfiou a mão no bolso e jogou uma foto *polaroid* em cima da mesa. Fiquei olhando para a imagem de uma única rosa negra sobre uma cama. — Há um tempo, contei para vocês sobre Garcia.

— O idiota do México — AK acrescentou. Eu podia ouvir o veneno em sua voz. O bastardo quase conseguiu levar sua cadela e filha para o México, para vendê-las como escravas.

— Sim, o próprio. — Ky cerrou os punhos. Esse Garcia quase pegou a filha de Ky também. — Eu disse que ele tinha uma história com a minha irmã. Agora essa história está se repetindo.

Styx se inclinou para frente e ergueu as mãos, sendo traduzido por Ky:

— *Diablos nos avisou sobre Garcia farejar na nossa direção. Isso vocês já sabem.*

---

2   Ça va (francês) – tudo bem.

Mas Chavez, o prez dos Diablos, nos ligou hoje para dizer que Garcia enviou homens ao Texas para encontrar Sia. Até onde ele sabe, ela está morando na porra da Austrália. Porém, estamos aqui e ele vai começar por nós.

— Por que diabos você a trouxe pra cá se ele vai olhar aqui primeiro? Não me parece muito inteligente — comentei.

Os olhos de Ky focaram nos meus e ele se inclinou para frente.

— Bem, *mon frère*, eu... não, *nós* podemos protegê-la melhor aqui. Se ele descobrisse o lugar onde ela estava morando, ele poderia chegar até ela sem que ninguém percebesse que estava de volta. — Ky cerrou os dentes. — E se ele a pegasse novamente... se ele a tocasse de novo... — Ky ficou em silêncio, então se levantou e saiu da sala, furioso.

Franzi o cenho com a sua saída abrupta. O irmão era um cabeça-quente, mas normalmente não perdia o controle.

Styx acenou com a cabeça para AK traduzir sua linguagem de sinais.

— *Vamos patrulhar o complexo em turnos. Estou em contato com os Diablos caso eles consigam mais informações. Tanner.* — Styx olhou na direção de Tanner. — *Precisamos de você no computador, fazendo o que diabos você faz lá para ver o que o filho da puta está fazendo.*

— Entendi, *Prez* — Tanner respondeu. — Vou ver o que posso encontrar, mas tenho que dizer que, da última vez que olhei as coisas do cartel, eles eram meio que blindados.

Cowboy deve ter sentido o movimento da minha perna agitada, porque, discretamente, deslizou a mão por baixo da mesa e a pressionou sobre minha coxa. Fiz uma pausa ao sentir sua mão e deixei que isso me impedisse de perder a cabeça. Fechei os olhos e respirei profundamente, inspirando e expirando. Então me concentrei em acalmar meu coração acelerado, normalizando minha pulsação.

Quando abri os olhos, dei uma olhada de relance para Cowboy, assentindo com a cabeça para que ele soubesse que havia me acalmado. Viking estava nos observando do outro lado da mesa. Ele arqueou as sobrancelhas, fazendo um movimento idiota de beijo com a boca, mas como de costume com o irmão, sua atenção se concentrou em nós por três segundos antes que algo mais entrasse em sua cabeça.

— *Prez?* — Vike chamou, e os olhos castanhos de Styx se fixaram no secretário do clube. — Alguém pode querer saber...

— Não se perturbe, Vike — AK interpelou, claramente antecipando que o amigo fosse dizer alguma merda.

Vike o ignorou.

— Alguém pode querer saber quais regras se aplicam à irmã do Ky. — Ele levantou as mãos. — Você conhece as regras: a boceta está na sede do clube sem a reivindicação de um irmão, então, ela está livre para qualquer pau dos Hangmen.

Senti Cowboy ficar tão tenso quanto eu. E como se ele soubesse que o meu sangue estava começando a ferver só em pensar em Sia como uma boceta livre, sua mão pousou outra vez na minha perna, em um agarre mais forte. Abri a boca para dizer algo, mas Styx rompeu sua estranha quietude e se inclinou para frente.

AK pigarreou e então traduziu:

— *Me ouça com muita atenção...* — Vike assentiu, alheio à porra da raiva congelante por trás das palavras de Styx que saíam calmamente da boca de AK. — *Se você chegar perto de Sia* — Styx olhou ao redor da mesa para cada um dos irmãos, incluindo Cowboy e eu —, *se qualquer um de vocês tocar em um fio de cabelo dela, vou levá-los até o celeiro e fazer com vocês o que teríamos feito com Rider naquela noite, meses atrás.* — Seus lábios franziram em irritação. — *Vou arrancar a carne do seu corpo até que você grite, então vou matá-lo tão lentamente que logo você estará desejando a morte.* — Naquele momento, eu sabia por que Styx era a melhor escolha para ser o presidente dos Hangmen. Não apenas porque era sua herança, mas porque não havia nenhuma parte em mim que duvidasse do que ele estava dizendo, e que o filho da puta iria cumprir a ameaça sem sequer piscar. — *Ela é minha irmã tanto quanto é de Ky. Enfiem isso na porra de suas malditas cabeças.*

A sala ficou em silêncio quando AK terminou de falar. Até que Vike disse:

— Então, só para esclarecer, isso é um não para ela ser uma boceta livre?

AK agarrou Viking pelo *cut*, puxou o irmão da cadeira e o arrastou para fora da *church* antes que Styx pudesse atirar no filho da puta bem onde ele estava sentado, sendo seguido na mesma hora por Flame.

Styx bateu com o martelo na mesa e todo mundo foi embora.

Cowboy segurou minha perna até que a sala ficasse vazia.

— Você está bem, *mon ami*[3]? — perguntou, observando minha expressão. Esfreguei o rosto com as mãos, sentindo a pele quente.

— *Oui*[4].

— Podemos ir para casa ou precisamos ficar por aqui por um tempo?

---

3   Mon ami (francês) – meu amigo.
4   Oui (francês) – sim.

— Vamos ficar. Não quero pilotar ainda. — Olhei para minha mão; ainda estava tremendo.

Cowboy concordou e me seguiu pelo corredor até o bar.

— O que você acha? — ele quase sussurrou.

— Sobre Garcia?

Segurando meu braço, ele verificou se havia mais alguém por perto. Estava tudo vazio. Encontrando meu olhar, disse em francês *cajun* fluente para que ninguém nos entendesse:

— Sobre a irmã dele. Sobre ela estar aqui. — Cruzou os braços sobre o peito. — Não finja que você não se importa. Eu vi sua reação lá dentro.

Eu me virei e continuei andando até o bar.

— Não tenho nenhuma opinião sobre o assunto.

Cowboy suspirou, mas acelerou os passos para me alcançar. Pegamos uma mesa e pedi água, enquanto Cowboy optou por uma cerveja. Smiler estava no bar, conversando com Lil' Ash e Slash detrás do balcão.

— Eu ia matá-lo se ele não calasse a boca — Cowboy afirmou, ainda em *cajun*, gesticulando na direção de Viking seguindo AK.

Fechei os olhos e desejei que ele simplesmente deixasse essa conversa de lado. Segurando meu braço, abri as pálpebras e deparei com a irritação nítida em seu rosto.

— Porra, Val, não me ignore — ele avisou, usando meu nome verdadeiro. Bem, meu verdadeiro apelido, pelo menos. Cowboy estava prestes a dizer mais alguma coisa, mas sua atenção se desviou para a entrada do clube. Olhei na mesma direção e meu olhar aterrissou em um par de pernas longas e esguias. Segui o caminho de seu corpo até o longo cabelo loiro e os olhos azuis.

Sia.

O aperto do Cowboy se intensificou, até que afastei meu braço e tomei outro gole da minha bebida. Mas, como a porra de um ímã, meus olhos foram atraídos para ela, vendo-a caminhar até o bar com a mesma confiança que seu irmão possuía.

— Lil' Ash, não é? — perguntou ela. Ash sorriu, sem jeito, e assentiu. — Pode me arranjar um uísque e uma água, querido?

— Sim, senhora.

Sia batucava o piso de madeira com sua bota de cowboy, acompanhando o ritmo de qualquer música caipira que estivesse tocando. Lil' Ash serviu sua bebida e ela se virou. Eu me remexi na cadeira enquanto seus olhos entediados percorriam o bar... até que pousaram em mim e em Cowboy. Um lento sorriso se espalhou em seus lábios, e ela se afastou do balcão para vir em nossa direção.

Cowboy se recostou à cadeira e chutou minha perna por baixo da mesa. Assim que ela parou à nossa frente, ele deu um toque sutil em seu Stetson.

— *Cher*[5] — ele cumprimentou, usando seu sotaque sedutor. O rosto de Sia se iluminou na mesma hora. Isso nunca falhava.

— Querido — retrucou ela, devagar, recebendo como resposta a porra de um sorriso do meu melhor amigo. O filho da puta estava apaixonado por essa cadela. — Posso me sentar com vocês?

— Claro — Cowboy concordou.

Ao mesmo tempo, terminei o que restava da minha água e anunciei:

— Já estamos de saída.

Cowboy me encarou e vi outro lampejo de aborrecimento – desta vez maior – cintilar em seus olhos.

— Podemos esperar um pouco para tomar uma bebida com uma linda senhorita, Hush. Pare de ser um filho da puta, porra.

Segurei meu copo de água vazio com mais força. Olhei para o rosto confuso de Sia, mas então dei a ela um sorriso forçado e murmurei:

— Claro.

— Eu posso ir, se você quiser. Eu...

Cowboy chutou a cadeira à nossa frente.

— Sente sua bunda sexy aqui, *cher*. Tome uma bebida com seus amigos *cajuns*. O Hush aqui acabou de menstruar, então ele está se sentindo uma merda e todo emocional.

Sia sentou na cadeira, dando uma risada sem-graça da piada de Cowboy. Ela tomou um grande gole de sua bebida e disse:

— Você não está bebendo, Hush? Isso é água, certo? Você está se sentindo bem? — Ela riu. Eu me senti um saco de bosta ao vê-la tão nervosa perto de mim. Sempre fui gentil com ela, e, provavelmente, Sia deve ter ficado confusa com a minha mudança repentina de personalidade.

Mas era assim que tinha que ser.

— Não bebo muito — respondi com certa frieza. Cowboy devia estar olhando para mim de cara feia; Eu pude sentir sua irritação e nem precisava olhar para ele para conferir. Sem sombra de dúvida, eu teria que ouvir o caralho de um sermão mais tarde.

---

5 Cher (francês) – cara(o).

— Ele pode não beber muito, mas eu bebo — Cowboy replicou, ganhando um grande sorriso de Sia. — Agora me diga — inclinou-se para perto —, como estão aquelas éguas?

— Bem. — Ela olhou para o conteúdo de seu copo. Seu sorriso sumiu e ela acrescentou, baixinho: — Não tenho certeza de quando voltarei para o meu rancho. — Ingeriu o resto de seu uísque e gesticulou para que Lil' Ash lhe servisse outra dose.

A tristeza em sua voz me fez levantar a cabeça.

— Sim. É uma merda você ter que estar aqui, *cher* — Cowboy concordou. Ele estendeu a mão para apertar a dela... em seguida, apenas a deixou lá. Seus olhos se ergueram para encontrar os dele. Suas bochechas ficaram rosadas. Cowboy deu a ela um de seus sorrisos de ímã de boceta.

Eu me levantei na mesma hora.

— Estou indo para casa.

Sia soltou a mão do agarre de Cowboy. Meu coração estava disparado novamente. Peguei as chaves do meu *cut* e saí do bar, porém mal consegui subir na moto antes de Cowboy montar sua Chopper ao meu lado.

— Mas que merda está acontecendo com você?

Não dei nenhuma resposta; em vez disso, saí do clube e peguei a estrada. Quando estacionei em nossa casa, fui direto para a cozinha e bebi um copo grande de água. Cowboy veio atrás de mim, parando alguns metros atrás. Eu me virei e encontrei seu olhar.

— O quê?

— Que porra foi tudo isso?

— Só estou cansado. Vou para a cama.

Tentei me afastar, mas Cowboy agarrou meu braço.

— Você está se sentindo bem? Está com febre ou algo assim?

Dei de ombros e me soltei de seu agarre.

— *Ça va*. — Tudo bem.

Cowboy suspirou, mas sustentou meu olhar por uma fração de segundo a mais. Assentindo com a cabeça, ele disse:

— *Ça c'est bon*. — Isso é bom.

Afastei-me dele e segui em direção ao meu quarto.

— Você estava frio esta noite, *mon frère*.

Estaquei em meus passos, mas não me virei.

— Ela gosta de você. E você a fez se sentir uma merda. Deu para ver na expressão do rosto dela. De verdade, você foi rude pra caralho. —

Cowboy suspirou. — Voltamos a isso? Você está pressionando o botão de autodestruição de novo?

Fiquei em silêncio por três tensos segundos, querendo dizer mais do que conseguia.

— É o melhor a fazer e você sabe disso.

Cowboy não me seguiu quando fechei a porta do meu quarto. Sentei na beirada da cama e passei as mãos pelo rosto.

— *Merde* — sussurrei e me deitei. Ouvi seus passos pela casa, ainda irritado comigo.

E porra, eu estava puto da vida comigo mesmo.

Tentei dormir, mas de olhos abertos ou fechados, não conseguia tirar a imagem do sorriso tenso de Sia da cabeça.

Sim, fui um filho da puta frio com ela. Eu sabia disso. Essa foi a minha intenção.

No entanto, quando me inclinei e abri a gaveta de cabeceira para contemplar a fotografia guardada ali dentro, eu sabia que tinha que ser. A verdade é que eu gostava dessa cadela. Mas isso só poderia terminar de uma maneira...

Em uma bagunça do caralho.

A cadela valia mais do que tudo o que eu poderia oferecer.

CAPÍTULO 3

SIA

Duas semanas depois...

A risada de Bella ecoou pelo ar enquanto ela contava uma história sobre seu marido.

— Ele está com a mãe, Ruth, agora. Nosso pai está com eles também. — Ela tomou um gole do chá. — Acho que Solomon e Samson têm uma reunião hoje com Styx.

Mae confirmou.

— Eles foram à nossa casa duas noites atrás e ficaram no escritório com Styx e Ky por algumas horas.

— Eles vão se juntar aos Hangmen? — Lilah perguntou.

Mae recostou-se à cadeira e embalou sua barriga. Estava cada vez maior.

— Não sei o que foi discutido, mas acho que é isso que vai acontecer.

— Eu também acho — Bella acrescentou. — Mesmo na comuna de Porto Rico, eles eram rebeldes entre aqueles que já eram considerados anarquistas da fé. Acredito que eles ficariam bem aqui. Eles são bons homens, de caráter forte e dedicados aos seus. Os Hangmen, nos últimos meses, tornaram-se parte deles.

— Certamente eles não serão recrutas como os jovens... — Phebe ponderou.

Todas deram de ombros. Soltei um longo suspiro e afundei ainda mais em minha cadeira. Fechei os olhos e imaginei o que estaria fazendo agora se estivesse de volta ao rancho. Eu amava essas mulheres. Amava mesmo. Mas o modo de vida delas não era como eu gostava de viver a minha. Nas últimas semanas, passei meus dias com Lilah, Mae, Phebe, Maddie e Bella. Elas estavam sempre juntas. Na verdade, meio que partiu meu coração ver o quão próximas todas elas eram, e saber o que haviam enfrentado. Todas falavam com seus sotaques tão distintos. Eram mais educadas do que qualquer pessoa que já conheci. Seus maneirismos eram suaves e delicados. E eu não tinha ilusão de por que seus homens as adoravam tanto. Não havia escolha a não ser protegê-las.

E, ao contrário da maioria das mulheres modernas, elas viviam para servir aos maridos. Elas eram tradicionais de uma maneira meiga, mas não de uma forma oprimida.

Eu não era *nem um pouco* parecida com essas mulheres.

A única que não conversou muito foi Maddie. Eu a observei costurando à mão algo que parecia uma imagem de uma Harley. Como se tivesse sentido minha atenção, seu olhar encontrou o meu, seguido de um sorriso tímido. Sorrindo de volta, decidi sentar-me ao seu lado e perguntar:

— E então, Madds. Como vai a vida?

Maddie parou no meio de um puxão da linha preta com que estava costurando.

— Muito bem, obrigada — respondeu, voltando ao trabalho na mesma hora.

— E Flame? — continuei. — Como está o seu marido?

Os olhos de Maddie se arregalaram e percebi que todas as vozes silenciaram. Todos os olhares agora estavam sobre mim.

— O quê? — questionei. — Só estou puxando papo. — Virei o corpo em sua direção e insisti: — Então, Madds? Como está o grandalhão? Tenho que ser honesta, nunca pensei que alguém fosse domar aquele cara, pelo que Ky me contou sobre ele no passado. Daí vem você, domando a fera.

— Meu marido não é uma fera! — Maddie disparou.

Fiquei tensa com suas palavras, pois foi a declaração mais agressiva que já ouvi de sua boca.

— Eu... Eu não estava... — Eu me inclinei para frente. — É um ditado, querida. Eu não estava realmente o chamando de fera.

Os olhos verdes de Maddie permaneceram fixos em mim enquanto ela avaliava minha expressão. Aparentemente, sentindo que eu estava sendo sincera, ela relaxou.

— Então ele está bem, obrigada — respondeu ela, por fim, voltando a costurar.

— Eu não queria ofender, Madds. Eu estava simplesmente perguntando como era estar com ele. Vocês parecem... vocês dois parecem tão felizes. — E eles eram, pelo que eu tinha visto. Eles raramente iam ao bar, mas quando iam, ela nunca saía do lado dele. Seu grande braço sempre a mantinha segura, como se ela fosse sua âncora. Ele a adorava, e ela a ele, e era algo lindo de se ver.

Maddie deu um sorriso sutil, mas continuou com seu bordado. Eu sabia que era tudo o que conseguiria dela.

— Mais chá, Sia? — Lilah perguntou, ao se levantar. — Grace volta da escola em breve, então terá que ser o nosso último, meninas. Slash irá me levar para buscá-la.

Todas concordaram, mas eu mal conseguia ouvir. Tamborilei os dedos no joelho, nervosa. Eu não suportava mais. Precisava sair daqui. Aquele turbilhão em meu estômago, tão destrutivo quanto um redemoinho, se expandiu ainda mais até que começou a me consumir. Tentei respirar, mas, de repente, era como se o ar dos meus pulmões houvesse evaporado.

— Sia? — Lilah estava me observando. Incapaz de ficar imóvel, tentando escapar da sensação familiar de desmoronamento, fiquei de pé em um pulo.

— Eu... — Esfreguei o peito e corri para a porta. — Desculpe. Eu tenho que ir.

Deixei a cabana e corri pelo gramado em frente, passando pela floresta que levava ao complexo, apenas no caso de alguém tentar me seguir. Eu me abriguei contra uma grande árvore, apoiando as mãos nos joelhos, e tentei respirar fundo...

— *Você vai usar o vestido vermelho,* bella. *Eu gosto mais de você de vermelho.*

Encarei o vestido. Era bonito e, sem dúvida, caro. Mas tudo que vi foi uma gaiola. No entanto, as barras não eram de ferro, mas de cetim e renda.

Juan agarrou meu rosto e puxou minha cabeça em sua direção. Seu aperto era tão forte que me fez gemer de dor.

— *Você vai usar o vestido. Entendeu?*

— *Sim.* — *Forcei um sorriso. Seus olhos brilharam com a minha submissão. Liberando meu rosto, ele se moveu ao meu redor. Agarrei com força o vestido em minhas mãos, como se fosse uma tábua de salvação. Meus olhos se fecharam enquanto ele circulava meu corpo nu até que parou às minhas costas. Estremeci quando seu dedo roçou meu ombro... por cima da tatuagem que ele havia marcado em minha pele naquela manhã.*

— *Uhmm* — *ele murmurou, pressionando um beijo na pele ainda em carne viva.* — *Minha, bella... mi rosa negra...*

Arfei, tentando afastar a maldita memória da minha cabeça. Eu sabia que era porque estive longe do meu rancho por muito tempo. Não fazer nada além de fazer compras, beber chá, cozinhar, assar e cuidar de Grace não era o suficiente para manter minha mente ocupada. Eu precisava do trabalho árduo que o rancho fornecia. Eu precisava estar tão exausta ao final do dia e cair em um sono profundo o suficiente para garantir que os pesadelos não retornassem.

Passei a mão pelo rosto, ciente de que meus olhos ostentavam olheiras como se fossem a última moda em Paris. Eu precisava dos meus cavalos, do conforto que eles me davam. Eu precisava da minha casa pequena e aconchegante, com seus rangidos e gemidos. Eu precisava dos meus músculos doloridos e do cheiro de sabonete de couro permeando o ar.

Aqui, eu não dormia.

Aqui, eu não me encaixava.

Eu não aguentava mais.

Correndo em um passo constante, percorri todo o caminho até o complexo, sabendo que era onde encontraria meu irmão. Entrei pela porta do pátio e segui em direção ao bar. Você já precisou de um Hangman? Se eles não estivessem em uma corrida ou na *church*, eles estariam bebendo ou fodendo uma puta na sede do clube.

Abri a porta e deparei com todos os irmãos sentados ao redor. Seus olhos focaram em mim.

— Desculpe, querida — Bull disse. — Nada de cadelas aqui, a menos que seja durante os horários permitidos.

Eu me virei para enfrentar o Samoano que parecia pesar cento e cinquenta quilos e inclinei a cabeça.

— Ah, é? Bem, para sua sorte, grandalhão, eu não sou uma cadela. — Cheguei perto dele, até quase tocar seus braços cruzados. — A menos que você me irrite. Nesse caso, posso ser a pior cadela que você já viu.

As sobrancelhas surpresas de Bull baixaram. Ele estava prestes a dizer algo quando ouvi a voz rouca de meu irmão gritar:

— Sia!

Ele estava sentado perto da lareira com Styx. Como havia dito a eles antes, eu não era uma de suas mulheres. Então não aceitaria nem um segundo dessa merda, mesmo se eles se sentassem no topo da sala como reis sombrios em seus malditos tronos.

— Cai fora, Sia — Ky disse, gesticulando a mão com desdém. Isso me deixou pau da vida, e o resquício da ansiedade que surgiu em mim como um fantasma na noite fez com que eu perdesse completamente a paciência.

Fui até o meu irmão, que agora bebia um gole de sua cerveja, e dei um tapa na cabeça do filho da puta.

Você poderia ter ouvido um alfinete cair no bar enquanto o silêncio se tornava cada vez maior.

Ky virou a cabeça lentamente, me encarando com os olhos azuis enfurecidos. Seu olhar incendiou mais ainda quando Viking comentou a duas mesas de distância:

— Puta merda. Acho que estou apaixonado. A cadela pode me dar um tapa na hora que ela quiser!

Eu estava arfando, sem fôlego algum. *Como eles se atrevem a me tratar assim?* Motoqueiros do caralho. Malditos Hangmen! Noventa e nove por cento dos idiotas precisavam de uma boa surra. De preferência por alguma mulher que serviria suas bundas sexistas vestidas de couro em uma bandeja de prata.

— Volte para a porra da cabana, Sia. Agora. Vá se juntar às outras cadelas, e conversarei contigo quando terminar os negócios do clube.

Sufoquei uma risada incrédula.

— Negócios do clube? Que negócios do clube? Bebendo às duas da tarde? Nossa, quantas coisas importantes pra caralho estão acontecendo aqui no quartel general dos Hangmen.

As bochechas de Ky ficaram vermelhas. Ele se levantou devagar da cadeira, até seu rosto pairar a centímetros do meu.

— Não vou pedir de novo. Cai fora, obedeça às regras do clube e falarei com você mais tarde.

Dei um sorriso e me aproximei.

— Eu não vou estar por aqui mais tarde, oh, santo sagrado vice-presidente, grande mestre. — A bochecha de Ky se contraiu de raiva. — Vou voltar para casa. Estou farta desse lugar. Eu quero meu rancho e meus cavalos. — Fiz um gesto ao redor do bar. — Não sou propriedade dos Hangmen; cadela ou puta ou qualquer outro nome depreciativo que vocês usem. Eu sou uma *mulher*. Uma rancheira. E estou indo *embora*.

Eu me virei para sair, mas Ky segurou meu braço.

— Você não vai a lugar nenhum — afirmou, balançando a cabeça.

— Eu vou, Ky. E você não pode me impedir. Eu ganho meu próprio dinheiro; tenho minha própria vida, e este lugar não faz parte dela. — Cheguei mais perto dele e desta vez vi o rosto furioso de Styx me observando. — Os irmãos mais velhos, como vocês, se certificaram disso enquanto eu crescia. Eu não era bem-vinda aqui. Quando eu queria vir nos eventos de família e nos churrascos, quando queria fazer parte do clube, me disseram para calar a boca e ficar escondida como o "erro" que eu era. Então, eu, com certeza, não pertenço a este lugar agora. E vou embora para casa.

Eu estava quase saindo quando Ky disse:

— Ele pode chegar aqui a qualquer dia, e você quer se arriscar desse jeito?

O rosto de Garcia surgiu em minha mente, me fazendo estacar em meus passos. Fechei os olhos, mas não antes de avistar Hush e Cowboy sentados à minha frente. No entanto, minhas pálpebras se fecharam e, de repente, eu estava lá...

O sufocante sol mexicano batia em mim quando ouvi o barulho de uma fonte de água perto de onde acordei. Ouvi empregadas correndo ao redor e conversando em um espanhol rápido demais para eu entender. E então senti seu dedo traçar a extensão da minha coluna... seu corpo tonificado e alto se movendo para se deitar acima de mim...

Arfei quando senti uma mão segurando meu cotovelo. Hesitei e recuei, me virando quando seja lá quem me segurou e aumentou o agarre. Quando levantei a cabeça, deparei com os olhos azuis do meu irmão. A raiva deu lugar à tristeza e, em seguida, ao instinto protetor.

— Sia — murmurou, baixinho, para que apenas ele e eu pudéssemos ouvir. — Você está bem. Sou eu.

Lutei contra a ansiedade crescente para poder respirar, e me concentrei na proximidade do meu irmão. Mesmo sendo um idiota, ele fazia com que eu me sentisse segura. Sempre fez e sempre faria.

Quando consegui dizer alguma coisa, minha voz parecia desesperada e devastada:

— Preciso ir, Ky. — Eu sabia que os homens no bar deviam ter me ouvido, mas eu estava muito perturbada para manter o tom de voz baixo. E, honestamente, estava pouco me lixando para isso. No entanto, eu me odiei quando senti as lágrimas se avolumando em meus olhos. Nunca quis que esses homens me vissem como uma mulher frágil.

— É perigoso — Ky avisou.

— Estar aqui também é perigoso. — Engoli o nó que se formou na garganta. — Ky, nada o deterá se ele colocar de novo os olhos em mim. — Um arrepio percorreu minha coluna quando admiti o que sabia ser a verdade. — O alcance que ele tem através do cartel Quintana é muito grande e poderoso. Eu... — Endireitei os ombros. — Sempre soubemos que esse dia chegaria. Ele era obcecado demais por mim. Seu orgulho deve ter ficado muito ferido quando você me resgatou. Nós o fizemos parecer um idiota na frente de seus homens.

Ky me puxou para mais perto.

— Não subestime o alcance dos Hangmen, maninha. O cartel Quintana é poderoso. Mas nós também somos.

— Eu tenho que ir, Ky — implorei, torcendo que ele entendesse.

Ele balançou a cabeça como se quisesse discutir. Mas em um lampejo súbito de compreensão, parou e disse:

TRÍADE SOMBRIA 41

— Então você não irá sozinha.

— Você será necessário aqui, não? — perguntei, franzindo o cenho.

— Eu não. — Olhou ao redor do bar. Pelos olhares que estávamos recebendo, eu sabia que todos ouviram a última parte da conversa.

Ky ainda estava procurando por seus homens quando Viking se levantou e disse:

— *VP*, eu gostaria muito de me voluntariar...

— NÃO! — Ky e eu gritamos ao mesmo tempo.

Viking balançou a cabeça e se sentou, os braços cruzados sobre o peito musculoso. Ky encontrou os olhos de AK.

— AK, você irá com ela.

— Ele tem uma esposa esperando em casa, Ky. Você não pode fazer isso.

— Ela pode ir. A filha dela também.

AK tossiu.

— Saffie... humm... não lidaria muito bem em um novo lugar.

— Eu poderia ir junto. Ajudar a proteger a todos — uma voz soou do bar; o irmão mais novo de Flame, Ash. AK estreitou os olhos para o garoto, mas eu balancei a cabeça. Não era certo afastá-los de suas vidas. E eu não queria todas aquelas pessoas que mal conhecia comigo.

— Não vou colocar as crianças em perigo, Ky.

Ky pareceu concordar e voltou o olhar para Smiler, mas antes que ele pudesse oferecer outro de seus homens – que sem dúvida faria o que fosse ordenado –, observei o bar. Não foi intencional, mas meus olhos se voltaram para os dois homens que só me fizeram sentir segura aqui no clube. Um lampejo de sorriso cruzou a boca daquele que estava rapidamente se tornando meu *cajun* loiro favorito. No entanto, quando olhei para o homem com a pele escura e olhos azuis-claros e profundos, não tive a mesma recepção. Uma boca franzida e um olhar frio foram direcionados a mim. Fiquei surpresa com a pontada dolorosa que senti no coração por conta de seu olhar.

Porém, eu não conhecia os demais como conhecia os dois. E antes de pensar muito sobre a ideia, eu disse:

— Hush e Cowboy. — Ky virou a cabeça de volta para mim. — Se você vai fazer um irmão ou dois irem me proteger até que seja seguro, eu escolho Hush e Cowboy.

Enquanto minha voz ecoava pelo bar, Hush e Cowboy falaram ao mesmo tempo:

— *Bon*.
— Não.

Cowboy não olhou para Hush, permanecendo imóvel no lugar e com a pele vermelha e o olhar irritado. Hush se levantou e se dirigiu a Ky:

— Escolha outra pessoa.

Cowboy balançou a cabeça.

— Nós iremos; o que você quiser, *VP*.

Hush cerrou os punhos ao lado do corpo e balançou a cabeça violentamente.

Meu coração se partiu um pouco mais com a rejeição pública de Hush. Os olhos de Ky se estreitaram. Achei que ele fosse discutir, proibir, mas quando olhou para mim e viu meu rosto e olhos desesperados, ele apenas suspirou.

— Tudo bem. Eles vão. — Ele deu uma olhada de relance para Styx, que acenou com a cabeça em concordância. — Você pode ir amanhã de manhã, não antes. Quero verificar o lugar primeiro. — Esfregou os olhos. — Além disso, Grace e Li vão querer vê-la antes de você ir embora. Passe algum tempo com elas esta noite, okay?

— Combinado.

Ky se virou para Cowboy e Hush... agora sentado e com o olhar fixo na mesa, com uma expressão fechada no rosto.

— Quero vocês dois na *church* em dez minutos. Só os dois. — Ky apontou para Styx. — *Prez* estará lá também. Nós vamos ter uma maldita conversa.

Meu coração bateu acelerado, pois Hush ainda não havia reagido à ordem severa do meu irmão.

— Entendido, *VP* — Cowboy assentiu pelos dois.

— Volte para a cabana, Sia — Ky disse, e me virei. — Ash, leve-a de volta.

Fechei os olhos e respirei fundo.

Amanhã eu voltaria para casa.

Ash me levou de volta para a cabana de Lilah e Ky, e enquanto descíamos pela estrada de chão, parei de olhar para a vasta vegetação da floresta da propriedade dos Hangmen e perguntei ao garoto:

— Por que você quer se juntar aos Hangmen?

Parecendo surpreso com a minha pergunta, Ash me deu uma olhada de esguelha.

— Porque eles foram a melhor coisa que já me aconteceu, senhora. — Um sorriso de leve surgiu em seus lábios. — Além disso, meu irmão está aqui. — Eu poderia jurar que vi os olhos do garoto brilharem e ele engoliu em seco. — Eles me salvaram. Eu entendo por que você não gosta muito daqui, mas para mim, não há nenhum outro lugar onde eu preferisse estar.

Senti o peito aquecer com o quão afetuosamente ele encarava este lugar. Eu poderia ter sido assim uma vez, se meu pai não tivesse me abandonado, me mandando fazer as malas e me despachado para o rancho da minha tia, bem do outro lado da cidade, o mais longe possível dele; tudo por causa deste precioso clube. E então pensei em Styx e Ky, tão jovens na época, mas arriscando tudo para ir me buscar do México...

Soltei um profundo suspiro.

— Uma vez eles também me salvaram, garoto. — Encarei o lado de fora pela janela da caminhonete.

Eu poderia aceitar que se não fosse pelos Hangmen, eu não estaria aqui hoje. E tinha consciência de que Ky estava certo. Foi apenas por causa de quem meu irmão era que *fui* salva. Os Hangmen eram poderosos. Mas meu pai me irritou demais para aceitar de verdade este clube. Eu caminhava em uma corda-bamba, e amava e odiava este lugar de igual maneira. Era bom e mau, assim como os homens que faziam parte do clube.

— Nós a salvaríamos novamente se você precisasse — Ash anunciou com confiança, derretendo meu coração ferido.

Quando a caminhonete parou, olhei para a cabana do meu irmão e o pedaço de felicidade que residia dentro de suas quatro paredes. Então, inclinando-me sobre o console, dei um beijo na bochecha de Ash.

— Faça o que fizer, Ash, não perca essa doçura que você ainda tem aí dentro. Não deixe Hades te poluir com o tipo de escuridão que ele pode trazer.

Ele pareceu confuso com a minha declaração. Então, perguntei:

— Você tem uma garota, Ash?

Não entendi por que essa pergunta fez Ash agarrar o volante como se fosse a única coisa que o mantinha firme. Mas acrescentei:

— Não foda as vagabundas do clube. Espere por uma garota que você ame. Um garoto como você vale muito mais do que as prostitutas que infestam este lugar.

Não esperei ouvir uma resposta; não achei que ele me daria uma. Em vez disso, saí da caminhonete e fui para a cabana vazia para fazer as malas antes que Lilah voltasse com Grace.

De repente, minha ansiedade pareceu amenizar.

Eu estava indo para *casa*.

— Michelle! — Tropecei no quarto escuro em que havia acordado e procurei minha melhor amiga. Minha cabeça latejava. Nunca tive enxaquecas, mas pensei que talvez estivesse tendo uma agora. — Michelle? — Meu coração batia em um ritmo insano no peito enquanto eu tentava limpar a névoa no meu cérebro. Caí contra a parede e coloquei a mão na cabeça. Tentei repassar as lembranças da noite passada. Do que eu tinha visto...

Michelle...

Meus olhos se abriram e soltei um gemido cansado. Deslizei pela parede, sentando-me no chão assim que a porta em frente se abriu. Hesitei com a fresta de luz que iluminou a penumbra. Calafrios surgiram por toda a minha pele, embora o quarto parecesse quente, o ar abafado por causa do calor sufocante.

— Mi rosa negra — disse afetuosamente uma voz profunda ao passar pela porta aberta, entrando no quarto que era minha prisão.

Afastei a confusão mental da minha mente, pronunciando uma única palavra:

— Juan.

— Si, bella.

Juan – ou como seus homens e todos nesta pequena aldeia o conheciam, Garcia – veio em minha direção. Ele parou acima de mim, e então se agachou. Sua aparência incrível ainda me tirou o fôlego... mas tudo mudou quando pensei na noite passada, ou qualquer noite que fosse, no instante em que descobri quem ele era... o que queria de mim... da minha amiga.

— Você quer nos vender — sussurrei, a garganta obstruída com aquela verdade horrível. — Você nos atraiu, fingiu ser nosso amigo, mas estava mentindo... Você vende mulheres para sexo... para serem escravas. — Um soluço ficou preso. — Por que você fez isso com ela? — Engoli em seco. — Você vai fazer isso comigo também?

Seus lindos olhos castanhos se suavizaram, como se eu tivesse dito algo sentimental e doce. Ele ergueu a mão e, com uma gentileza que não esperava dele, afastou meu cabelo para trás e beijou minha testa. Suspirando, ele disse em inglês:

— Não tive escolha a não ser sedar você, bella. Você ficou histérica com o que viu, e isso nunca é uma coisa boa para uma das minhas mulheres, minhas rosas negras. — Eu me irritei por ser chamada assim, mas ele continuou falando: — Eu sou Juan

Garcia, minha Elysia. E não tolero mulheres excessivamente emocionais. — Sorriu e passou o dedo pela minha bochecha. — *Especialmente a mulher que decidi não vender, mas que, em vez disso, escolhi como minha.*

Meus pulmões paralisaram com suas palavras.

— Si, bella. *Você é minha. Nunca tive uma mulher como minha antes. Mas estou quebrando todas as minhas regras por você.* — Então ele me beijou, seus lábios macios deixando uma mancha invisível na minha boca seca. — *E você será feliz ao meu lado. A imperatriz do meu império.* — Ele me levantou do chão e me guiou para fora do quarto. Muito fraca para lutar, caminhei para o sol, o tempo todo me perguntando em que diabos eu havia me metido. E como diabos eu iria nos tirar disso...

Esfreguei o centro do meu peito enquanto me sentava de supetão na cama. Arfei, desesperada por oxigênio. Alcançando a mesa ao meu lado, abri a gaveta com a mão trêmula e peguei meu ansiolítico. Engoli dois comprimidos a seco e tentei me acalmar. A memória de Garcia em meu pesadelo ainda se apegava a mim como urticária.

Arranhei a pele dos meus braços, em uma tentativa de me livrar da sensação das mãos dele sobre mim. Fechei os olhos, mas seu lindo rosto estava lá. Voltei a abri-los e senti seus olhos castanho-escuros me observando do outro lado do quarto, como ele sempre fazia. A luz estava acesa, porque eu só conseguia dormir assim.

Eu sabia que o quarto estava vazio, mas minha mente gostava de pregar peças. Ele estava sentado em uma cadeira no canto do quarto, fumando seu charuto cubano, com um copo de tequila na mão. Ele se levantou, seu terno preto e gravata cinza tão imaculados como eu já os tinha visto, e se aproximou de mim. Eu estava petrificada quando ele se sentou ao meu lado e sorriu.

— *Mi rosa negra* — ronronou e me beijou. Meus olhos se fecharam. Quando ousei abri-los novamente, eu estava sozinha no quarto.

Fugindo da cama, escapei do quarto e fui para a cozinha. Servi um copo grande de água e me encostei à bancada. Lá fora, o céu estava passando de preto a um rosa escuro.

O nascer do sol.

Em silêncio, saí para a varanda e fechei a porta. Fui até a grade e respirei fundo, virando a cabeça assim que o cheiro do tabaco atingiu minhas narinas.

— Sia — Ky murmurou, do balanço da varanda. Ele usava apenas a calça jeans, o longo cabelo loiro se espalhando pelos ombros nus. Distraído, passou as mãos pelos fios.

— Ky. — Coloquei a mão sobre meu peito. — Você quase me deu um ataque cardíaco.

Ele tomou um gole do licor âmbar em seu copo e olhou para longe.

Sentei-me ao lado dele no balanço, me perguntando o que havia de errado. Tirei o cobertor que se encontrava no encosto e coloquei sobre nós dois; o frio da noite fez meus braços nus arrepiarem. Ky nem pareceu notar que eu o havia agasalhado também. Seguindo seu olhar atento que observava as primeiras luzes do amanhecer, perguntei:

— O que está acontecendo, Kyler?

Ele não reagiu à minha pergunta. Quando me virei para olhar para seu rosto, era quase como se sua expressão demonstrasse derrota. Aquilo me assustou mais do que tudo. Porque meu irmão era espalhafatoso; ele era barulhento e arrogante. Mas agora, ele parecia devastado.

— Você também não conseguiu dormir? — perguntou ele, sua voz rouca e áspera.

— Não. — Cabisbaixa, encarei as mãos em meu colo. — Apenas a merda de sempre. Sonhos com o Garcia, Michelle... Daquela época.

Ky tomou um gole de sua bebida. Ficamos sentados em silêncio por alguns minutos, e quando acreditei que Ky não diria nada, ele sussurrou:

— Ela está grávida.

Pisquei, sem saber se ouvi corretamente. Levantei a cabeça e vi o que só poderia ser descrito como uma agonia profunda gravada em seu rosto barbudo.

— Ky... — sussurrei; sabendo que ele precisava disso, segurei sua mão entre as minhas. Ele ficou tenso, mas apertou meus dedos com força a ponto de doer.

Levei um momento para me recompor.

— Isso não é uma coisa boa? — Verifiquei se não havia ninguém por perto. — Ela fez uma cirurgia para tornar isso possível para vocês dois. É um milagre, Ky.

Sua cabeça pendeu para frente, mas recebi um pequeno aceno de concordância.

— É — ele disse, baixinho. — Mas é de alto risco. — Ele se virou para mim e eu quase me desfiz quando vi uma lágrima escorrer de seus olhos, descendo lentamente pela bochecha. — Sempre soubemos que seria, se engravidássemos, mas agora é uma realidade, eu só... — Ky encarou o horizonte mais uma vez.

Apertei sua mão com mais força, deixando-o saber que eu ainda estava aqui para apoiá-lo.

— Agora que é uma realidade, ela tem que descansar o tempo todo, pegar leve, para que ela possa ter essa criança... — Ele balançou a cabeça. — Faz com que o pensamento de... — Respirou fundo. — Perdê-la... — Sua voz falhou e ele inclinou a cabeça para baixo; o cabelo cobrindo o rosto que eu sabia estar coberto de lágrimas. As mesmas lágrimas que agora desciam livres pelo meu rosto.

Em toda a minha vida, em todo o tempo que passei com meu irmão, nunca o tinha visto assim. Ele sempre foi forte, raramente chorava. Sempre encobria suas emoções com piadas ou ameaças.

— E tem a Grace também. — Ky apertou minha mão quando a dele começou a tremer. — Eu amo aquela menina com toda a minha vida, mas se alguma coisa acontecesse com a Li... Eu... Eu não conseguiria ser nenhum tipo de pai.

Ky recostou a cabeça no balanço. Sua pele estava pálida e manchada de tanto chorar. Seus olhos estavam cerrados com força, como se ele pudesse escapar de tudo o que estava sentindo se apenas os fechasse. Encostei a cabeça em seu ombro musculoso.

— Eu entendo agora — ele disse. Olhei para cima, sem saber o que ele quis dizer e encontrei seu olhar azul atormentado. — Nosso pai — esclareceu, e senti meu estômago revirar. — Eu entendo porque você o odiava tanto.

Inspirei fundo pelo nariz. Não confiei em mim mesma para abrir a boca com medo do que poderia dizer sobre o nosso falecido pai. Por mais duro que ele fosse com Ky, eu sabia que meu irmão o amava muito, mesmo que ele não admitisse.

— O jeito que ele era com a nossa mãe. — Ky balançou a cabeça. — A maneira como tratou você. — Acenou novamente. — Agora tenho Lilah e Grace... e o bebê a caminho, e, finalmente, entendi. — Ky se virou e deu um beijo na minha cabeça. — Ele era um pai péssimo e um bosta como marido.

Soltei o ar que estava segurando, sentindo um peso sendo retirado de mim. Um peso que nunca percebi que carregava. Os olhos de Ky se fecharam novamente e mais lágrimas caíram.

— Ei... — Sentei-me ereta e segurei seu braço. — Está tudo bem.

O corpo de Ky relaxou.

— Eu não consigo deixar de ver o corpo dela em minha mente, deitado no portão com a porra de uma bala na cabeça e sangue ao redor. — Uma dor lancinante atravessou meu coração.

Mamãe.

Ele estava falando sobre nossa falecida mãe.

— Ele não a deixou entrar — Ky sussurrou. — Ele estava observando-a do lado de fora, através da câmera no portão, rindo ao ver que ela tentava entrar. Eu era uma criança. Que porra de idade eu tinha? Seis? Sete? — Ele balançou a cabeça. — Eu não sabia que era ela até depois que a bala a atingiu e todos nós corremos para o lado de fora. Eu só segui os irmãos, fazendo tudo que eles faziam, como sempre. — Ky faz uma pausa. — O filho da puta tinha dito a qualquer irmão sobre como ele iria fodê-la. Como ela diria que o odiava, que o tinha abandonado quando estava grávida de você, mas que cederia sempre que ele a quisesse... como ele tinha tirado a sorte grande. Transa garantida com ela, e as putas que ele tinha todas as noites aqui no clube.

Uma raiva como nunca senti antes tomou conta de mim.

— E então a bala a atingiu. — A voz de Ky se tornou fria. Mortal. — Eu era uma criança pequena, mas me lembro de tudo sobre aquela noite. O clima. Até mesmo como o ar cheirava depois de chover. — Agarrei-me a cada palavra que ele dizia, porque eu não tinha nenhuma lembrança de nossa mãe. — Se ele tivesse aberto aquela porta imediatamente e ouvido tudo o que ela tinha a dizer, em vez de se gabar para os irmãos, ela não teria morrido.

Não pude evitar. Eu estava cansada e com medo, e agora com tanta raiva que minha cabeça latejava. Um maldito soluço escapou da minha boca e uma torrente de lágrimas brotou dos meus olhos. Ky nunca tinha falado comigo sobre aquele dia; ele nunca falava realmente sobre a nossa mãe. Sempre pensei que era porque ele não se lembrava muito dela.

Meu pai só me viu algumas vezes depois da morte dela, e só antes de morrer também. Mas saber que ele deixou minha mãe fora do clube, como um pedaço de merda, rindo dela... Minha tia me disse que embora ela o tivesse deixado, ela nunca tinha sido capaz de superá-lo. Ela o amava e sempre aceitava qualquer migalha de afeto que ele lhe dava.

O filho da mãe tirou proveito disso.

— Eu as vejo — Ky murmurou, quando meus soluços diminuíram. Eu o abracei com força. Sua bochecha pressionava minha cabeça. — À noite... Eu vejo Lilah no lugar da nossa mãe, baleada e sangrando. Perdendo o bebê, e a gente perdendo ela. — Ele prendeu a respiração dolorida. — Eu vejo Grace...

— Ky... — sussurrei, agora entendendo por que ele estava tão deprimido ultimamente.

— E eu vejo você — disse ele, por fim. Levantei a cabeça, devagar. Os olhos vermelhos de Ky estavam focados em mim. — Toda essa merda com o Garcia. A Klan testando nossa paciência com a merda deles, e sabendo que Garcia tem o cartel Quintana do lado dele... É tudo o que vejo, uma de vocês morta. Assim como nossa mãe. E eu, incapaz de fazer qualquer coisa para evitar. — Suspirou e inclinou a cabeça para trás. — Vocês são tudo que eu tenho. Sem vocês... que porra eu sou?

— Um bom marido — respondi. Ele precisava saber que era verdade. — Um bom pai. — Ele fechou os olhos. — E um irmão muito bom. — E então Ky olhou para mim. — Agora entendi por que você me queria aqui. Ter aqueles que você mais ama em um só lugar, onde você pudesse nos proteger.

Ky assentiu com a cabeça, mas não falou nada. Eu sabia que ele não conseguiria.

— Você não é ele, Ky — eu o assegurei. — Você ama Lilah mais do que qualquer pessoa que já vi. Você tirou Grace de uma situação que ninguém poderia compreender, e aquela garotinha é tão feliz. Ela te adora e você a adora. — Coloquei a mão em sua bochecha barbada e o obriguei a me encarar. — Lilah vai ficar bem. Vocês têm, sem dúvida, acesso ao melhor atendimento médico. — Ele suspirou, como se precisasse ouvir essas palavras. — E eu vou ficar bem. — Sorri e assenti com segurança. — Hush e Cowboy vão me proteger. E se houver qualquer indício de perigo, eu avisarei. Ligue para mim sempre que quiser. — Eu o abracei com força. — Eu vou ficar bem. Todos nós vamos ficar bem. Tenha fé.

Recuei para me apoiar no balanço da varanda, mas continuei segurando a mão de Ky. Ele continuou fumando seu cigarro e terminou seu uísque enquanto o sol se erguia no horizonte. Quando o céu se tornou uma tapeçaria de tons alaranjados, vermelhos e amarelos, soltei a mão de Ky e caminhei até a porta. Pouco antes de girar a maçaneta, olhei para meu irmão, sentindo que agora o entendia melhor.

— Obrigada. Por me deixar ir para casa. Por entender que preciso fazer isso. — Pensei em Lilah, sua natureza gentil e compreensiva. — E diga a ela, Ky. Fale para Lilah como você está se sentindo. Se abra com ela. Ela é a mulher mais forte que conheço e será sua rocha, se você permitir.

Ky não respondeu, mas quando entrei na cozinha tive certeza de ouvi-lo dizer:

— Ela já é.

Emocionalmente esgotada pelo que Ky havia dito sobre minha mãe, voltei para a cama para tentar descansar por mais algumas horas. Quando minha cabeça tocou no travesseiro, fiz uma oração silenciosa. Uma oração para que um dia um homem me amasse tanto quanto meu irmão amava Lilah. Rezei para que eu sentisse tanto amor por outra pessoa. Que o desejasse tanto que o simples pensamento de perdê-lo me levaria às lágrimas. Porque, embora o amor tenha criado fragilidade em todos nós, ele teve que vencer o deserto árido que era a solidão absoluta.

Qualquer coisa tinha que ser melhor do que isso.

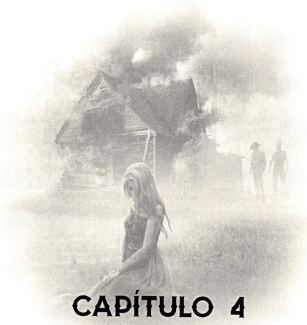

CAPÍTULO 4

COWBOY

Olhei para Hush sentado ao meu lado na caminhonete, encarando o lado de fora da janela. Agarrei o volante com mais força e balancei a cabeça. Eu conhecia o filho da mãe há anos, e ainda não conseguia acreditar como ele se recusava a deixar qualquer um se aproximar, além de mim. Desde que Ky nos disse que seríamos designados para cuidar de sua irmãzinha, Hush havia se fechado, como sempre. Ele se trancou dentro de sua própria cabeça, que era uma maldita fortaleza. E eu sabia o motivo, mas o idiota teimoso era orgulhoso demais para admitir a verdade.

Suspirei, ligando o rádio; mas levei cerca de dois segundos para ficar entediado. Eu era conversador, e a porra do silêncio mortal do meu melhor amigo estava acabando comigo.

— Você pegou as coisas que deixei de fora para você esta manhã? — perguntei, mesmo sabendo que ele tinha feito aquilo, já que eu o observei embalar tudo, só para ter certeza. Eu só queria conversar, porra. Queria que meu amigo voltasse a ser o que era.

Os ombros de Hush retesaram, mas ele murmurou:

— Sim.

Suspirei em derrota, descansando a cabeça no encosto do banco. Estávamos a cerca de oito quilômetros de onde Sia morava: um pequeno rancho, no meio da porra de lugar nenhum. Isso me lembrou da minha casa de infância. Mais rústico e menos refinado, mas um rancho era um rancho.

— Pelo menos tem um posto de gasolina com uma loja de conveniência perto, caso eu precise de bebida forte durante tudo isso, não é, *mon frère*?

Hush grunhiu, mas manteve a cabeça virada para o outro lado. Meu maldito peito apertou quando pensei em seu rosto esta manhã. Meu irmão estava cansado pra caralho. E eu sabia que essa merda não era boa para ele. Ele estava mais pálido do que o normal, e seus olhos azuis estavam inexpressivos.

Aquilo fez soar uma tonelada de sinos de alerta dentro da minha cabeça. Ele estava pensando demais.

Era a Sia.

Tudo isso; a tristeza, o silêncio, era por causa da bela cadela dirigindo sozinha na caminhonete à nossa frente. Caramba, eu mal conseguia pensar nela sem querer enfiar os dedos em seu longo cabelo e puxá-la para a porra da minha boca. Provando sua língua, seus seios pressionando contra o meu peito. Dei uma olhada de esguelha para Hush, ciente de que o irmão também pensava naquilo. Desde que a conhecemos no casamento de Ky, eu soube na hora que gostava da cadela. Sua maldita boca atrevida, a confiança que emanava de cada movimento seu.

Sua bunda também não era nada mal.

Meu lábio se curvou em diversão enquanto eu pensava sobre ontem e na "conversa" que o *VP* teve comigo e Hush...

— *Fechem a porra da porta.* — *Ky estava na frente da church, de braços cruzados. Styx à sua direita, com o semblante também fechado. Hush estava tenso às minhas costas, enquanto fechava a porta. Desabei em uma cadeira e coloquei as mãos à nuca, sentando-me confortavelmente.*

Hush puxou sua cadeira. Sorri ao ver sua postura tensa enquanto ele olhava para Ky, esperando nosso VP falar.

Meu olhar preguiçoso se voltou para Ky e tive que lutar contra um sorriso ao ver como seus olhos se estreitaram quando me encarou.

— VP — *eu disse.* — *Você queria conversar?*

TRÍADE SOMBRIA 53

— Podem ter certeza que sim. — Ky apoiou as mãos abertas na mesa. — Nenhum de vocês vai chegar perto de Sia, a não ser para protegê-la. — Ky foi direto ao ponto. Senti Hush ficar ainda mais tenso. Não afastei as mãos da cabeça. Eu sabia o que estava por vir.

— Vocês vão observar o rancho dela. Façam turnos para ficar de olho em qualquer problema. Não fiquem uma hora sem que um de vocês esteja procurando por aquele filho da puta do Garcia. Entenderam?

— Entendido — confirmei, pouco antes de Hush fazer o mesmo.

Os olhos de Ky se fixaram em mim.

— Ela é a porra da minha irmã. Nem pensem em tocar nela, entenderam? — Ele rapidamente se acalmou e disse: — Ela já passou por muita merda nas mãos de um homem. Não vou contar os detalhes, mas aquele filho da puta fodeu com a vida dela. Sia nunca mais namorou ninguém desde então. Ela está melhor sozinha. — Meu sorriso arrogante desapareceu com aquela migalha de informação. Ky se inclinou mais para frente até quase colar o nariz ao meu. — Eu vou matar qualquer um que a machuque novamente. E isso não é uma ameaça. — Ele franziu o cenho. — E, com certeza, não vai ser nenhum dos meus irmãos do clube. Especialmente os dois cajuns de fala mansa que têm putas diariamente se derretendo por causa de seus malditos sotaques.

— Okay, VP — murmurei no meu francês cajun mais acentuado. Só para ver se eu poderia aumentar mais alguns tons o vermelho no rosto de Ky.

Vi as mãos do cara se fecharem em punhos, mas antes que ele pudesse partir para cima de mim, Hush colocou a mão no meu braço para calar a minha boca.

— Não precisa se preocupar com isso, mon frère — ele respondeu. — Nós não vamos ficar atrás da sua irmã. Entendemos que ela está fora dos limites.

Ky olhou para nós, assim como Styx. Antes de Ky sair da church, ele apontou para meu rosto.

— É melhor você ouvir seu melhor amigo, Cowboy. Você não vai querer me enfrentar se eu ficar sabendo que você andou farejando ao redor da minha irmã.

Ri comigo mesmo enquanto pensava nas veias saltando no pescoço do VP, como se ele pudesse ler meus pensamentos sobre sua irmã em meu rosto. Hush se virou, as sobrancelhas franzidas. Era uma característica permanente nele nos dias de hoje.

— Tire essa carranca do rosto, *mon frère* — falei e toquei sua testa enrugada com os dedos.

Hush deu um tapa na minha mão.

— De que merda você está rindo?

— Ky. Ontem. A porra do discurso dele. O medinho que ele tentou colocar na gente.

Hush balançou a cabeça, exasperado.

— Estamos muito bem no clube. Não vá estragar tudo por uma boceta qualquer.

Engasguei com uma risada.

— Uma boceta qualquer? Acho que direi a Sia que você falou isso quando chegarmos. Certeza que ela vai querer ouvir.

As narinas de Hush se dilataram e sua mão estava apoiada na coxa, apertando-a. Era assim que ele se acalmava. Era o que eu fazia quando percebia que ele estava prestes a perder o controle. Principalmente em público.

Meu sorriso rapidamente se desfez e soltei um longo suspiro.

— Isso é difícil, hein, Val? Ela não é uma boceta qualquer, não é?

Hush se virou para olhar pela janela novamente.

— Ela é, Aub. Isso é o que você não consegue enfiar nessa sua cabeça-dura. — Ele balançou a cabeça. — Eu sei que você simplesmente não vai deixar isso de lado. Todas as piscadas e sobrancelhas levantadas, os malditos tapinhas no seu maldito chapéu sempre que ela menciona ou conversa com a gente. Já disse e digo de novo: não estou interessado. Acabe com seus malditos joguinhos. — Seus ombros tensionaram. — Você a quer tanto assim? Então transe com ela. Você quer minha permissão por escrito ou alguma merda do tipo?

— Porra, Hush. — Eu era um cara muito descontraído, mas ouvi-lo falando assim elevou minha raiva eternamente adormecida para um bom e sólido dez. — Você quer que eu cuide sozinho disso aqui, *mon frère*? Isso pode ser arranjado.

Ele ficou lá, sentado, fervendo de raiva. Eu apenas o deixei quieto. O filho da puta era teimoso como uma mula, e essa foi a primeira coisa que notei a respeito dele aos dezesseis anos.

Revirei os olhos com seu tratamento de silêncio e então vi Sia virando à direita. Dirigimos alguns quilômetros até estarmos absolutamente no meio do nada. Ela virou à esquerda, e campos de pasto protegidos por árvores grossas cercaram a caminhonete por todos os lados. Pude ver por que Ky deu este lugar a ela. Pela estrada, você nunca saberia que havia um rancho aqui.

Poucos quilômetros depois, uma pequena casa apareceu. O típico estilo de um rancho, com uma varanda ao redor. Um celeiro e um ringue de treinamento para cavalos ficavam ao lado da propriedade, junto com campos e mais campos verdes.

Respirei o ar fresco. Eu amava lugares como este.

— Lembrando dos velhos tempos? — Hush resmungou, rabugento. O irmão não gostava de onde viemos, principalmente das minhas raízes.

— Hush, eu não bato em você desde que éramos crianças, mas vou dizer uma coisa, seu bastardo miserável, se você não parar de me irritar, eu posso simplesmente perder a cabeça e ser forçado a dar um safanão no seu braço... e me disseram que meus safanões machucam que só a porra.

Esperei, com um sorriso se espalhando em meus lábios. E tomei como uma grande vitória quando vi sua bochecha se contrair e seus lábios se curvarem levemente para o lado.

— Cuidado, *mon frère* — avisei de brincadeira, abrindo a porta. — Parece que você está prestes a sorrir. Não é tão bom quanto a sua carranca.

— Encarei seus olhos. — Sia está gostando dessa merda. Não consegue tirar os olhos de você... e de mim, claro. Mas isso é apenas parte do meu rostinho bonito e charme *cajun*.

Saltei da caminhonete e vi um par de pernas compridas vestidas com calça jeans descendo do veículo à frente. Sia pisou na calçada de cascalho, sua camisa xadrez azul amarrada na cintura e o longo cabelo cacheado balançando por cima do ombro como uma porra de uma sereia.

— Que belo lugar você tem aqui, *cher* — comentei. Sia sorriu e seus olhos azuis se fixaram aos meus.

Seu olhar percorreu a propriedade, e a expressão em seu rosto suavizou na mesma hora. Foi-se embora a fisionomia fechada desta manhã, quando saímos do clube para... um semblante mais pacífico, eu diria. Relaxado... meu estado corporal favorito.

— Sim — suspirou. — É meu lar.

Sia se virou e se inclinou sobre o console para pegar sua bolsa. Eu sabia que não deveria ter olhado para baixo – o código dos irmãos fora da lei e tudo mais –, mas não tive escolha. Segurei a porta com mais força e lutei contra um gemido quando ela estendeu os braços mais para frente, deixando o formato de sua bunda perfeita totalmente em exibição. Olhei para a minha caminhonete, encontrando o olhar de Hush. Seus braços estavam cruzados sobre o peito. Pisquei e sorri – exatamente do jeito que ele tinha me enchido o saco uns minutos atrás.

Eu não ia mudar por ninguém.

— Deixe-me levar isso para você, *cher* — ofereci quando ela pegou a bolsa.

— Obrigada, Cowboy. — Ela olhou por cima do meu ombro para Hush. Ela abaixou a cabeça e deu um sorriso nervoso antes de entrar em sua casa. Hush me alcançou.

— Ela acha que você a odeia — murmurei, enquanto subíamos as escadas para a varanda.

— Eu não a odeio — ele respondeu, sem me oferecer mais nada. Realmente, Hush não a odiava. Ele gostava dela. Eu sabia que ele gostava dela tanto quanto eu.

Hush se arrastou atrás de mim quando entramos na casa, e vimos Sia no centro de uma sala de estar. Dois sofás situavam-se em cada lado de uma mesa de centro, e uma lareira ocupava a parede de trás, além de outra poltrona disposta ao lado dela.

— Eu só tenho dois quartos — Sia informou e esfregou a testa. — Um é meu, obviamente.

— Nós vamos dividir. — Coloquei sua bolsa no chão. Afastei-me e coloquei a mão no ombro de Hush. — Não temos vergonha um do outro, não é mesmo, Hush?

— Está tudo bem — ele respondeu. Balancei a cabeça para Sia e dei a ela uma piscadinha.

— Sendo assim, é por aqui. — Ela nos levou escada acima e abriu uma das duas portas que vimos por ali. — Meu quarto é ali, bem em frente — disse e nos deixou passar. Uma grande cama estava no centro do quarto.

Eu me virei para Hush e dei a ele um sorriso enorme.

— Grande o suficiente para dormir de conchinha, pelo menos.

Sia riu e depois bateu palmas.

— Bem, vou deixar vocês em paz, desfazendo as malas. Preciso dar uma olhada nos meus cavalos.

Ela mal havia dado dois passos quando eu disse:

— Espere. Vou com você.

Seu sorriso diminuiu e seus olhos se estreitaram com suspeita.

— Meu irmão mandou você fazer isso? Nunca sair do meu lado? Porque vou deixar algo bem claro para vocês: essa não é a maneira como as coisas funcionam por aqui. Vocês podem estar aqui, dormir aqui. Mas eu faço o que quero, quando quero. Conheço este rancho melhor do que ninguém. — Suas bochechas ficaram vermelhas de raiva.

Levantei as mãos.

— Caramba, não, *cher*. — Apontei para meu Stetson. — Garoto do rancho, lembra? Sei que você não sabe muito sobre mim, mas eu disse que cresci perto de cavalos.

Seus olhos observaram meu rosto e então seus ombros relaxaram.

— Sim, você disse.

Encostei-me à parede ao lado e parei de sorrir quando vi seus olhos pestanejarem e focarem no meu bíceps, depois de volta para o meu peito largo; aproveitei a chance e flexionei um pouco mais. A cadela não me deixou escolha.

Um rubor cobriu as bochechas de Sia, e eu disse:

— E aí, que tal me mostrar?

Suas sobrancelhas se ergueram em surpresa. Eu me aproximei, mais perto ainda, até que encarei seus grandes olhos azuis. Eles eram enormes pra caralho nessa distância.

— Os cavalos, *cher*.

Sia se afastou, nervosa.

— É por aqui.

Caminhei ao lado dela até que estávamos fora da casa. Ouvi passos atrás de nós e quando me virei, Hush estava descendo os degraus da varanda.

— Você vem? — perguntei, chocado.

Hush encontrou meu olhar, então o desviou para Sia antes de esfregar a cabeça e murmurar:

— Vou verificar o perímetro. Fico com o primeiro turno. — Ele olhou ao redor e suspirou profundamente, então se dirigiu a Sia, olhando diretamente nos olhos dela. — Ky disse que havia algumas motos em algum lugar por aqui. Disse que poderíamos usá-las já que viemos com a caminhonete.

— As motos do meu pai?

Hush deu de ombros.

— Ele só falou que havia umas motos.

Os ombros de Sia enrijeceram.

— Meu pai tinha duas motos. Ky guarda elas aqui. — Apontou para

TILLIE COLE

a garagem ao lado da casa. — Ky as mantém em dia, já que ele vem aqui toda semana e cuida delas.

Sia passou por nós em direção à garagem. Ela tirou um molho de chaves do cinto e abriu a porta. Hush caminhou ao meu lado, e esperamos para ver o orgulho do famoso Hangman Willis. Sia abriu a porta e puxou as capas protetoras de duas motos posicionadas no centro da garagem. Duas Harleys foram reveladas: uma Fat Boy bastante nova e uma...

— Duo Glide 1960. — Hush se agachou ao lado da motocicleta *vintage*, pasmo. O irmão sempre gostou dos modelos mais antigos. Eu preferia uma boa e velha Chopper. Nunca tive a obsessão por Harleys.

Hush passou a mão pelo banco de couro.

— É linda.

Não percebi o quão tensa Sia estava ao meu lado até que, irradiando ódio puro, ela sibilou:

— Elas deveriam ter sido enterradas junto com o dono.

Hush se levantou, devagar, e olhou diretamente nos olhos de Sia.

— Vou pegar as chaves pra você — Sia falou e saiu para entrar na casa.

Fui até o centro da garagem e parei ao lado de Hush.

— Problemas com o papai? — comentei e Hush deu de ombros.

Sia voltou e jogou as chaves na direção de Hush.

— Os galões de gasolina estão ao longo da parede traseira, se você precisar. Deve ter o suficiente para quase uma semana antes de termos que ir ao posto na estrada para conseguir mais. — Sia olhou novamente para as motos. — Meu irmão idolatra qualquer coisa do meu pai. Essas motos não são exceção. — Ela olhou para mim, depois para Hush. — Mas vocês todos gostam, não é? Ver qualquer coisa que tenha a ver com aquele clube, que seja algo sagrado e intocável...

Eu tinha acabado de abrir a boca para concordar quando Hush disse:

— O clube salvou a maioria de nós. Devemos tudo a ele.

Sia, toda corajosa, caminhou até Hush. Meu irmão se manteve firme. Suas narinas se dilataram enquanto a cadela, por quem eu sabia que ele tinha um tesão do caralho, ficava cara a cara com ele. Hush endireitou a postura, elevando-se sobre ela, mas isso não a impediu de dizer:

— Sim, mas na maioria das vezes ele toma mais do que dá. — Ela colocou as mãos nos quadris. — Você conheceu meu pai, Hush? — Ele balançou a cabeça em negativa. — Ele era um completo filho da puta.

— Caramba, *cher* — murmurei, baixinho. — Ele morreu pelo clube.

Ela virou a cabeça na minha direção.

— Minha mãe também. Só que ela não pediu por nada disso. O clube era a vida dele. Por causa do seu precioso clube, nunca conheci minha mãe. Minha tia me contou o máximo que pôde. Que minha mãe sempre ficava chateada com o fato do meu pai enfiar o pau em qualquer puta que encontrava, tanto que ela o deixou quando estava grávida de mim. Ela tentou levar Ky também, mas o grande e infame Hangman Willis nunca a deixaria ter seu filho. Seu herdeiro Hangman. Meu pai manteve minha mãe enjaulada em seu amor doentio por ele. Manteve-a pateticamente agarrada a qualquer migalha de afeto que ele jogou em sua direção, apenas para ela morrer porque ele não pôde nem mesmo abrir a porra de um portão sem fazê-la implorar por isso também... — Ela parou de falar, seu rosto brilhando com raiva.

Empurrando a chave da moto para Hush, Sia girou nos calcanhares e saiu da garagem. No entanto, parou à porta apenas para dizer por cima do ombro:

— Eu não tenho muito amor pelo clube, isso é óbvio. Mas desde o minuto em que conheci os dois, vocês pareciam diferentes da maioria dos idiotas daquele lugar... Estou rezando para estar certa. É por isso que pedi que vocês viessem comigo.

Parei de respirar até que ela saiu à luz do dia e se afastou de nós. Eu me virei para Hush, que a observava se afastar, e vi seus olhos azuis quase incandescentes.

— Somos diferentes, hein?

— Você sabe que somos — ele disse, e depois subiu na moto, fazendo o motor rugir para a vida. Ele saiu da garagem, e eu fiquei observando-o se afastar.

Passei a mão pelo rosto e olhei para as vigas empoeiradas da garagem. Respirei fundo e fui atrás de Sia. Vi sua bunda sexy rebolando até o celeiro e comecei a correr, alcançando-a assim que ela passou pelas portas do celeiro. Ela foi direto para seus cavalos, acariciando o focinho de cada um deles. Caminhei ao longo das baias, verificando-as eu mesmo. Uma sensação estranha apertou meu estômago enquanto eu fazia isso. Uma vez, esse foi o meu mundo. Cavalos, rodeios e sem Hush.

E também muita ignorância das pessoas ao meu redor.

Parecia que outra pessoa havia vivido aquela vida. Foi a vida que meus pais planejaram para mim. Uma da qual nunca sonhei que iria me afastar.

Dei um tapinha no pescoço da égua quarto de milha que eu estava admirando. Ela esfregou o nariz no meu ombro.

— Você é bom com ela.

Sorri e me virei, e imediatamente pensei que nunca tinha visto um padrão em xadrez azul tão bonito.

— Eu sou bom com todas as mulheres, *cher*. — Arqueei as sobrancelhas e alarguei o sorriso; ela bufou e, em seguida, começou a rir.

— Essa cantada normalmente funciona para você? — retrucou, brincando, inclinando a cabeça e colocando as mãos nos quadris.

Bati a mão no peito, assustando a égua.

— Sia, *baby*, estou magoado — falei, dramaticamente.

Caminhei lentamente em sua direção e ela se endireitou um pouco, mas manteve o olhar focado ao meu até que nossos peitos quase se tocaram. Segurei uma mecha de cabelo encaracolado que havia caído sobre seu ombro, e sua respiração falhou quando fiz isso.

— Não fico de conversa-fiada com mulheres.

— Claro que não. — Sia ergueu o queixo para mim. — Você é um Hangman. Eu sei como é a vida no clube, lembra? Ky é meu irmão. Caramba, Styx também. Eu sei o que acontece com vocês. Putas a torto e a direito, chupando seu pau. Vocês não têm conversa alguma com mulheres.

Abri um sorriso, sabendo que minhas covinhas tinham aparecido com força total quando vi seus olhos incendiando.

— Porra, *cher*, que boca! — Sia lutou para conter o sorriso. Inclinei-me mais à frente e sussurrei em seu ouvido: — Eu gosto. Nunca perca esse atrevimento, querida. — Pude sentir, mesmo sem ver, Sia revirando os olhos.

Ela deu um tapa no meu peito e resmungou. Antes que pudesse afastar a mão, eu a segurei. Ela observou enquanto eu levava sua mão à minha boca. Meus olhos estavam fixos nos dela quando depositei um beijo em sua pele macia. Sia se afastou e colocou uma pá na minha mão.

— Você pode falar bem, mas tudo que quero saber é o quão bom você é em limpar bosta de cavalo.

— O melhor — respondi e comecei a limpar as baias enquanto ela levava os cavalos para pastar no campo.

Quando estava tudo pronto, Sia perguntou:

— Quer dar uma volta? — Ela apontou o polegar para dois cavalos: uma égua e um garanhão. — Eles precisam se exercitar. Clara, a garota que me ajuda aqui, não teve oportunidade de lidar com eles enquanto estive fora. — Sia apontou para o garanhão. — E ela não ousou montá-lo.

— Domado recentemente?

Sia confirmou.

— Ainda fica arisco, às vezes.

TRÍADE SOMBRIA

Uma sensação familiar de excitação tomou conta de mim.

— Você não sabe que está olhando para o campeão juvenil de sela bronco dos Estados de Nova Orleans e Louisiana? Três anos consecutivos.

— Você é um peão bronco?

Toquei no meu Stetson, abaixando a cabeça.

— Aubin Breaux ao seu serviço, senhorita.

Seus olhos se arregalaram e sua boca se abriu.

— Ai, meu Deus! Eu já vi você! — Sia balançou a cabeça em descrença. — Eu costumava assistir você na Rodeo TV quando era mais jovem. — Ela parou, de repente. — Espere, eu só tenho vinte e quatro anos. Você não devia ser muito mais velho do que eu na época.

— Tenho vinte e seis.

— E Hush?

— Também.

Ela concordou, aparentemente para si mesma, e então olhou em minha direção.

— Aubin Breaux. — Ela parecia atordoada. — Seu nome é *Aubin Breaux*. — Ela sorriu. — Eu entendo o nome de estrada: Cowboy. Mas... — Sia inclinou a cabeça para o lado como se estivesse tentando me entender.

— Fale, *cher*.

— Você era promissor no rodeio. Profissionalmente. Por que parou? — Seus olhos pousaram no meu *cut*. — E como diabos você acabou entrando nos Hangmen?

Meu estômago se revirou de novo; essa não era minha história para contar, então me virei para o garanhão.

— Estou mais interessado nesse cara aqui do que em falar sobre meu passado nos rodeios. — Acariciei o pescoço do cavalo. Sia ainda estava me olhando com curiosidade. — Você tem criação?

Ela suspirou, vendo que eu não ia lhe dar mais informações.

— Sim, eu os crio — Sia se moveu ao meu lado e passou a mão no focinho do garanhão —, mas gosto mais de treiná-los. Principalmente para corridas de barris. — Ela cutucou meu ombro. — Broncos também. Basicamente, tudo o que um cavalo pode fazer em um rodeio. — Deu de ombros e abaixou a mão. — Eu sou muito boa nisso. Meu negócio seria maior se não... — Seus olhos focaram no chão. — Se eu não vivesse me escondendo. Não posso arriscar me expor.

Inclinei a cabeça para o lado.

— Você mesma participa de corrida de barris?

— Campeã local — declarou, sorrindo. — Ainda sou a detentora do título por aqui.

— Então por que diabos não vi você no circuito? — Franzi o cenho e percorri seu corpo com o olhar. — Eu teria me lembrado de você, *cher*.

Seu rosto congelou.

— Porque, como agora, eu estava escondida. A filha do Hangman Willis é uma boa isca para os inimigos. Então, ficamos escondidas e tive que refrear meus sonhos. Tive que competir como amadora, em vez de profissional. Ainda é assim. — Ela ergueu as mãos. — Mas tudo bem, porque é para o bem do clube e tudo é *sempre* para o clube. — Sia colocou a mão na testa e me encarou. — Desculpe. Eu sempre fico muito irritada com isso.

Decidi deixar essa merda de lado.

— Onde estão as selas?

Sia suspirou, claramente aliviada por eu ter mudado o tema da conversa. Ela trouxe as rédeas e as selas de uma sala dos fundos e preparou os cavalos, em seguida subiu na égua e sorriu para mim.

— Você ainda se lembra de como se faz? Ou só consegue lidar com algo com motor hoje em dia? — Sia brincou.

Montei em Triumph, o garanhão, e rapidamente me ajeitei na sela. O cavalo bateu os cascos no chão, seu focinho agitado.

— Vamos ver... — comentei e o cutuquei para galopar para fora do celeiro e através do campo aberto.

Ouvi a gargalhada de Sia atrás de mim. Virando-me na sela, vi Sia vindo logo em seguida. Depois de uma corrida ao redor do campo, acalmei Triumph para um trote tranquilo. Sia parou ao meu lado, os olhos brilhantes.

— E então? — perguntei.

— Até que você está se saindo bem — admitiu ela, relutantemente, então riu. — Não... você é bom pra caralho, e você — ela apontou para mim —, seu bastardo presunçoso, sabe que é.

Recostei-me à sela e suspirei.

— Sim, mas é bom pra cacete ouvir isso constantemente.

Sia socou meu braço e eu dei uma piscadinha para ela.

Um motor rugiu ao fundo, e quando olhamos ao longe, vimos Hush traçando lentamente o perímetro do campo. Em um segundo, meu maldito humor passou de feliz e satisfeito a frustrado.

— Eu fiz algo para ofendê-lo? — A pergunta de Sia desviou minha atenção do meu melhor amigo para o seu rosto ainda corado. — Nos casamentos de Styx e Ky, ele foi tão gentil comigo — ela suspirou. — Sei que você e eu conversamos mais, mas ele conversou um pouco também. Agora... nada. Nada além de raiva e olhares frios. — Ela olhou para o meu irmão desaparecendo à distância. — Pensei que ele gostasse de mim.

— Ele gosta. — Alguns momentos de silêncio se passaram antes de eu explicar: — Olha, *cher*, ele é um cara quieto. Sempre foi. Mas... — Fechei os olhos e inclinei a cabeça para trás. — Não vou entrar em detalhes, porque eu não desrespeitaria Hush dessa maneira. — Eu podia sentir seu olhar observador. — Ele está excluindo você.

Ela franziu o cenho, com uma expressão confusa.

— Não entendo.

— Se ele exclui, é porque gosta de você. Ele está excluindo você porque é assim que ele se protege.

— De quê? — sussurrou ela.

— De se machucar de novo.

— De novo?

Inclinei um pouco para ela, que cavalgava ao meu lado, e disse:

— Você não é a única que teve problemas no passado, *cher*. Não sei exatamente o que aconteceu com você e esse idiota do Garcia, mas entendo que foi ruim e você quer seguir em frente.

— Com Hush é o mesmo — retrucou, com conhecimento de causa.

— Ele também tem seu próprio passado e está te excluindo porque sabe que você pode fazer com que ele a deseje. — Balancei a cabeça. — Não. O idiota teimoso já *quer* você. Portanto, ele está te ignorando. É a atitude à prova de falhas dele — suspirei. — O irmão tem mais camadas do que uma maldita cebola.

Sia pareceu parar de respirar, então encarei seus olhos chocados. Ela lambeu os lábios e perguntou:

— Ele me quer?

— Já se olhou no espelho?

Isso a fez sorrir. Logo depois o sorriso diminuiu e ela disse:

— E... você?

Um sorriso lento se espalhou em meus lábios.

— Eu o quê?

Entrecerrou os olhos, sabendo exatamente o que eu estava fazendo.

— Você me quer — declarou, com a atitude corajosa que eu adorava.

— Pode ter certeza que sim — confirmei e a observei corar.

Sia olhou na direção em que Hush havia estado.

— E isso não causa problemas entre vocês? Que os dois possam gostar da mesma mulher?

Meu pau começou a endurecer quando essa pergunta escapou de seus lábios. Porque a porra da imagem que surgiu na minha cabeça era uma que eu queria tornar realidade.

— Nós não funcionamos assim, *cher*. — Eu vi a confusão em seu rosto e então expliquei: — Essa coisa de ciúme? Realmente não acontece entre mim e Hush. — Eu a deixei pensar sobre isso por um tempo.

Depois de cerca de dez minutos de silêncio, Sia se inclinou e beijou o pescoço de sua égua. Percebendo que eu estava observando, ela disse:

— Eles são minha terapia emocional. — Ela me deu uma olhada de relance, mas desviou o olhar antes de dar um tapinha no pescoço da égua. — Meus cavalos. Sempre amei esse animais. Sempre gostei de corrida de barris. Mas depois... quando voltei... — Ela respirou fundo. — Eles se tornaram meu suporte. Eles me mantiveram em pé quando achei que iria desmoronar. — Seus olhos se desviaram para encarar fixamente as árvores à nossa esquerda. — É por isso que não pude ficar no clube. Eu piorava a cada dia sem eles... Eu...

Eu me aproximei e segurei sua mão trêmula. Uma raiva à qual eu não estava acostumado a sentir começou a crescer dentro de mim ao ver seu medo estampado. E quando segurei sua mão, ela não me afastou, mas ao invés disso, a cadela a agarrou com força.

Sia não soltou minha mão enquanto seguíamos por outros campos a cavalo.

— Cowboy? — chamou assim que começamos a voltar.

— Uhm?

— Você e Hush... — Não pude deixar de sorrir quando ela baixou a cabeça e suas bochechas ficaram vermelhas. Fiquei quieto, deixando-a à vontade para perguntar o que ela queria saber. Quando Sia levantou o olhar e viu meu sorriso malicioso, ela se virou e disse: — Eu ouvi boatos...

— Que boatos?

Ela soltou um suspiro exasperado.

— Você vai me fazer perguntar, não é?

Ajeitei-me na sela, ficando confortável pra caralho.

— Sim, querida. Acho que vou.

— Você é gay? — Ela deixou escapar, então piscou como se não pudesse acreditar que havia acabado de perguntar isso. — Quero dizer... mas você disse que gostava de mim... então, bissexual, talvez?

Eu *odiava* rótulos. Sempre odiei. Nunca me rotulei como nada. Eu não era assim, mas...

— Somos próximos — declarei e dei de ombros. — As pessoas podem pensar o que quiserem. Nós apenas fazemos tudo juntos. Eu não me importo como as pessoas querem chamar isso.

— Tudo?

Agora *aquilo* chamou a atenção dela.

— Bem, Hush não anda a cavalo, então não é exatamente tudo.

— Cowboy! — Sia exclamou, claramente cansada da minha enrolação, e isso me arrancou um sorriso.

— Mas ele está lá, comigo, quando fodemos putas, então eu diria que somos muito próximos.

Boquiaberta, percebi quando ela arfou, chocada.

— Vocês transam com mulheres, juntos? Vocês... vocês fazem sexo a três?

— Sim. — Observei seu rosto de perto. Eu queria saber o que a cadela achava daquilo.

— Você nunca fica com mulheres, sozinho?

— Não.

— Nunca?

Balancei a cabeça em negativa.

— Só quando Hush também está lá?

Concordei, assentindo; e então sorri. Inclinando-me para mais perto, perguntei:

— O que você acha disso, *cher*?

Seus mamilos endurecidos sob a camisa me mostraram exatamente o que ela achava daquilo.

— Vocês não se tocam durante o ato?

— Ahh... a pergunta de um milhão de dólares. — Eu a fiz esperar, um, dois, três segundos, antes de continuar: — Quero dizer, claro que nos tocamos... — Seus olhos se arregalaram. — Mas não cruzamos espadas, se é isso o que quer saber. — Levantei as mãos. — Tudo consiste estritamente em nos afundar em alguma cadela.

Seu lábio se contraiu e ela balançou a cabeça diante da minha resposta.

— Bem... vocês são apenas Príncipes Encantados que gostam de espeto assado, hein?

Comecei a rir, mas me inclinei para onde ela estava sentada e a olhei nos olhos.

— Não apenas espeto assado, *cher*. — Sua respiração ficou arfante. — Dupla penetração é a posição que gostamos.

As bochechas de Sia ficaram vermelhas. Mas, dando uma de durona, ela sussurrou:

— Cada louco com sua loucura, suponho.

Eu sorri e me endireitei.

— Verdade, *cher*. — Dei de ombros. — Na minha opinião, a vida é curta demais. Viva como você quer viver, da forma como *tem* que viver e foda-se o mundo.

— Não consigo imaginar Hush fazendo isso com ninguém — ela comentou. — Você, no entanto, depois dessa conversa, não tenho dúvida alguma.

Eu ri, então segurei sua mão novamente.

— Não se preocupe, *cher*, vamos amansar Hush juntos. Fazer com que ele veja as coisas do nosso jeito. As defesas dele são altas, mas acho que podemos quebrá-las se nos esforçarmos o suficiente.

— Eu... Cowboy... Eu não... — ela tentou argumentar, mas soltei sua mão e cutuquei Triumph para mudar para um galope. Deixei a cadela pensar sobre aquela imagem por um tempo. De ter nós dois. Ela, pressionada contra nossos peitos. Nossas bocas em seu pescoço.

Depois de alguns segundos, Sia veio galopando atrás de mim. Olhei para trás e toquei meu Stetson. Seu rosto estava determinado enquanto ela tentava me alcançar. Eu tinha que dar os créditos para a cadela: Sia sabia cavalgar bem pra caralho.

Ela me alcançou apenas quando entrei no campo principal. Com o rosto vermelho e sem fôlego, ela desmontou e passou por mim, murmurando:

— Se essa fosse uma corrida justa, eu teria acabado com você. Da próxima vez, vou mostrar o que a Sandy aqui pode realmente fazer.

— Ah, querida... — Lambi os lábios e desmontei também. — Acabar comigo? Acho que podemos dar um jeito *nisso*. — Ela arqueou uma sobrancelha para mim. — O quê? — perguntei, fingindo estar chocado. — Eu acabei de dizer claramente que gosto dessas coisas.

Sia agarrou as rédeas de Triumph e colocou os cavalos no pasto. Quando as tarefas do rancho foram concluídas, a noite tinha caído e eu estava morrendo de fome.

— Posso ver por que você gosta daqui, *cher*.

Ela percorreu o rancho com os olhos.

— Sim. É o meu paraíso.

— Ao contrário do clube.

Entrecerrando os olhos, seus ombros relaxaram.

— Só estou chateada com certos aspectos do clube, Cowboy. Claro que não odeio. É só que... às vezes, gostaria de não ser Elysia Willis, sabe? Você escolheu esta vida. Eu nasci nela. E mesmo assim, não tinha permissão para estar totalmente envolvida nisso. — Sia desviou o olhar.

— No fundo, eu sabia que você não nos odiava — eu disse, e ela olhou para mim. — É meio difícil pensar que você odeia motociclistas e o mundo em que vivemos quando você vai e dá o nome *Triumph* ao seu garanhão.

Sia abriu a boca e a fechou, sem encontrar palavras. Quando passou por mim, claramente bufando de raiva, eu sorri. A cadela não odiava motociclistas. Ela amava Styx e Ky; eu a tinha visto com eles. E ela gostava de mim, eu sabia disso. E ela achava Hush fascinante. Ela odiava o pai. E era isso.

Mas pelo que ouvi sobre o antigo *VP*, quem não odiaria?

Hush entrou em casa enquanto Sia preparava a comida. Ele olhou para mim, sentado confortável pra caralho no sofá, com as mãos à nuca e as pernas apoiadas na mesa de centro.

— Hush. — Baixei um braço para dar um tapinha no meu Stetson. — Tudo bem?

Hush assentiu com a cabeça. Seu olhar pousou em Sia, que estava olhando para ele da cozinha.

— Ei, Hush. — Ela apontou para o fogão. — A comida está quase pronta.

— Não estou com fome — anunciou ele, e o sorriso de Sia rapidamente sumiu.

Eu me levantei e segurei seu braço.

— Você precisa comer. — Eu o encarei. Ele sabia por que eu estava dizendo isso, e que eu estava certo. Por mais que tentasse discutir, ele sabia que não tinha nenhum argumento do caralho para dar.

Em vez disso, ele olhou para Sia e disse:

— *Merci*[6].

---

6 Merci (francês) – Obrigado(a).

Apontei para a mesa e Hush se sentou. Ele passou a mão pelas bochechas cobertas pela barba por fazer. Sia colocou um copo de água na frente dele.

— Obrigado — murmurou, antes de esvaziar o copo.

Sia colocou o bife com feijão diante de nós e se sentou.

— Parece bom, *cher* — comentei, esfregando as mãos e vendo que Hush havia começado a comer.

— Então — Sia murmurou, olhando diretamente para Hush —, a moto funcionou bem?

Hush engoliu em seco.

— É uma boa moto.

O irmão não disse mais nada. Revirei os olhos e sorri para Sia.

— Agora ele pilota bem, *cher*, mas você deveria tê-lo visto quando tentou pela primeira vez.

Os olhos azuis de Hush se fixaram nos meus. Sua mandíbula ficou tensa. Eu estava pouco me fodendo.

— O que aconteceu? — Sia parecia aliviada por eu estar dando continuidade na conversa, então me recostei à cadeira.

— Eu e Hush tínhamos enchido a cara uma noite... Na época, a gente devia estar com uns dezoito anos e estávamos em Nova Orleans. — Deixei de fora o fato de que vivíamos nas ruas. Hush me mataria se eu ousasse incluir qualquer um desses malditos detalhes. Seus olhos cintilaram enquanto ele me encarava, em um aviso claro para manter a porra da história o mais simples possível. Toquei em seu ombro com minha mão. — Passamos por um bar de motociclistas e Hush aqui, bêbado pra caralho de uísque — inclinei a cabeça para um lado — ou era de *Slippery Nipples*[7]?

— Idiota — Hush resmungou, balançando a cabeça. Sia estava sorrindo. Acho que mais pelo fato de que Hush finalmente abriu a porra da boca perto dela do que pela minha piada.

— Tudo bem, uísque. De qualquer maneira, ele viu uma fileira de motos na frente. Pensando, em seu estado de embriaguez, que uma velha Harley pela qual ele estava obcecado seria boa para montar, ele foi direto para ela. As chaves ainda estavam na ignição. — Abri um sorriso para Hush. — Deveria ser nosso primeiro sinal para não fazer aquilo. A moto tinha as chaves na ignição, mas estava intocada.

— De quem era? — Sia perguntou.

Levantei a mão para ela esperar para descobrir.

---

7   Slippery Nipple (inglês) – bebida feita com granadine, Baileys e liquor.

— O Hush aqui a levou para fora da vaga de estacionamento e, em seguida, deu partida no motor. — Comecei a rir com vontade. — Ele só dirigiu cerca de vinte metros antes de perder o controle e cair com a moto na estrada.

Hush terminou o último pedaço de seu bife e se recostou à cadeira, mantendo o olhar focado à mesa enquanto eu prosseguia. Sia continuou olhando para ele e eu observei os dois.

— Eu corri para onde ele estava, e então as portas do bar se abriram e um monte de irmãos em *cut* saíram correndo.

— Os Hangmen de Nova Orleans? — Sia perguntou.

— Os próprios. — Vi os cantos dos lábios de Hush se curvarem, obviamente se recordando daquele dia. — Acontece que a moto pertencia ao Ox, o antigo *prez*. — Balancei a cabeça com a lembrança. — Mas o Hush aqui, em vez de se intimidar, se levantou e ficou cara a cara com Ox, que estava prestes a nos matar.

— E você? — Sia perguntou.

Fui responder, mas Hush disse:

— Ele ficou ao meu lado. Pronto para brigar também.

Dei de ombros.

— Eu não podia deixar meu irmão ser morto. Achei que ser morto por um motociclista seria uma maneira legal de passar dessa pra melhor. — Hush sorriu. — Mas então Ox olhou para nós, sujos e arrogantes pra caralho, e riu. Hush avançou e acertou o queixo do velho... e duas horas depois éramos os mais novos recrutas na filial de Nova Orleans. Ox nos deu um lar. Um propósito. Uma porra de vida. — Eu ri, meu peito apertando com a lembrança daqueles dias. — Devemos tudo a ele.

— Adorei — ela comentou, sorrindo com a história.

Hush baixou os olhos e se levantou.

— Obrigado pelo jantar. — Colocou o prato na pia e saiu da cozinha.

Eu o observei ir e inclinei a cabeça para trás em frustração.

— Ele vai mudar de ideia — assegurei a Sia enquanto ela se levantava para guardar os pratos.

Esperei na mesa até que ela terminasse, checando meu celular por mensagens de Styx e Ky. Quando Sia desligou as luzes da casa, eu a acompanhei até a porta de seu quarto. Ela olhou para mim e engoliu em seco.

— Boa noite, Cowboy. Obrigada por ajudar hoje.

— Sem problemas, querida. — Aproximei-me dela. — Eu me diverti.

Sia assentiu com a cabeça, sua respiração acelerando à medida que eu chegava mais perto. Eu podia sentir o calor do seu corpo irradiando contra o meu.

— Posso ver você praticar corrida de barris amanhã, certo?

— Sim. Eu tenho um rodeio em algumas semanas. Tenho que treinar se quiser manter meu primeiro lugar.

Sorri, já duro pra caralho com a ideia de vê-la com uma calça jeans ornamentada com bordados brilhantes nos bolsos traseiros, voando em torno daqueles malditos barris, Stetson na cabeça e seu cabelo rebelde e cacheado ao vento. Seu queixo se ergueu.

— Contanto que eu consiga ver você treinar um dos meus broncos.

— Ah... pode contar com isso.

Sia sorriu, e incapaz de resistir, abaixei a cabeça e segurei seu queixo por entre o polegar e o indicador. Ela prendeu a respiração enquanto eu beijava um canto de sua boca.

— *Bonne nuit*[8], *cher* — sussurrei contra sua pele macia, acariciando sua bochecha com a ponta do nariz. Então recuei até minha porta.

Sia ficou olhando para mim por alguns momentos antes de rapidamente entrar em seu quarto. Gemi baixinho, recostando a cabeça contra a porta. Finalmente me recompondo, girei a maçaneta e entrei no quarto que Hush e eu estávamos dividindo. Eu tinha acabado de fechar a porta quando ele disse:

— Ky vai te matar se souber que você está fazendo essa merda.

O irmão tinha ouvido tudo.

— Cale a boca, Val. Nós a queremos há muito tempo. Não finja que isso não é verdade. — Agarrei meu pau por cima do jeans. — Eu não sou um pirralho, com medo de ir atrás do que quero.

Sob a fresta de luz que se infiltrava por uma fenda nas cortinas, pude ver Hush deitado de bruços na cama. Sua camisa e calça jeans haviam sumido. Meus olhos focaram na porra da tatuagem em suas costas, aquela que tentava cobrir a queimadura que sempre estaria lá. A tinta fez o possível para fundir a marca ao desenho. Mas tudo que eu via era aquela maldita cicatriz.

Hush se sentou. Tirei a camisa e o jeans e me deitei ao seu lado na cama. Na mesma hora, ele olhou para mim.

— Gostou do passeio? — perguntou em francês *cajun* novamente. Eu sabia que era para que Sia não soubesse o que estava sendo dito, se ouvisse.

— Sim. Foi muito bom estar de volta à sela.

Hush desabou de volta na cama.

---

8   Bonne nuit (francês) – Boa noite.

— Claro que sim. Ajudou você a relembrar os bons e velhos tempos, não é?

— Vai se foder, Val. Não vou permitir que desconte em mim só porque está puto por não ter saído com a gente.

— Eu estava verificando o perímetro.

— A tarde toda?

— Eles podem vir a qualquer momento.

— Styx e Ky têm irmãos de cabo a rabo na estrada até aqui todos os dias verificando qualquer coisa suspeita. Você está evitando ela, porra. — Hush estava quieto. — Ela me lembra você.

Hush ficou tenso ao meu lado. Virei de costas e olhei para ele com o canto do olho.

Hush devolveu o olhar. Eu sabia que ele queria saber o que quis dizer com aquilo, mas levou muito tempo para o meu irmão cerrar os dentes e ceder.

— Como assim?

Pensei em uma melhor forma de dizer aquilo. Finalmente, optei pela porra da verdade.

— Porque ela está quebrada, Val. Machucada pra caralho. — Os olhos de Hush se fecharam e meu peito apertou. — Assim como você, cara. Vocês poderiam ajudar um ao outro. Ela está sozinha, e precisa de alguém.

Hush abriu os olhos, o olhar determinado.

— Então seja esse alguém para ela.

Eu sabia a dor que causou ao filho da mãe teimoso dizer aquilo para mim. Então, eu simplesmente arranquei o curativo de uma vez só.

— Nós poderíamos ser alguém para ela. — Hush prendeu a respiração. — De qualquer maneira, ela sabe sobre nós. — Seu olhar chocado se fixou ao meu, e um suspiro exasperado escapou de seus lábios. — Sobre o que gostamos.

— Por que diabos você disse isso a ela?

— Para que ela soubesse como nós somos. Para ela saber no que está se metendo.

Os dentes de Hush rangeram tão alto que pude ouvir.

— Então, pela primeira vez, ignore tudo isso e apenas a foda. — Ele se apoiou nos cotovelos e me encarou. — Eu dou minha permissão, Aub, okay? Seja essa pessoa para ela. Como ela quiser e precisar que você seja.

— Não fazemos essa merda sozinhos. Nunca fizemos.

Hush cobriu o rosto com as mãos.

— Sim, mas isso é com putas do clube.

— E?

— E ela não é uma! Ela está longe de ser uma puta. Ela é... mais.

Hush se afastou de mim. Eu encarei a lua do lado de fora da janela.

— Apenas diga a ela, Val. Porra. Ela vai entender. Você está aqui e vai morar aqui por enquanto. Ela vai descobrir de qualquer maneira.

Eu nunca diria isso a ele, mas, às vezes, guardar seu segredo era muito difícil. Especialmente quando ele recusava qualquer coisa boa que aparecesse em nosso caminho por causa disso. Tudo o que ele disse foi...

— Ela vale mais — Hush sussurrou.

E aí estava. O que meu melhor amigo pensava sobre si mesmo. Que ele era um nada. Um passado fodido o condicionou a pensar assim para sempre.

— Ela merece mais.

— Você vale a pena — argumentei, mas sabia que não conseguiria nenhuma resposta. — Ela vale a pena para nós dois. — Eu me virei e dei um soco no travesseiro com meu punho.

Fechando os olhos, imaginei Sia em sua montaria hoje, me contando como precisava dos cavalos para se sentir melhor. Pensei no irmão teimoso deitado ao lado e sabia que ele precisava de mim da mesma forma. Eu havia me tornado a merda de seu apoio emocional. Mas de jeito nenhum eu iria me afastar dele. E de qualquer maneira, não sabia como era a vida sem sua presença. Estávamos juntos há tanto tempo que estaria perdido sem ele por perto, e nem queria pensar como Hush seria sem mim. Éramos sempre nós dois, ele e eu. Nunca precisamos de nenhuma cadela.

Mas eu podia ver isso com Sia. Eu poderia vê-la conosco. Ambos estavam tão quebrados e machucados, mas eu queria estar lá para eles. Com eles.

Não demorou muito e ouvi a respiração de Hush se normalizar. Eu me virei e olhei para ele, vendo as cicatrizes e queimaduras que cobriam sua pele escura. Então olhei para a tatuagem da bandeira confederada em meu braço.

Suspirei.

Eu só tinha que encontrar uma maneira de fazê-lo pensar do mesmo jeito que eu. As pessoas podem mudar. Eu era uma testemunha-viva disso.

Ele gostava dela.

Eu gostava dela.

Ela gostava de nós dois.

Nós vivíamos uma vida estranha pra cacete, mas com Sia, eu tinha certeza de que havia pelo menos uma chance de que poderíamos ser algo mais.

CAPÍTULO 5

SIA

Duas semanas depois...

— Então... — Levantei a cabeça, focada na escovação de Sandy, e deparei com Clara à porta da baia.

— Então o quê? — Acariciei o pescoço da égua com a mão.

Os olhos escuros de Clara se arregalaram. Ela tinha apenas vinte anos, mas era a melhor ajudante que já tive. Para ser honesta, fora Ky e Lilah – e agora Hush e Cowboy –, ela era a minha única amiga.

Clara ergueu as mãos e olhou ao nosso redor.

— O quê? *O quê?* Sia, não me deixe esperando! Você diz que está voltando para casa e me diz para tirar férias, e quando volto, dou de cara com dois dos homens mais gostosos que já vi na vida, morando com você, brincando de casinha, e você me pergunta *"o quê"*?

Fui até a porta da baia e destravei o ferrolho. Clara se afastou apenas o suficiente para que eu pudesse passar, antes de me seguir até a sala dos fundos enquanto eu pegava as rédeas e a sela. Clara estava atrás de mim quando voltei para selar Sandy. Suspirei e me ocupei com a tarefa em mãos enquanto tentava pensar no que diabos dizer.

— Sia! — Clara insistiu, claramente irritada.

Finalmente, levantei o olhar.

— Eles estão apenas me protegendo por um tempo.

— Por quê?

Eu queria contar a Clara o que estava acontecendo, mas Ky me fez jurar que nunca falaria a verdade. No fim, apenas dei de ombros.

— Meu irmão recebeu a notícia de uns arrombamentos perto de algumas fazendas. Ele só quer que estejamos seguras.

Ela sabia que Ky era um motociclista, e nada além disso.

Ninguém nunca soube.

— Não fiquei sabendo disso. — Clara franziu o cenho.

— Como eu disse, ele tem contatos. Não foi uma coisa que se tornou pública. — Virei a cabeça e ajustei os estribos.

Clara deve ter acreditado na minha mentira inocente, porque quando me virei ela estava parecendo animada.

— Bem..? — perguntou, em voz baixa. — De qual deles você gosta? — Ergueu a mão quando abri a boca para pedir que ela deixasse aquele assunto de lado. — E não tente protestar. Você tem caminhado por aqui com um passo acelerado desde que voltei, e sei que é devido àquele belo espécime de cowboy loiro ou ao deus de olhos azuis e corpo tão gostoso quanto chocolate ao leite que vi por aí.

Balancei a cabeça.

— Clara, juro a você, eu não quero nenhum deles. — Fiquei surpresa com a facilidade com que aquela mentira em particular escapou dos meus lábios. Porque só em pensar neles – com base apenas na descrição dela – fez minhas coxas se apertarem; o pensamento de estar entre os dois, nus e suados, suas mãos em toda a minha pele, encheu minha mente.

— Sério? — retrucou ela, com a mão no quadril. — Então por que seu rosto está todo vermelho?

— Está calor.

— Vou lhe dizer o que me dá calor; aquele com a cabeça raspada e lábios carnudos. — Ela mordeu a língua. — Você já viu olhos tão azuis antes? Sério, passei por ele ontem, dei de cara com aqueles olhos e quase me derreti ali mesmo. Se você não gosta dele...

— Deixe o Hush em paz, Clara — adverti, as palavras escapando antes mesmo que eu tivesse a chance de perceber que as havia pronunciado.

Clara deu um sorriso e encolheu os ombros.

— Então estou de boa com o loiro. Eu adoro um cara com Stetson.

Cerrei os olhos com força.

— Clara, você vai ficar longe dos dois, okay? Nenhum deles está à disposição.

Clara congelou e cobriu a boca com a mão.

— Ah, caramba, Sia. Você está ferrada. Você gosta dos dois.

— Não... Não é... — tentei argumentar sem muita convicção.

— Você gosta! — exclamou, em uma voz estridente. — Caramba, garota, posso ver o porquê, mas gostar deles só vai tornar as coisas mais complicadas...

— Gostar de quem?

Minha cabeça girou para a entrada do celeiro. Cowboy estava encostado contra a porta, braços cruzados e olhos brilhantes. Clara olhou para mim, depois de volta para ele, os olhos arregalados de um jeito cômico. Engoli em seco.

— Só um cara que conheci em um bar um tempo atrás.

Cowboy franziu o cenho e caminhou em minha direção com uma passada lenta, metódica e, aparentemente, completamente irritado.

— Tenho que ir. — Ouvi Clara dizer às minhas costas. Em momento algum desviei o olhar de Cowboy. Nem mesmo quando ele abriu a porta da baia e entrou, parando a poucos centímetros de mim.

— Você tem um homem, *cher*? Você quer um babaca qualquer de um bar? — perguntou ele, e vi algo que nunca tinha visto em seu olhar antes: ciúme... e uma pitada de raiva. Esses sentimentos pareciam estranhos para Cowboy. Ele era o epítome do homem sulista descontraído.

— Não — sussurrei e Cowboy ergueu a mão, roçando suavemente o meu braço. Minha pele arrepiou onde ele me tocou.

— Então de quem você estava falando, querida? — Meus olhos se fecharam e respirei fundo. — *Cher*?

Sua mão acariciou para cima e para baixo, para cima e para baixo, até que não aguentei mais e soltei:

— De você. — Abri os olhos.

Um sorriso lento e satisfeito surgiu em sua boca. Ele se aproximou; tão perto que meus seios tocaram seu peito. Inclinei a cabeça para trás para poder encará-lo quando ele afastou uma mecha de cabelo do meu rosto.

— Apenas eu? — sussurrou, seu timbre profundo viajando pelo meu corpo na velocidade de um raio.

— Não — cedi e vi seu sorriso aumentar. Eu sabia que estava perdendo a cabeça. Que mulher desejaria dois homens? Então, novamente, que homens procuravam por mulheres juntos? A mesma mulher, sem ciúme ou competição?

Nada disso era lógico... ainda assim, eu não conseguia me conter.

Ou me obrigar a me importar.

Cowboy se inclinou e deu um beijo na minha bochecha.

— Isso é muito bom — disse ele, devagar e, em seguida, se afastou, me deixando sem fôlego, um saco ambulante de gelatina. — Eu vim para ver você treinar. — Mordeu o lábio exageradamente e gemeu. — Não me canso de te ver voando em volta daqueles barris, *cher*. Porra, acho que isso se tornou uma das minhas imagens favoritas na vida.

Tentando me manter sob controle, segurei as rédeas de Sandy e a tirei da baia. Quando passamos pelo novo garanhão que seria treinado para competir como um bronco em ascensão, eu disse:

— Pepper precisa de treinamento hoje. Ele é um bronco. Você está pronto para o desafio?

Cowboy ainda não tinha me mostrado seus talentos, mas assim que Clara pegou Pepper ontem, eu sabia que logo teria minha chance de vê-lo em ação.

O rosto de Cowboy se iluminou.

— Você quer me ver cavalgar? — Eu concordei. — Então pode contar comigo. — Ele alongou os braços e estalou o pescoço. — Vai ser bom fazer um treino pesado.

Cowboy se sentou na cerca do ringue de treinamento enquanto eu treinava ao redor dos barris. O sol tostava a pele do meu pescoço com o passar das horas, enquanto estimulava Sandy, entrando e saindo dos barris, galopando até a linha de chegada.

— Dezessete segundos! — Cowboy gritou quando cruzei a linha pela centésima vez. Fiz Sandy parar. Não foi o melhor tempo que já fiz, mas era o suficiente por hoje.

Passei com Sandy pelo Cowboy, vendo seus braços nus e a camisa xadrez fina com as mangas rasgadas.

— Pronto para suar?

Cowboy ergueu seu Stetson, penteou o cabelo com os dedos e perguntou:

— Estamos falando de Pepper? Porque eu realmente espero que estejamos falando sobre algo diferente.

Revirei os olhos.

— Você só pensa nisso?

— Perto de você? — Ele abriu um sorriso largo. — Com certeza.

— Encontro você na pista. — Entreguei Sandy para Clara, que me deu uma piscada. Balançando a cabeça, levei Pepper para fora da baia e vi Cowboy esperando por mim. Fiz Pepper parar e acenei para uma sala. — Ali tem rédeas e selas.

Cowboy foi até lá e quando voltou, com as rédeas em mãos, estava vestindo a calça de couro preta e uma camisa jeans que cobria seus braços e peito.

— Me dê ele aqui. — Cowboy pegou Pepper, verificou a sela e prendeu a rédea ao cabresto.

— Dê a ele cerca de três dedos e meio — indiquei, me referindo à distância da rédea com que o cavalo respondia melhor.

Cowboy sorriu.

— Era isso que eu ia fazer de qualquer maneira, *cher*. Já disse, sou bom pra caralho nisso.

Virei a cabeça para o outro lado do ringue e vi Hush parado na moto do meu pai. Ele estava inclinado sobre o guidão, observando seu melhor amigo como um falcão. Perdi o fôlego quando ele olhou nos meus olhos. Foi apenas por um segundo, e então ele rapidamente voltou a se concentrar em Cowboy.

Clara e eu levamos Pepper para dentro da rampa, e Cowboy deslizou para o cavalo. Minha ajudante correu para o portão e esperou meu comando. As narinas de Pepper dilataram, em excitação, e seus cascos socando com força a terra. Cowboy apertou a rédea com uma mão e posicionou os pés.

— Tem certeza de que está pronto para isso? — Tentei transparecer tranquilidade, mas tendo uma dúvida momentânea. Eu sabia que Aubin Breaux sabia cavalgar. Inferno, ele era o melhor quando adolescente, mas eu não tinha certeza se o "Cowboy" dos Hangmen ainda tinha o que era preciso para se manter firme neste garanhão. E Pepper era um cavalo campeão em formação.

— Abra o maldito portão, *cher*! — Cowboy gritou, enquanto me dava uma típica piscada descontraída e um sorriso arrogante.

Olhei para Clara.

— Você ouviu o homem.

Clara abriu o portão e Pepper entrou em ação. O bronco pinoteou como se tivesse saído do inferno, e meu coração pareceu parar no meu peito. Eu tinha ferrado com tudo. Subi na cerca, pronta para correr para Pepper caso ele jogasse Cowboy para fora da sela, mas meus olhos se arregalaram e um sorriso se espalhou em meus lábios quando Cowboy agitou a mão no ar e montou o garanhão como se nunca tivesse parado de competir.

Clara me cutucou e suas sobrancelhas se ergueram em surpresa.

— Ele é muito bom, garota!

Depois de ficar muito mais tempo do que os oito segundos necessários, Cowboy levantou a perna da sela e saltou para o chão, fugindo do garanhão. Pepper saiu à toda, circulando o ringue, eventualmente se acalmando e parando. Só então Clara cruzou o ringue e o buscou.

Pulei da cerca e corri para Cowboy, que estava se exibindo, braços abertos e um sorriso arrogante no belo rosto. Eu nem sequer pensei no que fiz em seguida. Em um minuto, estava correndo pela terra, a adrenalina circulando em minhas veias. No próximo, eu estava me lançando em seus braços.

— Isso foi incrível! — Senti os braços fortes envolverem minha cintura... e rapidamente fiquei hiperconsciente do fato de que ele estava me segurando.

Ele deve ter sentido meu corpo tensionar, porque me abaixou lentamente até o chão. Desenlacei os braços de seu pescoço, mas ele se recusou a me soltar.

— Porra, *cher* — ele disse, a voz rouca enquanto sussurrava em meu ouvido: — Se eu soubesse que isso faria você se jogar nos meus malditos braços, teria montado no minuto em que cheguei aqui.

Nervosa, comecei a rir, ainda chocada por não ter me sentido desconfortável em seu abraço. Então, inclinei a cabeça para trás e deparei com seus olhos azuis fixos em mim.

— Isso foi incrível pra caramba, Cowboy — comentei e toquei seu peito largo. Observei as palmas das minhas mãos abertas em seu peitoral musculoso. Eu não conseguia desviar o olhar dos meus dedos. Eu o estava tocando... Estava *tocando* o corpo dele. Fazia tanto tempo. Eu não tinha certeza se algum dia seria capaz de tocar outro homem assim depois de Juan, depois do que descobri... depois do que ele fez...

Cowboy rosnou baixo, me fazendo olhar para cima, afastando meus pensamentos sombrios em espiral.

— É maravilhoso ter você se agarrando em mim, *cher* — sussurrou e eu, na mesma hora, abaixei as mãos.

— Você pode ir de novo? — Tentei me acalmar. Dizer que estava confusa era alegar o óbvio. Há anos não pensava nos homens de uma forma romântica. A aceleração do meu pulso e do meu coração me disseram que tudo havia mudado.

Era por causa de Cowboy. Dos seus sorrisos. Do seu coração bom.

E era por causa de Hush. O homem misterioso e fechado que eu ansiava por entender.

— Claro — ele disse, e eu me afastei. Cowboy me soltou e quando eu estava prestes a virar em direção ao ringue, olhei por cima do ombro e encontrei um par de olhos azuis me encarando. Sustentei o olhar de Hush, tentando decifrar o que diabos aquela expressão feroz significava. No entanto, uma mão tocou a minha, me fazendo desviar a atenção.

— Vamos — Cowboy falou, seguindo o caminho do meu olhar. Hush olhou para Cowboy, e uma espécie de conversa silenciosa aconteceu entre eles e bem diante dos meus olhos. Cowboy foi o primeiro a desviar o olhar e me levou de volta ao ringue. — Quero ir de novo.

Quando olhei para trás, esperava que Hush tivesse ido embora, mas ele permaneceu ali, apenas observando.

Meu coração bateu um pouco mais rápido.

— *Cowboy!*

Seu nome soou como uma sirene de alarme na minha boca. Meus olhos se arregalaram de horror quando olhei em sua mão. Pepper estava resistindo muito. Cowboy estava tentando desmontar, mas sua mão ficou presa.

— Ele está preso! — Pulei da cerca e corri para o outro lado do ringue, observando enquanto o corpo de Cowboy era arremessado ao mesmo tempo que tentava se libertar do cavalo. Ele se desequilibrou, as pernas tocando o chão. Seus pés rasparam na terra, tentando acompanhar o cavalo que trotava erraticamente. No entanto, sua mão ainda estava presa à rédea. Cowboy se debateu, a cabeça inclinada para trás em direção à sela, tentando se libertar. Vacilei quando Pepper começou a dar coices, quase atingindo Cowboy, girando em círculos cada vez menores.

— Vá para o outro lado! — instruí Clara, que fez o que pedi, balançando para frente e para trás em seus pés para tentar laçar Pepper com a rédea avulsa que ela segurava. Clara se lançou para frente, passou a rédea ao redor do pescoço do cavalo, controlando sua cabeça e conseguiu fazê-lo parar. Mas os cascos de Pepper ainda batiam freneticamente na terra.

— Cowboy — chamei, e fui em direção à sua mão ainda presa. A pele de seu pulso estava ferida e vermelha pelas rédeas. No minuto em que comecei a puxar a rédea, Pepper se agitou.

— *Cher*, se afaste! — Cowboy gritou com os dentes entrecerrados.

Balancei a cabeça, me recusando a me mover, até que, de repente, Hush estava ao meu lado. Ele puxou uma faca do cinto e começou a serrar as rédeas. Cambaleei para trás, deixando escapar um suspiro profundo quando o couro afrouxou o suficiente para Hush arrastar Cowboy para fora do caminho. Pepper se assustou com toda a comoção e Clara se afastou. Ele disparou ao redor do ringue, trotando e pinoteando – fazendo exatamente o que foi treinado para fazer. Eu o observei se afastar, o sangue fugindo do meu rosto quando percebi que Cowboy poderia ter se machucado ainda mais seriamente.

Hush estava segurando Cowboy contra a cerca. Corri, vendo que Clara estava se aproximando de Pepper para acalmá-lo. Quando me aproximei de Hush e Cowboy, só consegui ouvir uma conversa rápida em francês entre os dois. Cowboy segurava o braço, o ombro curvado como se mal conseguisse endireitar a postura.

— Cowboy! — Corri para o lado dele.

Ele esboçou um sorriso tenso.

— Está... tudo bem, *cher*. — A resposta não foi convincente. Sua voz rouca me mostrou claramente que ele estava com dor.

— Não está, não. — Abri o portão para ele sair. Ajudei Hush a levá-lo para fora e sentá-lo em um banco próximo.

— Que porra você estava pensando? — Hush gritou com Cowboy, que revirou os olhos para seu melhor amigo. — Você não faz isso há anos, Aub. Esta não é mais a porra da sua vida! — O pânico na voz de Hush fez meu coração apertar. O terror puro irradiando dele com o fato de que seu melhor amigo estava machucado. Poderia ter sido pior.

— Eu posso cavalgar, Val. Fiz isso o dia todo. Aliás, venho fazendo isso desde que eu mal tinha saído das fraldas.

Hush indicou seu ombro com o queixo.

— Não é o que essa merda aí está dizendo...

— Eu estava preso!

— Ele estava preso!

Cowboy e eu falamos ao mesmo tempo. Mesmo com dor, Cowboy me deu uma piscada, mas foi rapidamente seguida por um estremecimento.

— Não tenho ideia do que diabos isso significa. Mas não importa — Hush revidou. Cowboy fechou os olhos e respirou fundo. Eu fiz uma careta quando seu rosto ficou vermelho. — Você precisa de um médico? — Hush passou a mão pela cabeça raspada. Ele estava agitado. Mais do que deveria. Hush estava praticamente desmoronando ao ver o amigo ferido.

— Val — Cowboy disse, lentamente. — Estou bem. — Ele me lançou um rápido olhar cauteloso, antes de se inclinar mais perto, chamando a atenção de Hush. — Se acalme, estou bem.

Hush respirou fundo.

Eu estava me perguntando o que diabos estava acontecendo entre eles quando Cowboy me distraiu, dizendo:

— Me ajude a voltar para a casa, Val.

— Espere! Vou buscar minha caminhonete — declarei.

Saí correndo, passando por Clara e erguendo o polegar para cima para ter certeza de que ela tinha tudo sob controle. Ela assentiu com a cabeça e levou Pepper para uma baia no celeiro. Em menos de cinco minutos, eu estava na caminhonete e voltando para buscar os dois; Hush se sentou ao lado de Cowboy, que manteve a mão o tempo todo em sua coxa. Cabisbaixo, percebi que Hush ainda se recusava a abrir os olhos. Ele parecia estar contando; seus lábios se moviam ligeiramente como se ele dissesse algo a si mesmo.

A cabeça de Hush levantou assim que desci da caminhonete.

— Você trouxe minha carruagem, *cher*? — Cowboy perguntou.

— Claro, *meu bem*. — Cheguei mais perto de onde ele estava sentado, relaxado no banco, e olhei para Hush. — Você está bem? Você não parece muito bem.

— *Bon* — ele respondeu e se levantou para apoiar Cowboy. — *Allons*[9]. — Hush ajudou Cowboy a se levantar e foi para o outro lado dele.

Cowboy conseguiu colocar o braço bom por cima do meu ombro e disse, brincando, com a mandíbula cerrada:

— Qualquer coisa para que você me toque de novo, *cher*.

Revirei os olhos.

— Você não tem que se machucar por isso, *cher* — debochei, conseguindo um sorriso de Cowboy.

— Bom... saber.

---

9   Allons (francês) – Vamos.

O cenho de Hush estava franzido. Sua atenção estava na caminhonete. Mas eu sabia que sua cara fechada era uma reação a mim e ao Cowboy. Eu não conseguia entender o motivo, se o que o Cowboy tinha me dito estava certo. Se eles compartilhavam mulheres, então o que diabos havia de tão errado comigo?

Eu estava começando a acreditar que o Cowboy tinha inventado essas merdas. Que Hush não estava me mantendo à distância porque gostava de mim, quando era meio óbvio que ele não gostava nem um pouco.

Essa constatação foi como um maldito golpe de martelo no meu coração.

Hush ajudou Cowboy a entrar na caminhonete. Achei que ele voltaria na velha Harley do meu pai, mas Hush também entrou na cabine. Quando dirigi em direção à minha casa, Cowboy colocou a mão na minha coxa. Quando olhei para ele, vi que ele havia feito o mesmo com Hush.

— Bem... — ele conseguiu dizer em meio à dor. — Isso é... aconchegante.

Hush afastou a mão de Cowboy de sua coxa.

— Essa porra agora não, Aub.

Cowboy se virou para mim e sorriu, nem mesmo incomodado com o comentário irritado de Hush. Meu peito esquentou. Nunca conheci ninguém como Cowboy. Nunca conheci ninguém de espírito tão livre, que parecia querer fazer todo mundo feliz.

E nunca conheci ninguém tão retraído quanto Hush. Pelo menos para qualquer um, a não ser Cowboy. Na verdade, com Cowboy, ele parecia estranhamente dependente.

Estacionei na frente da minha casa. Hush abriu a porta do passageiro e ajudou Cowboy a sair, ambos cambaleando escada acima. Cheguei a tocar o celular no meu bolso traseiro, prestes a ligar para que Ky enviasse um médico. Mas eu não queria que ele soubesse sobre Cowboy montando Pepper. Eu não queria dar a ele nenhuma desculpa para tirar Hush e Cowboy do meu rancho e substituí-los por outra pessoa. Meu coração disparou só em pensar nos dois indo embora. Fazia apenas algumas semanas, mas eu tinha me acostumado com a presença deles. Cowboy com a paquera leve e as piscadas sugestivas. E até Hush com seu silêncio e carranca permanente.

Eles me faziam sentir segura.

Para mim, isso valia ouro.

Resolvi não telefonar coisa nenhuma e subi as escadas da varanda. Quando entrei em casa, Cowboy já estava deitado no sofá e Hush o ajudava a tirar a camisa jeans, deixando-o de calça e camiseta branca. Arfei ao ver os hematomas já começando a brotar em seu braço e ombro. Seu pulso estava em carne viva com as queimaduras da corda.

— Cowboy — sussurrei, sentindo os olhos marejados. — Eu não deveria ter deixado você montar Pepper. Eu... Eu não estava pensando...

— Eu queria, *cher*. — Ele sorriu, estremecendo somente quando Hush colocou um saco de gelo em seu braço. — Para ser honesto, foi bom montar novamente.

Hush grunhiu, baixinho. Afastando-se, ele anunciou:

— Vou buscar a moto.

Ele saiu de casa e não pude evitar um suspiro. Eu estava cansada desse constante tratamento frio e silencioso. Eu tinha feito tudo ao meu alcance para ser legal com ele; para conversar com ele. Mas Hush não queria nada comigo.

Era um fato que tinha que aceitar... mesmo que pensar nisso enviasse uma pancada de dor lancinante pelo meu coração. Como se Cowboy pudesse ler meus pensamentos, ele disse:

— Ele é quieto, *cher*. Juro. Não é nada mais. — E apontou para o braço. — E, provavelmente, está chateado por eu ter feito isso comigo mesmo. — Deu de ombros. — Faz anos que não monto em um bronco.

Fui até a cozinha e peguei alguns analgésicos e um copo de água, entregando-os a ele. Cowboy enfiou os comprimidos na boca, mas franziu o cenho para a água.

— Você tem algo mais forte do que água, *cher*? — Peguei uma garrafa de uísque e um copo do armário. — Só traga a garrafa, querida — pediu, me dando um sorriso amplo.

Eu ri.

— Esse sorriso faz com que todas as mulheres cumpram suas ordens, hein?

Ele inclinou a cabeça para o lado.

— Não sei. Isso vai fazer você deixar de lado tudo o que planejou esta noite e brincar de enfermeira comigo aqui neste sofá?

— Eu não tinha nada planejado, como você bem sabe. — Suspirei, balançando a cabeça quando ele deu um tapinha no estofado ao seu lado.

— Bem, então você não tem desculpa. — Sentei-me e o observei tomar um gole de uísque. Ele entregou a garrafa para mim. — Fique bêbada comigo, Sia.

Peguei a garrafa dele, assustada quando ele se mexeu e deitou no sofá, colocando a cabeça no meu colo. Eu o encarei, chocada, respirando fundo.

Havia um homem deitado sobre as minhas coxas. Fechei os olhos, tentando lutar contra a memória da última pessoa que fez isso comigo.

Como se pudesse ver a guerra interna que eu travava, Cowboy perguntou:

— Você quer que eu me levante, *cher*?

Abri as pálpebras e meu coração se derreteu com o olhar sincero em seus olhos, e com o fato de que ele havia entendido a dificuldade que eu sentia.

Que ele tinha me dado uma escolha.

— Não — sussurrei. Cowboy olhou para mim e dei a ele um sorriso trêmulo, tirando o Stetson de sua cabeça. Larguei o chapéu no chão e, nervosa, coloquei minha mão sobre sua testa. Cowboy fechou os olhos e suspirou.

— Isso é bom pra caralho, *cher*.

Minha mão vacilou quando ouvi o eco de outra voz em minha mente.

— *Isso é tão bom, mi rosa...*

Minha respiração acelerou, pois me vi perdida na memória do passado. No entanto, fui guiada do pesadelo quando dedos calejados envolveram os meus e os apertaram.

— Você está segura, *cher*. — A voz suave e com sotaque lindo me acalmou.

Olhei para o homem deitado à minha frente. Era uma bobeira. Só uma merda minúscula, na verdade, mas nunca pensei que chegaria a este ponto. Depois de tudo o que aconteceu no México, nunca pensei que seria assim com outro homem.

Algo tão simples quanto uma cabeça no meu colo parecia o maior salto que já dei.

Sentindo-me corajosa, toquei seu cabelo com a mão livre.

— Você tem um cabelo incrível, meu bem. Você sabe disso?

Cowboy sorriu.

— É o que todas as cadelas me dizem. — Seu rosto adotou uma expressão séria. — Estou pensando em me tornar um modelo de comercial de shampoo. — Piscou, parecendo tudo menos o homem inocente que estava tentando interpretar. — Acha que tenho o que é preciso? — Puxei levemente seu cabelo e dei de ombros. — Caramba, *cher* — ele arqueou as sobrancelhas —, continue fazendo isso e esquecerei meu pulso machucado para te deixar puxar outra coisa.

— Cale a boca — ralhei, fingindo irritação. Empurrei sua cabeça, mas o idiota teimoso apenas a colocou de volta no meu colo. Não pude deixar de rir, o humor desfazendo o peso imenso que minhas memórias colocaram sobre mim.

Os olhos de Cowboy se fecharam enquanto eu passava os dedos por entre as mechas loiras. Ficamos assim por muito tempo – eu, sorrindo como uma idiota, até que Hush entrou pela porta. Ele congelou, seus olhos agora focados em nós.

Minha mão parou e Cowboy abriu os olhos.

— Eu estava gostando disso, *cher*. Não pare. — Fechou os olhos novamente, mas os meus permaneceram fixos nos de Hush. Suas bochechas coraram e vi suas mãos se fecharem em punhos ao lado do corpo.

Afastei a mão do cabelo de Cowboy para mover o saco de gelo de volta ao lugar. O tempo todo Hush sustentou meu olhar, como se ele não pudesse desviar o olhar de mim ao lado de seu melhor amigo no sofá. Mas não vi ódio ou ciúme em seu rosto. Não, na verdade, vislumbrei o que parecia ser saudade... e meu coração se partiu. Hush ficou enraizado no lugar, nos encarando. Devolvi seu olhar e, pela primeira vez desde que ele veio para ficar no meu rancho, não vi indiferença ou frieza quando ele olhou para mim. E, sim, calor. Um calor tão intenso que me senti como se estivesse sentada ao lado de uma lareira.

Calor por... Aquele fogo era para mim.

— Venha se sentar — sussurrei, de repente, rompendo o silêncio que dominava a sala. A respiração de Cowboy havia se estabilizado. Pensei que tivesse adormecido, mas quando ele moveu as pernas, criando um espaço para seu melhor amigo, percebi que estava atento a cada palavra.

Minha reação usual às coisas era sorrir, fazer uma piada, fazer um comentário espertinho. Mas havia algo sobre Hush que fez com que tudo isso desaparecesse. A parte profunda e obscura que eu suprimia, a cada segundo de cada dia, reagiu à presença de Hush. Como se ele estivesse tentando escapar do mesmo tipo de escuridão que também habitava dentro de mim.

Minhas piadas e comentários não funcionariam com Hush.

De alguma maneira, ele me deixou... vulnerável. Algo que eu não estava acostumada a ser perto de alguém.

Os olhos de Hush focaram no espaço no sofá. Eu não tinha ideia do que estava acontecendo em sua mente, mas vi o momento em que ele decidiu se afastar de nós. O gelo, que era um elemento permanente em seus olhos, estava de volta.

— Vou fazer algo para comermos — murmurou e foi em direção à cozinha.

Agindo por instinto, segurei seus dedos quando ele passou por mim. Hush parou, de repente, e fechou os olhos com força. Seu peito subia e descia, sua respiração lenta. Sua pele estava tão fria.

Eu queria aquecê-lo. Eu queria que Hush abrisse os olhos e sorrisse.

E percebi que o queria... ponto final.

— Vou ajudar você na cozinha — ofereci, com a voz trêmula. Rezei para que ele não me rejeitasse novamente.

Minha respiração vacilou quando o dedo de Hush se moveu e passou sobre o meu. Não ousei desviar o olhar de seu rosto, apenas no caso de ele querer olhar para mim. Fazer qualquer coisa além de franzir o cenho. Mas ele manteve o olhar fixo à frente, eventualmente afastando a mão da minha. Minha mão parecia vazia. Fria.

— Fique com Cowboy. Ele precisa de você agora. — A voz de Hush estava tensa e, em seguida, ele foi para a cozinha.

Sua saída deixou um frio repentino no ar.

Peguei a garrafa de uísque e tomei um gole, sentindo a bebida descer queimando pela garganta. Eu raramente bebia, mas agora precisava disso. Fechando os olhos, inclinei a cabeça para trás e continuei passando a mão pelo cabelo de Cowboy. Adormeci ao som de Hush fazendo alguma coisa na cozinha...

Quando abri os olhos, a lareira estava acesa e Hush estava parado diante de mim, segurando uma tigela. Cowboy estava sentado ao meu lado, já comendo. Hush atravessou a sala – para o mais longe que pôde de nós – e ocupou seu lugar perto do fogo.

— Acabei dormindo?

Cowboy assentiu com a cabeça.

— Não se preocupe, *cher*. Você ainda é linda pra caralho, mesmo roncando.

Revirei os olhos quando ele sorriu com a boca cheia de comida.

— Primeiro, vá se foder. E segundo, como está o seu braço?

— Ainda aqui.

Olhei para Hush, mas ele ficou em silêncio, olhando fixamente para as chamas. Elas eram tão intocáveis quanto ele.

Cowboy, pela primeira vez, não estava sorrindo enquanto seguia meu olhar. Naquele momento, ao olhar para Hush, ele também pareceu... quebrado. Assim como o amigo, ele ficava cada vez mais perdido nas chamas que dançavam na lareira.

Eu não tinha ideia do que diabos estava acontecendo.

— Cowboy? — Estendi a mão para tocar seu braço, e ele afastou a atenção do que quer que tivesse preenchido sua mente. Ele me deu um sorriso de leve, mas então olhou para Hush e suspirou. Eu podia ouvir a devastação naquele simples suspiro.

Sem nem mesmo saber o que os assombrava naquele momento, me senti realmente triste.

Hush se fechou em si mesmo, e continuou olhando em direção ao fogo. Tentei descobrir o enigma que era esse homem.

— Ele não fala muito, não é?

— É por isso que as pessoas pensam que o nome dele é Hush[10].

Eu me virei para Cowboy, intrigada.

— E não é?

Ele suspirou profundamente... triste, e então olhou para seu melhor amigo.

— Nem parecido.

Deixei essa nova informação pairar no ar. Quando apenas o som do fogo crepitante pôde ser ouvido, ingeri uma colherada da comida que Hush havia preparado. Fechei os olhos quando os sabores atingiram minha língua.

— Hush — baixei o olhar —, isso está delicioso.

Hush olhou para mim, mas não disse nada. Ele olhou para os próprios pés e, em seguida, se levantou abruptamente da cadeira.

— Vou dormir.

Eu o observei ir para o corredor que levava às escadas, assim como Cowboy.

— Ele sabe cozinhar — comentei, sorrindo com aquela pequena descoberta sobre o homem eternamente introvertido.

— O pai o ensinou essa receita — Cowboy disse, distraidamente, os olhos ainda no corredor vazio.

— Ele mora em Louisiana?

Cowboy ficou tenso.

— Ele não está mais conosco, *cher*.

Meu sorriso desapareceu. Não ousei perguntar mais nada. A expressão devastadora em seu rosto me disse para não fazer isso. Cowboy se aproximou de mim para pegar o uísque e bebeu vários goles antes de devolver a garrafa. Eu fiz o mesmo.

— Cuidado, *cher*. Você vai ficar bêbada.

Passei a mão pelo meu rosto, suspirando.

— Acho que pode não ser uma coisa tão ruim esta noite.

---

10   Hush (inglês) – silêncio.

— Então me dê a porra dessa garrafa, e vou acompanhá-la em sua jornada para Bebadolândia.

Uma hora se passou e uma segunda garrafa de uísque foi aberta. A sala começou a se inclinar ligeiramente.

— Estou me sentindo tonta — comentei, uma risadinha estridente escapando da minha garganta. Coloquei a mão sobre a boca, os olhos arregalados. — Que *diabos* foi esse som cafona que acabou de escapar da minha boca? — Gemi. — Atire em mim se sair dos meus lábios novamente.

Cowboy se aproximou.

— Você não pode evitar, *cher*. É minha presença charmosa. Faz com que todas as cadelas em um raio de cinquenta metros se transformem em bobinhas risonhas.

Revirei os olhos, mas depois olhei para o perfil de Cowboy. Incapaz de conter as palavras, eu disse:

— Você é bonito pra caramba. Vou lhe dar esse crédito.

Ele sorriu abertamente.

— *Merci, cher*. Vindo de você, isso é um verdadeiro elogio. — Sua língua envolveu as palavras em francês, e eu fechei os olhos, repetindo-as como uma canção de ninar na minha cabeça.

— *Merci, cher* — remedei, abrindo os olhos quando sua mão acariciou minha perna.

— Você está zombando do meu sotaque? — Cowboy carregou mais ainda o sotaque, as palavras exóticas fluindo de sua língua como manteiga derretida.

— Nunca! — brinquei. — Mas, falando sério, eu adoro o jeito que você fala. Como vocês dois falam... é lindo.

— Você acha? — Ele se inclinou mais perto, seu braço agora capaz de suportar mais peso do que algumas horas antes. Eu me remexi, inquieta, o calor viajando mais rápido pelas minhas pernas e para o meu centro à medida que ele se aproximava. Fiquei rapidamente sóbria.

— Sim.

Perdi o fôlego quando Cowboy se inclinou em minha direção apenas para agarrar a garrafa ao meu lado. Soltei a respiração trêmula. Os braços musculosos de Cowboy flexionaram quando ele levou a garrafa aos lábios carnudos. Quando ele inclinou a garrafa, sua língua saiu e lambeu uma gota de uísque que estava caindo.

— Me diga uma coisa — eu me ouvi dizendo, atraindo seu olhar. Engolindo em seco, ignorei o calor em minhas bochechas e perguntei: —

Como isso funciona? — Cowboy parecia confuso. Eu me ajeitei no sofá. — Com você e Hush... e as mulheres. Como vocês... fazem isso? — Senti o rosto queimar, mas me mantive firme. Eu queria saber. Desde o dia em que ele me contou como faziam sexo, eu mal conseguia pensar em qualquer outra coisa.

Suas pupilas dilataram e a pergunta pairou no ar entre nós. Ele tomou outro gole de uísque e virou o corpo na minha direção. Seus dedos pousaram no meu pé, acariciando a pele.

— Você quer saber, *cher*? — perguntou ele, a voz rouca por causa da bebida.

— Sim — sussurrei de volta, esfregando uma coxa à outra quando seu toque leve na minha pele causou arrepios.

— Primeiro, a levamos para um dos quartos — ele disse. Senti a pele do meu peito aquecer e tinha certeza de que não era por conta da lareira. Seu rico sotaque deu vida às palavras. Cowboy traçou o dedo sobre a parte inferior da minha calça jeans e subiu pela minha canela. — Um de nós a leva em direção à cama. — Ele circulou o dedo em volta da minha panturrilha. — O outro fica atrás.

Meu olhar estava fixo em sua boca enquanto eu imaginava a cena em minha cabeça.

— Lentamente, tiramos suas roupas. Um item de cada vez, nossas bocas começando a beijar cada centímetro da pele recém-descoberta.

Eu me remexi onde estava sentada quando seu dedo alcançou meu joelho. Cowboy lambeu os lábios.

— Seus seios estão livres, e cada um de nós toma um mamilo em nossas bocas, fazendo-a gemer. — Meus olhos se arregalaram. — Devoramos seu corpo, até que um de nós se mova entre suas pernas. — Ele deu de ombros. — Então... — Sua mão subiu ainda mais alto até que estava na minha coxa. Contraí as pernas e lutei contra o gemido que ameaçava escapar da minha boca com a imagem. Porque, na minha cabeça, não vi nenhuma vagabunda aleatória do clube.

Eu me vi.
Eu vi Cowboy.
Eu vi Hush.
Engoli, tentando umedecer minha garganta seca.
— Então, o quê?
A boca de Cowboy foi para o meu ouvido.

— O resto, *cher*, vou guardar para mim.

Soltei um suspiro frustrado e dei um tapa de brincadeira no braço dele.

— Você não é engraçado!

Cowboy me deu outra piscadinha marota.

— E então? Com quantas vocês transaram? — perguntei, quando me acalmei.

Cowboy desviou os olhos dos padrões que traçava com o dedo sobre a minha coxa.

— Não contei.

Não sei o porquê, mas senti aquela resposta como um soco. Não sei se ele percebeu minha decepção, mas colocou o dedo sob meu queixo e ergueu minha cabeça. Ele ficou parado até que levantei o olhar e encontrei o dele.

— Mas nenhuma dessas vadias importava para nós. — Pisquei, então tentei impedir que meu coração explodisse quando ele acrescentou: — Eu estou procurando por alguém com quem me importe há muito tempo.

— V-verdade? — gaguejei em um sussurro, me sentindo tonta. O álcool estava claramente ferrando com minha cabeça.

Cowboy se ergueu sobre as mãos e engatinhou para frente até pairar acima de mim no sofá.

— *Oui*.

— E Hush?

Os olhos de Cowboy se estreitaram pensativamente.

— Eu vou lhe dizer algo sobre Hush, *cher*. O irmão não pensa muito bem de si mesmo.

Senti uma onda de tristeza, o bonito rosto de Hush aparecendo em minha mente. Cowboy olhou para trás em direção ao fogo agonizante.

— Ele sente que deveria ficar sozinho. Confia apenas em mim. É porque eu estava lá quando... — As palavras de Cowboy sumiram. — Ele é sozinho, *cher*. Nós dois somos sozinhos.

— Cowboy — murmurei, todo o humor esquecido, e coloquei a mão em sua bochecha. Ele se inclinou contra o meu toque.

— Valan... *Hush*... tem mais camadas do que posso explicar para você. As merdas do passado dele frequentemente fodem com sua cabeça. Fazem com que ele pense que não vale nada. Que as pessoas não deveriam querer estar perto dele. — Cowboy riu, mas o som era desprovido de qualquer humor. — Que ele não deveria ser amado. Que estaríamos melhor apenas nós dois. É assim há anos. Porque assim ele pode manter o que o incomoda trancado, sem nunca ter que abrir novamente a porra do seu coração enjaulado.

Um caroço bloqueou minha garganta. Eu queria saber o que fez Hush ficar assim. O que aconteceu que o fez viver sozinho em vez de procurar ou aceitar o amor de outra pessoa. Mas então, eu sabia que era uma hipócrita. Porque além de Styx e Ky, ninguém sabia sobre mim. Sobre meu passado. Eu afastei todos, culpando o clube por toda a merda pela qual passei. Mas, na realidade, eu era a culpada. Eu excluía todos. Guardava o que aconteceu no México dentro de mim e não compartilhava com mais ninguém. Nem mesmo Ky e Styx sabiam toda a extensão daquilo.

A parte inferior das minhas costas e o topo das minhas coxas arderam. Outro segredo que guardei para mim mesma. Ky nunca conseguiria lidar com aquilo... porque eu nunca consegui, e tinha certeza de que nunca mais *poderia* mostrar meu corpo para um homem.

Eu nem tinha certeza se poderia fazer isso com o Cowboy.

— *Cher?* — Cowboy perguntou, rosto preocupado.

Encarei seus olhos azuis, tão abertos e verdadeiros.

— Eu... — Desviei o olhar para o fogo que estava morrendo. — Eu só estive com ele — sussurrei, ouvindo minha voz falhar assim que um pedaço de madeira crepitou na lareira.

Cowboy se transformou em pedra acima de mim. Não ousei encontrar seu olhar. Mas agora que abri minha boca e comecei a falar a verdade, não conseguia parar.

— Ele... Depois que voltei do México... Nunca confiei em mais ninguém. Eu... — Inspirei profundamente. — Eu não deixei ninguém se aproximar. — Contei até três e ergui meus olhos para os dele. — A não ser você... e Hush... se ele apenas me deixasse...

— *Cher* — ele sussurrou, dizendo mais nessa palavra do que um milhão de outras poderiam dizer. Ele ergueu a mão e lentamente a levou ao meu rosto, acariciando-o com os nódulos de seus dedos. — Ele machucou você... — Cowboy não estava fazendo uma pergunta. Eu sabia que Ky havia contado a eles um pouco da minha história. Eu só não tinha certeza do quanto.

Uma lágrima deslizou pela minha bochecha e fechei os olhos com força. Cowboy se aproximou e eu respirei fundo quando o senti beijar a maldita gota. Seu toque se prolongou, seus lábios roçando a pele da minha bochecha.

— Vocês dois estão quebrados pra caralho — ele sussurrou.

As lágrimas contra as quais eu estava lutando, começaram a cair.

Cowboy pressionou sua testa à minha. Ele acariciou minhas bochechas e limpou as gotas com os polegares.

— Desde o minuto em que a vimos, pude ver em você o que vejo nele todos os dias... solidão. — Meu peito apertou com suas palavras. Porque elas eram reais... elas diziam a verdade. — Duas pessoas que estão perdidas, duas pessoas que não sabem como escapar da escuridão em que vivem.

— Cowboy... — sussurrei, com a voz rouca, e senti meu peito começar a doer com os soluços. Ignorando seu ferimento, Cowboy me puxou para seus braços. Eu caí contra ele e enlacei seu pescoço.

E chorei.

Chorei, permitindo que a dor que mantive tão profundamente escondida se manifestasse. Cowboy me embalou e acariciou minhas costas. Meus olhos ficaram inchados e irritados por conta do choro, mas eu apenas o abracei. Cowboy estava me oferecendo algo que nunca aceitei desde que voltei: um lugar para me sentir segura. Um lugar sem julgamento, onde eu poderia chorar sem explicar o que aconteceu lá, por que fugi, o que descobri, quem perdi.

Olhei para o relógio acima da lareira e vi que uma hora havia se passado. Cowboy continuou acariciando minhas costas. Pisquei, meus olhos ressecados por causa das lágrimas.

— Melhor? — sondou, baixinho..

Cabisbaixa, deixei escapar uma única risada rouca.

— Desculpe.

Ele ergueu meu queixo com o dedo até que encontrei seu olhar.

— Nunca, *cher*. Nunca se desculpe. — Tristeza passou por seu rosto bonito. — Sei que você teve uma vida difícil. Eu nunca imaginaria o quanto aquele maldito machucou você. — Ele segurou a minha mão na sua. Eu não conseguia desviar o olhar do quão perfeito elas pareciam unidas. — Mas nós nunca faríamos isso com você.

Cowboy olhou bem nos meus olhos. Eu não sabia o que ele estava procurando – permissão, talvez –, mas seja o que for, ele deve ter encontrado, porque se inclinou para frente, deslizou a mão na minha bochecha e me beijou. O medo apunhalou meu peito enquanto os lábios de Cowboy permaneceram nos meus. A escuridão com a qual eu convivia tentou se forçar em minha mente, entre nossas bocas. Mas, pela primeira vez, pela primeira vez em todos os anos em que deixei isso me controlar, consegui afastar e abri meus lábios.

Cowboy gemeu e gentilmente deslizou a língua para dentro da minha boca. Coloquei a mão trêmula em sua bochecha, sentindo a barba por fazer sob a palma. Seu hálito era quente contra meu rosto, seus lábios eram suaves e sua língua dançava com a minha. Eu o deixei assumir o controle. Fechei os olhos e apenas me permiti sentir...

Gemi e Cowboy capturou o som com a boca. E ele me beijou. Ele me beijou e me beijou, apagando a mancha que havia sido deixada nesta parte minha há muito tempo. Senti as amarras do México, dele, começarem a se romper. Não totalmente, mas o suficiente para tornar mais fácil conseguir respirar. Para me mover, sem sentir a força sempre presente de Juan me puxando de volta para o seu lado. As cicatrizes que ele havia deixado em mim se acalmaram, suas marcas de queimadura esfriando sob as mãos de Cowboy.

Quando ele se afastou, mantive os olhos fechados, feliz com a sensação de seu doce sabor em meus lábios.

— Agora *isso* — murmurei e sorri, os olhos ainda fechados — valeu a pena.

— Durma, *cher* — ele sussurrou, rindo baixinho das minhas palavras. Ele me deitou no sofá. Eu o deixei me guiar até as almofadas macias. Não abri os olhos, mas o senti deitado ao meu lado. Ele afastou o cabelo do meu rosto. — Agora vamos cuidar de você.

Ele me puxou contra si, minhas costas pressionadas em seu peito, e passou o braço em volta de mim. Suspirei, contente, mais confortável do que me sentia há tanto tempo. A sala ainda estava quente com o calor do fogo, o cheiro de lenha fumegando e enchendo o ar. A respiração sonolenta de Cowboy tocou na minha nuca.

Eu estava quase dormindo quando senti alguém bem na minha frente. Estava prestes a abrir os olhos, mas uma voz suave me acalmou. Um dedo passou pela minha bochecha, para cima e para baixo, em um movimento hipnotizante. Então, um hálito quente soprou sobre minha bochecha e uma boca suave pressionou um único beijo em meus lábios. Prendi a respiração, meu corpo ficou paralisado, enquanto a boca se movia para meu ouvido e, gentilmente, sussurrava:

— Durma, *cher*. Durma.

Abri os olhos e vi as costas tatuadas se afastando em direção ao corredor. Tatuagens decorando a rica e bela pele escura...

Hush, pensei, meus olhos pesados me forçando a mergulhar no sono. *Hush*. Suspirei... e adormeci com um sorriso nos lábios e uma nova sensação de esperança no coração.

CAPÍTULO 6

HUSH

Dirigi a Harley em torno do perímetro uma última vez, perseguindo o sol nascente no horizonte enquanto meus olhos percorriam cada centímetro da terra. Não vi nada fora do comum. Eu sabia que deveria voltar para casa.

Mas não consegui.

Parei a Harley no meio do campo. Recostei no assento, observando o sol despontar nas colinas distantes e respirei fundo. O vento quente soprou em meu rosto.

Eu estava cansado pra caralho. Mas não consegui dormir.

Sem chance alguma de que eu conseguiria pregar os olhos depois da noite passada. Fechei os olhos e ouvi a voz de Sia... *"Depois que voltei do México... Nunca confiei em mais ninguém. Eu não deixei ninguém se aproximar... A não ser você... e Hush... se ele apenas me deixasse..."*

Um gemido ficou preso na minha garganta... *"e Hush... se ele apenas me deixasse..."*

Passei a mão pelo meu rosto e inclinei a cabeça para trás, olhando para o céu claro.

— Eu deixaria se pudesse, *cher* — murmurei, em voz alta, para ninguém e para todos ao mesmo tempo. Alcançando meu *cut*, retirei os comprimidos e os tomei como fazia todos os dias. Então me concentrei em minhas mãos. A pele escura. Nem negro, nem branco. Mas uma mistura.

Meu maldito peito apertou, tornando impossível respirar enquanto eu também ouvia as palavras de Cowboy... *"Vocês dois são quebrados pra caralho... Desde o minuto em que a vimos, pude ver em você o que vejo nele todos os dias... solidão... Duas pessoas que estão perdidas, duas pessoas que não sabem como escapar da escuridão em que vivem."*

Sia estava chorando, suas palavras me atingindo em cheio. Fechei os olhos com força e tentei tirar a porra das palavras do meu melhor amigo da minha cabeça. Eu sabia que ele estava preocupado comigo. Sabia que ele se importava. Porra, ele era o único que se importava.

Eu parei de pensar nisso... porque agora sabia que ele não era o único. Sia. Maldita Elysia Willis.

Eles não sabiam que eu estava ouvindo. Nenhum deles sabia que eu não tinha subido para o quarto; em vez disso, me encostei à parede do corredor e ouvi cada palavra. Não fui capaz de deixá-los sozinhos. Alguma amarra interna me segurou ali.

Ouvi Sia chorar. Ouvi Cowboy prometer coisas que eu não tinha certeza se poderia dar. Eu não podia mais dar isso a ninguém. Eu era um péssimo presságio. Quem quer que estivesse comigo sempre acabaria arruinado. Sempre foi assim. Cerrei os dentes e tentei tirá-la da minha cabeça.

Mas ela não sairia dali. Lambi os lábios, ainda sentindo seu gosto neles. Eu os ouvi adormecer. Ouvi a respiração suave vindo de sua boca. E tive que ir até eles. Sia tinha bebido. Chorou até a exaustão. Mas algo me chamou, me obrigou a entrar naquela sala, um maldito ímã me puxando. A visão do meu melhor amigo e Sia no sofá me atingiu com mais força do que eu esperava. Porque eu deveria ter estado lá com eles. Eu pertencia àquele lugar com eles. Cada célula do meu corpo me disse isso. Mas eu não conseguia.

Ela já tinha passado por muita coisa. Em algum ponto, qualquer má sorte que me seguisse a pegaria também. Nós nunca poderíamos ficar juntos. Nós simplesmente não daríamos certo.

Eu não tinha ideia de por que Cowboy ainda estava por perto. Era apenas uma questão de tempo antes que eu o arruinasse também. Mais do que já tinha, quero dizer. O filho da puta era um masoquista.

As pessoas achavam que os tempos haviam mudado. Que as pessoas eram mais liberais em seus pontos de vista, não davam a mínima para raça ou religião ou quem diabos você amava. Mas em nosso mundo fodido, essa não era a realidade.

Eu vi isso.

Eu vivi isso.

Porra, eu era um *produto* disso.

Seus lábios eram tão macios quanto eu sabia que seriam. Ela tinha um gosto doce pra caralho também. Eu queria envolvê-la em meus braços e dizer a ela que esse maldito Garcia nunca iria tocá-la de novo. Mas fui forte. Eu me levantei e me afastei antes que a voz em minha cabeça me dissesse para deixá-la se aproximar.

No entanto, não antes de ter visto Cowboy me observando. Eu não sabia se o filho da puta tinha fingido dormir ou tinha acordado quando eu me aproximei, mas vi a expressão em seu rosto. Ele queria aquilo. Ele queria que eu simplesmente superasse meus segredos, o que sempre me impedia, e ficasse com ela...

"...e Hush, se ele apenas me deixasse."

— Porra! — gritei para o céu rosa, a cabeça tombada para trás e os punhos cerrados. Deslizei as mãos sobre meus braços e vi todas as evidências de que precisava para saber que não poderia ficar com ela. E porra, outro pensamento nublou minha mente. Algo que eu sabia que um dia aconteceria. Mas isso eu temia com cada fibra do meu ser.

Era hora de deixar Cowboy livre.

Ele era meu melhor amigo. Ele era praticamente a única pessoa que eu tinha no mundo inteiro. Mas eu o estava segurando. Ele disse a Sia que ela e eu éramos solitários. E porra, isso era verdade. Mas eu sabia que ele também era. Anos me seguindo por aí, fodendo putas comigo, nunca sozinho... por minha causa.

Cowboy não precisava de sexo a três para gozar. Caramba, na maior parte do tempo, eu nem sabia se ele gostava disso. Ele fazia porque eu não sabia quem diabos eu era sem ele.

Vi a maneira como ele olhava para Sia. Era diferente. Ele nunca tinha olhado para nenhuma vadia assim antes. Claro, ele mostrou interesse pelas outras, mas nunca assim. Eu soube desde o minuto em que a conhecemos no casamento de Ky que ela era de outra categoria. Houve uma faísca entre eles.

Porra, ela era diferente para mim também.

Mas eu sabia que ele sentia algum senso de lealdade por mim. Um pelo qual eu, de maneira egoísta, sabia que ele abriria mão de sua própria felicidade. Era por isso que Cowboy estava me pressionando tanto com Sia. Então ele estaria com a garota dos seus sonhos e ainda estaria lá para o seu melhor amigo co-dependente.

O som de uma moto retumbou atrás de mim à distância. Eu nem mesmo me virei. Eu sabia que era Cowboy. Ele não deveria ter deixado Sia sozinha. Mas verifiquei os perímetros várias vezes nas últimas horas. Não havia nada lá fora. Ela estava segura.

Depois da noite passada, eu sabia que ele viria me procurar.

Cowboy parou a segunda Harley ao meu lado. Mantive a atenção adiante, no sol agora quase totalmente no céu. Minhas mãos tremiam pra caralho. Estremeci com a ideia de deixar Aubin livre. Porque ele era isso para mim. Aubin Breaux. O garoto que conheci quando adolescente, aquele que ficou ao meu lado quando tudo virou uma merda total e a vida me derrubou.

— Eu vi você — ele disse, acabando com o silêncio constrangedor que caiu ao nosso redor. Eu não disse nada. Senti Cowboy puxar meu braço. Ele prendeu a respiração. Quando olhei em sua direção, ele estava ostentando os machucados do dia anterior. Eles estavam com bolhas e pareciam horríveis pra caralho. — Você está me ouvindo? — perguntou, afastando sua dor.

— Aquilo não significa nada.

— Porra, Val. Significa tudo!

Cerrei a mandíbula. Então, sentindo meu estômago embrulhar, me virei para meu melhor amigo.

— Aubin... — Minha boca estava seca como um deserto.

— Val... — Cowboy se inclinou para frente, pulando para me ajudar como sempre fazia. Mas levantei a mão para impedi-lo e respirei fundo.

— Acho que você deveria tentar fazer isso com ela.

As sobrancelhas loiras de Cowboy franziram em confusão.

— Isso é o que estou dizendo. Ela seria boa para nós, Val. Ela..

Balancei a cabeça.

— Eu não, Aub. *Você.*

A boca de Cowboy abriu e fechou, sua testa franzida.

— Eu não entendo.

— Você. — Olhei de volta para as colinas. — *Você* deveria tentar fazer isso com *ela*. — Estalei os dedos, apenas para ter algo para fazer com as mãos. — Ela gosta de você. Merda, qualquer um pode ver. — Abaixei a cabeça. — Também vejo a maneira como você olha para ela. Sia é diferente para você.

— Para nós — Cowboy argumentou.

— Não importa.

— Puta merda, Val...

— Isso não muda o que sinto. Não vou ver mais ninguém sendo preso por mim. — Desta vez, encontrei seu olhar. Seu rosto estava vermelho. Ele estava puto, o que era algo raro para Cowboy. — Eu também prendi você. Sei que você não vê isso. Acho que é só porque você é meu irmão. Mas você não viveu direito desde aquela noite, anos atrás. Desistiu de tudo e de todos. Do seu futuro. Dos seus pais. Dos seus cavalos. Dos rodeios. Você fode vadias comigo porque eu nunca ousei fazer isso sozinho.

Dei uma risada autodepreciativa.

— Caralho, você se mudou do Estado que adorava para se tornar um nômade, depois se mudou para o Texas por *minha* causa. — Virei no banco, olhando para o *patch* da filial de Austin em seu *cut*. — Você até disse ao clube... Styx e Ky... que nos tornamos nômades por causa da merda que aconteceu com você, o que nós dois sabemos que não era verdade.

— Porque eu sabia que você não queria falar sobre isso. Depois de tudo que você passou, eu não poderia deixar você explicar toda aquela merda com a filial de Nova Orleans, embora devêssemos, ainda deveríamos. Quero dizer, quanto um irmão pode ter acumulado sobre si na porra de uma vida, quanto mais no espaço de alguns anos?

— Esse é o meu ponto, Aub — eu disse. Cowboy cruzou os braços sobre o peito. — É hora de você fazer algo por si. — Ele abriu a boca para discutir, mas eu o interrompi antes que ele pudesse dizer algo. — Nós dois sabíamos que haveria um momento em que você encontraria alguém. — A dor que senti no estômago ao pensar em Sia com Cowboy, sozinho, me deixou enjoado. — Você merece isso.

— E você? — Cowboy perguntou. — O que você merece? Ficar sozinho? — Ele bufou de frustração. — Eu sei que você diz que há muitos motivos para não se meter com Sia. Entendo porque você pensa isso. Mas um deles, a sua condição, não deveria detê-lo assim, Val. Muitas pessoas têm e vivem com isso muito bem.

— Não em uma gangue de motociclistas. Você conhece as regras do clube. Eu ficaria de fora. Styx não me deixaria perto de uma moto. O pai dele fez disso uma regra rígida anos atrás. — Balancei a cabeça. — Não vai acontecer, *mon frère*. Que merda eu seria sem este clube?

— Poderia morar comigo e Sia? Não sei... talvez ser feliz pelo menos uma vez na vida?

— Você acha que as pessoas não teriam problemas com isso?

— Que se danem as pessoas — ele murmurou, balançando a cabeça.

TRÍADE SOMBRIA

Senti meu sangue esfriar.

— Isso é o que meus pais pensaram, Aub. — Eu o senti ficar tenso quando os mencionei. Porque eu nunca falava sobre eles. — E não deu certo para eles, não é? — Vi a simpatia inundar seus olhos. Mas acima de tudo, eu odiava ver a pena nos olhos de Cowboy. — Um cara branco, um doente mestiço e uma cadela branca morando juntos não é normal para ninguém, Aub. Alguém em algum lugar terá um problema com isso. — Só de pensar nisso, senti a raiva ferver dentro de mim. — E eu garanto, será comigo que eles terão o maior problema. Sempre é assim.

— Nós somos a porra dos Hangmen! Ninguém vai dizer merda para nós.

— Nosso *VP* pode querer.

Cowboy baixou a cabeça em derrota.

— Eu pensei... Eu pensei que depois da noite passada... depois de ver você com ela, que você tinha mudado de ideia.

— Eu quero a cadela, Aub. Tanto que não aguento mais. Mas depois de tudo o que ela passou, como diabos eu poderia fazê-la passar por mais coisa? Vou protegê-la com a minha vida, mas ela não vai saber sobre a minha condição. Meu passado. Minha longa lista de razões. Eu simplesmente não vou ficar com ela, ponto final. — Liguei o motor da moto; eu tinha acabado com essa conversa.

— Eu poderia simplesmente contar a ela sobre você, porra. Então você não teria mais desculpas.

A ameaça dele não surtiu efeito.

— Não, você não faria isso. Você não é assim. — Eu sabia que era verdade. — Fique com ela, Cowboy. E quando toda essa merda do Garcia acabar... — Respirei e deixei as próximas palavras saírem de mim: — Eu irei embora. É hora de você ter uma porra de vida, livre da minha bagagem.

Enquanto caminhávamos para o rodeio ao ar livre em Marble Falls, alguns dias depois, eu me senti completamente deslocado. Cowboy ainda não falava muito comigo – o que era novidade. Ele apenas me disse algumas palavras aqui e ali. Parecia estranho pra caralho. Em todos os anos em que o conheço, ele nunca manteve distância de mim. Odiei cada minuto disso, mas sabia que era o melhor.

Sia também estava me dando espaço. Ela sempre lançava olhares na minha direção, mas eu não tinha certeza se ela se lembrava de eu beijá-la na outra noite. Talvez ela tenha pensado que foi apenas um sonho.

— Chegamos — Sia disse e foi se registrar. Ela participaria da corrida de barril hoje, uma competição amadora que ela participava para se divertir. Cowboy a ajudou a treinar nas últimas semanas. Com o braço ainda machucado, ele a ajudou mais nos últimos dias do que a mim. Eu tinha o perímetro sob controle. Encontrei Smiler e Bull na estrada principal; eu, na minha caminhonete, eles, na deles, para repassar as atualizações. Não tivemos nenhuma informação nova por parte do *prez* dos Diablos, e Garcia estava quieto.

Eu não considerava isso uma coisa boa.

Então, nós estávamos aqui hoje. Eu odiava essas merdas de rodeios. Muitas brigas tinham acontecido em Louisiana por causa dessas merdas. Especialmente uma vez...

Como se me sentisse pensando naquela época, Cowboy se aproximou de mim. Ele não disse nada, mas seu braço roçou no meu. Ele nunca conseguia ficar chateado comigo por muito tempo. Embora desta vez tivesse estabelecido um novo recorde.

Sia foi até uma mesa a alguns metros de distância e começou a preencher alguns formulários. Ela estava incrível. Sua calça jeans cintilante e sua camisa rosa se encaixam em sua figura de um jeito tão gostoso que eu quase sorri quando ela saiu de seu quarto esta manhã. Ela era tão deslumbrante, seu longo cabelo cacheado caindo pelas costas, um Stetson branco na cabeça. Em vez disso, eu saí de casa e me certifiquei de que nossa jornada para o rodeio fosse segura.

Esse era meu novo plano. Evitá-la a todo custo.

Viking, AK e Flame estariam circulando pela área também. Olhei para o que eu estava vestindo: uma camisa branca lisa e calça jeans. Claro, Cowboy parecia completamente ambientado, com uma camisa xadrez vermelha, calça jeans, suas botas de cowboy e um Stetson marrom.

— Você parece como antigamente, vestido assim — eu disse e vi um sorriso aparecer em sua boca.

— Pensei nisso esta manhã quando me vesti. Estranho ficar sem um *cut*, hein? Já faz tanto tempo que quase podia fingir que os anos anteriores ao clube não eram reais.

Eu nunca poderia pensar isso, mas era porque aqueles anos foram gravados permanentemente em meu cérebro.

— Sim. — Abri a boca para dizer mais alguma coisa, qualquer outra coisa, mas Sia veio até nós, com os papéis nas mãos.

— Tudo assinado — ela falou. — "Helen Smith" está pronta para cavalgar. — Ela riu e balançou a cabeça. Ela resmungou e então revirou os olhos.

Helen Smith. Seu pseudônimo. Ky, anos atrás, conseguira uma identidade falsa para ela depois que voltaram do México. A escritura de seu rancho estava com esse nome, e ela competia com ele também.

Sia se balançou sobre os pés, sem jeito, quando não respondi. Quando nenhum de nós respondeu. Não era só comigo que Cowboy estava distante. Desde nossa pequena conversa, alguns dias atrás, ele se afastou de Sia. Ele ainda era todo sorrisos – ele era assim –, mas o flerte havia cessado. Eu não o tinha visto pegar a mão dela. Ele mal ria de suas piadas, ou se envolvia em suas idas e vindas habituais. Eu podia ver que isso a estava afetando. Eu poderia dizer que Sia sentia falta dele pela maneira como ela esperava por uma reação toda vez que dizia algo que ele normalmente achava engraçado.

E então entendi o que ele queria transmitir. Nós dois estávamos nisso juntos ou nenhum de nós estava. O idiota era teimoso pra caralho. Mas nunca houve um amigo melhor.

— Então, *cher*, quando você vai entrar? — perguntou.

— Em uma hora. Eu sou uma das últimas. — Ela olhou para o trailer de seu cavalo. — Clara vai aquecer Sandy para mim.

Cowboy assentiu com a cabeça.

— Então vamos levá-lo ao ringue de treinamento.

Eu fui atrás de Cowboy e Sia, observando as pessoas no rodeio. Estava começando a ficar movimentado. Os peões de touros e os broncos atrairiam as multidões maiores mais tarde.

Vimos Sia treinar seu cavalo por um tempo antes de seu nome ser anunciado. Cowboy colocou a mão no meu ombro enquanto nos movíamos para o lado do ringue principal para esperar Sia competir. Olhei para o meu melhor amigo e vi que seus olhos estavam brilhantes de entusiasmo.

Ele costumava viver por essa merda.

O locutor chamou por "Helen Smith". Sia segurou Sandy no portão enquanto esperava o sinal para sair. Quando ela entrou, esquivando-se em torno dos três barris que estavam dispostos em forma de trevo, eu prendi a respiração. Cowboy gritou e assobiou enquanto ela voava pela terra batida. Quando começou a correr para a linha de chegada, com as pernas chutando e as rédeas balançando de um lado ao outro, olhei para a tela para ver se sua corrida a colocara em primeiro lugar.

— Puta merda, DEZ! — Cowboy gritou e se virou para ir ao encontro de Sia. Nós a encontramos enquanto ela desmontava. — *Cher*!

Cowboy pegou Sia e segurou-a nos braços. Minha garganta apertou com o alívio que vi no rosto de Sia. Quando seus olhos encontraram os meus por cima do ombro de Cowboy, sustentei seu olhar. Eu estava orgulhoso pra caralho da cadela. Assenti com a cabeça, para sua óbvia surpresa, fazendo com que ela soubesse disso.

O sorriso que ela me deu em troca quase me fez cair de bunda no chão.

— Não deixe Ky ver você abraçando a irmã dele desse jeito, cara.

Virei a cabeça e deparei com AK e Viking caminhando em nossa direção. Flame vinha atrás, olhos negros vagando pelo lugar. Todos os três estavam vestidos com calças jeans e camisas. Nenhum traço dos Hangmen era permitido – ordens de Styx.

Cowboy soltou Sia.

— Ela simplesmente foi incrível no cronômetro. Ninguém vai conseguir superá-la. Isso merecia a porra de um abraço do Cowboy.

Sia ergueu a mão para o trio.

— Oi, pessoal.

Viking deu um passo à frente.

— Cadela, foi uma corrida fenomenal.

— Você viu? — perguntou ela, radiante.

— Claro que sim. — Vike inclinou a cabeça para o lado. — Tenho um amigo que quer saber se você pode cavalgar tão bem em outras coisas...

— Vike — AK avisou.

— O quê? — Viking reclamou, de braços abertos. — Só quero saber se ela gosta de montar coisas... mais duras... de preferência grandes feras selvagens.

— Vike — também me ouvi alertar.

— Com certeza — Sia respondeu, fazendo minha cabeça virar em sua direção. Seus braços estavam cruzados sobre o peito enquanto ela o encarava, com a cabeça inclinada, considerando a enorme diferença de altura. — Mas eu nunca montei nada que conseguisse me derrubar. — Seus olhos percorreram toda a extensão dele. — Nunca tive nada duro ou grande o suficiente para dominar o controle das minhas coxas de aço.

TRÍADE SOMBRIA

Viking olhou para mim, depois para o Cowboy, e apontou bem na nossa cara.

— Estamos trocando de posto. Agora mesmo. Eu vou para casa com ela. Vocês dois podem voltar para o clube.

— Não — Sia disse, franzindo o nariz, parecendo linda pra cacete. — Eu gosto desses dois. Eles me mantêm alerta. — Seus olhos azuis brilharam e por um segundo ela me lembrou Ky, todo loiro, olhos azuis e uma atitude arrogante do caralho para combinar. Mas quase engasguei quando ela disse: — Os dois juntos... — Ela balançou a cabeça. — Pooooorra... melhor cavalgada da minha vida.

Meus olhos se arregalaram e Cowboy começou a rir. A boca de Viking abriu, o irmão parecia como um maldito peixe.

— Eles comem um ao outro, não cadelas! — exclamou ele, parecendo realmente confuso. Revirei os olhos ao ouvir a mesma frase saindo de sua boca como eu tinha ouvido um milhão de vezes antes.

Sia caminhou até Viking e bateu em seu peito.

— Continue acreditando nisso, garotão. O que quer que ajude você a dormir à noite.

Naquele momento, percebi o quanto Sia havia baixado a guarda ao nosso redor. Ela era divertida e até mesmo maliciosa. Mas para mim e para Cowboy, ela também mostrava quando estava com medo. Ela chorava e ficava vulnerável.

Pensei em como ela era no clube; *essa* Sia, aquela que tinha um Viking perseguindo Cowboy para conseguir detalhes sobre nossas aparentes orgias diárias, era o que ela queria que os irmãos vissem. Uma mulher não prejudicada por seu pai ausente e a vida mantida longe do clube. Ou a mulher não tão arruinada por um homem chamado Garcia, motivo pelo qual ela não tinha deixado ninguém se aproximar em anos. Ninguém tinha permissão para tocá-la. Inferno, pelo que eu poderia dizer, ela não tinha amigos além da garota que era paga para trabalhar no rancho.

Observando-a agora, passando por Viking, a bunda curvilínea rebolando, o olho esquerdo piscando, você nunca diria o quão solitária ela era.

Meu peito se apertou. Assim como eu e Cowboy.

Suspirei, e então vendo que Cowboy estava ocupado conversando com o *psycho trio*, comecei a andar ao lado de Sia. Ela claramente não esperava que fosse eu, porque quando virou a cabeça para me encarar, acabou tropeçando. Estendi a mão e a ajudei a se equilibrar.

— Cuidado, *cher* — eu disse, baixinho, e mordi a língua para impedir que qualquer outra coisa saísse da minha boca.

Sia piscou para mim, e então seu olhar seguiu pelo meu braço até a mão que ainda segurava seu cotovelo. Ela engoliu em seco e observei suas bochechas ficarem vermelhas.

— O-obrigada, Hush. — Então me encarou com aqueles grandes olhos azuis.

Afastei a mão e a enfiei no bolso. Sia continuou caminhando até chegarmos ao lado do ringue, bem a tempo de ver a última competidora correr entre os barris. A cadela nem chegou perto do tempo de Sia. Quando ela viu seu nome no topo da classificação, deu um sorriso tão largo que quase ofuscou o sol.

Era uma sensação estranha: orgulho. Nunca tive muita chance de sentir orgulho de alguém antes. Cowboy fazia isso por mim todos os dias. Brigaria com qualquer um que me olhasse torto. Mas éramos apenas nós dois. Como sempre fomos por tanto tempo, acabei não percebendo mais.

Mas agora, eu estava tão cheio de orgulho por essa cadela que entrou em nossas vidas como uma águia em um furacão, e não pude deixar de sorrir.

Um segundo depois, a mão de Sia tocou meu pulso e sua boca abriu em choque.

— Hush! — Ela arfou, dramaticamente, e foquei meu olhar nela. — Você pode sorrir!

Assenti com a cabeça e passei a mão sobre minha cabeça raspada.

— É raro, eu sei. Mas isso acontece uma vez a cada lua azul.

Sia me cutucou com o ombro.

— Combina com você, meu bem. — Ela abaixou o olhar e chutou a terra com a ponta da bota. — Eu não me importaria de ver mais vezes. — Deu uma piscadela. Uma que eu sabia que ela aprendeu com Cowboy. — E, sabe, você é bonito, e fica ainda mais quando mostra esse sorriso na direção desta garota... — Meus olhos brilharam, meu estômago se apertou.

O locutor avisou que era hora dos peões de sela bronco. Olhei para trás e vi Cowboy se aproximando de nós, sozinho, sem avistar AK, Vike e Flame. Cowboy estava quase chegando quando alguém passou por ele, olhou duas vezes e então parou. Meus olhos se estreitaram, tentando avaliar o que estava acontecendo, quando o cara de calça marrom disse:

— Aubin? Aubin Breaux? É você?

A atenção de Cowboy se voltou para o cara à sua direita. O sorriso que ele exibia sumiu de seu rosto. No minuto em que vi quem era, fui dominado por uma raiva tão intensa que quase me queimou por dentro. Minhas mãos tremiam tanto que cheguei a olhar para os meus dedos, antes de cerrar os punhos. Meu peito subiu e desceu com força quando levantei a cabeça para olhar novamente para o filho da puta que se atreveu a conversar com Cowboy. Eu ia explodir. Eu ia rasgá-lo em pedaços. Eu ia...

— Hush? — Sia chamou, colocando a mão no meu braço. Mas não pude responder. Meu coração batia muito rápido no peito enquanto observava Cowboy reconhecer o homem parado diante dele. Seu rosto ficou vermelho como se o próprio diabo tivesse possuído seu corpo.

Cowboy deu um breve olhar em minha direção. Pisquei, meus olhos entrecerrados focando nas tatuagens que apareciam por baixo da gola do filho da puta, de suas mangas... Tatuagens que eu reconheceria em qualquer lugar.

Eu sabia. Sabia que eles teriam eventualmente seguido esse caminho.

— Porra, cara, onde diabos você esteve? — Pierre disse, falando como se toda aquela merda não tivesse acontecido anos atrás.

Eu disse a mim mesmo para me mexer. Pedi às minhas malditas pernas para correr e quebrar o nariz do idiota, mas nada estava funcionando. A raiva pura impediu que qualquer coisa no meu corpo funcionasse.

— Você está no Texas? É aqui que você se enfiou depois que desapareceu? Eu sei que um monte de merda aconteceu um tempo atrás, mas nunca pensamos que você sairia da cidade. — Pierre franziu a testa. — Seus pais estão procurando por você há anos. — Cowboy abriu a boca para dizer algo, mas Pierre olhou por cima do ombro e acenou para alguém.

Senti como se estivesse assistindo a um filme em câmera lenta quando um rosto que eu nunca mais queria ver novamente apareceu no meio da multidão. Cowboy se virou. Jase Du Pont parou quando seus olhos pousaram em Cowboy. Então ele correu pela multidão.

Ele. Esse filho da puta do caralho.

Meu corpo vibrou. Senti a mão de Sia pressionar meu braço com mais força, mas não pude ouvir nada do que ela estava dizendo. Tudo que eu podia ouvir era o sangue vibrando nos meus ouvidos. Tudo que eu podia ver era a porra da névoa vermelha descendo sobre meus olhos quando as cicatrizes nas minhas costas pegaram fogo.

— Aubin? — Jase se aproximu e segurou o braço de Cowboy. — Maldito Aubin Breaux!

Cowboy não respondeu. Em vez disso, seus olhos encontraram os meus. Eu sabia que se pudesse ver com clareza, eles estariam silenciosamente me dizendo para me acalmar. Mas como eu poderia me acalmar quando esses idiotas estavam aqui? Na porra da minha casa!

— Você está aqui competindo? — Jase perguntou, ainda sem entender que o silêncio de Cowboy significava que ele estava a um segundo de cortar a porra da sua garganta. Porque não havia nenhuma maneira de Cowboy não estar perto de explodir. Ele odiava esses filhos da puta quase tanto quanto eu. — Estou aqui com meu sobrinho. Ele acabou de entrar no circuito juvenil. — Ele ergueu o nariz. — Uma competiçãozinha de merda para você, não? É a isso que você está reduzido agora? Rodeios de merda no Texas. Você já foi a porra do rei do rodeio. Melhor do que todos nós.

Meu sangue ferveu enquanto eu olhava para o imbecil sardento de cabelo escuro. Meu pé avançou, puro ódio me estimulando.

— Hush? — Sia parou na minha frente, mas mantive meu olhar focado nele. Aquele a quem eu pretendia matar. — O que foi? Você conhece esses homens? — Sua voz denotava pânico.

— Que porra você está fazendo no Texas, Breaux? E, por favor, me diga que você não tem mais nada a ver com aquele vira-lata. O maldito arruinou sua chance de se tornar profissional e fez uma lavagem cerebral em você. Aquele manipulador tirou você de nós. Só basta um deles para foder a vida de um bom homem. — Jase cuspiu no chão.

Sia respirou fundo, sua cabeça virando para Jase. Suas unhas cravaram na pele do meu braço. Dei boas-vindas à porra da dor que isso causou e o que ela estimulou.

Os olhos de Cowboy focaram em mim no minuto em que a ofensa saiu da boca do idiota. Jase, tentando ver o que havia chamado a atenção de seu velho amigo, se virou... e seu olhar colidiu com o meu.

Meu rosto estava duro, meus olhos frios fixos nos dele com tanta intensidade que pude ver uma gota do tabaco de mascar escapar de sua boca na minha presença. Ele cuspiu no chão novamente... o líquido marrom batendo na ponta da minha bota.

— Você só pode estar de sacanagem!

Ele puxou o braço do Cowboy. Mas antes que pudesse lançar outra ofensa racial, Cowboy ergueu o punho, e assim como ele fez em Louisiana quando éramos adolescentes, deu um soco na cara do filho da puta. Jase caiu no chão, se levantando rapidamente quando um bando de seus amigos veio correndo. Tirando a mão de Sia do meu braço, corri para onde ele estava, a respiração ecoando em meus ouvidos. Jase se aproximou de mim no minuto em que cheguei.

— Seu mestiço de merda! — sibilou, então cambaleou para mim.

Desci meu punho em seu rosto. Uma e outra vez, deixando o osso quebrar e a carne se partir sob meus dedos. Liberei todo o meu ódio, as tatuagens do imbecil atiçando minha maldita raiva. As cicatrizes nas minhas costas eram a porra do meu combustível.

Apenas alguns segundos depois, ouvi:

— Ora, ora o que diabos temos aqui, senhoras? — A voz estrondosa de Viking pairou sobre os filhos da puta que eu iria detonar. Por tudo que eles fizeram. Por aquelas noites que eles foram me buscar. Por aquela maldita noite que eles...

— O que é isso? Outro amante de sangue sujo? Você também gosta do lixo branco e preto, hein? — Jase mal tinha parado de falar, tropeçando para longe de mim, o sangue afogando sua porra de rosto feio, quando Flame saltou para frente e nocauteou o filho da puta.

— Não! — gritei, prestes a jogar Flame para fora do caminho quando AK puxou minha camisa. O sangue escorria do meu lábio onde eu tinha levado um soco.

— Leve-a para casa, porra — AK disse.

Tentei me soltar de seu agarre, precisando chegar até Jase. Precisando terminar o que começou há muito tempo. Precisando que aquele filho da puta sentisse o que ele me fez sentir vez após vez, até a noite em que fui para o inferno e nunca mais voltei.

Mas AK me segurou firme, agarrando meu pescoço até que eu não conseguisse mais respirar. Viking também arrastou Cowboy para longe, e Flame tomou seu lugar, socando os bastardos racistas.

— Vão logo! Levem ela para casa agora! A última coisa que precisamos é atrair a porra de uma multidão. — AK nos empurrou para longe e em direção a Sia. Cowboy ficava olhando para trás, para os malditos com os quais havia crescido, seus "companheiros de rodeio".

Eu só os vi como homens mortos. Eu queria voltar. Precisava acabar com todos eles... Eu me virei para ver AK olhando para mim. Flame e Viking estavam se afastando dos homens quase todos caídos, uma multidão começando a se formar ao redor dos que estavam no chão. Esses filhos da puta eram como reis nessas coisas. Eu não me importava. Eu não dava a mínima para o que aconteceria comigo. Puxei a faca da bota, então...

— Cowboy! Hush! — Sia gritou, me fazendo parar. Eu me virei para vê-la ainda de pé, o rosto pálido como um fantasma, apoiada contra a cerca.

Minha mão apertou o cabo da faca. Vi os olhos de Jase encontrarem os meus no meio da multidão. Então o filho da puta sorriu, e eu...

— Precisamos ir — Cowboy disse, entrando no meu caminho. Eu estava ofegante, respirando loucamente enquanto deixava minha raiva me controlar, dando ao próprio Hades permissão para derrubar esses idiotas de uma vez por todas. — Val! — Cowboy rosnou, seu rosto vermelho. — Precisamos ir, porra! — Os olhos de Cowboy focaram em alguém atrás de mim. Eu segui seu olhar e vi Sia... apavorada pra caralho. Olhos arregalados enquanto ela me encarava com a faca na mão. — Não a deixe ver essa merda — Cowboy disse apenas para eu ouvir.

Meu corpo tremia dos pés à cabeça. Inclinando a cabeça para trás, gritei de frustração, o som pairando sobre o pequeno terreno de rodeio. Fechando os olhos, respirei fundo e guardei a faca no cinto. Eu me virei para Sia e segurei sua mão, puxando-a atrás de nós. Comecei a correr. Cowboy pegou a outra mão dela e nós empurramos os competidores que esperavam. Cowboy deslizou para dentro da caminhonete. Ele abriu a janela quando eu e Sia entramos e gritou para Clara, que estava esperando perto do trailer.

— Leve o cavalo de volta ao rancho. Estamos indo embora.

Clara parecia confusa, mas fez o que ele disse. Cowboy disparou para fora do estacionamento e pegou a estrada que nos levaria de volta ao rancho. Minha perna quicava para cima e para baixo. Meu sangue estava correndo em minhas veias na velocidade da luz. Eu não conseguia me acalmar. Eu só ficava vendo aqueles imbecis na minha cabeça. Todas as merdas que eles fizeram... suas malditas tatuagens.

Suas malditas tatuagens da Klan.

— O que diabos aconteceu? — Sia perguntou, com a voz vacilante indicando o quão abalada estava. Sua mão estava tremendo quando ela a colocou no meu rosto. Inclinei a cabeça para trás e vi seus olhos se encherem de lágrimas. — Hush... as coisas que eles disseram para você... — Ela tentou segurar minha mão, mas eu me afastei. Não podia agora.

Eu estava perdendo a cabeça. Eu precisava me acalmar. Mas no minuto em que pensei naquele idiota me chamando de vira-lata, de mestiço, de sangue sujo, tudo que eu tinha lutado tanto para tentar deixar para trás veio à tona com força total.

Era como se eu tivesse dezesseis anos de novo. A merda do alvo que eles infernizavam e usavam para se divertir até que arruinaram a porra da minha vida.

— Se acalme, Val — Cowboy ordenou do banco do motorista. Meus olhos dispararam para ele, e tudo que eu conseguia pensar era nos momentos em que ele estava com eles. Rindo de mim, vendo-os me socar no chão.

— Pergunte ao Cowboy quem eles eram — rosnei, virando para Sia.

A caminhonete ficou em silêncio, que só foi interrompido quando o Cowboy advertiu:

— Não. Não faça isso, Val.

Mas eu não conseguia parar. Eu sabia o que ele tinha feito por mim. Eu sabia que ele se afastou de toda aquela merda lá atrás e me escolheu. Porra, ele deixou seus pais depois que tudo aconteceu... quando eu os perdi... quando desmoronei... mas não conseguia me acalmar. Tudo que eu podia ver eram suas tatuagens supremacistas; tudo que eu podia ouvir eram as malditas ofensas racistas que saíam de suas bocas com a mesma facilidade que respirar. Eles, vivendo em suas mansões ricas, montando seus cavalos, caminhando pela cidade como se fossem malditos deuses. Enquanto lutávamos e economizávamos até... até...

Cowboy parou a caminhonete na frente da casa de Sia. Abri a porta, ignorando a tontura que estava começando a sentir. Eu me movi para a direita e depois para a esquerda, sem saber como tirar esses malditos sentimentos raivosos da minha cabeça.

— Hush. — Vi Sia, com as mãos sobre a boca, me observando da lateral da caminhonete.

Cowboy se aproximou de mim.

— Val. Estou falando sério. Se acalme. Você está perdendo a cabeça. É muito perigoso! — Cowboy se aproximou ainda mais e começou a me arrastar para dentro de casa. Ouvi Sia correndo atrás de nós.

— Cowboy! Pare! Você vai machucá-lo!

Mas Cowboy não parou até que me colocou no sofá. Era a única vez que o via tão sério. Quando eu ficava assim. Suas mãos pressionaram meus ombros.

— Calma, irmão. Por favor... apenas se acalme.

Eu o vi lançar um olhar preocupado para Sia, que estava observando da porta, com o rosto pálido e confuso. Mas não consegui. Eu não conseguia ficar quieto. Afastei suas mãos e me levantei.

Cowboy tentou me segurar, mas eu o empurrei. A tontura dessa vez me fez buscar algo para apoiar e me impedir de cair. Senti aquele familiar gosto metálico na boca. Eu me virei para ver Cowboy se aproximando de mim, Sia chorando... mas meus olhos reviraram, e então tudo escureceu.

— Cowboy! Por favor, me deixe chamar um médico!

Uma espessa névoa nublou minha cabeça, uma tempestade em minha mente enquanto o som de vozes chegava aos meus ouvidos.

— Não, *cher* — a voz do Cowboy respondeu. — Ele não precisa.

Eu me afastei novamente. Na próxima vez que voltei, os sons na sala eram mais nítidos. Meus olhos estavam pesados quando tentei abri-los. Meus braços e pernas pareciam pesar dez toneladas.

— Val? — Mãos se moveram para meu rosto. — Val, estou aqui.

Reconheci a voz do Cowboy. Inspirei e expirei até que o peso em meus olhos diminuísse o suficiente para abrir as pálpebras. Minha visão estava embaçada no início, mas então tudo começou a clarear.

— Val? — O rosto de Cowboy apareceu. Pisquei, sentindo-me aéreo e com o corpo exausto. Eu estava deitado de lado, um travesseiro sob a cabeça, e Cowboy estava de joelhos, com a mão apoiada na minha testa. — Oi, *mon frère* — ele disse, e eu respirei fundo. Cerrei os olhos, tentando lembrar o que diabos tinha acontecido.

Eu não conseguia lembrar. Tudo se perdeu na névoa espessa que eu não conseguia dissipar da minha cabeça. Tentei me mover, mas meus braços estavam flácidos. Minha boca estava seca. Passei a língua ao longo dos meus lábios, e então a ouvi.

— Aqui. — Passos se aproximaram de mim e alguém se abaixou até o chão. Pernas cobertas com jeans foi a primeira coisa que vi... então senti uma mão pressionando minha bochecha. Ela estava tremendo. Olhei para cima e vi um lindo rosto focado em mim.

Elysia, uma pausa em minha mente me fez recordar.

Sia.

— Oi, meu bem — ela sussurrou e passou as pontas dos dedos ao longo da minha bochecha. Eles estavam tremendo. Algo em meu peito se partiu quando as lágrimas começaram a cair de seus olhos.

— Ele está bem, *cher* — Cowboy disse. Os olhos de Sia se fecharam. Sua respiração falhou, abrindo um buraco no meu maldito coração. A mão do Cowboy tocou seu ombro. — Ele vai estar com sede. Ele sempre fica.

Sia abriu os olhos e se recompôs. Assentindo, ela se aproximou de mim e colocou a mão sob minha cabeça. Eu queria fazer isso sozinho, mas não tinha nenhuma energia para me mover.

— Eu... Eu... — Ela olhou para Cowboy.

— Ele não está ferido, *cher*. Só cansado. Você não vai machucá-lo levantando sua cabeça — ouvi Cowboy instruir Sia como se estivesse observando à distância. Não estava alerta o suficiente para falar ou cuidar de mim mesmo ou fazer qualquer coisa, mas deixei suas mãos macias tocarem minha pele, o calor de sua palma levando embora a frieza que envolveu meu corpo.

Sia se aproximou ainda mais. Ela levantou minha cabeça do travesseiro e a apoiou em seu colo. Soltei um longo suspiro, sentindo o calor de seu corpo agir como um bálsamo para os músculos e ossos que estavam começando a doer. Meu corpo estava tremendo. O resultado do que agora percebi que fora uma convulsão.

Minha consciência começou a clarear, segundo a segundo, me trazendo de volta ao presente. Meus olhos focaram em Sia, que estava simplesmente acariciando minha cabeça por alguns minutos. Quando meus olhos se conectaram com os dela, a cadela me deu um sorriso fraco e então, roubando todo o ar que prendi em meus pulmões, abaixou a cabeça e pressionou seus lábios contra os meus.

Tudo dentro de mim me dizia para afastá-la, me mover e recusar sua ajuda. Mas não me mexi. E nem tentei. Eu estava tão cansado de fugir de todos que tentavam me conhecer melhor... Estava cansado demais, *ponto final*. Então, fechei os olhos e deixei que ela me confortasse. Deixei as mãos que eu queria em mim por muito tempo, acariciarem meu rosto. E deixei os lábios que eu queria nos meus, pressionarem toda a minha pele – cuja cor era tão diferente da dela.

E me permiti aceitar que ela agora sabia. Ela sabia o que escondi por tanto tempo. O que poderia me impedir de pilotar.

— Beba, *baby* — ela disse, suavemente. Meus olhos se abriram para focar em seu rosto. Sia inclinou minha cabeça para cima, posicionou o copo aos meus lábios e eu suspirei, sentindo o líquido frio escorrer pela minha garganta seca, sem nunca desviar meu olhar. Seus lábios tremeram enquanto ela me ajudava a beber. Quando ela abaixou o copo, olhei por cima do ombro para ver Cowboy recostado à parede, observando. Seus braços estavam cruzados sobre o peito. Não consegui decifrar sua expressão, mas achei que ele parecia... aliviado?

— Assim está melhor, meu bem? — Sia perguntou.

Não consegui encontrar forças para falar, mas finalmente consegui mover a cabeça um pouquinho, assentindo.

— Vamos colocá-lo no sofá — Cowboy indicou. Meu melhor amigo se aproximou e me levantou do chão. Isso não era estranho. Perdi a conta de quantas vezes Cowboy teve que fazer isso ao longo dos anos. Era por isso que eu nunca pude deixá-lo.

Era por isso que ele nunca foi embora.

Cowboy me levou para o sofá ao lado da lareira. Ele sabia que eu ficava com frio depois das convulsões. Cowboy cobriu meu corpo com uma manta e se virou para acender o fogo, confome Sia havia pedido. Eu a observei, entorpecido, enquanto ela empilhava as toras na lareira aberta. Hesitei quando o fogo começou a arder, as chamas alaranjadas e vermelhas lambendo as toras, estalando enquanto atacavam a casca. Cowboy se virou para se sentar ao meu lado. Sua mão foi para o meu ombro e o apertou. Não olhei para ele, estava ocupado demais lutando contra o nó instalado na garganta e as memórias que eu não tinha energia para afastar.

Meus olhos perderam o foco nas chamas e, como sempre, vozes começaram a gritar em minha mente... gritos altos e agonizantes...

Dei um pulo adiante, tentando subir os degraus até a porta da frente. O fogo açoitou meus braços, escaldando a pele.

— *Não consigo encontrar uma maneira de entrar!* — *Aubin gritou... e então eu ouvi.*

— *VALAN!* — *Inclinei a cabeça para trás e olhei para o sótão... e todo o meu mundo se despedaçou...*

Fui arrancado da memória por um polegar roçando minha bochecha. Olhei para Sia e vi que seu rosto estava pálido, perturbado. Suas lágrimas desciam livres.

— Hush... *baby*... O que foi?

Cowboy agora estava sentado no sofá oposto. Ele encontrou meu olhar e me deu um sorriso compreensivo. Ele sabia que a memória sempre voltava para me assombrar depois desses episódios. Meu irmão viveu aquilo comigo. Esteve bem ao meu lado.

É por isso que ele nunca vai deixar você, uma voz na minha cabeça me disse. E eu sabia, não importava o quanto eu o tenha afastado, que ele nunca iria embora. Nós passamos por muita coisa juntos.

— Meu bem? — Eu me concentrei novamente no doce sotaque texano de Sia. — Durma. Você parece muito cansado.

Desistindo de lutar, deixei sua voz suave guiar meus olhos fechados, sentindo sua mão em minha bochecha e seus lábios pressionando novamente em minha boca.

E, me dando mais paz do que ela jamais saberia, Sia tirou aquela noite da minha cabeça. Afastou a tristeza que tanto me consumia quanto aquelas chamas haviam consumido a frágil casa de madeira que um dia chamei de lar. E ela me acalmou para dormir.

Livre de pesadelos.

Pela primeira vez em anos.

Felizmente entorpecido.

CAPÍTULO 7

SIA

A respiração de Hush se normalizou, seu belo rosto relaxando lentamente da tensão que o dominava. Ele estava dormindo, mas eu não podia deixá-lo sozinho. Eu não conseguia parar de tocá-lo, garantindo que ele descansasse. Sua bochecha ainda estava úmida das poucas lágrimas que caíram... pequenas lágrimas que, embora derramadas em silêncio, gritaram sua dor tão alto quanto uma sirene da polícia em uma noite calma.

Cowboy ficou em silêncio atrás de mim. Ele não me disse para deixar seu amigo sozinho ou para deixá-lo dormir. Ele me deu esse tempo. Tocando o outro homem que tinha, como ele, completamente capturado meu coração despedaçado. Um homem que me afastou, me manteve à distância... e agora eu sabia o motivo.

— Epilepsia? — perguntei.

— Sim — Cowboy respondeu.

Meu coração doeu de pena por Hush. Puxei o cobertor sobre seu peito largo. O sangue ainda manchava sua boca da briga no rodeio. Quando olhei para o rosto dele novamente, limpei a poeira da barba por fazer em seu queixo, ouvi as ofensas daquele idiota tão altas como se ele estivesse na sala.

"...por favor, me diga que você não tem mais nada a ver com aquele vira-lata... mestiço... sangue sujo... manipulador."

— Como alguém pode dizer coisas tão horríveis? — Senti uma onda poderosa de raiva e intensa tristeza por Hush ter ouvido aquelas palavras dirigidas a ele.

Cowboy ficou em silêncio. Virei a cabeça para olhar para ele. Coloquei a mão sobre a de Hush, sem conseguir soltá-lo. Cowboy estava tenso, seu olhar se perdeu nas chamas da lareira. Sem olhar para mim, ele disse:

— Nós viemos de... uma pequena cidade de merda em Louisiana — ele suspirou, a mandíbula cerrada. — Você conhece o tipo. Não gostam de ninguém que não se encaixa. As famílias tradicionais e ricas mandam e desmandam. Até que a mãe de Hush conheceu o pai dele. Eles se mudaram, sabiam que não poderiam continuar em nossa cidade se quisessem ficar juntos. Mas então, anos depois, eles voltaram. Com Hush...

— E as pessoas não ficaram felizes. — Olhei de volta para Hush, segurando sua mão com mais força.

— Pois é. — Cowboy ficou em silêncio. Ele estava encarando a nós dois com um olhar estranho, então balançou a cabeça. — Eu não vou dizer nada mais, *cher*. — Ele apontou para Hush. — Essa é a história dele para contar... uma sobre a qual ele nunca fala.

Entendi o que ele estava dizendo. Que eu poderia nunca saber, mas que sabia que era ruim. Isso era nítido.

— Então ele não é introvertido apenas por causa das convulsões?

— Não — Cowboy disse, depois de alguns segundos pensativo.

Eu me perguntei se ele hesitou porque não queria trair seu amigo. *Honra*, pensei. Cowboy era um homem honrado. Eu não tinha conhecido muitos deles em minha vida.

— Com que frequência elas acontecem? — averiguei, sorrindo carinhosamente para Hush. Seu grande corpo estava relaxado durante o sono. Não pude deixar de observar nossas mãos unidas. Sua pele era linda. Sua cor era um tom escuro. Tatuagens cobriam seus braços, mas quando eu passava minha mão sobre eles, de vez em quando sentia certa aspereza. Nesses lugares, a tinta das tatuagens era irregular e desbotada. Encontrei várias partes semelhantes em seus braços. Então congelei... porque, para mim, elas eram mais do que familiares.

— Geralmente, sempre que ele está estressado. — A resposta de Cowboy à minha pergunta me arrancou dos meus pensamentos. — Se ele ficar com raiva também. — Ele olhou para Hush. — Sua perna quicando é o primeiro sinal. Isso me diz que ele está estressado com alguma coisa. Ele fica tonto e, normalmente, pouco antes de acontecer, sente um gosto metálico na boca.

Senti meu coração apertar.

— Ele está tomando remédios?

— O que conseguimos no mercado ilegal. Ele precisa ser examinado adequadamente, mas não o fará porque... — Cowboy parou de falar. Ele se sentou na ponta do sofá e olhou para mim. — As convulsões pioram... — A visão de Hush caindo no chão e se sacudindo, braços e pernas se debatendo, surgiu em minha mente. A imagem horrível foi o suficiente para inundar meus olhos de lágrimas novamente. — Mas é o que essas convulsões representam para ele, *cher*. É isso que o mantém tão fechado. Eu não vou dizer o que é. Estou esperando, *rezando* para que um dia ele conte a você. O lado físico das convulsões ele consegue lidar. É o lado mental que é mais difícil de enfrentar.

— E eles vão impedi-lo de pilotar, não é? — acrescentei, lembrando que havia alguma regra sobre os Hangmen não poderem pilotar se algo estivesse errado com eles, se houvesse alguma condição de saúde.

Cowboy encolheu os ombros.

— Eu, pessoalmente, não acho que Styx vá se importar. Desde que a pessoa se mantenha sob controle.

Meu estômago revirou.

— Mas Hush pode ser morto.

— Nesta vida, *cher*, podemos ser mortos a qualquer minuto. Você sabe que lidamos com algumas merdas pesadas. Mas o Hush se acostumou com os sinais — Cowboy suspirou. — Eu também. É como temos vivido até agora sem incidentes. Se ele se sente mal, ele não pilota.

— Por isso que vocês não se mudaram para as dependências do clube. Porque não vivem lá como os demais.

— Sim.

Observei meus dedos traçando uma área áspera na pele de Hush.

— Cowboy... essas cicatrizes nos braços dele... onde a tinta das tatuagens não pegou bem...

— Não é minha história para contar — ele respondeu, com firmeza. Cowboy se recostou ao sofá. — Ele vai dormir por um tempo, *cher*. Ele precisa recuperar a energia e precisa aquecer novamente o corpo.

Eu sabia que deveria me afastar de Hush, deixá-lo dormir, mas não conseguia me mover. Vê-lo daquele jeito no chão, Cowboy pulando e ficando ao lado dele até que a convulsão cedesse, era a única coisa que enchia minha cabeça.

Inclinando-me para mais perto de Hush, sussurrei:

— Você pode confiar em mim, *baby*. Por favor, não me afaste.

Descansei a cabeça na almofada do sofá e segurei sua mão, beijando cada dedo. Eu estava determinada a lhe mostrar que ele também poderia me deixar entrar em seu coração.

Ele parecia tão sozinho... e eu também.

Talvez pudéssemos ser um pouco menos solitários juntos.

O murmúrio de vozes me tirou de um sono profundo. Eu estava com muito calor. Chutei a manta que devem ter colocado sobre mim, para descobrir minha perna. Eu me virei e percebi que estava deitada no sofá. Quando abri os olhos, deparei com Hush desperto no outro sofá, e com Cowboy sentado na cadeira ao lado da lareira.

— Caí no sono? — perguntei.

Estava escuro lá fora. O fogo ainda estava queimando. Meus olhos se moveram das chamas para Hush. Ele encontrou meu olhar brevemente e depois desviou. Meu coração apertou. Não... Ele iria me afastar novamente. Eu podia ver isso. A máscara dura que ele tirou após a convulsão estava novamente firme no lugar, uma carranca em seu rosto e seus olhos gélidos.

Seu escudo protetor.

Olhei para o Cowboy, mas antes que ele pudesse encontrar meu olhar, ele se levantou e saiu da sala. A porta que dava para a varanda se fechou. Não fui capaz de ouvir a conversa que eles estavam tendo quando acordei, mas poderia adivinhar o assunto.

Eu. A rejeição de Hush a mim, mais uma vez.

A atenção de Hush estava de volta ao fogo. Levantei e fui para a cozinha. Servi dois copos grandes de água; um para mim e um para Hush. Levei a água para ele, mas não olhei em sua direção. Eu não tinha certeza se poderia, não agora. Meu coração estava despedaçado diante da ideia de ele nunca mais me deixar segurar sua mão. Ou beijar seus lábios macios.

Eu não tinha ideia do que diabos seria necessário para passar por suas defesas.

Subi até o banheiro e liguei o chuveiro. O fogo na sala de estar, misturado com o clima quente, havia transformado a casa em uma maldita sauna. Não me importei porque era disso que Hush precisava para ajudá-lo a se recuperar.

Entrei no chuveiro e deixei a água fria correr pela minha cabeça. Peguei o sabonete líquido e comecei a ensaboar a pele, enquanto minhas mãos percorriam meus ombros e as laterais do meu corpo, pensando o tempo todo em Hush. Pela primeira vez, pensei em outra coisa além de Juan, nesses momentos. Rocei com os dedos as marcas que eu tinha guardado só para mim.

Ouvi o grito na minha mente. Senti o calor escaldante, seguido pelo rápido início de uma dor terrível. Repassei tudo na minha cabeça, um par de olhos escuros como a meia-noite observando, *me ensinando uma lição*, ele dissera. Para que nenhum homem quisesse o que era dele.

Apoiei as mãos na parede de azulejos e aumentei a temperatura do chuveiro para contra-atacar os arrepios que me percorreram de cima a baixo. Mas enquanto estava lá, balançando a cabeça e ofegando para livrar minha mente daquela noite, da noite em que ele me arruinou para sempre, pensei em Hush. Pensei nele no chão, o corpo tremendo por causa da terrível convulsão. E pensei nas cicatrizes em seus braços. Tão semelhantes às minhas.

Levantei a cabeça, inclinando o rosto para a ducha. Minhas lágrimas se misturaram com a água e escorreram. Eu não tinha certeza de quanto tempo fiquei sob o jato do chuveiro, mas foi tempo suficiente para me ajudar a decidir o que faria a seguir. Saí do boxe e fui até o espelho. Limpei o vapor do vidro e encarei meu reflexo. Olhos azuis encontraram os meus. Meu cabelo molhado escorria pelas costas e ombros. Mesmo depois de todo esse tempo, ainda era difícil enfrentar isso. Enfrentar... a *mim*...

"*Minha,* bella. *Você pertence a mim agora... Você não sabe que não há como me deixar agora que tenho você? Vou lhe dar uma boa vida. Uma vida digna de uma rainha...*"

Enojada, senti o arrepio percorrer a pele das minhas costas. Engolindo o nó que se alojou na garganta, me virei lentamente, sem desviar o olhar do meu reflexo. Não olhei para minhas costas por meses e meses. Então, quando as cicatrizes vermelhas apareceram, não pude conter o arquejo que escapou dos meus lábios. Eu não sabia o que estava pensando... o que eu esperava encontrar desta vez, todas as vezes. Era sempre a mesma coisa: a feiura, a pele ferida e maculada com textura em queloides que me lembrariam para sempre da época em que depositei minha confiança nas mãos do próprio diabo.

O diabo que agora estava procurando por mim por todo o país para me arrastar de volta para o inferno.

Nem sequer pisquei com esse pensamento. Eu estava entorpecida enquanto encarava o espelho por cima do ombro, como se observar a pele arruinada fosse de alguma forma reverter o dano.

Deixei meus instintos me conduzirem. Pegando a fina toalha rosa no chão, envolvi meu corpo e abri a porta do banheiro. O vapor escapou, colidindo com o ar fresco do corredor. Desci as escadas, voltando para a sala de estar. Ouvi o crepitar do fogo e meus passos no chão de madeira enquanto seguia para lá. Mantive os olhos focados em frente, bloqueando o medo sufocante que estava tentando subir pela minha garganta.

— Sia? — Ouvi o Cowboy chamar.

Ele estava sentado no sofá onde adormeci e se inclinou sobre a beirada do sofá, mas estendi a mão para ele ficar parado. Olhando à direita, encontrei os olhos azuis gelados de Hush. Sua testa estava franzida com uma expressão confusa e seus lábios carnudos estavam contraídos quando ele olhou para mim. Minha visão turvou quando as lágrimas começaram a cair livremente pelo meu rosto. Pigarreando, comecei a dizer:

— Quando eu tinha dezessete anos, eu fugi de casa — anunciei, minha voz rouca com a dor que essa memória trazia cada vez que eu a revivia.

Hush parou de respirar. Seu grande corpo era uma estátua sob o cobertor que o mantinha aquecido. Notei distraidamente que suas bochechas estavam mais uma vez coradas e seus lindos olhos brilhavam com vida.

Minhas mãos tremeram sobre toalha enquanto a agarrava com força sobre meus seios, mas eu tinha que continuar.

— Eu... Eu estava devastada. — Baixei o olhar, focando nas tábuas do piso de madeira. — Eu não tinha uma relação próxima com minha tia. E eu sempre estava irritada. Pau da vida por nunca ter conhecido minha mãe, que havia morrido muitos anos antes. — Estremeci quando esses sentimentos dominaram minha mente. — Meu pai não existia na minha vida. Ky... Ky aparecia sempre que podia, mas a guerra com os Diablos estava se tornando cada vez pior e ocupava a maior parte de seu tempo. — Uma lágrima atingiu meu lábio e caiu em minha boca, a gota salgada servindo como uma alegoria perfeita para a amargura que emanava da minha alma naquela época. — Minha tia era uma mulher gentil, mas não gostava muito de crianças. Ela ficava fora muito tempo, e eu... — Funguei e deixei o cabelo molhado esconder meu rosto. — Eu era sozinha.

— *Cher* — Cowboy falou. — Você não precisa fazer isso agora.

Estendi uma das minhas mãos e acariciei o rosto bonito de Cowboy com o dedo. Ele era lindo, dolorosamente lindo. Seus olhos estavam tão abertos e eram tão gentis. Eu não tinha certeza se já tinha visto olhos tão gentis antes. No entanto, afastei a mão.

— Eu tinha uma amiga, Michelle. — Soltei um suspiro agonizante e balancei a cabeça, como se pudesse apagar seu lindo rosto da minha mente para me livrar da culpa que sentia sempre que pensava em como ela foi deixada para trás. Mas consegui sorrir ao pensar em sua rebeldia. — Ela odiava onde morávamos. Ela sempre me convencia a fazer coisas malucas...

Houve uma batida na minha janela. Afastei o edredom e abri as cortinas. O rosto sorridente de Michelle apareceu. Abri a janela e ela entrou, e no segundo que me virei, ela sussurrou:

— *Você. Eu. México. Esta sexta.*

Pisquei, surpresa.

— *O que...*

— *Você quer deixar este lugar. Eu também. Consegui passaportes para nós.* — *Abri a boca para perguntar como, mas ela me dispensou.* — *Aquelas fotos da cabine fotográfica que tiramos não eram apenas para diversão e risadas, garota. Quanto ao resto...* — *Deu de ombros.* — *Forjar sua assinatura não foi difícil. O resto foi moleza.*

Comecei a rir, com o coração acelerado com animação e Michelle me arrastou para a cama.

— *Está tudo organizado. Tudo que você precisa agora são seus biquínis e seus óculos de sol.*

Pensei no meu pai e em como ele não dava a mínima para o que acontecia comigo. Ky quase nunca vinha me visitar, e minha tia estava viajando mais do que ficando aqui.

Eu tinha meu cavalo... mas quando pensei em sair daqui... Pensei nas praias arenosas e no fato de que não era a porra do Texas, então minha decisão foi tomada.
  — Estou dentro — respondi. Michelle gritou e lançou os braços em volta de mim.
  — Você não vai se arrepender, Sia. Vai ser a melhor coisa que já fizemos!

— Fomos para o México.
Fechei os olhos, lembrando do momento em que cruzamos a fronteira e veio a sensação de embriaguez com a liberdade. Com a ideia de um recomeço longe do clube. Então eu me lembrei...
— Conheci Juan Garcia no segundo dia de viagem. — Seu rosto apareceu na minha mente. Os olhos escuros, pele morena e o lindo cabelo preto, curto nas laterais e perfeitamente penteado na parte superior. Dei uma risada desprovida de humor. — Fiquei encantada no minuto em que o vi.
Imaginei seu corpo tonificado e esguio, caminhando pela praia onde havíamos nos sentado para tomar sol.
— Eu tinha dezessete anos; ele tinha vinte e cinco. Eu nunca tinha amado antes. Mal tive um namorado antes dele. Eu realmente não tinha me encontrado como pessoa. Fui afastada de meu pai e irmão durante toda a minha vida. E eu não estava realmente pronta para enfrentar a merda que sabia que estaria esperando por mim em casa. Então, quando Juan me arrebatou, eu fui de boa vontade.
Minha mão tremia enquanto lutava para segurar a toalha.
— Era óbvio que ele se tornou tão obcecado por mim quanto eu por ele. Nunca ficávamos separados. Ele me levou para jantar em restaurantes onde eu só poderia ter sonhado em comer. Os habitantes locais adoravam o chão em que ele pisava... e em um momento, eu também. Eu o amei... até... — Balancei a cabeça. Só de lembrar daquele dia me deixou enjoada.
— Apenas uma semana depois que conheci Juan, Michelle me deixou um bilhete dizendo que ela já tinha ido para o nosso próximo destino. Ela achou que eu tinha encontrado Juan e queria que eu ficasse com ele, e afirmou que me veria novamente em algumas semanas.

Pisquei, vendo o bilhete tão claramente na minha mente. Era sua letra. Eu a reconheci.

— Era exatamente algo que ela faria. Me deixar para transar enquanto partia para a próxima coisa que queria fazer. Era típico da Michelle, então nunca duvidei. — Um soluço escapou da minha boca, me pegando desprevenida. — Só que ela nunca mais voltou. Pedi ajuda ao Juan. Ele era um empresário, um homem rico e cheio de contatos. Mas não conseguimos descobrir nada sobre seu paradeiro. — Respirei fundo. — E ficou por isso mesmo, até que um dia fui procurá-lo em seu trabalho. — Sorri, sem-graça, por conta da minha própria estupidez. — E descobri... descobri...

— Chega, *cher*. — Cowboy se levantou do sofá. — Você está tremendo. Não faça isso. Você não precisa nos contar.

Virei o rosto para encarar Hush. Sua mandíbula estava tensa e ele agarrava o cobertor com tanta força que achei que fosse se rasgar.

— Eu não podia ir embora — continuei, a voz rouca apenas por me lembrar de toda a merda que passei. — Ele me manteve em sua casa. Eu... Eu não ousei desobedecê-lo. Então, uma vez, eu tentei.

Afastei-me de Cowboy. Ele irradiava pura raiva, os braços grossos exibindo cada veia e músculo sob sua pele dourada. Eu não tinha certeza se minhas pernas me levariam para o centro da sala, onde os dois poderiam me ver.

Onde Hush poderia me ver.

— Só cometi esse erro uma vez. — Respirei fundo. — Bastou um castigo para me fazer entender que nunca mais poderia desobedecê-lo.

Fechei os olhos e me obriguei a fazer isso. Por Hush, eu disse a mim mesma. Pensei nele no chão, a convulsão tomando conta de seu corpo. De seu rosto depois de tudo, seus olhos me encarando com tanta necessidade, tanto desespero por conforto. Meu conforto.

Afrouxei o agarre na toalha e deixei o material escorregar até minha cintura. Eu não me importava que meus seios estivessem à mostra. Eu sabia que eles não seriam o foco, de qualquer maneira. Cowboy rosnou atrás de mim. Mas meus olhos encontraram Hush... e seu olhar, focado em minhas costas.

— Ácido — sussurrei, sentindo meu lábio inferior tremer.

TRÍADE SOMBRIA

— *Você é minha,* bella. *Vou arruinar você para todos os outros homens, menos para mim.* — *Ele passou a ponta do dedo pela minha pele queimada. Gritei, minha voz ecoando pelas paredes do grande quarto onde ele me forçou a deitar. Meu corpo convulsionou de dor. Eu estava congelando em todos os lugares. A não ser nas minhas costas. A pele parecia estar pegando fogo...*

Juan saiu da cama para se agachar diante do meu rosto, passando a mão no meu cabelo. Meu olhar apavorado encontrou o dele.

— *Como ouro derretido* — *murmurou e deu aquele sorriso devastadoramente bonito.* — *Um médico virá mais tarde para ajudá-la com a dor.*

— *Por favor...* — *sussurrei. Eu não conseguia mais suportar a agonia... Não podia continuar sentindo o cheiro da minha carne queimando.*

— *Não, bella. Preciso deixar você com isso mais um pouco. Só então você aprenderá a nunca mais me contrariar.* — *Ele se inclinou e beijou meus lábios. Sua língua se enfiou dentro da minha boca e envolveu-se sedutoramente contra a minha. Choraminguei, precisando que ele parasse; ele gemeu, querendo me devorar. Quando se afastou, Juan sorriu para mim. O sorriso me mostrou o quão obcecado por mim ele realmente se tornou.* — *Eu amo você, mi rosa negra. Mas se você me desobedecer novamente, este castigo se repetirá. Eu fui claro?*

— *Sim* — *eu disse, rapidamente. Ele apenas sorriu.*

— *Ótimo.* — *Deu um beijo na minha testa.* — *Agora, descanse um pouco. Queremos que você se cure.* — *Juan se levantou e deu a volta na cama. Eu podia sentir sua mão contornando as cobertas.* — *Linda* — *murmurou e beijou o centro das minhas costas... exatamente onde a maior parte do ácido foi derramado. Eu gritei, as lágrimas inundando o edredom abaixo de mim. Mas essas lágrimas logo secaram quando me recordei do que vi e o motivo que me fez fugir... O que ele tinha feito a ela... O que havia feito a todas elas...*

Pisquei, voltando ao presente. Minha garganta estava seca de contar a eles sobre o que Juan fizera. A sala estava em completo silêncio. Arrepios cobriram minha pele exposta e arruinada. Minhas pernas tremiam, e quando eu temia que elas não fossem mais me segurar, braços me envolveram e me levantaram do chão. Encarei os olhos de Cowboy enquanto ele me embalava contra seu peito e me carregava para o sofá. Ele me segurou firme, roçando os lábios na minha testa.

— Estamos com você, *cher* — ele sussurrou. Quase chorei quando enlacei seu pescoço, segurando-o com força... e seus dedos ásperos encontraram as cicatrizes feitas pelo ácido. Fiquei paralisada. A não ser pelo médico, Juan e eu, ninguém jamais tocou no que mantive bem escondido.

— Elas são lindas — ele sussurrou quando apoiei a cabeça em seu pescoço.

— Porque você é linda pra caralho, *cher*.

Eu o abracei com mais força, inalando seu perfume fresco. Derramei todas as lágrimas que ficaram represadas dentro de mim por anos. Minha pele, fria como gelo, derreteu para um novo tipo de dormência mais quente. Lágrimas pungentes secaram para deixar para trás um estado de paz inebriante. Envolvida nos braços de Cowboy, me senti segura, pela primeira vez em anos.

Respirando fundo, me afastei da curva de seu pescoço e deparei com seus olhos azuis. Ele me deu um de seus sorrisos e afastou o cabelo grudado ao meu rosto úmido. Meus lábios tremeram quando devolvi o sorriso.

— Obrigada, meu bem — agradeci com a voz rouca.

Sua mão se moveu para segurar meu pescoço, e eu me inclinei para o seu toque, fechando os olhos por um segundo à medida que um suspiro suave deixava minha boca. Quando abri novamente os olhos, foi para ver Cowboy observando meu rosto. Então, vendo claramente fosse lá o que ele via, ele roçou seus lábios nos meus. No minuto em que o provei, a tensão, a dor e os anos de agonia que sufocaram meu peito, se soltaram da minha pele e sumiram como uma espiral de fumaça de uma fogueira. Minhas mãos se agarraram ao Cowboy enquanto ele acariciava meus lábios com os seus antes de se afastar e recostar a testa à minha.

Sua mão guiou minha cabeça para descansar em seu peito. Suspirei e, em seguida, olhei para o outro lado da sala. Hush ainda estava no sofá, segurando o cobertor com força... mas em seus olhos azuis vi outra coisa.

Ele estava olhando para mim de forma diferente.

Sua respiração estava acelerada.

E então ele se levantou.

Prendi a respiração quando Hush parou por um segundo, mas seu olhar nunca se desviou do meu. Cowboy me segurou no lugar enquanto Hush, abrindo os punhos, atravessou a sala, focado em mim. Ele parou diante de mim e se ajoelhou. Suas narinas se dilataram, as veias de seu pescoço tensionaram... então, com um suspiro agudo, ele se inclinou para frente, segurou minhas bochechas e pressionou seus lábios nos meus.

Um calor instantâneo explodiu dentro do meu peito, meu coração inchou a ponto de eu temer não ser capaz de suportar a rapidez com que estava batendo. As mãos de Hush eram fortes e controladas enquanto ele me mantinha quieta, exatamente onde me queria. Seus lábios se separaram e sua língua deslizou para dentro da minha boca. Gemi quando sua língua dançou com a minha.

Recostada ao peito de Cowboy, com sua mão acariciando delicadamente minhas costas, e Hush me segurando com tanta força contra sua boca, eu me senti em casa. A paz tomou conta do meu corpo e eu a recebi como a chuva depois de uma longa seca. Saboreei o momento, absorvendo cada respiração, toque e suspiro enquanto Hush me beijava. Quando senti Cowboy se mexer embaixo de mim e afastar meu cabelo do caminho apenas para pressionar seus lábios contra minha nuca, me senti derreter. Eu me entreguei a eles, deixando-os tomar as rédeas depois de tantos anos lutando sozinha neste mundo cheio de escuridão.

Seus peitos musculosos me imprensavam; Hush contra meus seios e Cowboy às minhas costas. As palmas das mãos de Hush eram quentes, seus polegares acariciando minhas bochechas. O hálito quente de Cowboy causava arrepios na minha pele.

Era demais, mas não o suficiente. Eu precisava respirar, mas me recusei a deixar qualquer coisa me impedir de, finalmente, ter Hush assim comigo. Beijando-me de uma forma tão profunda, tão linda... tão amorosa. Eu percebi que queria aquilo. Queria Hush tanto quanto queria Cowboy desde a primeira vez que os conheci. Não fazia sentido. Nada sobre isso fazia sentido, sobre como nós três nos unimos e nos fundimos de uma forma orgânica. Mas não me importei. Naquele momento, eu não me importava com nada além de sentir esses dois homens contra mim, afugentando os demônios que me possuíram por muitos anos.

Hush se afastou da minha boca, sem fôlego, arfando. Suas mãos permaneceram em minhas bochechas enquanto ele se obrigava a olhar nos meus olhos. Levantei a mão trêmula e a apoiei em sua bochecha. Ele se aconchegou ao meu toque, cerrando as pálpebras. Eu podia ver a guerra que ele travava dentro de sua cabeça refletida em seu rosto preocupado. Mas então Hush suspirou, os ombros relaxaram, e ele abriu os olhos para focar seu olhar determinado no meu.

Engoli em seco, sentindo a respiração de Cowboy contra o meu pescoço, e sussurrei:

— Façam amor comigo.

Os lábios de Hush se entreabriram e suas pupilas dilataram. Cowboy respirou fundo às minhas costas. Com minha mão livre, inclinei meu corpo até que pudesse ver Cowboy também. Coloquei minha outra palma em sua bochecha, nós três agora conectados. Cowboy piscou, mas depois me beijou, e foi como se uma descarga elétrica tivesse fluído dele para mim e, finalmente, para Hush. Quando Cowboy se afastou, a mão de Hush deslizou do meu rosto e se moveu sob meus braços. Ele me levantou do sofá, e quando meus pés pousaram no chão, Cowboy me segurou em seus braços. Segurei a mão de Hush enquanto nós, silenciosamente, subíamos para o meu quarto.

Cowboy me colocou no centro da cama e ficou ao lado de Hush, me fazendo perder o fôlego quando olhei para os dois. Duas almas lindas, honestas e puras olhando para mim.

Respirei fundo, nervosa com o que estava prestes a acontecer. Nervosa por me entregar a alguém depois de ser tão machucada por Juan. O fato de serem dois não importava. Tudo o que importava era a confiança que tinha em ambos... isso, e saber o que eu sentia por eles era duplamente recíproco. Quatro mãos para me tocar, quatro braços para me abraçar... dois corações para fazer amor comigo e afugentar a escuridão.

Alcançando a toalha ainda amontoada na minha cintura, desatei o nó e lentamente puxei o tecido para longe de mim. Hush e Cowboy congelaram quando a joguei no chão. O ar quente grudou na minha pele com a mesma certeza de seus olhares.

Cowboy se moveu primeiro, meu corpo nu e imperfeito em plena exibição. Ele se ajoelhou na cama aos meus pés. Capturando meu olhar, sorriu, a visão me fazendo relaxar. Ele puxou a camisa por cima da cabeça para revelar seu corpo musculoso e tatuado. Minha respiração acelerou quando ele moveu a mão para o cinto e o desafivelou, depois abriu a calça jeans e a deixou frouxa em seus quadris delineados.

— Cowboy — murmurei, olhando em seus olhos.

Com um sorriso largo, ele engatinhou por cima de mim. Sua boca encontrou a minha, seu peito me guiando para o colchão. Meu coração batia tão rápido que eu tinha certeza de que saltaria do meu peito, mas me acalmei quando senti o de Cowboy batendo no mesmo ritmo que o meu, sincronizando em uma melodia que trouxe paz, não medo.

— Sia. — Cowboy arrastou sua boca para o meu pescoço, virando seu corpo para o lado. Sua mão se moveu para a minha barriga e eu me sobressaltei com seu toque, mas relaxei quando levantei a cabeça e vi Hush tirando a camisa. Meus olhos ficaram hipnotizados quando seu peito coberto de tatuagens ficou à mostra. Sua calça jeans já estava desabotoada, o zíper aberto e expondo o V tonificado de seus quadris e o início dos pêlos escuros que apareciam ainda mais para baixo.

— Hush... — sussurrei e estendi a mão.

Ele deu um passo e se ajoelhou na cama. Como Cowboy tinha feito apenas alguns momentos antes, ele se aproximou e tomou meus lábios com os seus. Eu gemi, novamente sentindo seu sabor. Se Cowboy era uma doçura, Hush era uma especiaria. Cowboy era como um perfume fresco enquanto Hush era um almíscar profundo.

O peito nu de Hush pressionou contra meus seios, roubando um suspiro da minha boca. De uma forma perfeita, mostrando que esta era uma dança bem praticada para eles, Hush se inclinou para a minha esquerda. O corpo de Cowboy foi para a minha direita. Mãos tocaram minha pele, dedos viajando sobre os vales e depressões do meu corpo. Bocas e línguas deixando arrepios em seu rastro. Um fogo me queimou por dentro quando inclinei a cabeça para observar Cowboy deslizando a língua pelas minhas costelas até que tocou meu mamilo direito. Minhas costas arquearam enquanto ele chupava meu mamilo com a boca, e arrepios me percorreram de cima a baixo. Minha mão direita agarrou seu cabelo enquanto suas mãos deslizavam pela minha barriga. Ofeguei, revirando os olhos quando seus dedos desceram para o meio das minhas pernas.

— Cowboy... — gemi, quando ele começou a me acariciar, fazendo com que o suor brotasse na minha testa. Achei que não aguentaria mais o retumbar de sensações, mas quando senti outra boca tomando meu mamilo esquerdo com a língua, achei que fosse me perder. Olhei para baixo e deparei com Hush ali também. A pressão aumentou na parte inferior da minha coluna. Dedos e bocas e apenas a visão desses dois homens em meu corpo, me adorando tão lindamente, era impressionante.

Cowboy soltou meu seio, seus dedos escorregando por entre as minhas pernas. Tive apenas um momento de alívio antes que os dedos de Hush aparecessem em seu lugar.

— Hush... — Suspirei quando ele tirou a boca do meu seio e tomou meus lábios inchados com os seus. Seu beijo foi breve, me distraindo apenas o tempo suficiente para que, quando eu erguesse meu olhar novamente, visse Cowboy... se livrando de sua calça jeans e acariciando seu longo pau. Arfei quando ele voltou a subir na cama e passou a mão livre pela minha perna. Ele separou minhas pernas antes de se colocar entre elas. As bochechas de Cowboy estavam vermelhas e suas pupilas dilatadas enquanto olhava para mim.

Ele se sentou sobre os tornozelos, então parou de se tocar por tempo suficiente para se inclinar e beijar minha boca.

— Vou provar você, *cher*.

Com um gemido, umedeci meus lábios enquanto Cowboy dava beijo após beijo, tatuando meu corpo com sua marca enquanto ele ia cada vez mais para baixo. Eu tinha acabado de sentir seu hálito soprando no ápice das minhas coxas, sua língua encontrando minha carne, quando olhei para a minha esquerda, gemendo tanto com a sensação da língua de Cowboy quanto com a visão que me cumprimentou.

Hush agora estava nu, voltando para a cama, vindo em minha direção. Cowboy gemeu ao me lamber, o som vibrando e enviando calor às minhas bochechas. Hush acariciou seu pau, enquanto observava Cowboy. Segui seu olhar, mordendo o lábio e suspirando quando os olhos de Cowboy encontraram os meus. A mão de Hush pousou na minha barriga, antes de traçar mais abaixo até que seus dedos pararam exatamente onde Cowboy me tomou com a boca.

Os dedos de Hush encontraram meu clitóris.

— Hush — choraminguei, e estremeci, incapaz de aceitar o que ambos estavam me dando.

Sua boca tomou a minha, nossas línguas duelando. Ele estava sem fôlego, eu também, enquanto sentia uma onda de prazer percorrer meu corpo. Estremeci, e nosso beijo foi interrompido quando a pressão cresceu entre minhas pernas. A língua de Cowboy se moveu cada vez mais rápido. Minhas mãos agarraram o edredom enquanto Hush deixava beijo após beijo no meu pescoço, meu rosto, meus seios. Estendi a mão esquerda, precisando de algo para me ancorar enquanto eu subia cada vez mais alto. Meus dedos encontraram a coxa de Hush, seus olhos azuis focados em mim e sua boca se abrindo para respirar. Minhas costas arquearam, as pernas tremendo enquanto eu continuava a subir. Então, afastando sua mão, gentilmente envolvi a minha ao redor de seu pau.

— *Cher*... — Hush gemeu, fechando os olhos com força e cerrando os dentes sob meu toque. Movi a mão, lentamente a princípio, para cima e para baixo, observando, fascinada, quando suas bochechas se contraíram e os músculos de suas pernas tensionaram.

Então congelei quando Cowboy enfiou um dedo dentro de mim. Tão suavemente que as lágrimas brotaram de meus olhos com a consideração que seu toque cuidadoso demonstrou.

— Quero me enfiar dentro de você, *cher* — Cowboy disse, abaixando a cabeça para me lamber um pouco mais. Eu gemi, movendo a mão ao longo do pau de Hush.

— Por favor — implorei, e Cowboy ergueu a cabeça. Ele lambeu os lábios, as covinhas aparecendo em suas bochechas. — Me possua — exigi e passei meu dedo pelo seu rosto. — Eu quero você também. — Olhei para Hush. — Antes que esta noite termine... Eu quero vocês dois. — Minhas bochechas esquentaram quando as palavras escapuliram, mas elas eram verdadeiras. Tive uma pausa momentânea, sabendo que, uma vez que me aventurasse nessa estrada, não havia como voltar atrás.

Hush se afastou do toque da minha mão e seu rosto, de repente, pairou acima do meu quando ele afastou uma mecha do meu cabelo com delicadeza.

— Se você não tem certeza...

— Eu tenho. — Segurei sua mão e beijei a palma. — Eu tenho certeza. — Assenti com a cabeça, com um sorriso, e senti a verdade por trás da minha confissão. Eu queria isso.

Olhei para o corpo tonificado e bonito de Hush, então olhei para Cowboy, que estava ajoelhado entre as minhas pernas. Em sua mão havia alguns preservativos e, em seguida, ele jogou um para Hush.

Observei, sentindo um frio na barriga, enquanto Cowboy desenrolava a camisinha e então se movia entre minhas pernas. Hush se deitou ao meu lado e virei a cabeça para encará-lo.

— Hush, você quer que eu...

Seus lábios pressionaram os meus, assim que Cowboy começou a me penetrar.

— É sobre você, *cher*. Este momento, é tudo sobre você. — Hush segurou minha mão e inclinei a cabeça para trás. Prendi a respiração enquanto Cowboy me enchia. Apertei a mão de Hush com tanta força que tive medo de quebrar seus dedos.

— Sia — Cowboy gemeu ao se afundar por completo e pairar acima de mim.

— Estou bem — assegurei a eles, tomando fôlego.

Ajeitei os quadris, e Cowboy e eu gememos com a sensação. Ele se inclinou e me beijou e quando sua língua se enfiou em minha boca, ele começou a arremeter. Toquei suas costas largas, mantendo-o perto de mim. Hush tentou se soltar do agarre da minha mão, mas eu segurei com força.

— Não. — Levei a mão de Hush aos meus lábios, dando um beijo em uma de suas cicatrizes ocultas. — Eu quero que você também participe disso.

Meu coração quase parou quando Hush baixou a cabeça, olhou para mim e sorriu. Foi o sorriso mais honesto, lindo e sincero que ele já me deu.

Cowboy beijou meu pescoço e fechei os olhos, apenas sentindo. Ele estocou cada vez mais rápido. Hush moveu seu corpo até que seu peito estivesse nivelado contra a lateral do meu. Eles estavam tão próximos que seus braços se tocavam, mas nenhum dos dois parecia se importar. Em vez disso, Hush colocou os dedos entre o peito de Cowboy e o meu, deslizando-os para baixo até parar entre minhas pernas, encontrando meu clitóris. Seus dedos circularam, arrancando um grito da minha garganta quando Cowboy alcançou aquele ponto dentro de mim que me fez perder a cabeça.

— Sim... — murmurei, me entregando completamente às sensações de ter dois homens me dando prazer.

A respiração de Cowboy acelerou, seus gemidos se transformando em grunhidos rítmicos.

— Porra — ele gemeu, esticando o pescoço. — Vou gozar, *cher*.

Cowboy apoiou o rosto no meu pescoço, seus quadris impulsionando com tanta rapidez que arqueei as costas, totalmente desprevenida quando comecei a me desfazer com as luzes dançando na frente dos meus olhos. Cowboy continuou se movendo até que o ritmo desacelerou e ele desabou ao lado. Meu peito subia e descia enquanto eu tentava recuperar o fôlego.

Cowboy tomou minha boca, doce e suavemente, e assim que sua língua encontrou a minha, senti Hush levantar minha perna e se enfiar dentro de mim.

Eu não tinha certeza se aguentaria mais. Ambos eram grandes, mas Hush era um pouco mais longo que Cowboy. Arfei quando ele entrou completamente. Cowboy colou a boca ao meu ouvido e disse:

— Observe.

Fiz como ele disse e olhei para Hush.

Seus lábios estavam entreabertos, seu abdômen se contraindo enquanto ele me enchia centímetro a centímetro.

— Hush! — gemi, rebolando meus quadris enquanto tentava me ajustar ao seu tamanho.

Mantendo-se ao lado, Cowboy abaixou a cabeça e chupou meu mamilo. Virei a cabeça na direção de Hush, vendo suas bochechas coradas. Ele acariciou minha bochecha com o nariz.

— Você pode aguentar mais, *cher*?

— Sim — sussurrei, enfiando a cabeça na curva de seu pescoço. Hush colou a boca à minha, e quando nossos lábios começaram a se mover em sincronia, ele se enterrou em mim até a base. Afastei a cabeça e enlacei seus ombros.

— Eu preciso me mover — Hush grunhiu, baixinho.

— Então se mova — ordenei e segurei firmemente enquanto suas costas flexionavam, seus quadris rebolavam e ele se retirava e voltava a entrar em mim. Minha pele estava pegando fogo, ainda vibrando do orgasmo que Cowboy tinha me dado.

Não querendo dar uma pausa ao meu corpo, Hush, dentro de mim, começou a me levar de novo ao limite.

— Estou perto... — murmurei, meus olhos fechando enquanto Cowboy lambia e acariciava meu mamilo e seio.

— *Cher* — Hush sussurrou, e assim como o amigo fizera antes, senti a mão de Cowboy descer entre minhas pernas para esfregar meu clitóris. Seu pau estava duro novamente contra minha coxa. Ele o segurou, acariciando para cima e para baixo enquanto gemia.

Choraminguei, movendo a cabeça de um lado ao outro, agarrada aos dois homens para mantê-los perto de mim enquanto eu começava a escalada que me estilhaçaria em um milhão de pedacinhos.

— Sinta-o — Cowboy sussurrou em meu ouvido. — Sinta-o, *cher*. Sinta nós dois. — Sua voz estava ofegante, e eu sabia que ele também estava perto de alcançar o ápice do orgasmo.

— Cowboy... — gemi assim que a boca de Hush se moveu para a minha outra orelha.

— Eu quero você, *cher*.

— Hush... — gemi, lágrimas surgindo ao ouvi-lo confessar algo que eu nunca pensei que ele diria.

— Eu queria tanto você.

Lágrimas rolaram pelas minhas bochechas à medida que as palavras desesperadas navegavam em meus ouvidos. Cowboy beijou meu pescoço e

Hush assumiu o controle da minha boca. Muitas sensações me assaltaram de uma vez, e eu me perdi, sem saber onde eu começava e Hush e Cowboy terminavam. Dois gemidos diferentes me cercaram, juntando-se ao meu prazer. Hush parou, sua cabeça inclinada para trás e pescoço tenso, enquanto Cowboy gemia, gozando contra minha perna.

Hush relaxou o corpo sobre mim.

— Porra — ele sussurrou, sua língua lambendo a lateral do meu pescoço.

Afundei no colchão, meus olhos se abrindo para encarar o teto escuro. A luz do luar se infiltrava pela janela, as estrelas eram uma massa de diamantes no céu noturno. Aqui no meu rancho, sempre dava para ver as estrelas em pleno vigor. Nenhuma poluição visual escondendo o que deveria estar brilhando no céu para todos verem.

Deslizei preguiçosamente as mãos pelas costas de Hush e Cowboy. Cowboy foi o primeiro a levantar a cabeça e me beijar. Ele explorou minha boca antes de interromper o beijo, apenas para Hush tomar seu lugar. Meu peito se encheu com tanta felicidade... tanto contentamento que fiquei com medo de não conseguir conter tudo.

Quando soube que gostava dos dois, meu maior medo foi me sentir atraída mais por um do que pelo outro. Será que meu coração foi feito para permitir que apenas um deles fizesse morada ali? Mas deitada em minha cama, beijando esses dois homens que capturaram minha alma, percebi que um coração é infinito. O amor pode se expandir e multiplicar. Meu coração poderia aguentar tanto quanto eu estava disposta a permitir.

Hush suspirou e recuou. Seus olhos azuis encontraram os meus.

— Você está bem? — sussurrou.

Mantive as pernas enlaçadas firmemente ao redor de sua cintura, ainda sem estar pronta para deixá-lo se afastar. Não estava pronta para deixar nenhum deles se afastar.

— Sim — respondi e perdi o fôlego quando ele me deu aquele sorriso deslumbrante novamente. Tracei seus lábios com meu dedo. — Eu adoro isso — comentei. Hush inclinou a cabeça para o lado. — Seu sorriso. — Levei meu dedo até o canto de seus olhos. — Ele e os seus olhos. Tão claros, eles parecem gelo. — Olhei para o Cowboy, cuja cabeça estava apoiada no meu ombro. — E o seu; quase turquesa. — Balancei a cabeça. — Três pares de olhos azuis, todos diferentes. Todos trilharam caminhos diferentes... — Meu coração bateu tão rápido com a forma como estávamos aqui juntos. — Todos viram os diversos espectros da vida: o bom, o mau e o feio.

Hush pressionou sua testa contra a minha. Cowboy pressionou a dele contra meu ombro. Ficamos assim por vários minutos, até que Hush saiu de cima de mim. Fiquei deitada de costas, quase chorando quando dois braços deslizaram sobre minha cintura, da esquerda e da direita.

Inspirei a mistura de aromas. E esperei... Esperei que o arrependimento aparecesse. Que a acusação de que acabara de dormir com dois homens viesse, para me encher de pavor e vergonha. Mas não importava o quanto eu esperasse, o quanto tivesse procurado nas profundezas do meu coração, não consegui encontrar nada.

— Eu sinto... — murmurei, rompendo o silêncio que pairava sobre todos nós.

— O quê, *cher*? — Cowboy perguntou.

Suspirei.

— Paz... Eu acho. — Hush deitou ao meu lado. Quando olhei para ele, seus olhos estavam fixos em mim. Dei um sorriso tímido. — Eu nunca me senti tão... em paz. — Balancei a cabeça. — Não há outra palavra que eu possa usar para descrever isso. Paz. Não acredito, nem mesmo quando criança, que já tenha me sentido assim.

— Qual é a sensação? — Fiquei tensa quando Hush falou após vários momentos de reflexão silenciosa. Sua voz profunda estava atormentada pela dor, o timbre rouco fazendo minha alma gritar pela agonia em que ele se encontrava.

Eu o encarei e me perguntei, pela milionésima vez, o que o assombrava tanto. O que causou as marcas em sua pele. O que lhe fez adotar seu nome de estrada. E o que não lhe permitia ser feliz.

Eu sabia que meus olhos estavam brilhando. Minha visão ficou turva o suficiente para me dizer isso. Alcancei as mãos de ambos os meus homens. Cowboy passou o polegar pelo dorso da minha mão, enquanto Hush se agarrou a mim como se quisesse salvar sua própria vida. *Que contraste*, pensei.

— Feliz. — Eu sabia que não era a coisa mais profunda que já havia saído da minha boca, mas não havia outra palavra. — Feliz — repeti e, olhando para o teto, levei a mão de Hush aos lábios e a beijei suavemente.

— O que você descobriu? No México... — A pergunta de Cowboy invadiu aquela felicidade recém-encontrada em um segundo. Ele se aninhou ao meu ombro e deu um único beijo nele. — Para fazer você querer deixá-lo? O que você descobriu?

Fechei os olhos e, como se tivesse acontecido ontem, era como se eu tivesse sido transportada até lá.

— Garotas... — Sacudi a cabeça, tentando apagar seus rostos esqueléticos e inexpressivos da minha mente. — Muitas e muitas garotas perdidas e infelizes...

— Maria? — *Corri pela casa, meus pés martelando o piso de mármore, em busca da governanta.*

O sol estava se pondo e Juan ainda não tinha voltado para casa. Eu estava esperando por ele. Tínhamos um encontro planejado para esta noite. Ajustei a alça do sutiã sob a blusa que estava usando por cima do meu short jeans. Ainda tinha o cheiro dele e estive usando isso o dia todo.

— Sia? — *Eu me virei para ver Maria caminhando pelo corredor.*

— Você sabe onde Juan está?

Ela balançou a cabeça.

— Ele é um homem ocupado, señorita. Ele estará em casa quando estiver em casa.

Abafei um suspiro. Eu estava oficialmente cansada da maneira como todos os funcionários de Juan falavam comigo. Eu tinha dezessete anos. Juan tinha vinte e cinco. Eu sabia que a maioria deles pensava que eu era muito jovem para estar com ele. Caramba, eu tinha ouvido a maioria deles murmurar em espanhol, pensando que não conseguia entender. Eu não tinha grande conhecimento do idioma, mas sabia o suficiente para entender o que diziam pelas minhas costas. E alguns, não tão sutis, me chamavam de Lolita. Eu nem mesmo precisaria saber um pouquinho de espanhol para entender essa maldita referência.

Voltei para o quarto e esperei mais uma hora. Cansada de esperar por Juan, calcei os chinelos e escapei pela porta da frente. Assim que saí, vi um de seus homens – Pablo – entrando no carro. Decidindo em uma fração de segundo que eu poderia pegar uma carona com ele, entrei na parte de trás. Sorri internamente enquanto ele deixava a garagem.

Eu sabia que Juan trabalhava por perto, embora nunca tenha ido ao seu escritório. Ele gostava de manter sua vida profissional e sua vida privada separadas. Eu já estava em sua casa havia dois meses. E nenhuma vez fui ao seu local de trabalho. Eu entendia. Meu pai nunca me deixou ir ao clube. Caramba, Ky nunca falava sobre o clube quando ia me visitar. Eu estava acostumada com os homens e seus segredos.

Mas levar um bolo dele pela terceira vez neste mês me fez perder a paciência.

Cerca de vinte minutos se passaram até que o carro parou. Eu me agachei, certificando-me de que estava escondida. Ouvi pessoas conversando, e, uma cancela pareceu ser erguida segundos depois. O carro percorreu mais alguns quilômetros antes de parar e o motor ser desligado.

Pablo saiu e esperei até que não houvesse vozes por perto, então desci pela parte de trás. Olhei em volta e esperei encontrar escritórios. O que me saudou foi um vasto campo, terreno agrícola, que albergava várias construções. Uma maior ficava no final de uma longa estrada. Enquanto as outras construções em forma de celeiro possuíam apenas um andar, a do final tinha dois. Eu sorri, sabendo que era exatamente onde Juan estaria.

Fiquei oculta nas sombras, tentando me manter fora de vista enquanto ia para onde pensei que Juan estaria. Havia homens armados patrulhando a rua principal. Eu não tinha ideia do porquê. Juan me disse que ele era um empresário. Até onde eu sabia, tudo acontecia via telefone e computador.

Eu tinha acabado de passar por uma das construções quando ouvi um grito alto vindo de dentro. Vacilei em meus passos quando o grito soou novamente. Era a voz de uma mulher. Meu coração disparou.

Eu estava enraizada no lugar. Medo e pavor percorreram meu corpo. Através da minha visão periférica, vi um guarda caminhando na minha direção. Sem pensar, abri a porta e entrei. Fiz uma careta diante do cheiro pútrido ali dentro, e me esgueirei ao longo da parede até que cheguei a uma porta, de onde escutei o murmúrio baixo de vozes, então ouvi uma que eu conhecia.

Juan.

O espanhol era baixo e rápido. Afastei o cabelo dos ombros, abri a porta e entrei na sala.

O que me saudou do outro lado era algo que eu não teria esperado nem em um milhão de anos. Garotas. Fileiras e mais fileiras de garotas deitadas em pequenas macas, com intravenosas saindo de seus braços.

Um grito chocado escapou da minha boca. Os homens reunidos no meio da sala se viraram para olhar para mim. Juan, o homem por quem eu tinha me apaixonado, olhou na minha direção.

— Sia — ele disse, com um tom sombrio. Eu me pressionei contra a porta pela qual acabara de entrar. — Que porra você está fazendo aqui?

Eu queria falar. Queria dizer a ele que vim vê-lo, mas meus olhos não se desviavam das garotas nas macas. Todas elas tinham cores de cabelo, etnias e alturas diferentes... até que meus olhos pousaram em uma no final da sala.

Nem percebi que tinha caído no chão até que Juan agarrou meu braço e me puxou para cima.

— *Michelle...* — *sussurrei, minha voz falhando enquanto observava seu cabelo castanho, agora opaco e grudado ao rosto suado... e seu corpo, nu e desnutrido.* — *Michelle!* — *gritei enquanto tentava correr em sua direção.*

Fui impedida por uma mão esbofeteando meu rosto, me jogando no chão. Minhas mãos se machucaram na queda, e Juan me colocou de pé e me arrastou dali, para o carro que esperava na frente daquela construção.

— *Michelle!* — *gritei, mas antes que pudesse abrir o carro e correr para minha melhor amiga, senti a agulhada no braço. Virei a cabeça para Juan, que segurava uma seringa.* — *Você é traficante sexual* — *acusei.*

A tontura me dominou. Minha visão turvou e os batimentos cardíacos desaceleraram por conta da substância que foi injetada em meu corpo.

Juan me deu um olhada antes de levar o carro para longe deste lugar maligno.

— *Eu sou um empresário,* bella. *O produto é apenas... semântica.*

Eu podia ouvir o tique-taque do relógio do meu quarto, bem como as lágrimas rolando pelo meu rosto.

— Ele estava com a sua amiga? — A voz de Cowboy destilava um veneno que nunca cheguei a ouvir antes.

— Ele ainda a tem, eu acho. — Um soluço escapou da minha garganta. — Não faço ideia se ele a vendeu, se ela ainda está lá... ou se está morta. Quando Ky e Styx foram atrás de mim, não pudemos chegar até ela. Não houve tempo. Eles quase morreram para me resgatar. E pior, eles foram sem a permissão do meu pai ou do antigo *prez*. — Limpei as bochechas. — Eles arriscaram suas vidas por mim.

Fiquei olhando pela janela.

— Foi tudo minha culpa. Ela estava sofrendo o tempo todo... e foi tudo minha culpa. — Dei uma risada desprovida de humor. — Eu acreditava que ela tinha ido para outro lugar. Talvez até encontrado alguém para amar também. O fato de ela não me ligar há algum tempo não era um comportamento estranho para Michelle. — Abaixei a cabeça. — Eu fui uma idiota. Andando para cima e para baixo, como se fosse a dona da casa dele enquanto pensava que minha amiga estava se divertindo. Quando, na verdade, eu era apenas uma posse e ela estava no inferno.

Hush se moveu sobre mim, seu rosto focado no meu.

— Não é culpa sua — ele disse, suavemente. Cowboy olhou para ele. — Não é a mesma coisa — Hush argumentou. — Isso realmente *não foi* culpa dela. — Ele se virou para mim, deixando-me perdida quanto ao que eles estavam realmente falando. — Vocês duas foram para o México juntas, para viajar. Ele atacou você. É o que esses filhos da puta fazem.

— Já vi um desses lugares — Cowboy admitiu. Virei a cabeça para ele e senti o sangue drenar do meu rosto. — Acredite em mim, *cher*. Você não teve culpa por Michelle ter sido sequestrada. Eu vi como essas coisas funcionam, são como máquinas bem-lubrificadas. Os Hangmen são malditos, maus para a maioria das pessoas. Mas ele? O filho da puta está em outro nível.

— Eu nunca soube — sussurrei, imaginando o lindo sorriso de Juan. — Eu acreditei em uma mentira... e ele me fez pagar uma e outra vez.

— Estamos com você agora. — Hush me puxou para mais perto e Cowboy se aproximou pelo outro lado. — Nós dois estamos com você agora.

Eu queria acreditar neles, mas quando fechei os olhos, o cansaço me abateu e tudo o que consegui ver foi a rosa negra na fotografia instantânea, jogada na cama onde a pele das minhas costas foi queimada para sempre. E eu sabia que não seria tão simples. *"Sempre minha"*, a voz de Juan sussurrou insistentemente em minha mente. *"Para sempre minha"*.

Aos olhos de Juan, eu sempre fui dele. Não importava quanto tempo tivesse passado, ou que eu tivesse dormido nos braços destes dois homens. Ele ainda viria me reivindicar.

A sensação de paz que eu acabara de sentir foi, em um instante, estilhaçada em pedacinhos.

"Mi rosa negra", ele sussurrou em meu subconsciente, fazendo com que eu me agarrasse ao Hush e Cowboy enquanto estivesse aqui para tê-los.

Pelo tempo que eu tivesse.

CAPÍTULO 8

COWBOY

Duas semanas depois...

— Comportem-se quando chegarmos lá.

Olhei para Sia, sentada entre mim e Hush na caminhonete, e coloquei a mão sobre meu peito.

— Quem? Eu?

Hush sorriu, sua mão apoiada na coxa de Sia. Ela arqueou uma sobrancelha para mim.

— Bem, não preciso me preocupar com Hush. É você que não consegue ficar de boca fechada; sempre ocupada pra caramba.

Lambi os lábios e olhei para baixo, na direção de sua boceta. Ela seguiu meu olhar e deu um tapa no meu braço.

— O quê? — Fingi surpresa ao entrar no rancho onde Sia avaliaria um cavalo hoje. Eu me inclinei mais perto. — Achei que gostasse quando minha boca fica ocupada.

— Cowboy! — Sia protestou, mas mesmo assim me lançou um olhar de cumplicidade. Um que disse que a cadela adorava quando eu me ocupava com ela. Hush olhou pela janela, analisando o perímetro do rancho como um falcão. Smiler e Tank tinham acabado de dar uma volta de carro pelo local. Parecia seguro.

— É sério, Cowboy. Não implique com o veterinário, okay?

— Se ele parar de te secar com os olhos, não vou implicar. — Olhei para Hush, por cima da cabeça de Sia. — Certo, Val?

O irmão apenas deu de ombros.

— Ele mantém o olhar focado no cavalo e não teremos problemas.

— Malditos motoqueiros — Sia murmurou para si mesma, mas quando abaixou a cabeça, vi um sorriso curvar o canto de sua boca. A cadela adorava que a reivindicássemos sempre que podíamos. E, porra, nós a reivindicamos. Depois da primeira noite em sua cama, nunca tínhamos saído de lá. A única vez que saímos, foi quando o *VP* apareceu no rancho. E como isso só aconteceu duas vezes, estávamos bem.

Mesmo Hush não estava mais a afastando. Depois da primeira noite em que a tomamos, eu tinha certeza de que ele encontraria alguma desculpa para terminar tudo na manhã seguinte. Em vez disso, acordei com ele fazendo amor com ela novamente, a boca colada à dela. Eu me juntei a ele, tomando minha vez. Achei que seria rude não me juntar a eles.

Embora Hush estivesse com ela, o irmão ainda não havia lhe contado sobre seu passado. Não disse o motivo para termos nos tornado nômades. Nada. Nem mesmo sobre suas cicatrizes. Ou por que seus olhos eram azuis.

Eu gostava de como éramos. E porra, eu estava me apaixonando pela cadela. Todos os dias, eu fazia questão de ficar perto dela. Cada noite em que eu estava com ela, eu me perdia mais e mais. E vi nos olhos de Hush que o mesmo acontecia com ele. Cada vez que eu o pegava olhando para ela, eu podia ver seus sentimentos tão claros quanto o dia.

Mas quando o confrontei e perguntei quando ele contaria tudo a ela, Hush apenas me disse para não encher seu saco.

Minha mente voltou ao presente.

— Clara me disse que esse idiota está sempre farejando você como a porra de um cachorro no cio.

— Ele não faz isso! — Sia exclamou, ultrajada.

— Sim, bem, é melhor ele não inventar nada, se ele souber o que é bom para si — adverti quando estacionei a caminhonete. — Lembre-se de que estamos investindo em seu negócio, ajudando a expandir. Somos amigos do seu irmão. — Inclinei a cabeça para Hush. — Eu sei que você gosta de falar e mal consegue ficar calado, mas lembre-se que sou eu o entendido sobre cavalos, então tente manter a boca fechada. — Pisquei para meu melhor amigo, vendo-o apenas revirar os olhos.

Nós descemos da caminhonete e Sia assumiu a liderança, comigo e Hush logo atrás. Um homem de cabelo escuro estava ao lado do cavalo que imaginei que estávamos aqui para olhar.

— Helen. — Ele se aproximou, todo cheio de sorrisos. Dei uma olhada de relance em Hush e vi que ele havia entrecerrado os olhos. Ótimo. Estávamos na mesma página sobre o filho da puta. — Chegou bem?

Sia assentiu com a cabeça e abraçou o veterinário. Minha pele formigou. Porra, eu era um cara tranquilo, nada nessa vida me incomodava, mas ver as mãos daquele idiota na minha cadela realmente não me caiu bem. Hush cruzou os braços sobre o peito.

— Você também está sentindo uma onda de raiva? — perguntei, baixinho, e Hush apenas arqueou a sobrancelha. Dei de ombros, mantendo o maldito veterinário presunçoso na minha mira. — Coisa estranha de sentir. É isso o que você sente?

Antes que meu irmão pudesse responder, Sia se virou e gesticulou para mim e para Hush.

— Tito, estes são Liam e Michael; eles são os novos investidores do meu rancho. Eu os trouxe aqui hoje para ver como fazemos as coisas.

O veterinário pareceu surpreso, mas rapidamente refez o sorriso enorme para Sia. Senti vontade de rosnar, mas me contive. Sia provavelmente me daria um tapa na cara se eu ousasse fazer isso. Inclinei a cabeça para um lado com esse pensamento. Isso soou mais atraente do que deveria.

— Finalmente, Hel. Eu venho dizendo para você expandir já tem alguns anos.

Sia deu a ele um sorriso forçado. O veterinário, lembrando-se de suas boas maneiras, estendeu a mão e nos cumprimentou. Eu queria esmagar os dedos do filho da puta, mas pensei melhor. Não deveríamos chamar atenção.

— Tito Gomez. Tenho um hospital veterinário em Spicewood. Tenho ajudado a Helen nos últimos anos. — Ele nos olhou da cabeça aos pés. Eu sabia o que ele estava vendo. Dois grandalhões tatuados e que podiam matar com uma das mãos. — Vocês lidam com cavalos? — perguntou, parecendo meio em dúvida.

— Isso é comigo. Michael lida com o dinheiro. — Apontei para a égua. — Ela é das boas? — Corri a mão por sua perna e levantei o casco, verificando se ela realmente era uma boa aquisição. Eu tinha acabado de me endireitar quando Gomez se concentrou em uma tatuagem no meu braço.

— Tatuagem de Um Porcento, não é? — Fiquei tenso, sentindo Hush se mover ao meu lado. — Algo a ver com motoqueiros, certo? Um Porcento? — Gomez olhou para meu rosto. — Você pilota?

TRÍADE SOMBRIA

Meus olhos se estreitaram. Balancei a cabeça, interpretando o maldito papel ao qual me propus.

— Não. É uma homenagem ao meu avô. Ele tentou essa vida por um tempo antes de se estabelecer no *bayou*[11] e criar cavalos.

— Sério? — Gomez perguntou, então assentiu com a cabeça, parecendo ter acreditado na história. Ele apontou para a égua e disse: — Ela é uma égua de ótima qualidade. — Então se virou para Sia. — Ela vai ser boa para você treinar. Foi domada recentemente. Deve ter um bom retorno, se decidir vendê-la para corrida de barris.

Sia concordou e foi até o cavalo. Quando olhei para Hush, o irmão estava observando o veterinário.

— Vou ficar com ela — Sia falou. Ela saiu com o proprietário para acertar os detalhes financeiros. Gomez foi com ela, porém Hush e eu nunca o perdemos de vista. O idiota tinha um tesão enorme por Sia, isso era certo. Mas, além disso, ele parecia um cara normal.

— O que você acha? — perguntei em francês *cajun*, apenas para garantir que ninguém entenderia.

— Não tenho certeza. Mande o nome dele para o Tanner dar uma olhada.

Concordei, anotando mentalmente para fazer aquilo quando chegássemos em casa. Claro, eu ligaria para Tanner. Se Hush tivesse que interagir com o irmão por muito tempo, ele perderia a cabeça. E ele não tinha uma convulsão há duas semanas. Era um bom período para Val, e eu sabia que era graças a uma loirinha explosiva.

Sia voltou e acariciou as costas da égua recém-adquirida ao passar por ela.

— Feito? — perguntei.

Sia confirmou.

— Clara pode vir buscá-la amanhã.

Hush acertou o passo e foi para o outro lado de Sia. Voltamos para a caminhonete e enquanto entrávamos, vi Gomez nos observando sair. O cara parecia desolado pra caralho. Lutei contra um sorriso malicioso. Isso mesmo, idiota, eu queria gritar. A cadela é sortuda por ter dois paus para mantê-la aquecida à noite. Você não tem chance. Em vez disso, bati na porta da caminhonete e levantei a mão em um aceno quando passamos.

À medida que deixávamos a poeira subir na estrada, perguntei:

---

11 Bayou (francês – cajun) – palavra usada para designar áreas ribeirinhas, pântano e outras áreas alagadas.

— E então? Agora que está tudo resolvido, o que mais vamos fazer com o nosso dia?

Senti a mão de Sia na minha coxa, e quando olhei para o lado, vi que ela havia feito o mesmo com Hush.

— Então... agora é hora de foder — eu disse.

E dirigi a caminhonete o mais rápido possível de volta para casa.

Esmaguei os lábios de Sia com os meus quando Hush começou a despi-la, e ela gemeu em minha boca, tentando, freneticamente, arrancar a minha camisa. Dei um passo para trás, interrompendo o beijo apenas por tempo suficiente para Hush tirar o sutiã de Sia, antes de eu tocá-la novamente, gemendo quando seus dedos abriram minha calça jeans para descê-la pelas minhas coxas. Chutei a calça para o lado e o corpo nu de Sia pressionou contra o meu. Hush ficou atrás dela, beijando seu pescoço, as mãos segurando seus seios. Minha mão viajou entre suas pernas enquanto ela segurava meu pau, acariciando-o para cima e para baixo. Quando Hush gemeu e arfou, eu sabia que ela estava fazendo o mesmo com ele.

Comecei a nos levar em direção à cama. Quase havíamos atravessado o quarto quando uma voz chamou da porta.

— Sia?

Todos nós congelamos. Porque eu conhecia aquela voz. Porra, todos nós conhecíamos aquela voz. E então...

— Sia...? — A voz de Ky se transformou em nada, e eu sabia pelos olhos arregalados de Sia que o *VP* estava parado na porta. O rosto de Hush estava duro como pedra, a mandíbula cerrada enquanto ele olhava por cima do meu ombro. Respirando fundo, me virei, e meus olhos focaram nos de Ky.

O irmão irradiava pura raiva, seus lábios se curvando enquanto seu rosto fervia de vermelho.

— Ky... — Sia se afastou e passou por nós para falar, rapidamente se cobrindo com o robe que estava em cima de sua cama.

Mas Ky a interrompeu, avançando e me acertando um soco bem no queixo. O *VP* se virou para Hush, os braços erguidos, os punhos fechados, antes que Sia se colocasse entre eles. Ela bateu no peito do irmão, mas o filho da puta continuou distribuindo socos.

— Filhos da puta! — gritou, os olhos selvagens enquanto se lançava outra vez em nossa direção. Inclinei o queixo, deixando que ele me acertasse. Ele poderia me bater o quanto quisesse. Sim, eu estava transando com a irmã dele. Mas era mais do que isso. Eu levaria uma surra se isso significasse que eu poderia mantê-la comigo.

— Ky! — Sia gritou.

Os olhos furiosos de Ky se fixaram nos dela.

— Entre na caminhonete — ele ordenou.

— Não mesmo — Sia rugiu de volta. — Me escute.

— ENTRE NA PORRA DA CAMINHONETE!

Ky foi empurrar Sia para fora do caminho para chegar até nós novamente. Mas Sia o empurrou de volta. Perdendo a cabeça, ele agarrou o braço dela e a arrastou porta afora. Ele nos encarou por cima do ombro, a promessa da morte brilhando em seus olhos.

— Vão para a porra do clube. Vão direto para a merda da *church*. Lidarei com vocês lá. — Ele ficou parado por um segundo, tremendo de raiva, então arrastou Sia para fora de casa.

Fiz menção de ir atrás dele, quando Hush, com a porra do rosto pálido e os olhos arregalados, disse, calmamente:

— Basta fazer o que ele disse.

— Ele não vai tratar Sia assim! Ela pertence a nós!

Hush empurrou meu peito até que me choquei contra a parede.

— Apenas faça o que estou dizendo, Aub! Pelo amor de Deus. Pela primeira vez na porra da sua vida, apenas me ouça!

Hush pegou sua calça jeans e camisa e calçou as botas. Eu fiz o mesmo, a sensação estranha borbulhando no meu sangue e quase me fazendo convulsionar de ódio. Olhei para Hush e vi seus olhos arregalados e a respiração acelerada.

Ele estava com medo de que fôssemos expulsos do clube.

— Hush — eu disse, querendo afirmar que ficaríamos bem, mas ele apenas passou por mim e entrou na cabine. Corri até a porta a tempo de ver Ky jogando Sia no lado do passageiro de sua caminhonete, em seguida, acelerando para fora do rancho. Saltamos em nosso veículo e seguimos em seu encalço.

Eu sabia que meu irmão estava perdendo o controle rapidamente, seus medos a respeito do clube vindo à tona. Sua perna quicava para cima e para baixo, e pouco tempo depois, ele socou o painel com força.

— PORRA!

Cerrei a mandíbula e, em seguida, sibilei:

— Se acalme, porra.

Quase ri da inversão de papéis. Há poucos minutos eu queria detonar o rosto de Ky. Hush virou a cabeça para mim.

— Nós vamos ser expulsos da porra do clube por causa disso. Sia vai parecer uma vagabunda qualquer. Que merda vamos fazer então?

Suspirei ao som da porra do medo na voz do meu irmão. Este clube era tudo para ele.

— Tenho certeza de que não está nas regras do clube que perdemos nossos lugares se transarmos com a irmã do *VP*. Quanto ao que todos vão pensar? Eles que se fodam.

Hush balançou a cabeça.

— Ky e Styx são a porra do clube. Eles são o *prez* e *VP* de toda a porra do clube. Eles *são* as malditas regras! — Hush bateu no painel novamente, os nós dos dedos sangrando com a força do soco.

Apertei o volante, mantendo o olhar fixo na caminhonete da frente. Vi Sia agitando os braços, e eu sabia que a cadela iria partir para cima de Ky. Mesmo neste maldito inferno, não consegui conter o sorriso. Essa cadela era de outro mundo. Então olhei para meu irmão e a expressão que ele ostentava comprimiu meu peito.

Porque eu sabia que Hush tomaria toda a culpa para si, como ele sempre fazia. Eu sabia o que se passava em sua cabeça; ele estaria pensando em seus pais. Não importava o que fizéssemos, aonde fôssemos; os pensamentos dele sempre voltavam nessa direção. O irmão não tinha lidado com nenhuma dessas merdas. E isso o consumia. Agora, isso devia estar lhe destruindo.

Slash estava no portão e, quando nos viu chegando, o abriu imediatamente. Ky derrapou até parar bruscamente no pátio e entrou no bar. Ele arrastou Sia atrás de si, ainda descalça e apenas com seu robe.

Parei a caminhonete trinta segundos depois e pulei para fora com Hush ao meu lado. Atravessamos o bar e um milhão de malditos olhos focaram em nós. Vi Styx seguindo Ky, bem como Lilah correndo para alcançá-lo. Era fim de semana, o que significava que as famílias eram permitidas ali.

Atravessamos o bar, indo para a *church*, e alguém começou a bater palmas. Olhei à esquerda e deparei com Viking se levantando.

— Malditos Hush e Cowboy, traçando juntos a irmã do *VP*! — gritou ele. — Isso merece a porra de um prêmio!

Deixamos Viking para trás e passamos pela porta da *Church*, e Hush a fechou. Meu irmão estava ao meu lado, braços cruzados, olhos imediatamente observando Sia para verificar se ela estava bem. Lilah ficou ao lado de Sia e Ky. Styx assumiu a frente, parecendo um carrasco satânico pronto para cortar nossas cabeças.

Ky apontou para nós.

— Vocês dois estão fora deste clube.

Levantei a cabeça, pois eu não deixaria esse filho da puta me intimidar. Quando olhei para Sia, ela tinha lágrimas escorrendo e seu rosto estava vermelho.

— Você está bem, *cher*? Ele machucou você?

Sia começou a balançar a cabeça, mas Ky partiu para cima de mim:

— Não fale com ela, porra! — Desta vez, quando Ky deu um soco, eu revidei, e meu punho colidiu com sua mandíbula. A cabeça de Ky virou para o lado. Então o filho da puta sorriu, com sangue escorrendo pelo queixo.

— Ky! — Lilah disse, fazendo com que o *VP* olhasse para ela. No entanto, ele nos encarou de volta.

— Eu avisei para vocês ficarem longe dela, porra. Vocês sabiam pelo que ela tinha passado, mas mesmo assim transaram com ela? Os dois! — Ele riu e olhou para Styx. — Você conseguiu os detalhes sórdidos sobre o porquê esses filhos da puta se tornaram nômades de Nova Orleans?

Cada parte minha congelou quando essas palavras deixaram sua boca. Styx balançou a cabeça; o *prez* era como um fodido gelo, inabalável, mas nos observava com os olhos semicerrados. Eu não tinha ideia do que ele estava pensando.

Ky nos lançou um maldito sorriso sádico.

— Vocês também eram bastardos traidores lá? Mostraram a eles quem diabos são, como acabaram de nos mostrar?

Eu nem mesmo vi Hush se mover até que ele estava em cima de Ky. Hush esmurrou o *VP* com seus punhos pesados, derrubando-o no chão, até que Styx bateu suas mãos contra o peito de Hush e puxou meu irmão para trás.

— Você não sabe nada sobre a merda que aconteceu lá! — As costas de Hush se chocaram contra a parede, deixando-o sem fôlego. Ele se moveu para atacar Ky novamente, mas me postei à sua frente, impedindo-o.

— Peguem suas merdas e dêem o fora desse clube! — Ky gritou ao se levantar. Styx o segurou, colocando o braço sobre o peito do *VP*.

— PARE!

Todos viramos as cabeças para o outro lado da sala. Sia, com lágrimas escorrendo pelo rosto, se moveu para ficar na frente de seu irmão, enfrentando seus malditos olhos.

— Pare, Ky! — Ela balançou a cabeça. — Meu Deus, eu sou uma mulher adulta! Se eu quiser transar, então vou foder a quem eu quiser! — Os olhos de Sia focaram em mim e em Hush, e vi seu olhar suavizar.

Naquele momento, a cadela me acertou bem mais forte do que os punhos de ferro de seu irmão. Porque nós nunca fomos apenas uma transa. Nós três. Nunca fomos apenas isso, e nós sabíamos disso. Então seus olhos foram para Hush, meu irmão lutando arduamente para se acalmar. Para não mostrar o seu segredo para este clube. Seu lábio tremeu.

— Estou apaixonada por eles — ela sussurrou, e fez a porra do meu coração parar.

Hush ficou paralisado. Ouvi o irmão soltar um longo suspiro, apenas para ser arruinado por...

— Apaixonada por eles? — Ky cuspiu, atraindo a atenção de Sia de volta. — Você está se ouvindo?

— Por quê? — Sia argumentou. — Porque são dois deles?

Ky riu, mas o humor era distorcido pra caralho.

— Sim, vamos começar com isso. Dois irmãos, Sia? Pensei que você odiava o clube? Mas no minuto em que você tem dois deles em sua casa, você abre as pernas e os deixa usá-la como uma boneca inflável pessoal. — Ele se aproximou dela. — Você não aprendeu a lição fodendo um maldito traficante sexual, maninha?

Tive que segurar Hush para que ele não se lançasse sobre Ky novamente; porra, eu tive que me conter. Mas não foi necessário. Sia avançou e deu uma bofetada no rosto de seu irmão, o som ecoando nas paredes.

— Seu idiota! — rosnou, seu corpo tremia enquanto Ky endireitava a cabeça e acariciava a pele vermelha. — Você é igual a ele — ela disse, e escutei o veneno escorrendo de suas palavras. — Você é exatamente igual ao nosso maldito pai. Um filho da puta de coração frio, que não dá a mínima para mim ou o que me faz feliz, desde que seja tudo do jeito que você quiser. — Ela riu na cara dele. — E não vamos esquecer Tiff e Jules, Ky. Você se lembra delas? Não? As duas putas do clube que você usou como suas "bonecas infláveis" por anos. — Sia apontou para Lilah, que tinha ficado mortalmente pálida, se apoiando na parede. — Desculpe, Lilah. Não quero te magoar, mas a razão pela qual você me conheceu foi porque as duas vadias tinham espancado você, por causa dele!

— Cala a boca, Sia — Ky avisou. — Agora! — Seus dentes cerraram e seus olhos estavam duros.

Sia se aproximou e inclinou a cabeça para ele.

— Deve ser de família, irmão. Gostar de dois em nossas camas. Um traço Willis. Vá saber por que o nosso bom e velho pai não ficou com apenas uma vagabunda.

Ky estremeceu, cerrando as mãos em punhos.

— E eu diria que por mais que você o odiasse, nosso pai fez bem em não deixar você se aproximar deste lugar. — Ele olhou para mim e para Hush, então disse para Sia: — Você acabaria se tornando outra puta que abria as pernas para qualquer irmão que lhe desse um pouco de atenção... tal mãe, tal filha.

Sia cambaleou para trás como se Ky tivesse acabado de bater nela.

— Ky! — Lilah arfou. — Retire o que disse! — Mas Ky ignorou a esposa.

Eu deveria saber que isso acabaria com Hush. Que no instante em que ouviu Ky a chamando de puta, ele perderia a cabeça.

Assim que Ky mencionou a mãe de Sia... porra, falou com ela daquela forma, ele se afastou de mim e segurou o rosto dela.

— Não dê ouvidos a ele — Hush disse em francês *cajun*. Sia não entendia nada de francês, mas o irmão estava mostrando que estava lá para ela. Que ele a apoiaria. — Ignore o que ele disse. — Meu maldito peito apertou. Hush sabia como era a sensação de comentários como aquele. — Você não é uma vagabunda. Nem a sua mãe.

Sia agarrou os pulsos de Hush como se ele fosse seu salva-vidas. Eu me movi às suas costas, envolvendo meu braço ao redor de sua cintura. Encontrei o olhar furioso de Ky por cima do ombro de Sia, mas não me importava mais.

— Você não é nada para mim — ela sussurrou. Lilah soltou um soluço triste do outro lado da sala, mas Sia a ignorou e olhou para o irmão. — Não chegue perto de mim novamente. Fique longe do meu rancho. Fique longe de mim, fim de história. O que você me disse hoje... sobre a minha mãe...
— Ela abaixou a cabeça, mas em seguida ergueu o queixo, com as lágrimas

escorrendo pelo rosto. — Eu nunca vou perdoar você. — Ela segurou a mão de Hush, depois a minha. — Vamos embora.

Estávamos prestes a sair quando Styx empurrou Ky para fora do caminho e ergueu as mãos. Eu não conseguia ler linguagem de sinais; nem Hush. Mas Sia, mesmo devastada, traduziu:

— *Vocês dois estão suspensos do clube. Teremos uma nova reunião da* church *na próxima semana, quando os irmãos decidirão se vocês podem ficar.*

Quando Sia terminou de transmitir as palavras de Styx, ela girou nos calcanhares e saiu da sala. Olhei para Hush, que empalidecia a cada minuto que passava. Eu sabia que sua mente devia estar surtando. Como se tivesse percebido que estava sendo observado, Hush ergueu os olhos opacos e assentiu com a cabeça. Ele precisava voltar para casa e rápido, estava muito estressado. Ignoramos a porra dos olhares das pessoas no bar e entramos na caminhonete. Sia se apoiou contra Hush enquanto eu ligava o motor e dirigia para casa.

Que porra acabou de acontecer?

Eu sabia que esse dia chegaria, pensei enquanto observava Hush andando de um lado ao outro na sala de estar. Sempre soube que chegaria o dia em que algo o destruiria. Quando algo acontecesse em nossas vidas que traria todas as merdas que aconteceram em seu passado como uma vingança cruel.

Assim que vi Sia pela primeira vez, e percebi como nós dois nos sentíamos por ela, eu soube que seria ela a mulher que faria suas paredes impenetráveis desmoronarem. O irmão não conseguiria desligar suas emoções para sempre.

Postei-me à sua frente e coloquei as mãos em seus ombros.

— Se acalme, Val. Você vai pirar.

Sua expressão mudou na mesma hora. Ele estava devastado, e subiu correndo as escadas para o quarto. Sia passou por mim e foi atrás dele, e eu segui logo atrás. Hush estava sentado na beirada da cama, a cabeça entre as mãos e se balançando para frente e para trás.

TRÍADE SOMBRIA 149

Ela se ajoelhou diante dele e fez com que ele afastasse as mãos de seu rosto.

— Hush — ela sussurrou. — O que foi? — Seus olhos observaram o rosto dele. — Isso não pode ser tudo por causa de Ky. Por favor... — ela implorou, os olhos brilhando. — Me conte.

Hush olhou nos olhos de Sia. Fiquei como uma estátua enquanto prendia a respiração, esperando o que diabos ele faria. Hush abriu a boca, mas então seu rosto entrou em colapso e sua cabeça pendeu para frente.

Meu peito ardeu. Porque eu sabia que ele queria contar a ela, mas por onde diabos ele começaria? Por que Ky chamar Sia de vagabunda machucou tanto meu melhor amigo? Por que o fato de nós três – assim, como Hush precisava ser – não sermos aceitos, o apunhalou bem em seu coração?

Havia razões para tudo isso.

Observei enquanto Hush tentava se recompor para contar a ela. Sua perna estava agitada, e eu sabia que se ele continuasse assim, acabaria tendo um ataque.

Então, endireitei os ombros e comecei:

— Eu conheci Hush quando tinha dezesseis anos.

Hush congelou, mas Sia se virou para me encarar com os olhos arregalados. Ele focou seu olhar no chão, perdido no que eu estava prestes a dizer. Porra, eu não queria que ele voltasse àqueles dias. Mas Sia merecia saber.

Tínhamos acabado de ser suspensos do clube. Sabíamos no minuto em que tornamos Sia nossa, que poderíamos perder nossos cargos. Não havíamos dito tudo isso em palavras, mas no minuto em que todos acabamos na cama, fizemos nossa escolha.

Era hora de deixá-la entrar.

Cruzei os braços sobre o peito, sentindo os músculos doloridos por conta da força com que os contraía. Respirei fundo e continuei:

— Eu falei para você que somos de uma pequena cidade no meio do nada, em Louisiana. Um lugar onde todos são exatamente iguais. Principalmente as famílias tradicionais, endinheiradas... — Dei de ombros. — Brancos. — Passei a mão pelo cabelo e olhei para o meu braço, para uma imagem de Hades. Porque eu sabia o que havia estado lá antes.

150 TILLIE COLE

— *Aub, você vai conseguir, cara* — *Jase disse, depois de termos acabado de competir em outro rodeio. Ele me deu um tapa nas costas.* — *Você vai ser profissional aos dezoito anos, tenho certeza. Todos nós seremos. Essa é a porra da vida!*

Balancei a cabeça e me sentei na cadeira do tatuador, estendendo o braço. O skinhead se inclinou sobre nós, todo coberto com a merda da Klan, e começou a espalhar a tinta pela minha pele. Observei enquanto ele marcava a cruz celta em meu braço. Jase, Pierre, Stan e Davide já tinham as suas. Eu fui o último. Davide tinha ido buscar hambúrgueres para todos nós na lanchonete do outro lado da rua.

As mãos de Jase estavam em meus ombros, mas, de repente, congelaram. Segui seu olhar para ver o que chamou sua atenção. O garoto novo, Valan ou algo assim, estava saindo da lanchonete com seu pai.

— *Mestiço de merda* — *Jase cuspiu, seus dedos cravando em meus ombros. Valan e seu pai estavam entrando no carro. O rosto de Valan estava carrancudo e seu pai parecia devastado enquanto observava o filho.*

— *Não posso acreditar que eles vieram para esta cidade* — *o tatuador comentou, sem desviar os olhos da minha pele.* — *Os filhos da puta logo saberão que não aceitamos sua espécie, ou a vagabunda traidora branca que se casou com aquele negro bastardo e teve aquela criança abominável.*

O carro de Valan se afastou, assim que Davide atravessou a rua com os olhos brilhando. Ele entrou pela porta trazendo os hambúrgueres.

— *Vocês deviam ter visto essa merda!* — *Davide largou nossa comida.* — *Vocês viram as ratazanas que estavam na lanchonete?*

— *Sim* — *Jase confirmou.*

— *Aqueles merdas entraram lá, tentando conseguir uma mesa.* — *Ele balançou sua cabeça.* — *Não tenho ideia do que diabos eles estavam pensando, mas Bastien se recusou a atendê-los. Eles ficaram sentados, recusando-se a sair. Bastien ameaçou chamar a polícia até que eles finalmente se levantaram e foram embora.* — *Ele riu.* — *Melhor entretenimento que já vi em muito tempo.*

Encarei o desenho que estava começando a se formar. Uma hora depois, minha nova tatuagem estava completa e já tinha marcado a próxima. Todos nós fizemos isso e fomos para casa.

— Você era da Klan? — Sia arfou, os olhos arregalados e talvez sentindo-se um pouco traída, enquanto me encarava.

Balancei a cabeça.

— Não. — Mas então olhei para Hush e me lembrei da expressão de seu rosto naquela noite, quando ele saiu da lanchonete. A lembrança me deixou sem fôlego. Ouvi meus velhos amigos rindo no estúdio de tatuagem e senti meu sangue começar a ferver.

Sia se aproximou de Hush e colocou a mão trêmula em seu rosto, dando um beijo na cabeça dele em seguida.

— Desculpe, *baby* — ela sussurrou, e vi os olhos do meu irmão se fecharem. Sua pele ainda estava pálida e eu sabia que ele não estava muito bem.

— Simpatizantes — eu disse, atraindo novamente a atenção de Sia. Eu sabia que ela estava olhando para mim, mas mantive o olhar focado em Hush. — A cidade não era toda Klan. Apenas alguns tinham descido tão baixo. Mas dizer que todos nós acreditamos em sua ideologia é justo. Fui criado acreditando que os brancos eram melhores. Nunca interagi com ninguém de cor.

— Meu Deus — Sia suspirou. — Que diabo de lugar retrógrado era esse?

— Exatamente isso. Uma cidade isolada nas profundezas do *bayou*. — Deslizei pela parede e me sentei no chão, recostando a cabeça. — Os negros nunca se estabeleciam lá e, se o faziam, eram expulsos da cidade muito rápido. O ódio por qualquer pessoa diferente foi passado de geração em geração. Eu sei que não é uma desculpa, mas é o que era. Ninguém mudou sua mentalidade porque ninguém nunca a desafiou... até que Hush e seus pais se mudaram para lá. — Hush estremeceu e respirou fundo. — Mas para eles foi pior, porque...

— Minha mãe era branca — Hush terminou, a voz rouca e angustiada. Ele ergueu a cabeça e minha garganta apertou com a porra da dor nítida que vi em seu rosto.

— Famílias negras eram uma coisa em nossa cidade — encontrei o olhar do meu melhor amigo —, mas se um casal interracial fosse para a cidade, um negro e um branco, era a pior merda que poderia fazer.

— Especialmente quando uma era a enteada do homem mais poderoso da cidade. O mais racista de todos.

— Seu avô. — Sia apertou a mão de Hush com força.

Hush olhou para a mão dela e eu sabia o que ele estava vendo. Pele escura e pele clara. Exatamente o mesmo crime pelo qual seu mundo foi destruído. Hush passou o dedo pelas costas da mão de Sia e, com uma respiração instável, levou-a à boca e disse:

— *Kärlek ser inte färger. Bara genuina hjärta.*

Os olhos de Sia se arregalaram em surpresa quando as palavras deixaram sua boca. Então, quando meu irmão levantou a cabeça, eu sabia que ele iria contar tudo.

Finalmente. Fechei os olhos por um breve momento, sentindo o peso aliviar por ser a única pessoa a saber de seus segredos.

CAPÍTULO 9

HUSH

A mão de Sia tremeu sob a minha. Sua pele era branca, ligeiramente bronzeada de estar sob o sol.

— Que idioma é esse? — perguntou. Meu coração começou a bater mais forte no peito.

— Sueco — respondi e engoli o nó na garganta. Encarei os olhos azuis de Sia, que me observava de perto. — Minha mãe era sueca.

Ela tocou meu rosto.

— É de onde você herdou esses lindos olhos.

Concordei, imaginando minha mãe em minha mente.

— Sua... — Minha respiração falhou, mas me mantive sob controle. — A aparência dela era típica, eu acho. — Sorri. — Cabelo loiro, comprido. Olhos azuis. Pele pálida. Ela era pequena, magra.

— E seu pai? — Sia se inclinou para beijar minha mão, que ainda estava entrelaçada à dela. Eu não conseguia afastar o olhar das duas mãos juntas. Duas tonalidades, dois tons que, aos olhos de tantas pessoas, nunca deveriam manter-se assim. Nunca deveriam se misturar, por causa de alguma noção preconcebida de que uma determinada cor de pele era melhor que a outra. Mais importante. Melhor para este mundo já fodido.

— Meu pai era negro. Um músico do Mississippi. — Fechei os olhos e imediatamente ouvi o som de um trompete tocando.

TILLIE COLE

— Toque de novo — pedi, enquanto meu pai se sentava na minha cama e entoava uma música que sua banda tocaria mais tarde naquela noite no show.

Ele se inclinou e olhou para a porta.

— Sua mãe vai me matar se eu não te colocar para dormir.

Agarrei seu braço e disse:

— Por favor, só mais uma. Então prometo que vou dormir.

Meu pai me deu um beijo na cabeça e segurou meu queixo com os dedos.

— Não me olhe assim, garoto. Você sabe que não posso negar nada a esses olhos... os olhos de sua mãe.

Eu sabia disso. Foi como eu soube que conseguiria o que queria. Meu pai levou o bocal do trompete aos lábios e começou a tocar. Deitei na minha cama, olhando para ele e avistei um movimento na porta; minha mãe ficou lá, assistindo meu pai tocar com um sorriso no rosto. Ela sempre fingia estar com raiva dele quando ele me mantinha acordado por mais tempo do que a minha hora de dormir, mas eu sempre a pegava do lado de fora da porta, ouvindo.

Como ela fazia todas as noites quando sabia que eu a tinha visto, ela colocou o dedo sobre os lábios para que eu ficasse quieto. Assenti com a cabeça, recostei a cabeça no travesseiro e ouvi meu pai tocar.

Sempre me fazia dormir.

Minha visão estava turva quando voltei ao presente. Polegares suaves enxugaram meus olhos.

— Ela o amava — Sia sussurrou.

Assenti e virei a cabeça para ver Cowboy recostado contra a parede, com os braços apoiados sobre os joelhos dobrados, apenas ouvindo-me contar tudo. Notei seu olhar devastado, porque ele sabia que ela amava meu pai... e o que aconteceu por causa desse amor.

— Sim, amava — eu disse, enfatizando essas duas simples palavras. — Mais do que tudo.

— A não ser por você — Sia acrescentou, passando as mãos pela lateral da minha cabeça raspada.

— A não ser por mim.

— O que você disse antes? Em sueco.

Senti a mão fantasma de minha mãe se entrelaçar à minha.

— *O amor não vê cor. Apenas corações puros.* — Minha boca podia estar se movendo, mas era a voz da minha mãe que eu ouvia. — Ela me disse isso depois... — suspirei.

— Depois que eu e meus amigos o perseguimos por três quilômetros em nossas caminhonetes, atirando pedras enquanto ele caminhava por uma estrada, por ser mestiço. — A cabeça de Sia virou para Cowboy. Sua mão tremia na minha. Desta vez não era tristeza; era raiva.

— O quê? — sussurrou ela.

Eu podia ver a maneira como ela olhava para Cowboy agora. Como se ele não fosse a pessoa que ela acreditava ser. Isso era ridículo. Ele era a melhor pessoa que eu já conheci. Mas é verdade que começamos da pior maneira possível.

— Deixe-me contar — eu disse, embora estivesse muito cansado, sentindo a familiar sensação de estar caindo no lugar onde eu sabia que minhas convulsões viriam. Mas, naquele momento, não me importei, porque ela precisava saber. Sia disse a Ky que estava se apaixonando por mim e Aub. Mas a verdade era que eu tinha certeza que já estava apaixonado por ela.

E Sia precisava saber disso. Eu tinha que contar a ela. Eu estava cansado. Cansado de carregar esse fardo por anos. E eu não a deixaria zangada com Cowboy quando, até ela entrar em nossas vidas, ele era tudo que eu tinha.

Decidi me acomodar na cama e Sia veio se deitar ao meu lado. Olhei para o outro lado do quarto e vi Cowboy observando, mas sem se mexer.

— Aub — eu o chamei, com a voz rouca. — Vem aqui também.

Vi sua batalha interna enquanto encarava Sia. Ela olhou para ele e estendeu a mão. Cowboy se levantou lentamente e atravessou o quarto. Ele se deitou na cama, às costas dela, e colocou o braço sobre sua cintura, abraçando-a. Encontrei seu olhar e ele assentiu. Sia segurou minha mão, apoiando a cabeça no meu ombro. Fiquei olhando para o teto e, fechando os olhos, continuei:

— Meu avô conheceu minha avó na Suécia, quando foi para lá a negócios. Para encurtar a história, ele usou seu charme *Cajun* e ela se apaixonou perdidamente por ele. — Balancei a cabeça. — Ela não sabia disso na época, é claro, mas ela era o maior sonho dele tornado realidade. Uma verdadeira ariana. Meu avô a trouxe de volta para Louisiana... — Outro rosto surgiu na minha cabeça. — Junto com a filha dela. Aia... minha mãe. Seu pai biológico morreu de câncer quando ela tinha apenas um ano.

— Aia... um nome tão bonito. — Sia acariciou meu peito.

Eu concordei.

— Ela também era bonita. — Dei um sorriso ao me lembrar das histórias que ela contava sobre sua infância em seu país natal. Um país que ela nunca mais veria. — Ela cresceu na Louisiana, e a família se tornou a mais importante de lá. Minha mãe tinha apenas três anos quando eles se mudaram. Ela era realmente uma *cajun*, mas minha avó sempre falava com ela em sueco para que nunca se esquecesse de suas origens. Meu avô é um empresário de sucesso também. E agora ele tinha uma esposa e uma linda enteada de cabelos loiros e olhos azuis para combinar. — Os olhos de Sia estavam arregalados; ela deve ter percebido a amargura em meu tom. — Não desgosto da sua cor de pele, Sia. Isso não significa nada para mim.

— Okay, — ela disse, baixinho. Eu precisava sentir sua boca contra a minha, precisava reafirmar minhas palavras. Então pressionei meus lábios aos dela e a beijei com vontade, engolindo seu suspiro deliciado. Quando me afastei, falei novamente:

— Quando minha mãe tinha dezoito anos, ela fez uma viagem para Nova Orleans. Ela entrou em um bar de *jazz*... — Meu peito se apertou. — E lá conheceu Dominic Durand.

— Seu pai.

Assenti com a cabeça.

— Meu pai era músico de *jazz*. — Lágrimas encheram meus olhos quando pensei em nossa antiga casa, praticamente caindo aos pedaços e cheia de problemas. Mas eu não via isso quando criança. Eu apenas via como o meu lar. Meu refúgio onde ninguém falava nada sobre minha pele ou quem eram meus pais. Um lugar onde eu ria e ouvia meu pai tocar sua música enquanto eu e minha mãe dançávamos.

TRÍADE SOMBRIA

Caminhei para casa, com as costas ainda doendo por conta do que aqueles idiotas fizeram comigo na semana passada. Eles me acertaram com uma de suas caminhonetes; então me deixaram na beira da estrada até que eu pudesse me levantar e ir para casa. Levei dias para me ver livre da maior parte da dor. Eu estava irado, tanto com o mundo e todos que o habitavam, que praticamente pulsava de ódio. Então, quando virei a esquina em direção à minha casa, parei de repente. Meus pais estavam sentados no velho balanço da varanda, de mãos dadas. A cabeça da minha mãe estava recostada ao ombro do meu pai enquanto eles contemplavam os pântanos à distância. Eles estavam conversando, mas eu não conseguia ouvir o que diziam. Não importava. Porque minha mãe deu um sorriso tão lindo para o meu pai que eu sabia que fosse lá o assunto, aquilo a deixou feliz. O deixou feliz.

"Amante de vira-lata", aqueles caras chamavam minha mãe. "Vagabunda de negros". Cerrei a mandíbula, com raiva. "Mestiço. Maldito sangue sujo", eles cuspiram em mim enquanto me jogavam no chão.

— Eles se apaixonaram. — Tentei não desmoronar ao pensar nos dois naquele balanço da varanda. Quando eles estavam felizes... ao contrário da última vez em que os vi. — Minha mãe ia para Nova Orleans para ver meu pai, mas meu avô a impediu de ir com tanta frequência quando chegou a hora de ela se casar com outra pessoa. Alguém escolhido por ele. — Dei uma risada amarga. — Ele não tinha ideia de que ela estava fugindo para se encontrar com um homem negro.

— Ele escolheu alguém branco com quem ela devia se casar — Sia completou.

Concordei e então sorri.

— Meu pai, por mais teimoso que seja — pigarreei —, *fosse*, descobriu o plano depois de uma ligação desesperada da minha mãe. Ele largou tudo e foi buscá-la. Foi para aquela cidade caipira e caminhou até a porta deles e exigiu vê-la. — Eu ri, imaginando a cena. — Meu avô quase teve um ataque cardíaco. Mas minha mãe o viu...

Sorri, lembrando de todas as noites perto da lareira em que me contaram essa história. Quando eu estava doente, aquilo me fazia sentir melhor. Quando estava triste, aquilo me animava. Agora? Isso simplesmente me destruía, saber que foi o começo do fim para eles. Tudo porque eles se amavam.

— Eles fugiram. — Segurei uma mecha do cabelo de Sia entre meus dedos. — Eles fugiram e se casaram. Minha mãe tinha apenas dezoito anos. Meu papai tinha vinte.

— Eles conseguiram. — Um enorme sorriso curvou seus lábios. — Eles ignoraram todo mundo e se casaram.

Assenti com a cabeça, em concordância.

— Nós ficamos no *bayou*, não podíamos nos dar ao luxo de nos mudar para muito mais longe — suspirei. — Em retrospecto, acho que o verdadeiro motivo era que minha mãe simplesmente não conseguia se afastar muito de sua mãe. Acho que ela sempre esperou que, um dia, eles a encontrassem e *nos* aceitassem de volta à família. E, claro, meu pai teria feito qualquer coisa por ela, embora, na verdade, devíamos ter nos mudado para Nova Orleans por causa de sua música. — Tive que sorrir um pouco com isso. — Meu pai conseguia trabalho onde podia. Ele cuidou de nós. Mesmo sendo muito pobres, nós fizemos dar certo. Eu amava minha vida. Dinheiro não significava nada para nós. — Uma bola de chumbo se formou em meu estômago. — Quando eu tinha dezesseis anos, minha mãe soube que a mãe dela teve um derrame. — Lembrei-me da expressão de seu rosto naquele dia e do telefone escorregando de sua mão.

"Então nós voltaremos," meu pai disse, enquanto minha mãe chorava em seus braços.

E então nós voltamos.

Sia deu um beijo na minha bochecha, e eu soube que ela entendeu que era aqui que a história não falava mais do amor conquistando tudo.

— Eu tenho convulsões desde os onze anos. Começou um dia e nunca mais parou. Eu sabia que o diagnóstico de epilepsia a afetava muito, e ela queria o apoio de sua mãe. Mas quando voltamos, meu avô não a deixou ver a própria mãe. — Balancei a cabeça e cerrei os dentes. — A cidade era rica e nós não. Meu pai tentou arranjar um emprego, mas ninguém o contratou. Meu avô tinha deixado isso bem claro. Então, ele tinha que viajar quilômetros, toda semana, apenas para tocar em bares e lugares que não valiam um único centavo de seu talento.

Respirei, focando em me acalmar um pouco.

— Nossa casa era uma piada, mas era nossa. Ficava fora da cidade, mas perto o suficiente para que pudéssemos ir à cidade para o básico. Minha mãe me educou em casa; mas havia um grupo de crianças, filhos dos bastardos mais ricos e fascistas que já existiram...

Pelo canto do olho, vi Cowboy se mexer, inquieto, e agarrar Sia com mais força. Ele encontrou meu olhar, e pude ver a porra da dor e arrependimento refletidos ali. Sia estava respirando rápido, e eu sabia que ela poderia dizer que foi ali que o Cowboy apareceu.

— Cowboys de rodeio. — Imaginei Jase, Stan, Davide e Pierre em minha mente. — Aqueles filhos da puta me transformaram em um alvo desde o momento em que nos mudamos para a cidade. "Mestiço", "vira-lata" e tudo o mais que eles pudessem desenterrar era cuspido na minha direção sempre que me viam. — Senti uma mão na minha coxa e soube, sem precisar olhar, que era Cowboy. Eu ouvi o tom de minha voz. Senti o sangue escaldante subindo em minhas veias. Eu sabia que ele estava tentando me impedir de perder a cabeça e ter uma convulsão.

Mas eu não me importava.

— Eles sempre me encontravam no caminho da cidade até a minha casa...

Sia olhou para Cowboy.

— Você estava lá também?

— Sim. — Cowboy encontrou seu olhar. — Quase todas as vezes.

— Você... — Ela engoliu em seco e perguntou: — Você o xingou com essas palavras?

— Às vezes — ele murmurou, e vi o choque no rosto de Sia.

— Não tanto quanto os outros — corrigi, indo em sua defesa. E era verdade.

— Mas o xinguei. — Cowboy abaixou a cabeça. — Não é uma desculpa, eu sei, mas não conhecia outra realidade. Passei a vida toda ouvindo que o branco era a única cor que valia. Nunca estive perto de pessoas de cor. Meus pais... — Exalou um suspiro. — Eu sei agora que eles não são boas pessoas. Não são maus, mas ignorantes e só se preocupam com os seus e com o dinheiro. Eles não eram os melhores pais, mas eram tudo que eu tinha. Eu os escutava, confiava neles. — Ele ergueu a cabeça, o pedido de desculpas, que eu já tinha visto um milhão de vezes, refletido em seu olhar.

— Acreditei em suas besteiras. Fiz amizade com filhos de amigos que tinham os mesmos valores. Só mais tarde percebi que o que estava fazendo era errado — ele suspirou. — Eu sempre segui com o fluxo, mas com Jase e os outros, acabei seguindo na porra da direção errada.

Cowboy se calou, então continuei de onde havia parado:

— Eu consegui um emprego de meio período em uma fazenda fora da cidade e, toda noite, aqueles filhos da puta me provocavam por seis quilômetros enquanto eu voltava a pé para casa, gritando comigo de suas caminhonetes chiques. E toda noite, eu tinha uma convulsão. Eles nunca souberam, é claro. Então, uma noite... — Fechei meus olhos com força. — Uma noite...

— Tudo mudou — Cowboy disse. — Eles foram longe demais.

E então, eu estava de volta...

Eu sentia dificuldade para respirar ao correr pela floresta. Podia ver os faróis me perseguindo enquanto tentava fugir. Mas não adiantou: havia duas caminhonetes se aproximando pela lateral. Corri e corri até que mal pude sentir as pernas. Irrompi por entre as árvores e me vi em um celeiro deserto.

Olhei ao redor, tentando encontrar uma saída, mas não consegui. As caminhonetes pararam e aqueles idiotas saíram. Recuei até que não pude fazer nada além de permanecer firme. Jase veio primeiro.

— Ora, ora, olhem o que temos aqui, garotos. Acabamos de pegar um mestiço de merda.

Eles estavam todos lá. Todos menos Aubin Breaux. Meu coração disparou no peito, minhas pernas tremiam, mas eles nunca veriam isso. Eu nunca daria tal prazer a esses idiotas.

Davide e Stan vieram na minha direção e agarraram meus braços. Eu me debati, tentando me soltar, cambaleei e esperneei, mas eles me seguraram com força. Jase se aproximou de mim, com seu usual Stetson na cabeça. Então, sorrindo, deu um soco no meu rosto. Minha cabeça virou para o lado e o sangue se acumulou na boca. Inclinei a cabeça para trás, para Jase, que estava me encarando com os olhos brilhando e com os braços cruzados.

— Ah... — Ele se inclinou para avaliar meu rosto. — Eles sangram vermelho. Quem iria saber?

Davide e Stan riram e esperaram o que seu líder faria a seguir. O rosto de Jase foi dominado pelo ódio e ele disse:

— Amarrem ele.

Pierre, que estava esperando em uma das caminhonetes, pegou uma corda e foi até uma árvore seca. Davide e Stan me arrastaram até lá. Lutei novamente contra eles, mas foi inútil. Jase pegou a corda de Pierre, olhou para a corda e depois para mim.

— Meu pai me contou sobre os bons e velhos tempos. Linchamentos. Você já ouviu falar disso?

Senti o sangue drenar do meu rosto. Eu sabia que o filho da puta deve ter visto meu medo, porque ele se aproximou e sorriu. Em seguida, jogou a corda de volta para Pierre.

— Amarre ele na árvore.

Davide e Stan pressionaram meu peito contra o tronco e estenderam meus braços. Jase chutou minhas pernas e eu caí de joelhos. A casca da árvore arranhou meu rosto, ferindo meu lábio. Alguém amarrou minhas mãos em volta da árvore.

Perdi o foco enquanto olhava para a floresta, sentindo alguém rasgar minha camisa, expondo minhas costas. Ouvi mais do que pude ver. Ouvi o som estranho perto das caminhonetes e um ruído sibilante que não pude distinguir... então ouvi os passos vindo em minha direção. Vi as botas pretas primeiro. Então minha cabeça foi puxada por alguém às minhas costas. Jase estava ali... e em seus braços havia um ferro em brasa. O tipo usado para marcar gado. Comecei a me debater contra as amarras quando vi a ponta ardente.

O som, pensei, deve ter sido uma tocha.

— Fique longe de mim — *rosnei.*

Jase inclinou o ferro em minha direção... e vi a letra "N" incandescente. Meu corpo começou a tremer. Jase, sem outra palavra, foi para trás de mim... e então gritei. Mordi a língua, sentindo o gosto de sangue quando o ferro foi pressionado nas minhas costas. Meu corpo se contorceu; minha pele parecia estar pegando fogo. Meus braços estremeceram e minha mandíbula quase quebrou com a força com que eu a contraía. Meus olhos reviravam enquanto eu lutava para me manter consciente. Ouvi vozes e, em seguida, motores ligando.

Cada parte minha tremia à medida que a floresta mergulhava na escuridão. A madeira do celeiro ao meu lado rangeu, balançando levemente com o vento. Minha visão turvou e eu podia sentir que estava ficando tonto.

— Não... — *sussurrei, sentindo uma convulsão se aproximando. Tentei mover as pernas, apenas para fazer alguma coisa. Para tentar me libertar, mas toda vez que me mexia, minhas costas enviavam uma dor terrível pelo meu corpo que quase me fazia desmaiar.*

De repente, uma luz brilhou ao meu redor. Ouvi o som de uma caminhonete. Tentei me levantar, pensando que eles tinham voltado. Tentei virar a cabeça, a tontura piorando cada vez mais, e então ouvi:

— *Que porra é essa?* — *Passos correram em minha direção e um rosto apareceu.*

Aubin Breaux, meu cérebro me disse assim que o familiar gosto metálico da convulsão explodiu em minha língua. Tentei abrir a boca, tentei dizer a ele para ir embora, mas tudo escureceu...

O silêncio no quarto era ensurdecedor quando parei para me recompor. Ouvi uma fungada e, quando olhei, Sia estava chorando, segurando meu braço com desespero.

— Vire de costas — ela pediu, a voz vacilando.

Eu sabia por quê. E tanto quanto não queria que ela visse, também queria que ela entendesse...

Fiquei olhando pela janela enquanto Sia levantava minha camisa. Seus dedos se arrastaram pela minha pele, e eu soube o momento exato em que ela encontrou a cicatriz que eu nunca removeria, sob o disfarce da tatuagem dos Hangmen. Ela traçou o "N" perfeitamente marcado às minhas costas. Não havia necessidade de explicar o que significava. Ela sabia. E eu me recusava a dar algum poder àqueles merdas ao dizer a palavra em voz alta.

Eu estava prestes a virar quando senti a boca de Sia pressionando beijos na pele arruinada, para cima e para baixo, seguindo o formato da letra maiúscula. Quando ela parou, me virei para deitar novamente de costas. Envolvi sua nuca com a minha mão e a puxei para um beijo. Seus lábios tinham gosto de sal por causa das lágrimas.

— Está tudo bem, *älskling* — sussurrei contra seus lábios, então pressionei beijo após beijo em seu rosto.

— Não, não está.

Não consegui conter o sorriso. Mesmo dilacerada por ouvir a merda pela qual passei, ela ainda estava tão mal-humorada como sempre.

— Mas já acabou.

Seus grandes olhos azuis se fixaram em mim.

— O que essa palavra significa? A que você acabou de dizer...

Meu maldito peito apertou.

— É um termo carinhoso em sueco. É algo que alguém diz a alguém de quem gosta. — Dei um sorriso sutil. — Minha mãe sempre dizia isso para o meu pai.

— É lindo.

— Então caiu bem.

Cowboy se sentou na beirada da cama, com as costas eretas e a cabeça entre as mãos.

— Aub — chamei e sua postura retesou.

Ele não disse nada em resposta. Sia se virou e colocou a mão nas costas dele, os músculos ainda mais tensos.

— Você o ajudou, não é? — perguntou ela.

Esperei meu melhor amigo falar. Quando ele não disse nada, nem mesmo se virou, eu respondi:

— Voltei à consciência quando estava na caminhonete dele. — Encarei as costas do Cowboy. — Eu estava deitado de bruços. No começo, não fazia ideia de onde estava. Sabia apenas que estava em um veículo, indo para algum lugar. Não consegui identificar nomes ou rostos por causa da convulsão. Mas vi um cara dirigindo com um Stetson. Aos poucos minhas memórias voltaram...

Meus músculos retesaram quando me lembrei de Jase e da marca que ele me infligiu. Gemi quando a queimadura nas costas ardeu ao ponto de eu não conseguir enxergar direito.

— *Merda* — *o cara resmungou, então virou o rosto. Pânico misturado com fúria tomaram conta de mim. Aubin Breaux estava me levando a algum lugar. Vasculhei minhas memórias, tentando me lembrar se ele estava lá. Vi cada um daqueles rostos, mas não o dele.*

Eu tentei me mover. O que eles iam fazer comigo agora?

— Valan — ele disse, virando a cabeça brevemente em minha direção enquanto tentava manter os olhos na estrada. — Estou levando você para casa. Não vou machucar você. Apenas vou levá-lo para casa.

Eu sabia que meus olhos estavam arregalados quando ele olhou para mim.

— Eu prometo. — Ele engoliu em seco. — Eu não sabia que ele ia fazer essa merda, okay? Fiquei ocupado no rancho, só depois recebi a mensagem de Jase para encontrá-los. Eu...

Olhei pela janela quando viramos à esquerda. O balanço da caminhonete na estrada acidentada me fez dar um soco no banco para conseguir aguentar.

— Eu não sabia que eles tinham planejado isso. Não acreditei que iriam tão longe. — Aubin parou a caminhonete e estreitou os olhos. — Esta é sua casa? — *Não pude ver. Seu rosto estava vermelho, e pude notar isso quando a luz da cabine acendeu.* — Pequena casa de madeira. Perto dos pântanos? — *O filho da puta ficou com vergonha de descrever minha casa.*

Antes que pudesse responder, ouvi uma porta fechando com um baque e os passos acelerados pelo chão de terra batida.

— Val? — *Fechei os olhos, ouvindo a voz da minha mãe.*

Aubin saiu da caminhonete.

— Senhora, houve um incidente. Ele está ferido.

— O quê? — exclamou ela, com a voz aguda. *A porta da caminhonete se abriu atrás de mim, mas fechei os olhos.* — Valan... — *Minha mãe parou de falar, o nó na garganta fazendo-a vacilar.* — Meu Deus! O que eles fizeram?

Braços me ergueram, devagar. Gritei de dor ao sentir meu pai me segurar.

— Está tudo bem, filho. — *Ele me puxou contra o seu peito. Eu estava suando, meu corpo mole e exaurido.*

Vi os olhos de Aubin Breaux quando passei por ele. Seu chapéu estava em sua mão e seus dedos alisavam as mechas de cabelo. Minha mãe veio na minha direção e beijou minha cabeça. Ela cobria a boca com a mão, enquanto lágrimas escorriam pelo seu rosto.

— Eles o amarraram a uma árvore — Aubin explicou. *Minha mãe olhou para ele à medida que meu pai me levava escada acima.* — Quando cheguei lá... depois... quando eu o encontrei. — *Aubin parou de falar e encontrou meu olhar.* — Algo estava errado com ele. Ele desmaiou e seu corpo começou a tremer.

Minha mãe estendeu a mão para Aubin.

— Obrigada. Você é um bom garoto.

Ele não é, eu queria argumentar. *Ele é um deles. Mas meu pai me levou para dentro antes que eu pudesse dizer algo...*

TRÍADE SOMBRIA

Sia ficou de joelhos e colocou os braços ao redor de Cowboy, por trás.

— Você é um bom homem, Cowboy.

— Eu não sou. — Meu maldito coração apertou com a rouquidão em sua voz. — Eu deveria ter colocado um fim naquela merda antes de chegar àquele ponto. Eu nunca deveria ter deixado eles fazerem nada com ele.

— Você mesmo disse que aquilo era tudo o que conhecia. Mas você ajudou quando foi importante — eu disse, e desta vez, meu irmão virou a cabeça e olhou para mim. — E então ele voltou. Depois de alguns dias, alguém bateu na porta. Minha mãe esperava que fosse a polícia. Nós demos queixa, é claro, mas nada foi feito. A polícia daquela cidade pertencia a essas famílias.

— E então o quê?

— Minha mãe entrou no meu quarto, dizendo que eu tinha uma visita. — Balancei a cabeça. — Eu não tinha amigos, então não tinha ideia de quem diabos era. — Apontei para Cowboy. — Então ele veio andando, cheirando a cavalos, com a porra de um olhar desafiador no rosto, para ver se eu o chutaria para fora de casa. — Dei uma risada. — Eu devia saber que aquilo era ele ficando por perto para sempre.

Cowboy sorriu de volta, mas não era seu sorriso habitual.

— O idiota me disse para dar o fora. — Cowboy baixou a cabeça, mergulhado em culpa. — Eu mereci, mas...

— Minha mãe o deixou ficar. Ela fechou a porta do meu quarto. Eu ainda só conseguia ficar deitado de bruços. Eu o observei como um falcão quando ele se sentou do outro lado do quarto, em minha antiga escrivaninha.

— O que você quer? — Minha pulsação estava acelerada, o coração batendo forte enquanto Aubin Breaux estava sentado em minha casa, olhando para o que seus amigos tinham feito nas minhas costas.

Ele brincou com o chapéu.

— Queria ver se você estava bem.

— Cai fora — ordenei novamente.

Ele ergueu o olhar arrogante em minha direção.

— Sua mãe disse que eu posso ficar.

— Por quê? — rosnei, estremecendo quando minhas costas enviaram uma dor lancinante ao menor movimento. — O que você quer aqui?

Aubin deu de ombros.

— Não sei. — Ele abaixou a cabeça. — O que estava de errado com você? — Ele olhou para as paredes, vendo as fotos de Harleys antigas. — Prefiro Choppers.

— Isso explica muita coisa — rebati. Mas o filho da puta sorriu e meus olhos se estreitaram. Eu não sabia o que fazer com isso.

Sua expressão se tornou séria.

— Sério... Valan... — Meu nome parecia estranho vindo de seus lábios. — O que você tem?

Eu me virei para olhar pela janela. Minha mãe teve que mantê-la fechada nos últimos dias, porque a menor brisa que soprava era como lâminas de barbear raspando pela minha pele em carne-viva. Meu quarto parecia muito abafado agora, mas eu estava preso aqui.

— Valan?

— Por quê você se importa? Para poder contar para os seus amigos usarem isso contra mim?

— Eu não os vi mais depois daquele dia — ele disse, então, corajosamente, encontrou meu olhar e suspirou. — Não tenho certeza se vou continuar perto deles. — Arqueei a sobrancelha. — Não tenho certeza se posso, não depois do que eles fizeram.

— Por que você se importa?

— Não sei. — Ele encolheu os ombros. — Só não gostei disso. Não sabia que me incomodaria tanto até que aconteceu.

Minha mãe abriu a porta e trouxe algumas bebidas.

— Aubin — ela disse e lhe entregou um copo.

— Obrigado, senhora.

— Então, Aubin... Qual é o seu sobrenome, querido? — Minha mãe perguntou.

— Breaux, senhora. Aubin Breaux.

O rosto dela empalideceu.

— Eu conheço seus pais. — Ela deu um sorriso forçado. — Sua família é amiga da minha.

— Os Moreaus.

Minha mãe assentiu com a cabeça.

— Eu sou filha deles.

— O senhor Moreau disse que você estava morta para ele.

Seu rosto ficou mais pálido ainda, mas ela manteve o sorriso tenso.

— Não, querido. Não importa o que ele diga, ainda estou aqui. Ainda sou filha dele. — Então saiu rapidamente do quarto. Eu queria ir atrás dela.

Aubin ainda estava franzindo o cenho. Em seguida, ele olhou para mim.

— Então você é neto do senhor Moreau?

— Sim.

— Ele sabe que vocês estão aqui? Que você existe? Ele nunca mencionou você.

— Sim — respondi com mais firmeza e irritação. — Mas nós não vamos ficar. — Aubin pareceu surpreso. — Estamos nos mudando. Assim que minhas costas estiverem curadas e meu pai conseguir trabalho em outro lugar.

Eu mal podia esperar.

Aubin se levantou. Quando ele estava quase saindo, eu disse:

— Epilepsia. — Ele congelou e então olhou para mim. — Eu tenho epilepsia. Tenho convulsões... Foi o que aconteceu comigo na outra noite. — Não sei por que contei a ele. Aubin era a primeira pessoa além dos meus pais que sabia disso.

Aubin colocou o chapéu de volta na cabeça e tocou na aba.

— Até mais, Valan.

E então ele foi embora...

— Ele apareceu todos os dias depois disso — comentei.

Cowboy se deitou novamente na cama.

— Você nunca mais viu seus amigos? Aqueles que machucaram Hush? — Sia perguntou.

Cowboy balançou a cabeça.

— Eles não souberam o porquê. Até que me viram com Val, quando ele estava recuperado. Eles não disseram nada na hora, mas quando cheguei em casa naquela noite, fui cumprimentado por meu pai. *"Agora você é um amante de negros, garoto?"* ele gritou. Eles eram pais mais velhos. Não achavam que poderiam ter filhos, até eu chegar... uma verdadeira surpresa. — Agitou a cabeça outra vez. — Ele podia ser mais velho, mas era um fazendeiro e muito bom com os punhos.

— Ele bateu em você.

Cowboy assentiu.

— Tanto que eu não conseguia me mover depois.

— Quando ele pôde, fugiu e veio até nós. — Suspirei. — Eu não o via há dias. Àquela altura, eu o via todos os dias. Eu... — Abaixei a cabeça e tentei não soar patético. — Ele meio que se tornou meu suporte. Com minhas convulsões... Nunca gostei muito de sair, muito menos em público caso elas acontecessem. — Apontei para o Cowboy. — Ele, com sua boca grande e atitude de quem está cagando e andando, me ajudou. — Olhei para Cowboy, sabendo que a gratidão que eu sentia por ele nunca seria o suficiente para retribuir o fato de ele ter me salvado. — Em uma cidade onde as pessoas só viam cores; me viam como o garoto mestiço que estaria melhor morto, uma poluição, uma abominação... ele não viu isso. Ele me via como seu melhor amigo. Fazíamos tudo juntos, porque ele sabia que eu precisava dele.

— Além disso, eu estava começando a me cansar de tudo muito rápido... Eu simplesmente não me importava mais. Val foi a melhor pessoa que já conheci. — Seus olhos lacrimejaram. — Ele e seus pais. Pessoas que me apoiaram, quando meu pai quase me espancou até a morte. Pessoas que... — Ele desviou o olhar.

O nó na minha garganta estava me sufocando.

— Eles aceitaram você de braços abertos? — Sia perguntou.

Cowboy assentiu. A parte da história que eu não tinha certeza se poderia contar havia chegado. Olhei para minhas mãos para ver que estavam tremendo. Senti as marcas das queimaduras em meus braços como se tivesse sido queimado ontem, as feridas borbulhando no calor infernal.

— Ele foi confrontá-los — sussurrei, lembrando de meu pai saindo de casa. Senti uma mão em meu ombro, apertando em apoio. Cowboy sentou ao meu lado e Sia foi para o outro. Mantive o lhar focado no edredom. — Primeiro, ele foi conversar com a família do Cowboy. Disse o que pensava deles e então ele foi ver meus avós. — Calafrios percorreram minhas costas. — Acontece que minha avó, que estava melhorando gradativamente, não fazia ideia de que estávamos na cidade. Meu avô não tinha contado a ela, que estava acamada desde o derrame. — Fechei os olhos e respirei fundo. — Ela pediu para encontrar minha mãe na noite seguinte, pediu ao meu pai para repassar o convite. Primeiro, ela queria ver novamente a filha. Então ela quis me conhecer.

— E você a conheceu? — Sia questionou, sua voz soando cautelosa.

A agonia me engolfou e estilhaçou cada centímetro do meu corpo.

— Não — sussurrei, minha voz quase inaudível. Fechei os olhos e inclinei a cabeça para trás, enquanto aquela noite voltava a me assombrar mais uma vez. Aquela da qual nunca queria me lembrar, mas sempre lembrava. A noite em que tudo desmoronou...

— *Não serei bem-vindo lá* — *eu disse.*

— *E daí, porra?* — *Aubin argumentou. Ele colocou o braço sobre meus ombros. Seu olho ainda estava preto por causa da surra que levou de seu pai. Seu lábio estava ferido e ele mal conseguia se manter em pé. Algumas de suas costelas também estavam quebradas.* — *É o maior rodeio que aparece por essas bandas. Os verdadeiros profissionais.* — *Aubin não cavalgava desde que foi espancado.* — *É enorme, uma grande feira estadual. As chances de encontrá-los são pequenas.*

Vi a emoção no rosto de Aubin. Eu sabia que ele não iria se eu pedisse, mas ele amava essas coisas.

— *Tudo bem. Nós vamos.*

Aubin esfregou minha cabeça com os nós dos dedos.

— *Sabia que, eventualmente, eu faria você gostar de cavalos.*

— *Eu não diria "gostar".* — *Eu me levantei e peguei o casaco.*

— *Aonde vocês vão?* — *Meu pai perguntou quando entramos na cozinha. Caixas estavam espalhadas pela sala. Estávamos finalmente deixando essa porra de lugar. Em alguns dias, iríamos embora.*

— Rodeio — Aubin disse, alegremente. Meu pai ergueu uma sobrancelha.

— Você pediu ao meu filho para ir ver pessoas montando broncos? — Ele colocou a mão na minha cabeça. — Você está se sentindo bem, Val? — Minha mãe riu quando dei de ombros. — Bem, apenas certifique-se de estar de volta mais tarde esta noite. Sua mãe vai se encontrar com sua avó, o que significa que você vai ficar comigo. Filme, fast food. Parece o paraíso. — Ele olhou para Aubin. — Você vai ficar esta noite, Aubin?

Aubin abaixou a cabeça.

— Minha mãe ligou. Pediu para que eu a encontre no restaurante, ela quer me ver.

Meu pai esfregou a cabeça de Aubin.

— Se você precisar de mim, é só ligar.

— Sim, senhor.

Saímos de casa e entramos na caminhonete de Aubin. Dirigimos até o rodeio, e quando chegamos lá, já era fim de tarde. Assim que vi a arena aparecer, meu estômago embrulhou.

— Você vai ficar bem — Aubin me assegurou, lendo minha mente. Ele colocou a mão na minha perna. — Se acalme. — Ele se tornou bom nisso; em saber quando eu estava começando a me estressar. Estresse e raiva eram os dois maiores gatilhos para minhas convulsões.

Inspirei fundo e, em seguida, soltei o ar. Vinte minutos depois, estacionamos e entramos. Meu coração batia forte no meu peito enquanto caminhávamos no meio da multidão. Eu estava esperando pela merda que receberia dessas pessoas, mas nada aconteceu. Pegamos um refrigerante e um cachorro-quente e observamos os cavalos.

— Lá está Lucious. — Aubin apontou para um cara que seria o próximo a entrar no ringue. — Treinei com ele. Vamos cumprimentá-lo nas baias depois de sua apresentação. — Lucious marcou um bom tempo no cronômetro e se classificou para o segundo dia, mas não estava no topo da tabela geral.

Segui Aubin pela parte de trás das baias. Estava tudo quieto, já que a maioria das pessoas estava assistindo à competição principal. Mal tínhamos conseguido entrar nas baias vazias quando ouvimos:

— Você só pode estar de sacanagem.

Virei a cabeça para a direita e o pavor imediatamente me dominou quando vi Jase e o resto dos velhos amigos de Aubin caminhando em nossa direção. Aubin passou por mim, mantendo-me atrás dele.

— Cai fora, Jase — Aubin avisou. Empurrei o braço de Aubin para longe e parei ao lado dele. Se a merda explodisse, eu estaria bem ao lado dele.

Jase riu.

— *Agora você é um amante de negros, Aubin? Eu ouvi os boatos. Porra, você deu um sumiço nos rodeios, mas nunca imaginei que os rumores fossem verdadeiros.* — Jase apontou para a tatuagem de Aubin. — *Sangues sujos não eram a sua onda alguns meses atrás.*

— *Sim, bem, as coisas mudam.*

Jase apontou direto para meu rosto.

— *Quase nos ferramos por sua culpa.* — Ele gesticulou para os outros parados ao redor. — *Tentou nos ferrar com a polícia.* — Jase balançou a cabeça. — *Péssima jogada, mestiço.*

Comecei a tremer, a raiva tomando conta de mim. Jase deu um passo à frente, seus três comparsas seguindo atrás, e eu corri para o idiota, arremessando meu punho em seu rosto. Aubin estava ao meu lado, brigando também. Mas quatro contra dois nunca era uma boa combinação. Não demorou muito para que estivéssemos no chão. Olhei de relance para Aub; ele os estava empurrando, tentando evitar os golpes em seu rosto já tão machucado.

— *Ei!* — Uma voz gritou do fundo das baias e Jase e os outros fugiram.

Fiquei olhando para o teto, as vigas começando a se inclinar.

— *Aub* — resmunguei, estendendo a mão para ele. Estalei a língua no céu da boca. — *Estou sentindo gosto de metal.*

— *Aubin Breaux? É você?*

Pisquei, voltando à consciência. Eu estava deitado em algum tipo de banco. Olhei ao redor, mas não reconheci o ambiente. Eu podia ouvir vozes baixas. Tentei mover o braço, mas doía.

Consegui virar a cabeça para olhar para o lado e vi estrelas e a lua. A noite nos cercava. Pisquei e pisquei novamente, até que vi Aubin. Um cara estava ao lado dele... um cara de cabelo castanho.

Lucious? Aquele que vimos na competição.

O rosto de Aubin encheu minha visão.

— *Ei, Val. Você está se sentindo melhor?*

Minha boca estava seca. Aub me ajudou a sentar e me entregou uma garrafa de água. Engoli quase tudo de uma vez, então engasguei, tentando respirar. Eu me sentia fraco. Um olhar para o rosto de Aubin me fez lembrar da briga.

— *Que horas são?* — perguntei, passando a mão pelo rosto.

— *Oito da noite* — ele respondeu. — *Você voltou um pouco depois, mas voltou a dormir. Lucious me ajudou a trazer você pra cá para descansar.*

Olhei em volta e percebi que estava em um trailer.

172 **TILLIE COLE**

— Eu tenho que ir para casa. — Tentei sair do sofá e Aubin me ajudou a levantar. Em seguida, fomos até sua caminhonete. — Meu celular? — perguntei.

— Quebrou na briga.

— Merda. Meus pais devem estar preocupados.

— Eles vão entender.

E eu sabia que eles entenderiam. Ninguém entendia melhor do que eles a merda que foi cuspida em nossa direção desde que chegamos àquela porra de cidadezinha onde eu me tornei um alvo desde que mostrei minha cara de "mestiço".

Ficamos em silêncio enquanto voltávamos para casa. O que diabos havia para dizer? Eu mal podia esperar para deixar este lugar. Quando estávamos a apenas um quilômetro e meio de casa, Aubin semicerrou os olhos e perguntou:

— O que é aquilo?

Levantei a cabeça para olhar pelo para-brisa. Um brilho alaranjado brilhava por trás de algumas árvores altas. As árvores que cercavam minha casa. Meu estômago revirou, levando meu coração com ele e quebrando-o no chão quando vi a fumaça densa subindo acima das copas das árvores.

Meu corpo ficou tenso.

— Minha casa.

O pânico tomou conta de mim, assumindo o controle de tudo que eu era. Aubin pisou fundo no acelerador, mas quanto mais perto chegávamos da estrada de terra que levava à casa de madeira, mais nítidas eram as chamas. Grandes labaredas subindo cada vez mais alto à medida que alcançavam o céu.

Quando Aubin virou a caminhonete para a direita, perdi o fôlego. Minha casa estava em chamas. Encontrei a maçaneta da porta da caminhonete e abri. Aubin estava bem ao meu lado.

— Meus pais... — murmurei, minha voz falhando.

— Sua mãe foi se encontrar com a mãe dela. Seu pai também deve ter saído — Aubin me assegurou, mas ouvi a dúvida envolvendo suas palavras.

— Mãe! — gritei, rezando para que ela não estivesse aqui, procurando uma maneira de passar pelas chamas furiosas. — Pai! — Pulei para frente, tentando subir as escadas até a porta da frente. O fogo açoitou meus braços, escaldando a pele.

— Não consigo encontrar uma maneira de entrar! — Aubin gritou... e então eu ouvi.

— VALAN! — Inclinei a cabeça para trás e olhei para o sótão. A janela estava emperrada, alguém empurrava a moldura. Limpei as lágrimas e vi que era minha mãe.

— Mãe! — Corri ao redor da casa até ficar embaixo da janela. Suas mãos bateram no vidro. Então vi outro par de mãos. — Pai... — sussurrei em um grito sufocado. — Não!

Cambaleei em meus pés, embalando meu corpo para frente e para trás, tentando com todas as minhas forças passar pela parede de chamas escaldantes.

— Aubin! — gritei.

Ele estava ao meu lado em um instante, com as mãos na cabeça. Mas eu não conseguia desviar o olhar de onde meus pais estavam. Minha mãe chorava, com seus olhos azuis fixos em mim. Meu pai estava atrás dela, mas havia uma expressão triste de resignação em seu rosto.

— Não! — gritei de novo, então parei quando meu pai afastou minha mãe da vidraça e enlaçou seu corpo, segurando-a contra o peito. O calor das chamas queimou meu rosto; o cheiro de cabelo queimado atingiu meu nariz. Mas eu não conseguia desviar o olhar. Com lágrimas escorrendo pelo rosto, vi meus pais morrerem.

Minha mãe virou o rosto para mim mais uma vez e murmurou:

— Eu amo você.

Eu não conseguia sentir as pernas. Ouvi um estalo alto, e o sótão onde meus pais estavam cedeu e despencou em meio às chamas.

— NÃO! — Eu me lancei para frente e corri em direção à casa. — NÃO! — gritei repetidamente até ficar sem voz. Corri, tentando de qualquer maneira entrar na casa. Eles ainda podiam estar vivos. Podiam apenas estar machucados.

Mas antes que tivesse me aproximado mais da casa, Aubin passou os braços em volta de mim e me arrastou para longe. Lutei para me soltar, mas caímos no chão. Assim como nós, a casa explodiu, uma nuvem de chamas crescendo acima das ruínas.

Incapaz de me mover, congelado no purgatório de agonia e choque instantâneos, observei enquanto o que sobrara da casa devastada ia sendo consumido pelo fogo. Chorei até não sobrar mais lágrimas. Quando os bombeiros chegaram, tudo havia se transformado em uma pilha de cinzas. Mas eu sabia... sabia que em algum lugar entre os escombros, havia um casal abraçado um ao outro perante a morte. Porque desde o minuto em que se conheceram, eles lutaram por seu amor. Lutaram por seu amor quando todos lhes disseram que era errado.

E eles morreram por seu amor. Morreram porque as pessoas não podiam ver além da cor diferente de suas peles e admirar os corações por baixo delas...

... porque o amor não vê cor. Apenas corações puros...

Eu me inclinei para frente, recostando o queixo ao meu peito. Lágrimas escorreram livremente enquanto eu soluçava. Um pranto compulsivo que eu não havia derramado desde aquela noite, anos atrás.

— Hush — Sia sussurrou, chorando junto comigo. Sua mão segurou a minha e eu a apertei. Agarrei como se ela fosse a única coisa que me mantinha à superfície. Uma mão apertou meu ombro; eu sabia que era Cowboy. A ação refletiu a que senti naquela noite. Não ousei olhar para ele. Eu não tinha certeza se conseguiria. Não conseguia olhar para a única outra pessoa que testemunhou o incêndio. Viu meus pais, mãos espalmadas, pedindo ajuda... porque eles ousaram se apaixonar.

— Fui eu... — sussurrei. — Foi tudo por minha causa.

Meu corpo estava drenado de energia. Sia me guiou de volta para o colchão. O quarto começou a girar. Ela se deitou contra o meu peito, as mãos entrelaçadas às minhas. Vi Cowboy sentado na beirada da cama, os olhos desfocados enquanto encarava a janela.

— Não foi, *baby*. — Sia passou a mão pelo meu rosto molhado.

— Foi, sim. — Fechei os olhos com força. — Ficamos em um hotel até que tudo estivesse resolvido. — Fiz um gesto para Cowboy. — As autoridades disseram que foi um acidente. Alguma merda sobre um mau funcionamento do forno.

— Viu? — ela disse, tentando me acalmar.

— Mas recebemos um bilhete. Foi colocado debaixo da porta do nosso hotel... — Minhas palavras foram interrompidas, meus membros se tornando pesados. Eu sabia o que estava por vir. Só que desta vez, eu estava relutante.

— Foi a Klan. — Fiquei tenso ao ouvir Cowboy concluir por mim. Porque isso é o que ele sempre fez. Pegava as peças que não podia carregar. Mantive os olhos fechados, lendo o bilhete gravado em minha memória. — Dizia que era porque eles se casaram com outra raça — Cowboy sibilou, enojado com o preconceito. — E por trazer uma abominação mestiça ao mundo, eles tiveram que servir de exemplo.

— Foi por mim... — eu disse, roucamente. — Eles morreram porque eu nasci.

— Não. — Sia apertou minha mão. — Não faça isso consigo mesmo.

— Eles a chamavam de prostituta branca. Uma traidora da raça ariana. — Lambi os lábios secos. — Eles a chamavam de vagabunda amante de negros.

O rosto de Sia suavizou, então sua expressão mudou para uma compreensão.

— Ky... — ela sussurrou. — Foi por isso que você perdeu a cabeça com ele.

Assenti, concordando.

— E eles morreram por causa das minhas convulsões. — Minha língua estava seca demais para falar, mas consegui forçar: — Ela não deveria ter estado lá... deveria ter sido eu... mas ela ficou me esperando voltar para casa, porque eu tive uma convulsão. Ela teria esperado para se certificar de que eu estava bem. — O quarto se inclinou. — Eles... Eu estrago tudo...

Sia agarrou meu braço. Meus olhos ficaram vidrados e comecei a sentir o gosto metálico na língua.

— Cowboy — eu murmurei, assim que um som alto de batida ecoou do lado de fora. Sia deu um pulo e Cowboy ficou de pé. Não! Tentei gritar, mas nada saiu da minha boca. Lutei para ficar consciente, lutei para sair da cama. Mas eu não conseguia me mover.

— Esconda-o! — Cowboy disse.

Sia tentou me mover.

— Eu não consigo levantá-lo!

Devo ter desmaiado, porque quando acordei, estava em um quarto escuro em algum lugar. Ouvi o murmúrio baixo de vozes do lado de fora, então o som de portas de carro se fechando e um grito agudo. Confuso, tentei entender onde estava. Tentei entender o que estava acontecendo, mas a escuridão me puxou de volta antes que eu pudesse fazer algo.

E eu não conseguia mais lutar contra aquilo.

CAPÍTULO 10

HUSH

Meus olhos se abriram. Estava escuro como breu. Então me perguntei onde diabos estava... até que pedaços fragmentados de memória perdida começaram a inundar minha mente. Chacoalhei a cabeça enquanto o som de palavras proferidas em espanhol circulavam acima da minha cabeça... Passos pesados no piso de madeira... gritos, berros... e o som de tiros sendo disparados.

Não... Eu me mexi para me levantar. Minha cabeça bateu em algo logo acima e levantei o olhar. A luz estava se infiltrando por algumas ripas. Esmurrei a madeira e percebi que se moveu um pouco, mas eu estava preso de alguma forma. Empurrei e empurrei, usando a pouca força que ainda me restava para abri-la. Com um estalo, a madeira cedeu; era uma porta embutida no chão do armário, no andar de baixo.

— Sia! — chamei, saindo dali, a voz baixa e rouca; os efeitos posteriores da convulsão. Eu precisava de água. Minha boca estava seca. Mas, em vez disso, meus pés me conduziram pela casa. Verifiquei cada cômodo, meu coração batendo mais rápido a cada passo. — Aubin! — Meu peito apertou. Cada cômodo em que entrei estava destruído, os móveis revirados e jogados. — Não — sussurrei, a pele escorregadia de suor.

Saí para o lado de fora da casa e corri o mais rápido que pude em direção ao celeiro. Vi o sangue escorrendo debaixo das baias antes mesmo de acender a luz.

Eu não me incomodei em olhar, sabendo que todos os cavalos valiosos de Sia haviam sido mortos... então meus pés estacaram quando avistei uma mão no chão, sangue acumulado no concreto ao redor dos dedos.

Fiquei paralisado... Porque era uma mão *feminina*.

— Sia... — sussurrei. Minhas pernas tremeram, mas as obriguei a se mover. Eu não conseguia respirar quando me aproximei. Cada parte do caralho dentro de mim se preparou para descobrir que ela havia partido. Então, quando o cabelo escuro apareceu, exalei rapidamente e pulei para o lado da garota. — Clara... — chamei, baixinho, verificando seu pulso. Mas não precisava... seus olhos abertos estavam fixos no teto, congelados, a mão de Hades segurando-a com firmeza em seu aperto mortal.

Um ferimento à bala no centro de seu coração.

Merda. Eu me levantei, olhando ao redor, tentando descobrir o que diabos fazer. Corri de volta para a casa, abri a porta da garagem e montei a velha Harley. Saí do rancho e peguei as estradas secundárias que me levariam ao complexo dos Hangmen.

A cada quilômetro que a moto percorria, tentei pensar em quanto tempo fiquei fora de combate... e quem diabos me colocou naquele armário. E mais do que isso, por que caralho eles não se esconderam lá também?

A pele de Clara ainda estava quente, mas abaixo da temperatura corporal normal, o que me disse que ela estava lá já há algum tempo.

— Porra! — gritei contra o vento fustigando meu rosto.

Garcia. Tinha que ser ele.

— Porra! — berrei, virando à direita em direção ao complexo. Minhas mãos tremiam no guidão. Meu corpo queria descansar, mas isso não aconteceria tão cedo.

Aubin.

Sia.

Porra!

Zane e Lil' Ash estavam na guarita. Eu parei e os vi se entreolharem, obviamente preocupados.

— Abram a porra do portão! — gritei, acelerando o motor.

Eles se entreolharam novamente. Eu estava suspenso e eles devem ter recebido ordens para não deixar a mim ou ao Cowboy chegar perto deste lugar.

— É uma emergência!

Zane pegou o celular, mas Lil' Ash encontrou meu olhar. Claramente vendo algo em meu rosto, ele me deixou entrar. O portão mal se abriu quando o atravessei. Eu praticamente parei a moto e me lancei para fora dela.

Corri, cambaleando ligeiramente e entrei no bar. No minuto em que apareci, meus irmãos pularam de pé, com as mãos nas armas.

AK revirou os olhos.

— Porra, Hush. Achei que estávamos sendo invadidos. — Seus olhos astutos de atirador de elite se estreitaram e ele passou por Viking para dizer: — O que foi? Você está péssimo.

— Eu preciso ver...

— Que porra você está fazendo aqui? — Ky disparou para fora do escritório do *prez* e veio em minha direção. Seus olhos azuis, os mesmos de Sia, estavam vermelhos e cansados... mas cheios de uma maldita fúria.

— Eles a pegaram — respondi. Ky parou no meio do caminho. Senti meu rosto se contorcer de medo e raiva. — Eles pegaram os dois.

A cor sumiu das bochechas de Ky. O irmão não se mexeu. Styx passou por ele e ficou na minha frente. Suas mãos voaram na linguagem de sinais, mas as poucas palavras que consegui aprender eram um borrão enquanto eu lutava para me concentrar, ainda sentindo os efeitos da convulsão.

— Eu não sei o que você está dizendo! — gritei.

AK deu um passo ao lado de Styx, mantendo os olhos concentrados no movimento das mãos do *prez*.

— *O que aconteceu? Quem os pegou?*

Balancei a cabeça, meus pés precisando se mover para ir atrás deles. Mas eu não sabia onde eles estavam.

— Garcia, eu acho... — Fechei os olhos com força, procurando algum tipo de memória em minha mente. — Escutei algo em espanhol... — Abri os olhos e deparei com os de Styx fixos nos meus; baixei o olhar para o chão. Passei a mão pela minha cabeça raspada, uma e outra vez, apenas para que eu tivesse alguma coisa para fazer com ela. — Eles mataram todos os cavalos dela. — Senti a tensão aumentar no ambiente. — E a assistente dela... Clara. Porra, a cadela era muito jovem. Atiraram no coração dela.

— *Onde você estava?* — AK fez a pergunta, mas eu sabia que tinha vindo de Styx. Eu estava mudo, a necessidade de manter minhas convulsões ocultas soldando meus lábios.

— Onde diabos você estava? — A voz de Ky era como a própria morte.

Mantive a cabeça baixa, meu coração disparando. Duas mãos se chocaram contra o meu peito e me jogaram para trás. Colidi contra uma mesa e cadeiras, mas me mantive de pé, até que Ky agarrou meu *cut*, me puxando contra seu peito.

— Por que minha irmã e Cowboy foram levados e você não? Você estava lá, protegendo-a! Por que diabos ela foi levada, mas você está aqui? — ele rosnou. — É porque você é a porra de um cagão? Porque você os viu chegando e se salvou? Eu nunca deveria ter deixado você chegar perto dela. Você não pertence a ela. Salvando a si mesmo, e...

— Porque eu sou epiléptico, seu filho da puta! — Afastei suas mãos do meu *cut* e o empurrei de volta. Eu estava de saco cheio de tudo isso. Farto com todos esses filhos da puta que ficavam dizendo que eu não pertencia a lugar algum. Eu estava cansado. — Eu sou epiléptico e tive a porra de uma convulsão.

Disparei novamente contra ele, mas mãos me agarraram pela cintura. Olhei para baixo, vendo merdas nazistas contra meu *cut*, e perdi a cabeça por completo. Girei e desci meu punho na mandíbula de Tanner. Sua cabeça inclinou para trás. Tank se jogou no meio afastou Tanner de meus punhos possuídos.

Eu me virei, ofegante, e olhei para Ky.

— E eu pertenço a ela. Com os dois!

Lágrimas de raiva queimaram meus olhos. Se Cowboy estivesse aqui, ele estaria me dizendo para me acalmar. Mas ele não estava. Eles o levaram... levaram Sia... e eu estava aqui sozinho, caralho.

— Vamos falar a porra da verdade, irmão. É porque sou negro. Você não queria sua irmã com um maldito mestiço, não é? Um vira-lata? — Eu sabia que devia calar a boca, mas não conseguia parar agora que comecei. — O ser inferior que falhou em proteger sua irmã; a irmã que você acabou de jogar para a porra dos lobos, sem a proteção do rancho, porque ela era a porra de um fantasma. Se fosse apenas Cowboy, você não teria dado a mínima. Mas porque eu também estava lá, isso se tornou um problema real para o seu eu ariano. Não é isso, *VP*? — Ky abriu a boca, mas eu não consegui parar: — Essa porra de clube! Vocês são iguais a todos os outros! Começaram a permitir a entrada de qualquer negro há apenas dez anos. Até então eram apenas irmãos brancos.

Olhei para o relógio na parede. Meu estômago se revirou de pavor.

— Quatro horas — murmurei, e senti a porra do meu coração se despedaçar. — Já se passaram cerca de quatro horas desde que eles foram levados.

— Não é porque você é negro. — A voz de Ky soou como um trovão no ambiente silencioso.

Tentei acalmar minha respiração e meu coração. Apenas tentei não desmoronar quando meu melhor amigo, meu maldito irmão e a cadela por quem eu estava apaixonado... os únicos que já deixei passar pelas minhas defesas... tinham sido levados por um maldito traficante de escravas sexuais. Um bastardo sádico que queria possuir Sia... e, provavelmente, mataria Aubin pelo inconveniente de ela também o amar.

As botas de Ky apareceram na minha visão periférica.

— Eu não dou a mínima para o fato de você ser negro. Porra, você poderia ser rosa neon ou até mesmo ruivo...

— Ei! — Ouvi Vike protestar.

— Mas não é porque você é negro.

— *Você tem convulsões?* — AK perguntou. Olhando para cima, vi que as mãos de Styx estavam se mexendo.

— Eu vou para o México. Não vou ficar para trás. É a porra da minha cadela e meu melhor amigo que eles pegaram. Não vou ficar parado. E se não for com vocês, vou sozinho. Tive a porra de uma convulsão e eles me esconderam, e é por isso que não fui levado junto. Não sei por que eles não se esconderam também. — Engoli o nó na garganta. — Eu acordei para encontrar uma carnificina do caralho e eles tinham sumido.

A mandíbula de Styx se apertou. Ele ergueu as mãos.

— *Não vamos deixar você para trás* — AK disse, traduzindo. O irmão enorme veio ficar ao lado de Ky. — *Você deveria ter nos contado* — AK continuou, observando as mãos de Styx.

— Como vamos recuperá-los?

— *Church*, agora — Ky ordenou, e todos nós o seguimos.

Ky falou, traduzindo para Styx.

— *Nós sabemos onde ele mora. Já estivemos lá antes.* — Pensei em Sia, em como ela disse que conseguiu escapar. Styx olhou para Ky, depois para o resto de nós, e disse: — *Tenho estado em contato com Chavez, o* prez *dos Diablos. Ele concordou em ajudar se a merda explodisse com Garcia.*

Styx fez uma pausa e Ky, desta vez, falou por si mesmo:

— Garcia faz parte do cartel Quintana. Quando o enfrentamos antes, ele era uma pequena operação; agora é enorme. Alfonso Quintana, o chefe do cartel, investiu pesado nos negócios de Garcia. — Ky fechou a mão em punho sobre a mesa. — Agora ele não trafica apenas cadelas. Ele também lida com armas e *snow*.

Styx assinalou e Ky disse:

— *Eles estão invadindo o espaço dos Diablos. Snow, principalmente. Chavez está puto.* — Ky olhou para Styx. — Sia é minha irmã. Então estou nessa. Styx

TRÍADE SOMBRIA

também. — Ele olhou para mim. — Hush também. Cowboy também está lá. Não sei o que farão com ele... se ele vai conseguir chegar ao México. É minha irmã que *ele* quer.

Meu maldito coração se partiu. Minha mão começou a tremer com o pensamento de Aubin desaparecido. Minha perna pulou. Ouvi sua voz na minha cabeça. *Calma, mon ami.* Eu não acreditaria que ele estivesse morto até que visse seu corpo frio.

Eu não seria capaz de funcionar se ele estivesse morto.

— A Klan também trabalha com eles. — Ky olhou para Tank e Tanner. Tanner estava mais pálido do que o normal. Suas mãos estavam segurando a borda da mesa e seus olhos estavam desfocados. — Eles já estão em nossos pescoços. E Chavez ouviu que se formos contra o cartel... — Ky olhou para Styx. Styx assentiu com a cabeça. — Estaremos indo para uma guerra.

A sala mergulhou em um silêncio tenso. Percorri a mesa com o olhar. Os irmãos estavam todos parados, alguns se entreolhando, enquanto as palavras de Ky pairavam no ar. Guerra. Nunca estive em guerra pelo clube. Esta filial tinha entrado em guerra com os Diablos alguns anos atrás, mas Nova Orleans nunca foi chamada para ajudar. Eu sabia que a maioria desses irmãos havia lutado naquela época. A batalha que custou a vida do pai de Styx. E o de Ky e Sia.

Minha atenção permaneceu em Tanner. Porque não seria apenas uma guerra para ele; seria contra sua família. Eu não tinha certeza de que sua lealdade ao clube sobreviveria se tivesse que ir contra seu pai, tio e irmão mais novo.

Eu me levantei.

— Estou dentro.

Smiler também se levantou.

— Estou dentro.

AK se levantou. Flame e Viking o seguiram um segundo depois. Tank, Bull... e finalmente Tanner se levantou. Ele ergueu os olhos azuis e disse:

— Eu também.

Ky se levantou, seguido por Styx, que assentiu com a cabeça. Suas mãos se ergueram.

— *Então vamos todos.*

Meu maldito peito inchou. Ky olhou para mim.

— Alguém disse àquele filho da puta, Garcia, onde vocês estavam.

Balancei a cabeça, tentando pensar...

— O veterinário. — Percebi, e tentei me lembrar do nome dele. — Gomez. Tito Gomez. — Balancei a cabeça, mais do que irritado comigo mesmo, ao concluir que nunca tivemos a chance de pedir que Tanner verificasse o histórico do cara por causa de tudo que aconteceu com Ky.

Ky acenou para Tanner, que assentiu de volta e, em seguida, saiu da sala, sem dúvida para conseguir o que pudesse sobre o cara.

Styx ergueu as mãos.

— *Partimos em trinta minutos. Façam o que diabos vocês têm que fazer. Temos um irmão e uma irmã do clube para resgatar.*

— E alguns malditos nazistas e mexicanos com quem travar uma guerra — Viking acrescentou e sorriu. — Meu tipo ideal de diversão!

Os irmãos saíram um atrás do outro. Bem quando me preparei para sair, Ky estendeu o braço, me fazendo parar.

— Ela é forte — ele disse. Ouvi a agonia absurda na voz do meu *VP*. Como diabos não poderia haver? A última coisa que Sia disse a ele foi que ela não queria mais nada com ele.

— Eu sei — respondi e empurrei seu braço. — Os dois são.

Saí para o bar e tirei meus comprimidos do *cut*. Eu os engoli e fui para o arsenal para pegar armas. A cada segundo que passava, eu visualizava seus rostos na minha cabeça. Com cada porra de respiração que dei, deixei os anos de xingamentos, socos e machucados crescerem dentro de mim até que eu me tornasse uma bola ambulante de ira. E trinta minutos depois, quando subi na moto do pai de Sia, com Ky me encarando como se estivesse vendo a porra de um fantasma, saímos do complexo.

Tínhamos um veterinário para visitar.

O sangue respingou contra a parede quando Ky bateu com outro punho em sua boca. A cabeça de Tito Gomez inclinou para trás... e então o idiota sorriu. O sangue manchou seus dentes brancos. A camisa branca de Ky estava vermelha brilhante. Styx estava atrás do *VP*, estoico, mas eu podia ver em seus olhos castanhos que ele estava pronto para matar esse filho da puta.

— Você vai falar — Ky insistiu, tirando o *cut* e a camisa, expondo seu tronco nu e musculoso. Ele alongou o pescoço e estalou os nós dos dedos, então pegou uma faca e cortou o peito do maldito. — Tem um primo no cartel Quintana, hein? — o *VP* disse, como se estivesse tão calmo quanto a porra do céu depois de uma tempestade de verão.

Seus olhos contavam uma história diferente. Ele era puro trovão e furacões.

Ky pegou a lata de gasolina que trouxera e despejou sobre o corte fresco de Gomez. Ele gritou, mas manteve a boca fechada. Seus dentes se chocavam de dor e os nós dos dedos estavam brancos enquanto ele agarrava a cadeira à qual estava amarrado.

— Trabalha com o Garcia — Ky continuou, fazendo outro corte de três centímetros de comprimento no braço do idiota.

Eu fiquei de lado, tremendo, precisando trazer a ira do inferno sobre o cara. Como se tivesse sentido minha presença, ele virou a cabeça.

— A tatuagem do seu amigo foi o que entregou vocês. — Eu congelei. — Eu não tinha notícias do meu primo, e não o via há anos. Quando ele me disse quem estava procurando, eu sabia que a Elysia Willis de Garcia tinha que ser Helen Smith. A tatuagem do seu amigo confirmou.

Tanner irrompeu pela porta, o celular de Gomez na mão.

— Consegui uma pista no celular desse babaca. Seu primo está definitivamente trabalhando com Garcia. Falei com o *prez* dos Diablos. Eles sabem para onde ir quando chegarmos lá. O sargento de armas deles é um ex-membro do cartel Quintana. Trabalhou com Garcia um tempo atrás. Ele confirmou que ainda está no mesmo lugar de anos atrás. — Tanner deu de ombros. — O irmão é muito bom em extração, pelo que Chavez diz. E melhor ainda, conhece Garcia e seus seguidores como a palma de sua mão.

Ky se virou para Gomez. Ele pegou a faca alemã de Styx e enterrou no peito do filho da puta. Enquanto Gomez gritava, Ky puxou a faca e levantou o olhar. Eu podia ver a guerra travada em seu semblante, mas ele disse:

— Você quer o último golpe?

Eu estava me movendo antes mesmo de respirar.

— Ela confiou em você, porra! — rosnei em seu rosto maldito.

Então vislumbrei algo que parecia um lampejo de arrependimento em seus olhos.

— Se eu não tivesse desistido dela... se tivesse escondido sua identidade, eles teriam vindo atrás de mim.

— Bem, agora você tem que lidar com os Hangmen — eu cuspi, sem sentir nenhuma simpatia pelo covarde.

Segurando o cabo com força, levantei a faca, prestes a atacar quando Gomez disse:

— É... sua culpa. — Ele tossiu, espirrando sangue no peito. — Você e aquele cowboy a entregaram. — O filho da puta sorriu. — Se eles morrerem... o sangue deles estará em suas mãos.

Antes mesmo que ele tivesse terminado a última palavra, afundei a faca em seu coração e observei enquanto seus olhos nublavam com a morte, então sua cabeça tombou para frente. Limpei o sangue da faca e devolvi a Styx. Parecia que ele queria dizer alguma coisa, mas antes que pudesse, me afastei do corpo do traidor e subi na minha moto, pronto para ir para Laredo e me encontrar com os Diablos.

Porque eu sabia que o que ele disse era verdade.

O fato de eles terem sido levados... foi tudo minha culpa.

Chavez nos encontrou dentro do complexo. Nós de um lado, e doze *Tejanos*[12] nos encarando do outro. Styx avançou com Ky. Chavez fez o mesmo. Um cara magro e musculoso, que parecia ter uns vinte e tantos anos, com longo cabelo negro e olhos castanho-claros, estava ao lado de Chavez.

Styx apertou sua mão. Eu tinha ouvido as histórias. A esposa do nosso antigo *prez*, pai de Styx, morrera pelas mãos do antigo *prez* dos Diablos – o pai de Chavez. Styx cresceu sem mãe. Ambos os pais tinham morrido na guerra. O de Ky também.

Então, quando pegou o *martelo*, Chavez recusou o nome do bom e velho papai, Sanchez, em favor do nome de sua mãe biológica, Chavez.

---

12 Tejanos, ou texanos em espanhol, como são chamados os latinos da periferia no sul do Texas.

Ele exalava sérios problemas paternais. Era tão fodido quanto este mundo fora-da-lei.

Eles nos ajudaram a recuperar Phebe, quando Meister a sequestrou, contando que um favor fosse devolvido um dia. Desta vez, era pessoal. Chavez apontou para seu sargento de armas. Os braços tatuados do cara estavam cruzados sobre o peito.

— AK? — Ouvi Vike sussurrar. — O filho da puta é bonito, hein?

Revirei os olhos para o gigante ruivo que nunca conseguia manter a porra da boca fechada. O sargento de armas dos Diablos voltou o olhar para o nosso secretário... e o filho da puta sorriu, revelando um piercing prateado na língua.

— Um provocador de boceta. Legal — Vike disse, em aprovação. AK deve ter mandado ele calar a boca, porque logo em seguida ele ficou em silêncio.

— Este é Shadow — Chavez apresentou. Shadow ergueu o queixo em saudação. — Ele vai levar vocês para dentro. — Chavez fez uma pausa. — Alguns de vocês. Nem todos podem ir.

— Eu vou. — Eu me movi para ficar atrás de Ky.

Shadow olhou para mim. Styx ergueu as mãos e sinalizou e Ky traduziu.

— *Eu e Ky, Hush.* — Styx olhou para trás. — *Tanner, também vamos precisar de você.* — Tanner ergueu a cabeça, surpreso. O filho da puta empalideceu, mas assentiu com a cabeça. Styx estreitou os olhos. — *Tudo bem?*

— Sim — Tanner respondeu, trocando o peso do corpo de um pé para o outro.

— *Você entende de tecnologia, pode ser necessário.* — Finalmente, Styx olhou para AK. — *Você cuida das armas. Você vai, mas vai ficar para trás.* — Ele encarou os outros irmãos. — *Vocês vão vigiar a estrada para nós podermos voltar. Consigam munição, facas, tudo o que puderem encontrar.*

— Vocês também tem a gente — Chavez disse. Styx observou o *prez* dos Diablos com o olhar entrecerrado. Ele passou a mão pelo rosto mal barbeado. O olhar de Chavez foi para Tanner e Tank, seus lábios se curvando em desgosto. Ele se dirigiu a Styx novamente. — No minuto em que Quintana e Garcia juntaram forças com a Klan, nós os descartamos. E quando eles os apoiaram para tomar nosso território aqui no Texas, aí que a coisa piorou mesmo. Vocês precisam do nosso apoio, e o tem. Tenho meus próprios motivos. Não é um favor para vocês.

— Justo — Ky concordou. — Podemos trabalhar com isso. — Ele olhou para Shadow. — Você é o ex-membro do cartel que pode nos colocar lá dentro?

— Conheço aquele lugar como a palma da minha mão. Fiquei lá por quatro anos. Vou fazer vocês entrarem e saírem.

— Se você quer chegar indetectável a algum lugar, ele é o seu homem — Chavez comentou.

— Quando partimos? — perguntei.

Shadow olhou para um relógio invisível em seu pulso nu.

— Eu diria que o mais rápido possível. Amanhã é dia de descarregamento. A carga vai a leilão. Vai ser movimentado. Os homens estarão ocupados. É nossa melhor chance, ou teremos que esperar mais uma semana.

Carga. Cadelas. Contanto que uma delas não fosse Sia, eu não me importava.

— Era eu quem cuidava das que tentavam fugir. Tenho uma ideia de onde eles estarão. — Shadow sorriu. — Vai ser facinho pra caralho. — Ele ergueu uma sobrancelha. — Mas teremos matança, certo?

— Certo — Ky confirmou, a voz cheia de raiva.

Shadow sorriu novamente.

— Exatamente o que eu queria ouvir.

CAPÍTULO 11

SIA

Ouvi o tiro ao mesmo tempo que Cowboy. Hush ainda estava na cama, seus olhos começando a revirar.

— Cowboy! — gritei, o coração batendo forte no peito, enquanto olhava para fora da janela onde Cowboy estava. Vi luzes à distância... e meu celeiro em chamas.

Um ruído de dor veio da direção da cama. O corpo de Hush começou a tremer.

— Convulsão — eu disse, sem fôlego. Corri para virar Hush de lado como tinha visto Cowboy fazer antes. Cowboy correu para minha cômoda e pegou sua arma.

— Esconda-o! — ele instruiu. Coloquei a palma da mão na cabeça suada de Hush. Ele estava tremendo, seus braços e pernas estremecendo com a força da convulsão. Ouvindo outro tiro, tentei erguê-lo. Ele era muito alto e muito pesado.

— Não consigo levantá-lo! — murmurei, e Cowboy se afastou da janela. Ele colocou a arma no cinto e ergueu Hush. Eu corri atrás dele. — O abrigo de tempestades! — exclamei e o conduzi escada abaixo. Levantei a porta secreta no chão do armário.

Cowboy olhou para mim.

— Precisamos entrar também.

Assenti com a cabeça, me preparando para fazer o mesmo, enquanto Cowboy abaixava Hush no pequeno espaço que foi construído na casa anos atrás. Não era visível e sempre me fazia sentir segura saber que tinha um lugar para me esconder.

Cowboy estendeu a mão, seus olhos azuis frenéticos.

— Vem! — ele chamou e segurou minha mão...

Mas meus dedos escorregaram dos dele quando ouvi outro tiro, depois o som horrível de um cavalo agonizando. Virei a cabeça na direção da porta da frente, meu coração despedaçando.

— Sandy... — sussurrei, assim que outro tiro foi disparado. O mesmo relinchar de partir o coração de um cavalo ecoou, e então... — Não... Clara está lá fora...

Antes que eu me desse conta, minhas pernas estavam me guiando para a porta.

— Sia! — Cowboy gritou atrás de mim. Mas eu não conseguia parar.

Clara estava nas baias. Ela estava trabalhando até tarde para mim esta noite. Saí pela porta da frente e corri. Ouvi a porta abrir às minhas costas, Cowboy chamando meu nome. Mas eu não conseguia parar. Lágrimas escorreram dos meus olhos e foram carregadas pelo vento.

Eu vi movimento nas baias. Vi homens caminhando ao longo do celeiro, tiro após tiro sendo disparados, quase como se estivessem perfurando meu coração. Meus cavalos... as criaturas que me mantiveram sã... me mantiveram segura...

Alguém saiu da frente do celeiro. Ele tinha cabelo escuro e pele bronzeada. Mexicano, pensei. Minhas pernas tremeram, me fazendo tropeçar. Ele levantou a cabeça... e um sorriso se espalhou em seus lábios.

— Clara! — gritei. Ele tinha me visto. Não havia necessidade de fazer silêncio. Eles vieram atrás de mim. Eu sabia que meus dias estavam contados. — Clara! — gritei, novamente... e então estremeci até estacar em meus passos.

— Sia... — uma voz familiar disse em cumprimento. Virei a cabeça e deparei com Pablo, o braço direito de Juan, saindo de uma van preta.

Um tiro soou atrás de mim. Eu vacilei, e então me virei para ver Cowboy atirando nos homens que saíam do celeiro. Cowboy me alcançou e me agarrou pelo braço. Homens nos cercaram. Fiquei encarando o celeiro. Um soluço escapou da minha garganta quando vi poças de sangue formando riachos no chão de concreto.

— Não! — berrei, minhas pernas cedendo enquanto eu desabava na grama.

Pablo checou suas abotoaduras, como se não tivesse nenhuma preocupação no mundo. Ele indicou para alguns de seus homens com a mão.

— Levem ela.

Cowboy me pegou e me puxou contra o peito.

— Ela não vai a lugar nenhum. — Ele apontou a arma para os homens que se aproximavam.

— Cowboy... — Passei meu dedo em seu braço levemente. — Não faça isso.

— Eu cuido disso, cher.

— Não — eu disse. — Eles vão matar você. Estamos em desvantagem numérica.

— Quando a última dessas palavras saiu da minha boca, um baque surdo veio atrás de nós. O corpo pesado de Cowboy tombou, me arrastando para o chão com ele. Eu me

TRÍADE SOMBRIA

mexi debaixo de seu braço. Cowboy estava desmaiado. Passei o braço em volta dele e Pablo veio para o nosso lado.

— Onde está o outro?

Meu pulso disparou e minhas pernas gelaram. Hush. Ele estava falando sobre Hush.

— Ele foi embora.

Os olhos de Pablo se estreitaram.

— Você espera que eu acredite nisso?

— É verdade.

Pablo estalou o dedo para um de seus homens.

— Reviste a casa. Se ele estiver lá, pegue-o e venha em seguida. É um negro, não deve ser muito difícil de achar. — Ele olhou para outro. — Leve esses dois para a van. Estamos indo embora.

— Clara? — perguntei, minha alma gritando por já saber a verdade.

Pablo se abaixou, seus olhos percorreram meu rosto e corpo.

— Você ficou melhor com a idade — ele disse, em inglês. Seus lábios se ergueram para o lado. — Juan vai gostar disso. Ele não tolera mulheres envelhecendo sem elegância. — Ele se levantou, e então, olhando para mim por cima do ombro, disse: — Se você está se referindo à sua amiguinha... — Ele fez uma pausa, deixando minha respiração suspensa como suas palavras. — Ela está morta. A vagabunda burra pensou que poderia apontar uma espingarda para nós, e ainda nos acusou de sermos invasores de rancho... seja lá o que isso signifique — ele resmungou. — Ela deveria reconhecer o cartel só de olhar para nós. As pessoas no México nunca confundiriam a família Quintana com criminosos comuns.

— Então você a matou? — sussurrei, a bile subindo pela garganta.

— Já matei por menos.

Mãos me agarraram e me afastaram de Cowboy. Esperneei e lutei contra eles até que um punho atingiu meu rosto. Tentei manter a consciência, mas quando o segundo golpe veio, foi inútil. A última coisa que me lembro de ter visto foi Cowboy sendo arrastado atrás de mim... e uma luz na casa, com sombras procurando a segunda parte do meu coração.

Por favor, eu me peguei implorando a Hades, de todas as pessoas. Não deixe que eles o encontrem. Ele já passou por tanta coisa.

E quando a porta da van se fechou e a escuridão me envolveu, acrescentei, Ky... por favor, faça Ky nos encontrar novamente.

Abri os olhos, a luz do sol forte me fazendo semicerrá-los. Minha cabeça doía, a mandíbula latejava como se tivesse levado um soco. Tentei afastar a névoa do meu cérebro. Visões e imagens vieram à minha mente como um filme desfocado. Hush... Clara... cavalos... Pablo... Garcia... Garcia... Garcia...

Eu me levantei de onde quer estivesse deitada, e olhei ao redor. Paredes brancas, piso branco e uma familiar cama branca.

Coloquei a mão sobre o peito e lutei para respirar. Meus pulmões não tinham recebido o memorando de que eu precisava de ar. Minhas mãos foram para o colchão. E então senti o cheiro de sândalo.

Juan...

Saí da cama, estremecendo com a dor em meu braço. Olhei para baixo e vi a marca de uma picada no meu bíceps. Drogas. Eu havia sido drogada. Então meu olhar desceu ainda mais.

Arfei em meio ao grito desesperado. Vermelho. Eu estava trajando um vestido vermelho.

— *Eu gosto de você de vermelho*, bella — *Juan disse em nosso primeiro encontro.* — *Você estava usando um biquíni vermelho na praia. Foi o que me atraiu para você.* — *Ele sorriu e brincou com a alça do meu vestido.* — *Vermelho é a cor de uma mulher confiante. Não vejo muitas na minha linha de trabalho.* — *Ele se inclinou e me beijou, me deixando sem fôlego. Quando se afastou, disse:* — *Fiquei hipnotizado por você, mi rosa negra.* — *Ele me beijou novamente e sorriu contra os meus lábios.* — *Acho que sempre vou manter você vestida de vermelho.*

Agarrei as alças do vestido. Eu tinha acabado de puxá-las para baixo, pelos braços, quando uma porta se abriu às minhas costas. Congelei, o olhar fixo em uma pintura na parede – uma villa em algum lugar no interior do México. A porta se fechou e, à medida que os passos se aproximavam, eu sabia que eles pertenciam a um par de sapatos Prada, lustrados à perfeição. Eu sabia que o homem que os usava tinha um metro e noventa de altura, cabelo escuro e abundante e os olhos e o sorriso mais bonitos que eu já tinha visto.

E eu sabia que aquele homem era a encarnação do diabo.

A cama afundou e eu congelei. Nem ao menos pisquei quando senti um hálito quente soprar sobre meu ombro. Senti o cheiro de sândalo... e as mãos puxaram as alças de volta ao lugar.

Comecei a tremer, um membro de cada vez. Onde quer que ele tocasse, tornava tudo uma massa de calafrios, minha força cedendo ante sua presença intensa.

— *Bella* — ele sussurrou e fechei os olhos. A voz que havia assombrado meus pesadelos por anos estava repentinamente viva. — Você ainda tem o mesmo cheiro. — Ele arrastou as bochechas com a barba por fazer ao longo da minha nuca. Cada pelo em meu corpo se arrepiou.

Suas mãos percorreram meus braços e então, ele respirou fundo e disse com firmeza:

— Vire a cabeça.

Muito aterrorizada para me mover, não consegui fazer o que ele pediu. Cansado de esperar, Juan me virou. Mantive os olhos para baixo e ouvi o sorriso em sua voz.

— Levante o olhar, *bella*. Não me force a machucar você.

Seu forte sotaque mexicano parecia como espinhos cravando em meus ouvidos. Mesmo assim, levantei meu olhar. Puro medo correu por minhas veias quando vi seu rosto. Prendi tanto a respiração que pensei que nunca mais voltaria a soltá-la. Ele sorriu, seus olhos vidrados. Eu conhecia aquele olhar.

Foi o olhar que ele me deu quando o conheci na praia.

Mas fiquei hipnotizada por seus olhos quando tinha dezessete anos. Por seu sorriso e corpo magro e tonificado; seu sotaque que, na época, eu considerava o mais bonito do mundo... até que ouvi francês *cajun* saindo da boca de dois homens cujos sorrisos eram genuínos e puros. Um livre, um reservado, mas ambos enraizados em minha alma.

— Onde ele está? — Inclinei meu queixo em desafio.

O sorriso de Juan se desfez; sua cabeça inclinada para o lado, me avaliando. Ele passou a língua pelos dentes e balançou a cabeça.

— Entendo — murmurou e saiu da cama.

Mantive os olhos nele, sem nunca desviar. Eu sabia como ele era. Um momento ele era bom; o próximo, um verdadeiro monstro. Ele espanou o pó do paletó do terno com a mão.

— Suponho que você esteja perguntando sobre o motoqueiro de Stetson...

Pareceu que meu coração parou de bater enquanto esperava para ouvir sobre Cowboy. Enquanto eu esperava, observei os olhos de Juan por qualquer sinal, para descobrir se ele estava vivo. Assenti com a cabeça, e esperei... Juan se inclinou para frente, e o diabo que ele disfarçava com boa aparência e ternos de grife surgiu.

— Preso por agora... — Ele se levantou e ajeitou a gravata. — Mas não vai continuar respirando por muito mais tempo.

Antes que me desse conta, pulei da cama e ergui a mão para acertar seu rosto. Juan segurou meu pulso e começou a apertar. Eu gritei, meu corpo dobrando com a dor. Ele me colocou de joelhos, exatamente onde gostava de manter as mulheres. Seus olhos brilharam. Ele me girou e eu gritei quando a parte de trás do meu vestido foi rasgada. Gritei quando seu dedo traçou minhas queimaduras...

— *Você me desafiou* — *ele disse, deitando-me na cama pequena.*

Eu estava tremendo enquanto ele esfregava as mãos em meus pulsos. E então pulei, em pânico, quando duas algemas foram fechadas ao redor deles, mantendo meus braços presos à cabeceira. Eu me debati violentamente, mas Juan rasgou meu vestido, expondo minhas costas. Virei a cabeça de um lado ao outro, tentando ver o que ele estava fazendo.

Minutos se passaram e eu desabei na cama, rosto para o lado, peito e braços exaustos. Senti um líquido atingir minha pele... depois a dor, uma dor tão excruciante que gritei. Gritei tão alto que ouvi murmúrios chocados vindo de fora do quarto. Agarrei a cama, precisando me mover, mas cada movimento que eu fazia deixava minha pele em chamas. Continuei gritando até que Juan se agachou, seu rosto de frente ao meu. Ele passou a mão pelo meu rosto enquanto eu gritava até achar que meus olhos saltariam das órbitas. Quando respirei fundo, ele disse:

— *Tente me deixar de novo, e vou acabar com você com isso.*

Lágrimas escorreram pelo meu rosto e meu corpo começou a convulsionar. Minha temperatura despencou enquanto meu corpo se contorcia por conta própria. Agarrei o lençol branco que cobria a cama, tentando respirar em meio à dor.

Ele me arruinou.

Ele me arruinou para que eu nunca o deixasse.

Ele me arruinou para qualquer outra pessoa...

Sua mão se moveu para meu ombro. Sua boca recostou-se ao meu ouvido:

— Você a removeu?

A rosa negra. A marca com a qual ele marcava todas as suas garotas. Sua marca, como um fazendeiro faz com o gado. Em suas "garotas", a tatuagem era queimada em seus quadris. Em mim, ele a tornou grande e visível o suficiente para que todos soubessem a quem eu pertencia.

— Eu não queria mais nada de você em mim. Não queria nenhum vestígio deste lugar... do inferno que você criou. Seu império foi construído com base na dor.

Ele ergueu as sobrancelhas e se inclinou para perto. Sua mão traçou as cicatrizes das minhas queimaduras, então suas unhas cravaram na pele. Sufoquei um grito, e me recusei a dar ao filho da puta doente o prazer de me ver em agonia.

— Tarde demais — ele sussurrou, e no simples ato de arranhar minha pele profanada, ele me lembrou o quão marcado em minha alma ele realmente estava.

Ele se levantou e caminhou em direção à porta.

— Onde ela está? — exigi saber, me virando para encará-lo.

Ele parou e olhou para mim por cima do ombro.

— Por aí.

Uma onda de alívio percorreu meu corpo.

Ela ainda estava viva... depois de todo esse tempo.

— E onde ele está? — Minha voz falhou.

Juan ficou tenso e então veio em minha direção. Ele se agachou, parecendo tão impecável como sempre.

— Me diga, Sia... — Seu tom era frio e cruel. — Você me deixou porque se recusou, como você disse, a ser a prostituta de um criminoso. — Ele deixou essas palavras pairando entre nós, até que inclinou a cabeça para o lado. — Eu tenho autoridade para dizer que você agora é a vagabunda de dois homens, e nada menos do que *motoqueiros*. — Tão rápido quanto uma víbora, Juan agarrou meu rosto com brutalidade. Estremeci, gritando com o lampejo de dor que atingiu meu queixo. — *Motoqueiros*, Sia... que você esqueceu de me dizer que era uma princesinha, não é, *bella*?

Inclinei a cabeça para trás, afastando meu rosto e cuspi em seu olho.

— Por mais fodidos que sejam, por mais fodida que a minha família seja, eles não lidam com o tráfico de mulheres. Eles não vendem escravas para obter lucro.

— Apenas suas irmãs para um bastardo negro e um caipira que fodem um ao outro tanto quanto trepam com você. — Ele deu um beijo contundente em meus lábios. Eu o empurrei para longe de mim. — Se eu soubesse que você era uma puta desse tipo, não teria sido tão delicado contigo — ele suspirou. — É algo de que vou aproveitar ao máximo a partir de agora. — Ele foi se levantar, mas antes de fazê-lo, estapeou meu rosto com as costas da mão. Minha cabeça virou para o lado com a força do golpe inesperado. Eu me afastei rápido, com medo de que ele me batesse de novo. — Isso é por cuspir na minha cara. — Então foi embora. Quando a porta se fechou, eu me levantei cambaleando. Corri atrás dele, até a porta pela qual uma vez escapei.

Não havia saída.

Caindo no chão, deslizando minhas costas arruinadas contra a porta de madeira, pensei em Cowboy, no que Juan faria com ele. Pensei em Hush, me perguntando se ele estava bem. E pensei no meu irmão e na conversa que pode ter sido a última que tivemos.

Só então deixei as lágrimas caírem.

No dia seguinte, alguém entrou no quarto. Fiquei deitada na cama, meus olhos fixos na porta para que eu soubesse o momento exato em que ele voltasse para me aterrorizar. Porque eu sabia que ele voltaria. Eu estava faminta, com sede e meu corpo todo doía. O que quer que seu pessoal tenha injetado em mim, estava ferrando com os meus músculos.

Quando a maçaneta da porta girou, me levantei e me preparei para Juan. Um homem que não reconheci estava parado na porta.

— Por aqui — o homem ordenou. Ele era grande e intimidante, como a maioria dos homens de Juan. Estava vestido com um terno preto e uma gravata prata. Hesitei, e foi o suficiente para o homem estreitar os olhos. — Não vou falar de novo. Se você não se mover, então moverei você eu mesmo.

Com os membros trêmulos, eu me levantei da cama; me sentindo como Bambi quando tentei andar, meus pés dando passos hesitantes enquanto eu ia para a porta. Quando cheguei ao homem, ele segurou meu braço e me conduziu por corredores que me trouxeram muitas lembranças ruins: dos meus primeiros passos após ser queimada com o ácido, a dor excruciante quando minha pele arruinada se esticou com o movimento das minhas pernas, a noite em que fugi de casa e para a floresta que a mantinha escondida... correndo até que Ky e Styx me encontrassem.

Rezei para que alguém me encontrasse agora.

Fui forçada a entrar em um carro. Enrolei o vestido vermelho rasgado ao meu redor. Estava quente, mas eu estava congelando enquanto percorríamos o trajeto até o último lugar que eu nunca mais queria ver.

Minha respiração acelerou. As mãos começaram a suar e meu corpo tremeu. O homem parou em frente a uma construção distante. Dezenas de homens estavam circulando por ali. Caminhão após caminhão estava deixando aquele maldito lugar. Meu estômago revirou quando percebi *quem* estaria naqueles caminhões. E pior, para onde elas iriam. Leilões, para vendê-las a homens e mulheres, seus novos donos... pessoas que podiam obrigá-las a fazer o que quisessem.

A bile subiu na garganta quando o último caminhão passou por nós. O lugar estava silencioso... assustadoramente silencioso. Assim que o portão foi fechado, o homem que Juan havia enviado para me buscar saiu do carro e veio até minha porta. Agarrando meu braço, ele me puxou violentamente do banco traseiro. Meus pés descalços rasparam na terra arenosa. Tropecei atrás do homem enquanto ele me puxava para um prédio, por corredores frios e úmidos, até que chegamos a uma porta no final.

Ele bateu na porta e outro homem sem rosto e sem nome a abriu. Fui entregue sem cerimônia. O novo capanga me conduziu mais para dentro da sala, uma única lâmpada pendurada no teto. Semicerrei os olhos, permitindo que meus olhos se ajustassem à escuridão... e vi algo. Uma cadeira, com um homem sentado nela.

Meu coração começou a bater tão rápido que tive certeza de que iria explodir do peito.

— Não — sussurrei, vendo a pessoa espancada na cadeira.

Uma familiar camisa xadrez rasgada em tiras, revelando os machucados em sua pele. Seu chapéu não estava mais lá e seu cabelo loiro estava tingido de vermelho por causa do sangue que imaginei ter respingado de seu rosto. Suas mãos estavam amarradas às costas, e os tornozelos às pernas da cadeira.

— Cowboy — sussurrei, minha voz ecoando no ar abafado da pequena sala.

Ele ergueu o queixo, lentamente, como se o movimento lhe causasse muita dor. Chorei, soluçando quando seus olhos focaram em mim. Eles estavam machucados e inchados.

Eu precisava abraçá-lo.

Tentei me afastar do homem, mas ele me puxou para trás e bateu com a mão no meu rosto. Minhas pernas cederam, ainda fracas por conta do sequestro, desidratação e os efeitos colaterais do sedativo.

Cowboy soltou um rosnado, sua cadeira se movendo no chão de concreto. O homem me levantou e me amarrou a uma cadeira em frente a ele. Mantive o olhar focado em Cowboy, ignorando o latejar da minha bochecha. Lágrimas rolaram pela minha pele machucada, mas mantive os olhos em Cowboy. Mesmo tão abatido e ferido como estava, ele sorriu o melhor que pôde e me deu uma piscadinha.

Uma única risada sofrida escapou dos meus lábios, antes de endireitar os ombros. Eu me recusava a deixar esses idiotas me verem desmoronar. O homem saiu, fechando a porta, me deixando sozinha com ele. Olhei para ver se ninguém estava por perto.

TRÍADE SOMBRIA

— Cowboy — sussurrei, minha voz abafada ecoando pelas paredes da sala. — Me diga que você está bem... — Fechei os olhos com força. — O que eles fizeram com você... — Não foi realmente uma pergunta. Meu lindo Cowboy. Eles o machucaram, e muito, tudo porque ele estava comigo.

Cowboy tentou falar, mas tossiu sangue. Rezei para que fosse de dentro de sua boca, não de algum ferimento interno.

— Estou bem, *cher* — ele respondeu, fracamente; tentando sorrir. A pele de seu lábio inferior se partiu com o movimento.

Tentei soltar as mãos das amarras que me prendiam, mas não consegui. Olhei para Cowboy, flagrando-o me observando.

— O que vamos fazer? — perguntei. Não éramos ingênuos; nós fomos trazidos para esta sala por um motivo. Depois da maneira como falei com Juan, me perguntei se ele me trouxe a este local apenas para me matar. Juan Garcia era um homem que nunca perdia. Fugi antes que ele se cansasse de mim. Aos seus olhos, era o início de um jogo de gato e rato.

Eu era o rato.

E tinha sido capturada.

Olhei para as paredes que nos cercavam. Restos de sangue manchavam o material de textura áspera. Lutei para respirar. Esta sala tinha um propósito: abrigar aqueles que estavam prestes a morrer.

— Sia — Cowboy murmurou, chamando minha atenção de volta para si. — Hush vai nos tirar daqui.

Não ousei ter esperança de que esse seria o caso. Especialmente quando a porta se abriu novamente e outro homem entrou. Um homem que, eu poderia dizer imediatamente, pertencia aos mais novos associados da empresa de Juan, um homem de cabeça raspada e tatuagens nazistas adornando sua pele. Em sua mão havia uma faca. Ele entrou na sala, seus olhos focados em nós dois.

Meu coração disparou enquanto ele nos circulava antes de parar na minha frente.

— Fique longe dela — Cowboy disse. Eu nunca tinha ouvido sua voz tão áspera antes. O nazista olhou para Cowboy por cima do ombro.

— Só queria dizer olá — ele respondeu e voltou para a porta. Ela se abriu e o nazista arrastou outra pessoa para dentro. Pude ver um vestido vermelho, parecido com o meu. Mas então respirei fundo quando o rosto e o corpo da garota entraram no meu campo de visão. Um ruído de pura simpatia veio do fundo da minha garganta quando vi sua pele. Seus olhos estavam baixos, mas eu não tinha certeza se ela podia realmente ver. O nazista abandonou a garota no meio da sala, sob a única lâmpada, e foi embora.

Seu corpo estava curvado, mas então ela ergueu a cabeça. Estremeci, meu coração se partindo em dois quando vi seu rosto. Cada centímetro de sua pele parecia como as minhas costas.

Ácido, pensei imediatamente. Eles derramaram ácido em toda a sua pele. Até sua cabeça não fora poupada, todo o cabelo tinha desaparecido, a não ser por uma única mecha na parte de trás. Seu cabelo era castanho. Um de seus olhos estava cego, um tom leitoso turvo cobrindo a íris. Mas o outro parecia intacto. Olhos castanhos. Olhos gentis. Olhos de cor semelhante a...

Arfei, me recusando a acreditar que fosse verdade. Recusando a acreditar nos meus olhos. Que aquilo era...

— Sia? — A garota paralisou.

Mesmo amarradas, senti minhas mãos tremerem. Meus olhos se arregalaram enquanto a garota se arrastava em nossa direção, seus dentes rangendo com a dor que ela claramente sentia. Quando ela chegou aos meus pés, eu queria me afastar. Não podia suportar vê-la naquele estado. Como ela mal conseguia se mover, a pele por todo o corpo danificada além do reparo.

O que *ele* fez...?

— Sia — ela repetiu sem fôlego, como se tivesse acabado de consumir toda a sua energia para se deitar aos meus pés.

— Mi-Michelle? — consegui sussurrar.

Ouvi a inspiração rápida de Cowboy. Mas eu não iria afastar meu olhar dela. Eu não podia... Ela tinha sido minha amiga.

Se minhas mãos estivessem livres, eu teria colocado a palma em sua bochecha e teria prometido que tudo ficaria bem. Mas presa, tudo o que pude fazer foi dizer:

— O que eles fizeram com você?

Michelle fungou. Lutei ao ver a lágrima que caiu de seu olho intacto deslizar por sua bochecha marcada.

— Uma e outra vez... — ela disse. Ela olhou para Cowboy e se afastou, se arrastando para perto dos meus pés.

— Ele nunca faria mal a você — assegurei a ela, mas então me senti uma idiota. Tudo o que Michelle conheceu foram homens maus. Por que ela acreditaria em qualquer promessa? Olhei para seu vestido vermelho e soube exatamente qual daqueles homens maus era o responsável por isso.

— Eu tentei escapar — ela continuou, seus lábios carnudos tremendo. Eu fiquei em silêncio. — Ele me pegou — ela ergueu os olhos para mim e depois voltou a olhar para o chão —, não muito tempo depois de você ter fugido.

Eu esperei. Esperei, com o coração na boca. Michelle inspirou fundo.

— Ele me vestiu da mesma forma com que a vestia. — Ela balançou a cabeça, evidentemente, repetindo aqueles dias em sua mente. — Mas eu não era você. Não importava o que ele fizesse comigo... tudo o que queria, ou fez, era com você.

Meu rosto empalideceu. Ele a estuprou. Juan a estuprou, porque eu não estava lá para ele foder.

— Ele começou derramando ácido nas minhas costas. Mas não lhe deu prazer. Então ele continuou. A cada mês, era outra coisa, algum outro lugar no meu corpo que ele destruía. — Fechei os olhos com força e tentei afastar o peso da culpa que estava me esmagando. — Até que não havia mais nada de mim para destruir.

Michelle inspirou, estremecendo. Ela estendeu a mão e eu chorei quando seus dedos ásperos seguraram minhas mãos e as apertaram.

— Pensei que nunca mais veria você de novo — ela disse, com a voz rouca, olhando para mim. — Eu quero ir para casa, Sia. Tudo dói demais. — Apertei seus dedos, tentando não usar muita força para não causar mais dor.

— Eu vou levar você para casa — prometi. Ela levantou lentamente a cabeça e tentou sorrir. O olhar de desespero em seu rosto foi a coisa mais triste que já vi. — Prometo — disse eu, com mais convicção, tentando ajudá-la. Para dar esperança a ela.

Michelle fechou os olhos.

— Quero ver campos verdes. Há muito deserto aqui. Muita escuridão.

Ergui o olhar e deparei com o de Cowboy. Seu rosto parecia uma pedra enquanto ouvia Michelle relembrar sua casa.

— Michelle? — ele a chamou, e Michelle virou a cabeça para encará-lo. Cowboy olhou para a porta. — Eu tenho uma faca na minha bota — sussurrou, mal desviando o olhar da porta para ver o que quer, e quem fosse, que viria em seguida. Ele balançou um dos pés.

Michelle olhou para mim.

— Você pode confiar nele — eu disse. — Ele está comigo.

Michelle se arrastou pela sala e parou aos pés de Cowboy.

— Na minha meia.

Michelle estendeu a mão, o tempo todo lançando olhares cautelosos para mim. Assenti, tentando encorajá-la. Ela tirou a faca e suspirei de alívio, assim como Cowboy. Ele moveu as mãos atrás da cadeira.

— Corte as cordas — ele instruiu, ainda olhando para a porta.

Mas Michelle começou a recuar.

— Michelle? — chamei enquanto ela olhava para mim. Suas mãos e lábios tremiam. — Michelle? — insisti, ouvindo o pânico em minha voz.

Lágrima após lágrima se derramou do olho de Michelle... então ela olhou para Cowboy e sussurrou:

— Obrigada...

Meu coração parou de bater com o tom fatalista dessa última palavra. Abri a boca para dizer algo, qualquer coisa para tentar tirá-la de seu desespero, mas fui vencida por dois golpes rápidos da faca afiada em seus pulsos.

— NÃO! — gritei, a rouquidão da minha voz fazendo com que minhas palavras se desvanecessem em nada.

Michelle largou a faca no chão, o metal tilintando no concreto. Suas pernas muito finas cederam e ela cambaleou de volta para a parede. O sangue pingou no chão ao seu redor. Ela desabou na parede, um sorriso brincando em seus lábios.

— Michelle — sussurrei, quando a concha que continha minha melhor amiga encontrou meus olhos, nunca desviando o olhar do meu enquanto a luz desvanecia até se tornar nada.

O cheiro metálico de sangue tomou conta do ar. Fiquei olhando para Michelle no chão, os olhos abertos, mas desfocados. Uma dor absurda tomou conta do meu corpo. E então eu gritei. E gritei alto. Berrei e esbravejei contra o filho da puta que foi capaz de fazer isso com outro ser humano.

Eu o odiava. Odiava Juan Garcia com todo o meu ser. Odiava tudo o que ele defendia e tudo o que fez.

A porta da sala se abriu e o nazista entrou. A raiva substituiu a tristeza que eu estava sentindo. Minhas mãos tremeram na cadeira.

— Onde *ele* está? — rosnei.

Os olhos do nazista se arregalaram ao ver Michelle.

— Você ferrou com tudo — ele resmungou. — O chefe tinha planos para ela. — O pulso em minha garganta latejava. Ele encolheu os ombros e olhou para Cowboy. — Você dá para o gasto.

Congelei e virei a cabeça para Cowboy. Sua mandíbula estava cerrada. Senti o sangue drenar do meu rosto. Ele iria matá-lo. Juan ia matar Cowboy lentamente na minha frente. Exatamente como ele faria com Michelle antes de ela tirar sua própria vida.

— Não toque nele — rosnei quando o nazista se aproximou do Cowboy. Ele estava com a faca na mão novamente.

— Ah, eu vou tocá-lo. — O nazista parou na frente dele. — Fiquei desapontado quando descobri que só pegaram você. — Ele girou a faca em sua mão. — Me disseram que você estava com o mestiço de merda. — Meu sangue se transformou em gelo. As mãos amarradas de Cowboy cerraram em punhos às suas costas. O nazista percebeu. Ele olhou para mim, depois para Cowboy e perguntou a ele: — Você é bicha, além de amante de negros?

O fogo incendiou os olhos azuis de Cowboy.

— Sim — ele respondeu, desafiadoramente. — Amo chupar um pau tanto quanto amo lamber uma boceta.

Os lábios do nazista se curvaram em desgosto.

— Como se ser bicha não fosse ruim o bastante, você escolheu chupar um pau preto.

Cowboy sorriu, um sorriso realmente largo, sangue derramando de suas feridas e escorrendo pelo queixo.

— Tentei brancos. — O nazista congelou. — Eles não eram grandes o suficiente para encher minha boca como eu queria.

— Cowboy — sussurrei, implorando para ele não provocar esse idiota.

O nazista se abaixou e estendeu a faca.

— Você gosta de foder a raça mais fraca e corrompida... então vamos deixar que todos saibam disso.

Meu coração estava na boca quando o nazista se moveu para trás do Cowboy e cortou seu colete, então sua camisa, expondo seu peito. O nazista empurrou a cabeça de Cowboy para a frente e levou a faca até o topo de sua coluna.

— Não! — gritei, pensando que ele iria esfaqueá-lo. Em vez disso, o filho da puta sádico começou a esculpir. — Se afaste dele! — esbravejei ao ver os olhos agonizantes de Cowboy e os dentes cerrados quando a faca foi enfiada em sua pele. As mãos do nazista, suas tatuagens "SS" e "88", estavam manchadas com sangue de Cowboy.

Ele estremeceu quando a dor claramente se tornou muito forte. O nazista recuou, admirando seu trabalho.

— Isso vai mandar uma mensagem para o seu clube de que ninguém fode com a gente. — Deu de ombros. — Seu corpo vai garantir isso. —

Ele deu um sorriso torto e frio. — Este "23/2" gravado em suas costas mostra que você ama negros. — Balançou a cabeça e cuspiu no ferimento. — As raças não deveriam se misturar. O sangue branco é enfraquecido pelos vira-latas.

Cowboy ia falar alguma coisa, mas eu não queria que esse filho da puta o machucasse mais, então interrompi:

— Então é melhor você me marcar também.

O nazista olhou para mim e eu levantei meu queixo.

— Sia — Cowboy avisou.

— Estou apaixonada por um homem mestiço. — Eu poderia dizer pelo rosto de Cowboy que ele estava puto com o que eu tinha acabado de fazer. Mas eu o encarei. — Eu também estou apaixonada por você.

— *Cher* — ele falou, com uma voz rouca.

Olhei para o nazista.

— Se você marcá-lo com o que quer que esse número signifique, então é melhor você fazer o mesmo comigo.

O nazista veio na minha direção.

— Eu tenho ordens para colocar a marca de Garcia em você. — A rosa negra. O nazista encolheu os ombros. — Posso fazer os dois.

Ele se moveu às minhas costas e empurrou minha cabeça para baixo. Mordi a língua, sentindo o gosto do sangue na boca, quando o primeiro corte foi feito. Sustentei o olhar furioso de Cowboy enquanto a dor quase me fazia vomitar. E imaginei o rosto de Hush. Como a solidão que viveu dentro dele por tanto tempo se dissipou quando ele estava conosco. O lugar onde ele pertencia. Conosco. Sua casa.

— Vinte e três — o nazista falou, quando meu corpo começou a tremer, a adrenalina tomando conta de mim. — É o número alfabético para "W", que significa branco[13]. Dois é o número alfabético para...

— B — gritei, enquanto uma respiração reprimida escapava pelos meus lábios.

— É para preto[14] — ele terminou. — "23/2", para quem se mistura com a raça inferior. Misturar sangue e criar aberrações que nunca deveriam existir.

Pensei em Hush e em como ele não era uma aberração. Como ele não era uma abominação ou um vira-lata ou um mestiço. Em vez disso, ele era perfeito. Um dos homens mais honrados que já conheci, mas destruído

---

13 Branco (português) – White (inglês).
14 Preto (português) – Black (inglês).

por idiotas como esse nazista. Danificado, com tão pouca autoestima que minha alma chorou por tudo pelo que ele passou... o ódio diário que ele suportava por apenas existir.

O nazista se afastou de mim, me dando um descanso diante da dor extrema da lâmina. Arfei, tentando respirar, meu corpo imediatamente drenado de energia. O nazista foi até a porta e saiu. Minha cabeça estava baixa, mas quando olhei para o chão, vi Michelle – ou a garota que costumava ser Michelle – deitada sem vida. Levantei meu olhar para ver Cowboy, machucado e arrebentado, o rosto pálido, mas seu queixo ainda erguido. Desafiador até o fim.

— *Cher* — ele murmurou. — Eu sinto muito.

A agonia de me ver sendo ferida era evidente em sua voz rouca. Encarei esse homem, a metade da dupla que entrou em minha vida, transformando minhas noites constantes em apenas doces dias de verão. E senti a força que tentei tanto transmitir escapar como água entre os dedos.

Porque este homem, este *cajun* tranquilo com a boca inteligente e uma piscada atrevida, seria tirado de mim. Roubado de sua vida por causa de um homem que conheci quando tinha dezessete anos. Um homem que não suportava perder e faria qualquer coisa para ganhar.

— *Eu* sinto muito. — Olhei para a porta, me perguntando quanto tempo eu tinha antes que o nazista ou o próprio Garcia voltassem para matar Cowboy e, com isso, rasgar metade do meu coração.

— *Cher...* — Cowboy começou. Sua voz era forte e corajosa, mas vi seus olhos brilharem. Ouvi sua respiração presa quando ele decifrou minha expressão.

— Eu amo você — sussurrei. E sorri, as lágrimas com gosto amargo banhando minha língua enquanto escorriam pelo meu rosto. Foi surpreendente a rapidez com que meu coração reivindicou o dele e o de Hush. Como se estivesse procurando por eles, vasculhando os poucos que conheci, adormecida, até que fui despertada por um *cajun* de fala mansa com um Stetson na cabeça e uma alma danificada com olhos azuis cristalinos. — Eu... Eu só quero que você saiba — eu disse, suavemente — que... eu amo você. — Sorri, sentindo falta do outro terço que completava nosso triângulo peculiar. — E Hush — acrescentei, as palavras presas na minha garganta.

Cowboy baixou a cabeça e, em seguida, erguendo-a, disse:

— *Je t'aime, cher*[15]. — Ele pigarreou. — E sei que Valan também. —

---

15 Je t'aime, cher (francês) – Eu amo você, querida.

Seus olhos congelaram com algo que parecia uma determinação de aço.
— Se apegue ao fato de que ele está lá fora. Que ele a ama tanto quanto eu. Se você perder a fé, se... — O olhar de Cowboy encontrou Michelle. Suas narinas se alargaram e seus olhos se fecharam por uma fração de segundo. — Não importa o que ele faça com você. Aguente firme.

A porta se abriu e o nazista voltou, com uma luz em seus olhos que não estava lá antes. Ele caminhou propositalmente para Cowboy. Prendi a respiração, me preparando para a onda de devastação que eu tinha certeza que estava prestes a vir. Mas eu não sabia como suportaria aquilo. Como diabos você se prepara para que seu coração seja arrancado de seu peito e despedaçado em um milhão de pedaços?

Cowboy endireitou as costas, as mãos e os pés tensos em suas amarras enquanto o nazista parava diante dele. Eu queria chorar pela dignidade que uma pessoa conseguia reunir ao enfrentar a morte certa. Cowboy olhou diretamente nos olhos de seu assassino. Minha visão turvou enquanto as lágrimas que eu nunca tinha derramado antes afogaram meus olhos. Meu coração bateu em um ritmo desenfreado e não melódico em meu peito. O tempo parou. A faca foi levantada no ar. Arfei, tentando respirar, sabendo que cada respiração depois que a facada fosse desferida, seria difícil e pesada para meus pulmões. Então, assim que parei, esperando que minha alma fosse dividida em duas, uma grande figura correu à minha frente e cravou uma faca no pescoço do nazista.

Mas que diabos?

O homem, todo vestido de preto, com longo cabelo negro e solto pelas costas, se virou e sorriu. Arfei, os olhos arregalados, imaginando o que estava acontecendo, e então uma voz soou ao longe, me levando ao paraíso:

— *Älskling*.

— Hush — sussurrei em descrença.

Hush correu pela sala, se apressou para mim e colocou as mãos no meu rosto. Ele observou meus olhos, seu olhar azul quente como o sol. Minhas mãos estavam subitamente livres, assim como meus tornozelos. Minhas mãos entorpecidas encontraram o caminho para as bochechas de Hush, sabendo exatamente a quem pertenciam. Meus dedos tremularam em seu rosto. Hush segurou meus pulsos, fechando os olhos como se estivesse fazendo uma oração silenciosa. Uma mão pousou em seu ombro. Hush inclinou a cabeça para trás, fechando os olhos pela segunda vez em poucos segundos. Hush se virou e puxou Cowboy contra o peito. Cowboy grunhiu e Hush recuou imediatamente.

Hush olhou para as mãos... suas mãos agora ensanguentadas. Ele virou Cowboy, e vi seu rosto empalidecer. Então ele olhou novamente para mim. O homem que matou o nazista estava me ajudando a me levantar. Olhei para o emblema tatuado em seu braço, puxando minha mão de volta quando vi a insígnia dos Diablos. Um lampejo de raiva passou por mim. Eles mataram minha mãe.

Mas Hush me tirou desses pensamentos quando me virou gentilmente. Eu não queria, porque sabia o efeito que aquilo teria sobre ele. Eu sabia que seria apenas mais uma facada em seu coração já machucado e sangrando.

Eu soube quando ele viu a marca. Hush respirou fundo. Quando me virei, foi como uma janela sendo fechada; seu rosto adotou a mesma máscara que ele usava quando viera pela primeira vez ao meu rancho.

— Hush. — Segurei sua mão, mas ele se virou e então parou. Ele olhou para o corpo de Michelle. Cowboy colocou a mão no ombro de Hush. O Diablo foi até o nazista para ter certeza de que estava morto. Cambaleei, meu corpo começando a entrar em choque.

— Garcia fez isso — Cowboy disse a Hush, se apoiando em seu melhor amigo.

De repente, uma mão envolveu meu pescoço e me puxou para trás.

— Um dos meus melhores trabalhos, tenho que admitir.

Hush, Cowboy e o Diablo giraram ao mesmo tempo. Uma faca pressionava o meu pescoço. O braço de Juan me envolveu com força e eu o agarrei simplesmente para ficar de pé. Eu sabia que se me movesse, se caísse, a lâmina cortaria minha garganta.

— Ah... — Juan beijou minha bochecha. — O terceiro membro de sua pequena tríade. — Os olhos de Hush estavam fixos em Juan. Garcia olhou para o Diablo. — Ora, ora, Angelo. Parece que você encontrou um novo lar.

O Diablo arqueou uma sobrancelha e sorriu.

— Parece que sim.

— Sempre nos perguntamos para onde você tinha ido. — Juan deu de ombros, todo arrogante enquanto encarava três homens que poderiam matá-lo em um piscar de olhos. Mas então, ele sabia que eles não atirariam. Eles não podiam alvejá-lo sem me acertar. — Nós ainda poderíamos fazer bom uso de um homem com suas habilidades, se você quiser voltar.

Angelo inclinou a cabeça.

— Podemos perdoá-lo por abandonar o cartel pela chacota que é a sua pequena gangue de motoqueiros. — Angelo abanou a cabeça. Hush aproveitou a oportunidade para tentar se aproximar pela esquerda. — Eu não faria isso — Juan advertiu.

Ele enfiou a lâmina na minha garganta e gritei ao sentir a dor afiada. Não ousei engolir. Hush congelou. A boca de Juan pousou na minha bochecha. Abafei um grito quando seu peito esfregou contra a minha ferida.

— Ele merecia morrer — Juan comentou sobre o nazista. — Eu sou o único que pode profanar esta pele.

Fechei os olhos, e quando os abri novamente, encarei Hush e Cowboy.

— Por favor... — Seus olhares focaram nos meus. — Vão. — Eles não se mexeram. Mas eu sabia que Garcia não tinha mais ninguém para ajudá-lo ou ele não estaria ameaçando minha vida. Eles poderiam ir embora. Eu sabia que sempre acabaria assim. — Vão — implorei.

— Não — Hush respondeu com firmeza. Cowboy balançou a cabeça. Fechei os olhos com força e senti as lágrimas atingirem a orelha de Juan que se encontrava recostada ao meu rosto.

Voltei a abrir os olhos.

— VÃO! — gritei, o esforço causando uma dor lancinante na parte superior das minhas costas, então respirei fundo através da agonia. — Por favor — sussurrei. — Salvem-se.

Hush e Cowboy mantiveram seus olhares focados em mim. Observei os dois tons de azul que tanto adorava e tive uma estranha sensação de completude. Posso até tê-los perdido, sendo lançada de volta neste inferno com Juan, mas pelo menos amei. Pelo menos senti a adoração e a gentileza que só tinha visto em filmes.

Dei um sorriso débil. Eles teriam sido perfeitos para mim. Teríamos sido perfeitos juntos.

De repente, um gorgolejo sufocado saiu da boca de Juan. Sua mão escorregou. Hush agarrou meu braço e me puxou em sua direção. Minhas pernas fraquejaram e Hush me segurou antes que eu caísse. O som de algo pesado batendo no chão ecoou pela sala. Rapidamente virei a cabeça e deparei com Juan no piso agora ensanguentado, com a garganta cortada. Então levantei o olhar e...

— Oi, maninha.

— Ky — arfei, surpresa, assim que Styx e Tanner entraram na sala.

Styx tinha sua faca alemã na mão, sangue nos braços e bochechas. Ele me lançou um sorriso de leve, seus ombros largos relaxando um pouco quando focou os olhos em mim.

— Nós temos que ir — Angelo informou. — Temos cerca de trinta minutos antes que os caminhões voltem e acabemos tão fodidos quanto as cadelas que eles roubam para vender.

Hush me pegou no colo. Ky se moveu ao meu lado, seus olhos em chamas enquanto olhava para minhas costas.

— Sia. — Ele passou a mão pelo meu braço. Uma dor agonizante atravessou seu semblante e eu quase chorei. Mas então Hush estava me levando pelos corredores vazios. Angelo nos conduziu por uma porta dos fundos, para outro prédio. Ficamos nas sombras. A cada passo que Hush dava, eu cerrava os dentes contra a dor que os movimentos bruscos enviavam às minhas costas. Olhei para trás; Styx estava apoiando Cowboy, seu rosto espancado se tornando cada vez mais repleto de hematomas.

Tínhamos acabado de virar um corredor quando nos deparamos com um homem na porta de saída. Encarei a porta, sabendo que era nossa esperança para a liberdade. Então olhei para o homem que sacou a arma, seu rosto surpreso. Suas tatuagens eram compostas pelos mesmos símbolos que o nazista que esculpiu nossas costas possuía. Hush ficou tenso e me segurou mais perto.

De repente, Tanner deu um passo à frente. Os olhos do homem se arregalaram.

— Tanner Ayers? — perguntou ele, em choque, e então seus olhos se estreitaram. Ele ergueu a arma mais alto. — Fomos informados de que você desertou da causa para se juntar a essa porra de gangue impura. — Ele abriu a boca novamente, mas Tanner sacou uma arma de seu colete e enviou uma bala direto na cabeça do nazista. Seu cadáver desabou no chão.

— Aí, sim — Angelo falou e nos guiou rapidamente pela porta. Corremos para uma van que estava à nossa espera. Enquanto entrávamos, Angelo parou e disse: — Só um minuto. — Ele se afastou, deixando as portas da van abertas.

Pulei quando uma explosão repentina de calor atingiu a van. A luz cegou meus olhos, me fazendo estremecer. Batidas altas e estalos ensurdecedores pareciam ecoar ao redor da van como se fôssemos pegos no meio de um fogo cruzado.

— Que porra é essa? — Ky rosnou, se apressando para a porta. Os prédios que abrigavam as garotas estavam em chamas. Assisti as chamas subirem cada vez mais alto enquanto devoravam as estruturas esquecidas. A adrenalina tomou conta do meu corpo e tentei sair do veículo.

— Michelle! — gritei, freneticamente, minha voz muito baixa para ser ouvida do lado de fora. — Ela ainda está lá dentro! — Alguém me segurou. — Me solte! — gritei, a adrenalina correndo em minhas veias. — Michelle! Eu preciso ir buscar a Michelle! — Mas os braços não me soltaram. Esperneei e me debati, tentando me libertar. Olhei para trás para ver o rosto de pedra de Ky. — Ky! Me solta, porra! — Virei a cabeça e observei o incêndio. — Não! — Chorei. O lugar havia se transformado em um inferno. Não havia nada intocado. Tudo queimava até o chão.

Desabei nos braços de Ky, não sentindo mais as pernas, toda a minha força roubada pelo fogo diante de mim. O calor dos prédios aumentou até que meu rosto começou a suar. Eu nem percebi que Ky tinha me afastado das portas, colocando minhas costas contra a parede da van, até que Cowboy colocou uma mão gentil em meu braço. Olhei para ele, cansada e entorpecida.

— Ela queria ir para casa — implorei, a voz embargada. — Para os campos verdes do Texas. — Engoli em seco. — Os pais dela merecem tê-la de volta...

O olhar de Cowboy se encheu de simpatia, a luz do fogo lá fora refletida em seus olhos azuis.

— Não como ela estava — ele disse, baixinho. — Eles não conseguiriam lidar com o que ela passou. Avisaremos a eles, mas pouparemos a verdade. Ninguém poderia lidar com a verdade ao saber pelo que a filha havia passado.

Segurei a mão de Hush com força. Cowboy acariciou meu rosto com o polegar. Eu podia sentir Ky nos observando. Mas eu não tinha energia para gastar com ele agora. Eu caí contra Hush, deixando-o me embalar em seus braços quentes. Cowboy se inclinou para Hush, o resto de sua energia parecendo escoar.

Angelo, ou Shadow, como Ky o chamava, se aproximou. Ele estava ligeiramente sem fôlego. Seu sorriso deixou seu rosto ainda mais bonito.

— Não suportava este lugar quando trabalhei aqui. Tenho sonhado em tacar fogo desde que fui embora.

A porta se fechou, nos mergulhando na escuridão. AK abriu a trava entre a cabine e a traseira da van.

— Quantos? — Tanner perguntou.

— Quinze — AK respondeu.

Tanner assentiu com a cabeça e, em seguida, baixou os olhos para um *tablet*.

— A estrada está livre. Os irmãos estão todos de guarda e nos esperando — ele suspirou. — Uma hora até estarmos fora daqui.

Olhei para Hush para vê-lo observando Tanner como um falcão. Mas quando a van começou a se mover, cedi ao sono que me reivindicava.

Enviei uma oração a Hades para dar as boas-vindas de braços aberto a Michelle na vida após a morte. Seu belo rosto mais uma vez intacto, com um largo sorriso nos lábios enquanto ela dançava pelos Campos Elísios.

Mas Juan... aquele filho da puta poderia queimar no Tártaro.

CAPÍTULO 12

HUSH

Atravessamos a porta do nosso apartamento. Eu deveria ter dado um grande suspiro de alívio, mas em vez disso, o entorpecimento que me possuía desde o México permaneceu firme. Na verdade, estava ficando mais forte, seu peso começando a me fazer ceder.

Ficamos na sede dos Diablos por três dias. Os médicos suturaram os ferimentos de Sia e Cowboy. Mas a marca deles, a que reconheci em um instante, ainda podia ser vista.

23/2... A marca da Klan para pessoas que faziam parte de um casal interracial. Eu sabia disso, porque três dias depois de me mudar para a cidade quando adolescente, ela havia sido pichada em nossa casa. Branco e preto. Inaceitável. Proibido. Errado. Pior, aos olhos deles... passível de punição com a morte.

A mão de Sia pousou nas minhas costas. Ela estava melhor – ainda pálida e com dor, mas a intravenosa e os comprimidos que o médico dos Diablos lhe dera, ajudaram. Cowboy também. Levantei a cabeça e o flagrei me observando. Avaliei os hematomas e cortes em seu corpo. Ele levou uma surra porque pensaram que ele também estava comigo. Algo que ele nunca negou, é claro, apenas para irritar as pessoas.

Suspirei e peguei um copo de água. Tínhamos saído há um tempo, dirigindo em silêncio. Sia estava estranhamente quieta, sem dúvida pensando em Michelle. Cowboy, sempre conversador, também ficou calado. Fiquei

TRÍADE SOMBRIA

imaginando se quando olhavam para mim... era porque estavam colocando a culpa em meus ombros.

Porque eu deveria ter estado com eles. Se não tivesse tido a convulsão, estaria com eles. Eu teria ajudado a defender o rancho. Talvez se tivesse estado lá, nada disso teria acontecido. Sia não podia nem pensar em voltar para seu rancho; pesadelos demais a aguardavam: Clara, seus cavalos... tudo o que ela tinha construído havia sido destruído.

Ela se sentou ao lado de Cowboy no sofá. Ele colocou um braço em volta dela e a puxou para perto. Eu vi os dois prenderem a respiração quando sentiram a dor agonizante em suas marcas, e então eles se recostaram. Observá-los fez algo estranho comigo por dentro. Ambos loiros, de olhos azuis... os dois combinavam de todas as maneiras que eu não combinava.

— Vou tomar um banho — anunciei e entrei no banheiro. Ainda era de tarde, mas eu precisava me afastar. Liguei o chuveiro e fiquei encarando meu reflexo no espelho. Levantei o braço e passei os dedos pela minha pele. Pele que causou tanto sofrimento na minha vida. Encarei meus olhos azuis, um legado de minha mãe. Os olhos que gritavam para as pessoas que eu não era um, nem outro. Nem preto ou branco, mas ambos.

"Nunca vi ninguém tão bonito quanto você, gullunge", minha mãe dizia quando eu era criança e beijava cada olho. *"O melhor de nós dois"*.

Quando era uma criança ingênua, acreditei nela. Então, a cada ano, enquanto eu era machucado cada vez mais por tiros certeiros disfarçados de palavras, punhais disfarçados de punhos, o elogio lentamente perdeu seu brilho.

E quando a casa que eu tanto amava foi incinerada diante dos meus olhos, levando meus heróis com ela para as chamas, percebi que era tudo besteira.

Mesmo este clube não poderia me dar a aceitação que prometeu. Quando nosso ex-*prez* em Nova Orleans morreu de um ataque cardíaco repentino, o *VP* assumiu. O *VP* que foi o único irmão a votar contra a minha entrada no clube. Não Cowboy, apenas eu. E desde o minuto em que ele recebeu o *martelo*, eu me tornei um alvo. Sempre enviado para as piores corridas. O alvo de todas as piadas e, finalmente, a porra da mentira de que eu tinha roubado do clube.

"É bem da sua espécie fazer algo assim", Titus acusou. *"Nenhum irmão branco teria traído seu irmão dessa forma"*.

Nós nos tornamos nômades antes que a situação pudesse terminar na *church*. O idiota concordou na mesma hora. Qualquer coisa para fazer o vira-lata dar o fora do seu clube e uma desculpa para onde o dinheiro tinha ido. Aposto que aquele filho da puta disse a eles que minha decisão de me tornar nômade era admissão de culpa.

Cowboy, como sempre, disse a qualquer irmão que conhecemos na estrada que saímos por causa dele. Isso era típico dele. Cuidar de mim, toda a porra de tempo. Ele me seguiu por todos os estados até chegarmos a Austin.

Titus recusou qualquer perspectiva de tentar se juntar à filial de Nova Orleans, que tinha irmãos de todas as cores. Em vez de enfrentar o filho da puta racista, eu acabei por sair do clube. Pensei que poderia me livrar disso, mas assim como tudo o mais, essa merda sempre voltava para me assombrar.

Parecia que eu não pertencia a lugar algum no mundo.

Tirei a roupa e, nu, encarei as tatuagens que cobriam a pele que eu gostaria de nunca ter nascido. Eu não pertencia a ninguém. Não tinha família, a não ser pelo Cowboy.

Eu não era negro o suficiente.

Eu não era branco o suficiente.

Nunca o suficiente.

Toquei a cicatriz que levaria para sempre. O "N" foi marcado em mim aos dezesseis anos. Eu tinha vinte e seis agora e as pessoas ainda não tinham mudado.

E eu estava cansado. Tão cansado de lutar contra essa merda.

Passei os dedos pelo meu braço novamente, arranhando ao longo da pele. Cravando mais e mais na carne até que o sangue começou a brotar dos arranhões. Arfei, querendo me livrar de quem eu era. Mudar para outra coisa. Alguém que não era uma praga para todos que se aproximavam.

Minha mãe, listei em minha mente. *Meu pai... Aubin... Sia.*

Os nomes se repetiam na minha cabeça. Circulando, rondando como tubarões. Mordendo a porra da minha alma, até que tudo o que restou foi o cadáver sangrento da pessoa que eu poderia ter sido, se as coisas tivessem sido diferentes. Se *eu* fosse diferente. Se as pessoas não tivessem me deixado de lado. Se não tivessem me afastado. Se não tivessem me machucado tanto até que não houvesse mais nada de mim.

Nada.

Uma palavra que me resumia.

Meus pés me levaram ao chuveiro. Abaixei a cabeça, deixando o jato escaldante golpear meu corpo, minhas mãos pressionadas contra a parede.

Girei a torneira até atingir a temperatura máxima. Cerrei os punhos enquanto a água atingia a pele como um milhão de agulhas.

Imaginei meus pais em minha mente. Eu os vi na janela do sótão. Vi a mão da minha mãe na vidraça. Abri os olhos e encarei a minha própria na parede. O calor aumentou, o vapor me roubou o fôlego. Eu me perguntei o que eles sentiram naquele momento... me perguntei o que viram quando olharam para mim, de pé na grama, observando o fogo subir cada vez mais alto, lambendo seus pés.

E me perguntei o que teria acontecido antes de eu chegar lá. Eu nunca soube como aquilo aconteceu. Nunca soube se eles viram seus assassinos, se homens com capuzes pontiagudos apareceram em nossa porta para proferir sua sentença.

Meu corpo tremia, incapaz de tolerar a temperatura. Arfei e virei o registro para esfriar. Recostei a testa ao azulejo e fechei os olhos com força.

Finalmente, me permiti fazer a pergunta que sempre esteve oculta em minha mente, mas que nunca me permiti externar. Eu me perguntei se eles achavam que valeu a pena, se *eu* valia a pena. Se eles se arrependeram do meu nascimento. Para os fanáticos que os atacavam diariamente, não era apenas o fato de terem se apaixonado e se casado. Era o fato de terem me criado.

Eu era a abominação que ofendeu tanto os homens dos supremacistas na Louisiana, que eles foram além das cruzes em chamas, invadiram as terras dos meus pais, atearam fogo na casa, com eles dentro, assassinando seu amor e qualquer felicidade que ousei me permitir esperar um dia.

Eu não tinha certeza de quanto tempo fiquei no chuveiro. Saí e me sequei, então vesti a cueca boxer antes de deixar o banheiro. As cortinas do quarto do Cowboy estavam fechadas. Ouvi o pranto antes de vê-los. Cowboy estava na cama, segurando Sia em seus braços enquanto ela chorava. Soluços torturantes saíam de sua boca. Ela estava vestida com uma camisola; Cowboy também estava de cueca. Ele me viu na porta.

— Estamos exaustos e viemos para a cama para esperar por você. Achei que poderíamos dormir. — Ele enxugou os olhos de Sia. Ela se virou para olhar para mim, os olhos vermelhos e o rosto coberto por tristeza. — Mas ela não consegue se perdoar — Cowboy explicou. Observei quando o rosto de Sia se contraiu e ela voltou a cabeça para o peito musculoso de Cowboy. Seus soluços se tornaram ainda mais altos. As famílias de Clara e Michelle foram informadas a respeito de suas mortes. Não com a verdade, é claro. Policiais foram pagos para isso, mas pelo menos as famílias receberam uma explicação. Funerais seriam realizados e os entes queridos poderiam seguir em frente.

Eu permaneci paralisado na porta. Sia ficaria muito melhor com o Cowboy. Ele sempre sabia o que dizer. Ele era bom para ela... Ele foi feito para ela. Eu percebia isso agora. Ignorei a dor no meu peito que esse pensamento causou.

Eu estava prestes a me virar e sair quando Cowboy disse:

— Val, ela precisa de nós.

A minha intenção de sair dali foi esquecida quando Sia, com a cabeça ainda enfiada no peito de Aubin, estendeu a mão para mim. Encarei seus dedos trêmulos... em minha direção.

Hipnotizado diante de sua necessidade, me encontrei caminhando em direção à cama e subindo para me deitar ao lado deles. Recostei a cabeça no travesseiro e fechei os olhos, suspirando quando Sia enlaçou meu corpo. E eu a segurei, retribuindo seu abraço.

— Não é sua culpa — eu murmurei.

Sia chorou ainda mais. Imaginei sua amiga em minha cabeça. Um vislumbre do que teria acontecido caso Sia não tivesse fugido. Minha mão se moveu sob sua camisola para pressionar contra a cicatriz, os restos da queimadura de ácido que tinha sido sua punição. Eu a segurei com tanta força que fiquei com medo de que ela não conseguisse respirar. Minha mão subiu pelas suas costas, para perto do ferimento mais recente. No entanto, me impedi de tocá-lo, cessando o movimento. A mão de Cowboy cobriu a minha. O filho da mãe estava tentando impedir que nós dois desmoronássemos. Ou talvez ele também precisasse de conforto. Aubin era tão bom em cuidar de mim, que eu não tinha certeza se realmente cuidei dele alguma vez.

Outra coisa que estraguei.

Os soluços de Sia foram se dissipando até que pensei que ela estava dormindo. Fechei os olhos, ouvindo Cowboy respirando ao meu lado. Sia se mexeu até que estava entre nós. Uma mão no meu peito, a outra no de Aubin. O centro de nós dois. O Sol para a porra da nossa Terra e Lua. Em seguida, sua mão se moveu, e no silêncio completo que recaiu sobre o quarto, ela sussurrou:

— Façam amor comigo. — Prendi a respiração. Sia não se moveu para olhar para nenhum de nós. — Vocês dois. Juntos. Apenas... me façam sentir outra coisa, menos... isso... — Sua voz vacilou na última palavra e levou meu maldito coração com ela.

Cowboy foi o primeiro a se mover. Pela primeira vez na vida, ele não falou nada. Observei meu melhor amigo se apoiar nos cotovelos, olhando para Sia com uma expressão que eu não tinha visto antes em seu rosto. Essa porra de olhar... era o que eu sabia que também demonstrava ao olhar para ela.

Sia se tornou uma parte de nós, assim como éramos um com o outro. Não houve piscadas ou sorrisos idiotas enquanto ele olhava para ela. Com o rosto machucado e cheio de cortes, ele afastou o cabelo do rosto dela e se inclinou. E a beijou. Um beijo após o outro, a mão deslizando em seu cabelo. Meu coração disparou enquanto eu observava, a mão de Sia começando a se mover no meu peito. Sempre nos conectando, nunca deixando um de fora; uma mão ou uma boca sempre assegurando ao outro que estávamos todos juntos nisso.

Incapaz de me manter longe, me virei e beijei a lateral de seu pescoço. Fechei os olhos e desci, evitando seu ferimento... evitando a zombaria que me encararia de volta. Sia arfou quando meus lábios tocaram a pele cicatrizada. Passei a mão sobre qualquer parte que meus lábios não estivessem tocando.

— Perfeita — sussurrei. Sia estremeceu quando a palavra escapou dos meus lábios.

Beijei suas costas até alcançar seu ombro. Afastando a boca de Aubin, Sia virou a cabeça para que eu tomasse seus lábios. Ela gemeu em minha boca, a pele começando a esquentar. Senti Aubin baixando as alças de sua camisola. Eu me movi enquanto ele afastava o tecido de seu corpo. A pele nua encontrou a minha. Abaixei a mão e me livrei da minha boxer.

Sia se virou em meus braços e colocou as mãos em volta do meu pescoço. Eu a beijei novamente, as pontas dos seus dedos descendo pelo meu peito, me deixando sem fôlego. Ela segurou meu pau, as mãos pequenas acariciando para cima e para baixo. Eu gemi. Senti Cowboy beijar seu pescoço e depois descer por seu corpo. Ela agarrou meu pescoço com mais força enquanto Cowboy beijava sua coluna. Baixei o olhar e vi Cowboy entre suas pernas. Eu a deitei de costas e Cowboy a abriu e a lambeu. Sia agarrou o cabelo dele enquanto exalava um suspiro.

Beijei ao longo de seu pescoço, por cima do ombro e para baixo até que minha língua pousou em seu mamilo. Provoquei e chupei, ouvindo seus arquejos. Circulei um mamilo e levei minha mão por entre suas pernas até que encontrei seu clitóris. Ela estava quente e molhada da língua de Cowboy. Circulei seu clitóris, cobrindo sua boca enquanto ela gemia alto, arqueando as costas. Eu a beijei quando Sia gozou, até que ela tremeu em meus braços.

Minha garganta estava apertada com o quanto eu queria isso, porra... com o quanto que eu precisava disso. Como estar aqui, assim, era tudo para mim. Mas que eu não poderia manter. Afastei esse pensamento da cabeça. Esse não era o momento.

Cowboy beijou suas coxas e continuou subindo. Eu me afastei de sua boca e desci até que me encontrei entre suas pernas. Sentando em meus calcanhares, eu a abri e deslizei meu polegar sobre seu clitóris. Gemi e me inclinei, lambendo sua boceta. Meus olhos se fecharam enquanto Sia resistia sob mim. Girei o dedo sobre seu feixe de nervos, e, em seguida, o enfiei dentro dela. Ainda sensível pelo clímax anterior, Sia gozou novamente em minutos. Ela ofegou, acariciando minha cabeça.

Voltei a me sentar, meu pau tão duro, implorando para estar dentro dela. Cowboy me deu uma camisinha e eu desenrolei. Subi pelo corpo de Sia, seus braços esperando por mim. Ela passou a mão pelo meu rosto e olhou para Cowboy para sussurrar:

— Vocês dois.

O desespero em seus olhos foi o que me destruiu. Ela engoliu em seco e uma lágrima de derramou de seus olhos.

— Me façam esquecer — ela exigiu e, em seguida, encontrou nossos olhares. — Façam amor comigo. — O pedido teve mais impacto do que nunca. Eu parei, observando seu rosto. Um sorriso triste surgiu em seus lábios. Ela levou meus dedos à boca e os beijou. — Eu amo você — murmurou e quebrou completamente meu coração; esqueci de como respirar. Virando-se para o Cowboy, ela disse: — Eu também amo você.

Tomei sua boca e busquei sua língua. Repetindo suas palavras uma e outra vez... mas em guerra sobre como elas me faziam sentir. Desespero e arrependimento duelaram pelo domínio. Antes que eu pudesse lutar contra os dois, Cowboy ergueu Sia em cima dele. Eu me ajoelhei atrás dela, tomando seu corpo esguio em meus braços. Beijei seu pescoço, bochecha e boca até que seus lábios estivessem inchados. Com a mão gentilmente apoiada em suas costas, eu a abaixei até que a boca de Cowboy estivesse colada à dela. Acariciei suas costas e deslizei meu dedo entre suas pernas. Passei por sua boceta molhada e, em seguida, movi meu dedo para sua bunda. Sia ficou tensa.

— Está tudo bem, *cher* — Cowboy sussurrou.

TRÍADE SOMBRIA

Cowboy enfiou a mão na gaveta e me entregou um tubo. Passei o lubrificante em minha mão e, beijando seu pescoço, comecei a abri-la com meu dedo ao mesmo tempo em que Cowboy brincava com seu clitóris. Sia gemeu, um longo suspiro escapando de sua boca. Adicionei outro dedo, me certificando de que ela poderia me tomar.

Quando ela estava pronta, olhei para o Cowboy, que se ajeitou abaixo, e observei enquanto ele penetrava sua boceta. Cowboy gemeu e Sia enfiou a cabeça na curva entre o pescoço e o ombro dele. Eu acariciei suas costas, me perguntando como diabos tive tanta sorte de vivenciar isso com ela. Antes que pudesse me permitir pensar em qualquer outra coisa fora deste momento, me movi para frente e comecei a me enfiar em sua bunda. Cerrei os dentes, fechando os olhos enquanto deslizava para dentro. Sia gemeu, a cabeça inclinando para trás. Cowboy virou a cabeça ligeiramente para o lado para que eu pudesse ver seu rosto. Era uma imagem que ficaria para sempre gravada na minha memória. Olhos fechados, boca ligeiramente aberta, bochechas vermelhas e costas arqueadas.

— *Älskling* — sussurrei, quando a enchi ao máximo. Eu e Cowboy ficamos imóveis enquanto eu inclinava a cabeça para trás e simplesmente sentia.

Sempre tive a porra de uma tempestade dentro de mim. Uma que se enfureceu, mas nunca se fixou. Sempre precisei continuar me movendo. Precisava afastar minha mente do pensamento, porque se eu pensasse, tudo se tornaria muito fodido e eu não aguentaria. Mas aqui, dentro de Sia, minhas mãos em seu corpo, a porra da tempestade se acalmou. Os ruídos que não conseguia silenciar na minha cabeça, finalmente se calaram. Tudo o que ouvi foi ela, eu e o Cowboy.

Mas eu sabia que esse silêncio não duraria.

Não poderia. Então eu me apeguei enquanto ainda tinha a chance.

Sia suspirou e eu me movi para frente, colocando meu peito às suas costas, depositando um beijo em seu pescoço.

— *Älskling* — murmurei e comecei a me mover. Comecei devagar, movendo o rosto de Sia até que pudesse beijar sua boca. Quando sua língua roçou na minha, Cowboy moveu seus quadris. Sia jogou a cabeça para trás e gemeu. Ladeei seu corpo com as mãos, apoiando-as no colchão. Cowboy segurou o rosto de Sia entre as dele, observando cada expressão que ela fazia. Seus lábios se separaram enquanto a observava, pura adoração. Eu gostaria de poder ver seu rosto também. Como se tivesse ouvido meu pensamento, ele inclinou a cabeça dela novamente até que eu pudesse ver.

Ela era linda pra caralho. Nunca vi uma cadela tão perfeita.

Abaixei a cabeça contra seu pescoço enquanto nos movíamos mais rápido. Sia alternou entre beijar a mim e ao Cowboy. Eu gemi, sentindo cada parte disso. Nós fodemos cadelas desse jeito antes, incontáveis vezes. Mas nada foi assim. Fechei os olhos, me permitindo saborear este momento, bloqueando todos os fantasmas sombrios que ameaçavam invadir minha mente.

— Hush — ela murmurou. — Cowboy. — Em seguida, me destruindo, ela sussurrou: — Valan — seguido por —, Aubin.

Cowboy gemeu tão alto quanto eu quando nossos nomes verdadeiros saíram de seus lábios. Acelerei o ritmo, sentindo a pressão começando a crescer dentro de mim. Empurrei as costas de Sia, precisando ir mais rápido ainda. Cowboy guiou Sia para cima, arqueando as costas até que ela caiu contra o meu peito. Passei um braço em volta da cintura delgada, o outro em volta do seu peito. A cabeça de Sia inclinou para trás, apoiada no meu ombro. As mãos de Cowboy estavam em seus quadris. Seus olhos estavam vidrados, e eu sabia que não demoraria muito para que ele gozasse.

Arremeti ainda mais rápido, vendo a boca de Sia se abrir. Uma mão agarrou a minha, a outra segurou a de Cowboy enquanto sua respiração se tornava irregular.

— Eu vou gozar — ela sussurrou, o rosto contorcido em tensão antes de explodir em um clímax intenso.

Cowboy grunhiu baixo e gozou também. Impulsionei-me contra ela mais algumas vezes, e então, apoiando a cabeça em seu ombro, gozei com tanta força que minha mandíbula doeu por conta da pressão com que cerrei os dentes.

Sia respirou fundo. Cowboy fez o mesmo, assim como eu. A condensação escorria das janelas. Sia se recostou para me beijar. Desta vez, um beijo suave. Fechei os olhos, sentindo tudo, memorizando seu gosto, a sensação dos seus lábios.

Então, cedo demais, ela se afastou, se inclinou e beijou Cowboy. Eu me afastei, tirei a camisinha e joguei fora. Deitei ao lado de Sia, e ela se recostou contra o meu peito. Eu a segurei, sentindo os efeitos colaterais do que acabara de acontecer se dissipando. Abaixei o olhar, observando meu braço sobre o dela. Vendo o braço de Cowboy acima de sua cintura. Meu estômago embrulhou, sabendo que eu era uma peça de quebra-cabeça que nunca caberia.

— Eu amo muito vocês dois — Sia murmurou, a voz sonolenta. Minhas narinas dilataram, e tive que me segurar para não me desfazer. Eu não poderia dizer aquilo de volta. Eu sabia o que estava por vir. Se eu dissesse essas palavras, eu nunca faria o que tinha que fazer.

— Eu também amo você, *cher* — Cowboy disse.

Fiz uma pausa, deixando as palavras não ditas se juntarem às deles. Abri a boca e sussurrei em sueco:

— *Gostaria que as coisas fossem diferentes.*

— Isso é lindo — Sia respondeu, fechando os olhos cansados. Ela não acharia lindo se me entendesse.

Senti o olhar desconfiado de Cowboy em mim.

— Você está bem? — perguntou ele.

Assenti com a cabeça e também fechei os olhos.

Quando ouvi as duas respirações se estabilizarem, com o sol do fim da tarde sendo bloqueado pelas cortinas pesadas, silenciosamente deslizei para fora da cama, fui para o meu quarto e me vesti. Abri a gaveta da mesinha de cabeceira e olhei para a velha foto lá dentro. A borda externa estava queimada. Eu a levantei, sentindo o cheiro daquela noite como se ainda estivesse de pé na grama, vendo aquele inferno ao meu redor.

Olhei para a foto e passei a mão sobre as duas pessoas retratadas.

— Isso nunca daria certo — sussurrei, e vi uma lágrima cair sobre o casal sorridente. Uma lágrima que não foi forte o suficiente para apagar o fogo. Um casal perfeito que o mundo não queria.

Guardei a foto no bolso. Meus remédios me encararam da gaveta. Eu não precisaria deles no lugar para onde estava indo. Fechei a gaveta e vesti a jaqueta de couro. Fui até o quarto do Cowboy e dei uma última olhada para o casal ali deitado. Ambos de pele clara, loiros e de olhos azuis, os dois eram perfeitos um para o outro... ambos pertenciam um ao outro, um casal que não seria assassinado por simplesmente darem as mãos.

Lutei contra o nó na garganta enquanto olhava para eles. Sia murmurou em seu sono e se virou, os braços procurando por Cowboy. Ele a trouxe para mais perto, sentindo, até mesmo durante o sono, que ela era dele. Quando ambos se viraram de frente, um ao outro, vi os entalhes idênticos em suas costas. Cada músculo do meu corpo tensionou. Preto e branco. Eles foram punidos por minha causa. Porque estavam comigo. Cicatrizes permanentes em suas peles, porque ousaram me amar. Eu sabia desde o minuto em que conheci Sia, no momento em que me apaixonei pela cadela, que isso nunca teria dado certo.

Eu fui fraco; deixei meu coração governar a cabeça. Eu não estava sendo inteligente; estava sendo egoísta. E agora isso os tinha machucado.

E poderia ter sido muito pior.

Dentro de casa, onde ninguém pudesse julgar, dávamos certo. Mas lá fora, no mundo real, não éramos aceitos. Sempre haveria filhos da puta olhando torto para nós. E seriam suas palavras que feririam, grudando como petróleo em penas, nos sufocando um por um até que não houvesse mais ar para respirarmos.

Eles pertenciam um ao outro. Era hora de libertar Aubin. Proteger Sia... e aprender a andar sozinho.

Eles não são meus.

— *Au revoir*[16] — sussurrei e fui embora.

Peguei minha moto e a levei pela estrada até que o som do motor não pudesse ser ouvido do apartamento.

Sentei-me no assento e passei a mão sobre o lugar que guardava minha foto. Quando saí para a autoestrada, deixei a moto me levar a um lugar para onde eu não ia há muito tempo. Com os olhos vidrados e as mãos trêmulas, pilotei com afinco.

Para enfrentar os demônios do meu passado.

E me juntar a eles no inferno, se essa era a maneira que tinha que ser.

---

16 Au revoir (francês) – Adeus.

CAPÍTULO 13

HUSH

As luzes de Nova Orleans passaram em um borrão. Meus dedos estavam brancos com a força com que eu agarrava o guidão. Eu mal parei, meu coração batendo forte me manteve seguindo em frente. Era incrível – aceitação. Liberando tudo de sua mente. Libertar as pessoas que você amava, para que não tivessem que carregá-lo como um fardo. O peso que carreguei por tanto tempo havia se dissipado, deixando apenas uma dormência determinada.

Sem Sia, sem Cowboy, eu não tinha mais família, ninguém próximo a mim que importasse. O clube nos suspendeu. Mesmo depois do México, eu não tinha ilusões – depois de reivindicar Sia como nossa, Ky ainda nos proibiria de levar nossa vida no clube. O que aconteceu no México não iria nos ajudar a manter nossos cargos.

A fotografia dos meus pais queimou no meu bolso. Cada merda de lembrança que eu tinha dos caipiras de uma cidade pequena veio à tona. Dos filhos da puta me batendo, me xingando, falando merda sobre os meus pais enquanto eles erguiam suas cabeças e desafiavam aquela cidade preconceituosa, caminhando de mãos dadas.

Virei em estradas secundárias até que um edifício apareceu. Tomando um caminho que eu sabia que não seria patrulhado, desliguei os faróis e segui o caminho para a sede do clube que uma vez tinha sido meu santuário.

Meus olhos perderam o foco enquanto eu caminhava pela porta e seguia pelo corredor até o bar. Já era tarde, meio da noite, mas eu conhecia esses filhos da puta. Todos eles ainda estariam aqui, bebendo e transando. Titus transformara este lugar em uma casa de fraternidade do caralho. Ox nunca teria tolerado essa merda.

Abri a porta, observando nada além de fumaça e prostitutas. Procurei nos rostos dos meus antigos irmãos, até ouvir uma risada alta e focar o olhar naquele a quem procurava.

— Hush? — Ouvi alguém dizer ao meu redor. — Hush? Que porra é essa? — Outros cuspiram enquanto eu abria caminho por entre as putas de clube que dançavam por ali, seguindo direto para o filho da puta a quem eu queria ver. Cerrei os punhos. Minha pele parecia pálida. Eu não tinha me olhado no espelho, mas sabia que estava péssimo. Eu mal dormi ou comi... e deixei meus remédios para trás.

Eu não me importava. Apenas a raiva e uma dormência viciante me controlavam agora.

Era bom permitir que vinte e seis anos de raiva alimentassem cada movimento meu. Nada planejado, apenas fazer o que diabos minha alma me disse para fazer.

Agora ela estava gritando para eu fazer isso. Para sentir isso.

Parando à mesa de Titus, não esperei que ele me visse. Arremessei meu punho na porra do seu rosto presunçoso, sentindo os nódulos dos dedos se partirem quando se chocaram contra sua mandíbula. Sua cabeça estalou para trás e ele se levantou.

Irmãos – alguns eu conhecia, outros não – me cercaram. Uma música de rock ecoava pelo local. No minuto em que Titus viu que era eu, um sorriso lento se espalhou em seus lábios. Joguei minha jaqueta no chão, meu emblema "Austin, Sede Hangmen" aparecendo no meu *cut*. Eu sabia que ele iria ver.

— De volta, traidor? — Ele cuspiu. Meu sangue, já quente, começou a ferver e semicerrei os olhos. Ele era um mentiroso de merda; eu sabia, ele também. Mas quando encontrei os olhos selvagens dos meus ex-irmãos, eu sabia que todos eles achavam que eu tinha roubado o clube bem debaixo de seus narizes.

O irmão negro. Claro que tinha que ser eu o responsável pelo dinheiro desaparecido.

Os lábios de Titus se curvaram. Ele afastou com um empurrão a vagabunda do clube que estava acariciando seu braço. Ele era um enorme filho da puta. E quando seu punho voou, batendo direto na minha bochecha,

TRÍADE SOMBRIA

deixei a dor me percorrer de cima a baixo. Deixei essa merda se estabelecer em meus ossos... e deixei tomar conta de mim.

Deixei queimar.

Foi *bom* pra caralho.

Virando a cabeça de volta para o meu antigo *prez*, sorri, sentindo o gosto do sangue, por conta do corte originado pelo seu punho. Mas eu não o ataquei. Eu não estava aqui para isso.

Estava aqui para ser abatido; para ser dilacerado. Estava aqui para esquecer quem diabos eu era.

Estava aqui para ser destruído.

Eu queria aquilo. Queria dar as boas-vindas a tudo que esse idiota pudesse dar. Queria seus punhos, seus socos, seus chutes... Eu até receberia sua faca de bom grado.

Eu ansiava por sua arma.

Outro punho de ferro veio em minha direção. Soco após soco, até que não pude mais sentir meu rosto. Até meus olhos ficarem turvos de suor, ou sangue, ou ambos. E o tempo todo mantive o sorriso nos lábios. Sem dizer merda alguma, enquanto o rosto de Titus ficava cada vez mais vermelho. O idiota devia estar de pau duro por detonar o mestiço que ele expulsou do seu clube com mentiras e insultos racistas.

Outro golpe fez minhas pernas cederem e me jogou no chão, mas não protegi as costelas com os braços. Em vez disso, deitei no chão, exposto e esperando. O bar ficou em silêncio quando as botas com biqueira de aço de Titus chutaram minhas costelas. Fui coberto por socos e chutes.

— Hush! — Uma voz distante chamou. Fechei os olhos, encorajando o sangue que estava sendo derramado a cair para o chão. Meus olhos reviraram. Meu corpo ficou tão dormente que eu nem sabia mais qual parte minha estava sendo espancada.

Mas senti duas mãos agarrarem os ombros do meu *cut* e me arrastarem para fora dali. Desta vez, eu lutei. Não queria ser salvo, porra. Eu queria *sentir*. Sentir fisicamente tudo o que me assombrou nos últimos nove anos.

— Não! — tentei protestar, engasgando com o sangue que escorria pela minha garganta.

O som do bar se transformou em um zumbido distante. Alguém me levantou e me colocou em uma caminhonete. Minha consciência ia e voltava enquanto dirigíamos para algum lugar. Eu queria voltar. Queria deixar Titus terminar o que começou.

O carro parou. De repente, eu estava em um sofá. Meus olhos tentaram abrir quando a água salpicou meu rosto.

— Mas que porra, Hush?! — uma voz rosnou. — Que porra você estava pensando? Por que voltou? Quer morrer, irmão?

Meus olhos se fecharam novamente. Rezei para que Titus tivesse alcançado o que eu havia barganhado com Hades – que eu nunca acordasse.

O cheiro de café atingiu meu nariz primeiro. Tentei respirar, mas uma pontada de dor martelou minha cabeça, como um pé de cabra arranhando meu crânio. Abri as pálpebras, uma de cada vez. A luz forte da janela feriu meus olhos e me fez gemer quando tentei me mover, com a mão sobre as costelas.

Senti o gosto de sangue na boca e olhei ao redor da sala.

— Ótimo. Você está acordado — uma voz disse, um forte sotaque de Louisiana entrelaçando as palavras.

Um rosto que eu não via há muito tempo apareceu: cabelo preto bagunçado, pele bronzeada e olhos castanhos. Olhos que, para muitos, eram a última coisa que eles viam – os olhos que entregavam a morte.

— Crow — murmurei, vendo meu antigo *VP*, e o que parecia ser um galão de sangue. Ele empurrou algumas toalhas de papel em minhas mãos. Limpei a boca e o Crow me ajudou a sentar direito. — Porra — rosnei, respirando por entre os dentes cerrados.

— Sim, idiota. Isso é o que acontece quando você começa uma briga com um filho da puta como o *prez* e depois fica parado e o deixa acabar com você.

A decepção tomou conta de mim. Eu ainda estava aqui.

Eu não queria estar aqui.

— Vou perguntar de novo. — Ele me entregou um uísque. Eu geralmente não bebia muito por causa da epilepsia. Agora, eu não dava a mínima. Bebi o uísque com um gole só e ergui o copo para pedir outra dose.

— Você quer morrer, irmão? — Crow questionou, enchendo o copo. Ele suspirou e balançou a cabeça, tomando um gole direto da garrafa. — Não tenho ideia do que diabos você estava pensando. O idiota odeia você. Disse que te mataria se você voltasse.

— Eu estava esperando por isso.

Crow pegou meu copo de volta e me passou um de água.

— Sim, bem, este "bom samaritano" aqui o salvou de ser surrado até a morte antes que você acabasse como carne moída no chão do clube. — Ele fez uma pausa enquanto eu bebia a água. — Onde está o Cowboy?

— Texas.

Ele franziu a testa.

— Ele ficou para trás enquanto você decidiu voltar e ter uma reunião no estilo Manson? — Balançou a cabeça. — Não acredito nisso nem por um segundo. Ele não sabe que você está aqui, não é?

Cerrei a mandíbula, colocando o copo vazio na mesa antes que quebrasse o vidro com as mãos.

— Ele está melhor sem mim. — Olhei ao redor da casa de Crow. Eu não reconheci nada. — Você se mudou?

Crow passou as mãos pelo cabelo. Em seu bíceps, a enorme tatuagem de um corvo com olhos vermelhos ondulava a cada movimento de seu braço, parecendo estar levantando voo.

— Consegui um lugar que ninguém sabe onde fica.

Tentei franzir o cenho, mas meu rosto machucado não permitiu.

— Okay — murmurei. Eu realmente não me importava.

Crow se levantou abruptamente. Minha mente vagou para Austin. Cowboy e Sia já deveriam ter notado que eu tinha ido embora. Meu peito estava apertado; era a primeira coisa que sentia em horas. Afastei aquilo rapidamente da cabeça. Apaguei seus rostos para que eu não precisasse pensar.

Eu estava cansado de *pensar*.

— Quando toda aquela merda aconteceu com você e Titus, aquilo simplesmente não me cheirou bem. — Encarei o copo vazio, deixando as palavras de Crow penetrarem em meus ouvidos. — Comecei a examinar o seu histórico. — Fiquei tenso, meus olhos encontrando os dele. O irmão olhou para mim e ouvi o sangue correndo pelas veias, ressonando em meus ouvidos. — Eu só estava no clube há dois anos, antes de você e Cowboy chegarem. Você sabe que sempre fomos unidos. Mas, na verdade, eu não sabia nada sobre você, já que nunca mencionou seu passado. Porra, você quase nunca falava. — Ele se sentou na beirada da mesa.

Ele tirou os dados que mantinha no bolso e os girou na palma da mão. Crow era famoso por jogar os dados. Aquilo o ajudava a decidir se deixava viver ou morrer quem quer que ele pretendia matar. *"A escolha de Hades"*, ele murmurava, pouco antes de arrancar seus olhos com sua faca de caça, ou qualquer outro castigo fodido que havia planejado em sua cabeça doentia.

— Quando Titus te acusou do roubo, eu soube pela sua reação que não era você. — Uma pequena parte da parede que construí ao meu redor desmoronou quando essas palavras deixaram sua boca. — Comecei a ficar de olho no dinheiro que recebíamos das vendas de armas. — Ele me entregou a garrafa de uísque e alguns comprimidos. — Pegue. Eles vão aliviar a dor das suas costelas.

Não hesitei e tomei mais do uísque, minha cabeça começando a sentir um zumbido bom pra caralho.

— Tínhamos menos dinheiro do que deveríamos. Você não estava mais no clube há um tempo e eu confiava em todos os outros filhos da puta da filial. Sobrava apenas uma pessoa.

— Titus — eu disse.

— Titus — Crow concordou. — Consegui este lugar depois que vi que isso continuava acontecendo a cada maldita corrida. Eu precisava de um lugar desconhecido. Um lugar onde pudesse juntar uma tonelada de evidências sobre ele, para levar tudo até Styx. — Ele puxou o cabelo e rosnou alto. — Eu sei que é ele, mas não consigo encontrar as provas. E se eu começar a fazer perguntas, ele vai começar a farejar. Se descobrir que estou atrás dele, vai encontrar uma maneira de se livrar de mim, como fez com você.

Eu concordei. Ele faria isso. Era assim que Titus trabalhava. Crow foi até um gaveteiro e voltou com uma pasta; seus fodidos olhos escuros fixos em mim. Seu semblante demonstrou algo perto de simpatia. Então meu maldito coração morto começou a martelar em algum tipo de batida irregular no peito, quando ele disse:

— Eu não sou um *hacker*, mas conheço algumas pessoas que podem conseguir algumas coisas para mim.

Eu não estava respirando. Era como se, de alguma forma, eu soubesse que qualquer merda que ele ia dizer seria algo que mudaria a porra da minha vida para sempre.

— Quando eu estava pesquisando sobre o seu passado... — Ele jogou a pasta na minha frente. Olhei para ela como se fosse uma bomba atômica do caralho. Sua voz ficou mais baixa. Mais rouca... compassiva. — Eu não sabia sobre seus pais.

Cada célula do meu corpo congelou. Crow cruzou os braços sobre o peito. Ele apontou para os meus olhos.

— Presumi pelos seus olhos que você tinha um pouco de branco. Você é muito claro para ser totalmente negro. — Ele passou a mão pelo rosto. — Eu queria levar isso para você, mas não sabia onde você tinha se enfiado até recentemente. Você está aqui agora, então pensei que iria querer saber.

Minha boca ficou seca enquanto a pasta me encarava da mesa.

— Se serve de alguma ajuda — Crow comentou —, também não tenho o melhor histórico. — Eu o encarei inexpressivamente e ele encolheu os ombros. — Do meu ponto de vista, nenhum de nós nesta vida tem. Você está no Hangmen por um dos três motivos: um, você é filho de um irmão, já nascido com um *cut*. Dois, como nós, algo realmente fodido trouxe você aqui. E três... — Ele riu e passou a mão pela tatuagem de corvo. — Você é apenas um psicopata que adora matar e foder uma puta diferente todas as noites. — Ele sorriu. — Ou, como eu, suponho que você possa ser uma mistura confusa das duas últimas alternativas.

Ele apontou para uma porta fechada.

— Eu vou dormir um pouco. Fiquei vigiando você a noite toda, caso decidisse pegar uma carona para o rio Styx mais cedo. Decidi que não queria ter que lidar com isso. Por mais descontraído quanto o irmão seja, eu não queria enfrentar o Cowboy se sua outra metade morresse no meu sofá. — Crow foi até a porta, parando apenas para dizer: — Tem algumas fotos fodidas aí. Os filhos da puta documentaram tudo em seu boletim informativo ou alguma merda do tipo. Se você for olhar, esteja preparado... É uma merda fodida.

— Crow — sussurrei enquanto ele girava a maçaneta. Ele olhou para mim, por cima do ombro. — Obrigado... — Não disse o porquê. Ele assentiu com a cabeça e caminhou para o quarto. Quando ouvi a cama ranger, peguei a pasta.

Minhas mãos tremiam quando a coloquei no colo. Passei os dedos sobre a superfície, deixando manchas de sangue. Engoli em seco, pegando o uísque que estava sobre a mesa. Dei vários goles e, em seguida, abri a pasta.

Engasguei com a queimação residual da bebida, o fogo do inferno surgindo em minhas veias enquanto meus olhos pousaram em uma foto. Capuzes. Pessoas usando capuzes de todas as cores, em pé ao redor de uma casa... da minha casa. Meu lar. Meu coração bateu mais rápido quando olhei para a janela da varanda.

Mordi o lábio inferior já ferido. Contive um gemido angustiado quando vi quem estava observando o supremacista de dentro da casa.

— Mãe. — Passei o polegar sobre seu rosto apavorado, deixando uma marca de sangue. Freneticamente, esfreguei o sangue de seu rosto com minha camisa. Quase desapareceu, mas não consegui limpar tudo.

Assim como a memória daquela noite em minha mente.

A cor vermelha turvava os pontos mais refinados de seu rosto. Características que começaram a desaparecer da minha memória com o passar do tempo. Características que eu não conseguia manter, não importa o quanto tentasse.

Homens com capuzes brancos seguravam tochas acesas. Alguns tinham cartazes. Meus olhos se fecharam quando vi o que havia neles... 23/2... Imagens de uma mulher branca e um homem negro com uma cruz vermelha. Virei a foto apenas para ler o que havia acontecido...

Lágrimas caíram de meus olhos inchados e a pele ardeu quando elas escorreram pelos ferimentos no meu rosto. Virei a cabeça, encarando fixamente a cozinha vazia na minha frente, e a porra de um grito se alojou na garganta.

Minha mãe deveria estar fora da casa... o incêndio foi feito para mim e meu pai, *"a escória e seu vira-lata"*. Eles estavam lá para *"salvar a irmã branca da armadilha vodu de seu marido negro e da abominação de um filho mestiço"*.

A próxima foto mostra o incêndio. Os rostos daqueles que colocaram fogo na varanda de madeira não estavam claros. Em seguida, senti o sangue sumir do meu rosto. A próxima página mostrou todos os assassinos. Passei o dedo sobre os rostos de todos os que estiveram lá naquela noite dos infernos. Homens que conhecia da cidade. O mecânico. O dono da lanchonete. Até gente da polícia... e a lista continuava.

Uma fúria incandescente caiu sobre mim como um cobertor quando vi quem havia iniciado tudo naquela noite: Jase, Pierre, Stan e Davide.

Jase havia acendido o fogo. Nós os tínhamos visto no rodeio. E a percepção me atingiu. Ele sabia o que estava prestes a fazer naquela noite, quando me olhou diretamente nos olhos. Como ele lutou comigo até eu ter uma convulsão. Ele sabia que, naquela mesma noite, ele iria me matar.

Eu não tinha certeza se conseguiria continuar, mas havia uma página restante. Tomei outro gole do uísque e continuei lendo. O rosto do meu avô agora me encarava da folha de papel. Uma traição como nada que já senti, tomou conta de cada parte minha. Esse idiota. Esse filho da puta. Minhas mãos tremeram; meu corpo vibrava enquanto as palavras saltavam da página. Ele ordenou o incêndio. Meu avô. O pai da minha mãe ordenou a porra do ataque à sua casa... a nós. Ele pagou o Grande Mago local para matar a mim e ao meu pai.

O pai de Aubin o chamou naquela noite para encontrar sua mãe, então ele estaria longe da casa... Arfei, perdendo o fôlego. Como ele pôde fazer isso com sua filha? Com a porra da família dele?

E, porra! Os pais do Aubin também sabiam.

Mas tudo deu errado.

Por minha causa... porque eu tive uma convulsão.

Arremessando a pasta pela sala, eu me levantei. Olhei ao redor, sem saber para onde diabos ir ou o que fazer. Minhas pernas estavam fracas enquanto eu visualizava aquelas imagens em minha mente: as tochas, os capuzes... e minha mãe olhando pela janela, vendo-os em seu gramado, todos ali por ela.

Ela deveria ter saído. Deveria estar longe de casa... mas eu tive a porra de uma convulsão. Um som de dor lancinante saiu da minha garganta quando cruzei a sala e peguei a pasta outra vez. Corri para fora e para a caminhonete que eu supunha ser de Crow.

Deixando a adrenalina e puro ódio me abastecerem, saí com o carro. Demorei cinco minutos para descobrir onde estava. A chuva atingia o para-brisa como um lençol de água caindo do céu. A estrada à frente ficou turva enquanto as lágrimas corriam pelo meu rosto. Buzinas soaram e freios guincharam enquanto eu cortava as ruas e rodovias.

Eu dirigi e dirigi até passar pelo sinal de boas-vindas da cidade que eu queria destruir. Atravessei as ruas que abrigavam os homens que assassinaram minha família, levando todos de uma vez.

No momento em que me aproximei da minha antiga casa, percebi que não havia malditos pássaros nas árvores. Sempre notei que os pássaros nunca cantam quando a morte se aproxima. O único som era o rugido do motor da caminhonete.

Meu coração bateu muito rápido quando virei a esquina e os resquícios da minha infância apareceram. Dor, como nada que eu já tenha sentido, esmagou meu peito. Carregou o peso de uma bola de demolição ao quebrar minhas costelas e detonar meu coração. Derrapei até parar, os pneus escorregando na lama. Poças de água da chuva se espalhavam no que costumava ser o caminho para a varanda. A chuva embaçou a visão do para-brisa rápido demais. Com as mãos tremendo, abri a porta e saí debaixo da tempestade. Um trovão estalou à frente. O relâmpago se bifurcou ao longe. Nuvens tempestuosas flutuavam acima, e enquanto eu olhava para o céu violento, tudo que eu conseguia pensar era *por que não choveu naquela noite?*

Meus pés tropeçaram no chão escorregadio enquanto eu caminhava para a pilha de madeira apodrecida – tudo o que restou da minha casa. A chuva e o vento martelaram meu rosto, açoitando minha pele machucada como chicotes de couro. Eu mal consegui me equilibrar à medida que escalava o terreno acidentado. Esforcei-me para ver à frente, a vista completamente embaçada. Eu não tinha certeza se era por causa da tempestade ou das lágrimas inundando meus olhos.

Eu não sabia para onde estava caminhando ou onde iria parar, mas essa escolha foi tirada de mim quando escorreguei e caí de joelhos no chão.

Meu corpo inclinou para frente. Minhas mãos afundaram na terra, os dedos enfiados na lama mesclada às cinzas que já existiram ali. Fechei os olhos, respirando. Apenas respirando enquanto lembrança após lembrança passou pela minha mente. De tempos mais felizes. Dos tempos tristes e da noite, deste lugar queimando como um inferno na terra. Um inferno cheio de ódio pelo desconhecido, pelo diferente e pelo incompreendido.

— Mãe — sussurrei contra o vento forte. — Pai... — A voz abafada por um trovão. — Eu sinto muito — murmurei, asperamente, as lágrimas caindo e se misturando com as gotas de chuva.

Olhei para a madeira queimada. Eu não tinha visto seus corpos. O legista disse que tudo o que restou deles foram ossos. Meu avô pegou os restos mortais de minha mãe e os enterrou em suas terras. Meus dedos cravaram com mais força na lama enquanto a raiva me fazia cerrar os punhos. Meu pai foi enterrado em uma cova comum. Eu não tinha um único centavo e não pude pagar por um funeral.

Meus pais, que suportaram tudo juntos – lutaram juntos, amaram juntos, morreram juntos – não receberam a única coisa que era seu direito divino.

Descansarem juntos.

Sem túmulo para que eu pudesse falar com eles, ou segurar as mãos enquanto caminhavam até o barqueiro e cruzavam para os Campos Elísios. Apenas ossos e dentes queimados, separados, despedaçados, em desprezo pelo instante em que minha mãe viu meu pai naquele bar de *jazz* em Nova Orleans.

— Eu sinto muito. — Abaixei a cabeça e recostei a testa ao chão, em uma porra de oração silenciosa. Uma oração para que onde quer que estivessem, eles pudessem me ouvir. Ouvir como era triste o fardo que o filho foi, causou suas mortes por causa da doença do caralho que o fez demorar a voltar para casa. — Eu sinto muito, porra! — gritei mais alto, levantando o olhar para ver nada além de madeira queimada e pregos carbonizados.

Rastejei para frente e procurei nos escombros. Peguei todos os pedaços de madeira que ainda estavam intactos e empilhei aos meus pés. Juntei o máximo de pregos que pude. Eu não estava pensando; apenas deixei as mãos começarem a se mexer. Usando uma tábua curta e dura como martelo, cravei uma peça longa no chão. Em seguida, coloquei outra horizontalmente e usei a madeira para martelar os pregos na cruz improvisada. Fiz o mesmo com o segundo, ignorando meus cortes abrindo e derramando sangue.

Sem fôlego e fraco, me recostei e encarei as cruzes de madeira enegrecidas. Lutei contra o nó na garganta enquanto tirava a faca do *cut* e começava a entalhar a madeira. Arfei com a raiva efervescente que deixava minha boca com cada letra.

Minha faca caiu no chão e eu encarei as palavras. *"Mãe"*, gravado em um e *"Pai"*, no outro. Sob os nomes de ambos, escrevi: *"O amor não vê cores. Apenas corações puros"*.

— Eu amo vocês. — Estendi a mão, passei os dedos pela madeira irregular e fechei os olhos. — Eu sinto muito a falta de vocês. — Franzi o cenho. — Não sei como fazer isso. — Respirei fundo. — Como diabos posso estar com eles quando há filhos da puta no mundo como aqueles que fizeram isso com vocês. — Engoli em seco. — Não posso salvá-los da Klan. Do poder branco... de pessoas que nunca vão entender, que não querem entender. Não sei como tirar tudo isso da minha cabeça... — Apoiei a cabeça nos braços. Eu estava exausto. Inspirei e expirei, e então admiti: — Não sei como ser *eu*. Eu não tenho ideia de quem diabos sou.

Apenas o silêncio me respondeu; ele, e a tempestade estrondosa. Oscilando de cansaço, eu me deitei diante da única família que possuía no mundo. Fechei os olhos e cedi à escuridão.

E nem senti a chuva.

Nem senti o frio.

Não senti nada, exceto a sensação reconfortante de desespero. E a sensação de que com essas duas cruzes, e seus nomes gravados na madeira, eu não estava sozinho.

Eu simplesmente não conseguia mais enfrentar tamanha solidão.

CAPÍTULO 14

COWBOY

O sol me acordou, seus raios brilhantes me fazendo estremecer. Gemi, sentindo o corpo dolorido por conta dos últimos dias, e meu estômago roncou por comida e café. Um corpo quente estava pressionado contra o meu. Sorrindo, abri os olhos e olhei para a cabeça apoiada no meu ombro. Sia ainda estava dormindo, a mão no meu peito e seu hálito quente soprando no meu pescoço. Verifiquei o relógio na mesa ao meu lado e, *porra*, tínhamos dormido até o fim da tarde e noite adentro. Isso é o que a porra de um sequestro no México fazia com você.

Olhei para o lado para ver se Hush estava acordado. Franzi o cenho quando vi que ele não estava na cama. Uma sensação estranha se instalou em meu estômago ao me lembrar dele ontem, de sua expressão logo após nós dois transarmos com Sia. O irmão estava obviamente incomodado com alguma coisa. A maneira como ele pairou na porta do quarto enquanto Sia chorava, em vez de se aproximar para se certificar de que ela estava bem.

Levantando suavemente o braço de Sia de cima de mim, deslizei para fora da cama. Ela gemeu, quase acordando, mas depois se acomodou aos lençóis. Meu peito se expandiu ao olhar para ela. Incapaz de me manter afastado, inclinei e beijei seu ombro. As marcas da lâmina que foi pressionada ao seu pescoço estavam cicatrizando, mas os números ainda eram tão visíveis quanto no momento em que foram esculpidos. Os meus também.

Como a maioria das coisas na vida, estava pouco me fodendo. O filho da puta pensou que poderia nos envergonhar com aqueles números depreciativos da Klan. Eu usaria essa merda como uma maldita medalha militar.

Com um puta orgulho.

Coloquei a calça jeans e fui para a cozinha. Não havia nada ligado. Verifiquei a cafeteira, estava fria. Franzindo o cenho, fui até o quarto de Hush. Estava vazio, a cama ainda feita. Comecei a me virar, mas então percebi que sua mesinha de cabeceira estava um pouco aberta. Olhei às minhas costas, para ter certeza de que Hush não estava por perto. Estava tudo em silêncio, a não ser pelos sons suaves de Sia dormindo na minha cama.

As tábuas do assoalho rangeram sob meus pés enquanto eu caminhava até a gaveta. Abri, e um enorme nó do caralho trancou minha garganta quando vi o que estava faltando.

— A foto — murmurei... e então meu coração parou quando vi seus remédios.

Saí do quarto e rapidamente verifiquei o resto do apartamento. Nada. Merda! Saí correndo pela porta e fui para a garagem.

— Porra! — gritei, assim que vi que sua moto havia sumido. Com o coração explodindo, voei escada acima. Sia estava saindo do quarto, o lençol enrolado em volta do corpo.

— Cowboy? O que foi? — perguntou, o rosto pálido, os olhos ainda sonolentos. Eu não a culpava. Nas últimas duas semanas, ela esteve no inferno e voltou.

— Ele foi embora. — Passei por ela e entrei no meu quarto. Vesti a camiseta e *cut*. Sia me seguiu.

— Quem foi embora? — insistiu, seu rosto cheio de confusão.

— Hush. — Corri para o quarto dele e peguei seus remédios, colocando-os no bolso.

Fui para o corredor e vi Sia se vestindo.

— *Cher* — eu disse. — Vou levar você para a casa do Ky. Eu tenho que ir atrás do Hush.

Porque eu sabia exatamente para onde ele tinha ido. O único lugar que eu sabia que ele iria sem mim. Para a porra daquela cidade. Sempre soube que um dia ele voltaria para lá. Ele guardou muita coisa dentro de si por muito tempo. Quanto um maldito irmão poderia aguentar antes de perder a cabeça? Ele nunca falava sobre seus pais. Ou sobre aquela noite. Manteve tudo dentro de sua cabeça, deixando tudo aumentar e piorar até que se tornou demais.

Avistei a marca "23/2" de Sia e meu corpo gelou como se eu tivesse mergulhado no meio do oceano Atlântico. Eu o vi observando nossas cicatrizes. Eu o peguei cerrando os punhos, o rosto empalidecendo enquanto olhava para elas.

O pânico se instalou. E se ele tivesse feito algo realmente idiota?

— Vou junto — Sia respondeu, chamando minha atenção. Abri a boca para discutir, mas ela acrescentou: — Se ele foi embora. Se ele estiver ferido. — Ela estremeceu, como se apenas esses pensamentos a matassem. — Então eu vou junto. — Sia pegou minha mão. — Somos uma equipe. Você, eu e Hush. E não vou ficar para trás só porque sou mulher. — Meu lábio se contraiu e ela me beijou na bochecha. — Eu amo o Hush. E amo você. Preciso estar lá... onde quer que estejamos indo.

Peguei as chaves da minha Chopper e a mão de Sia.

— Espero que você saiba andar de moto, *cher*. Porque vai ser um longo caminho e não pretendo parar.

Ela puxou minha mão, me fazendo fazendo estacar em meus passos.

— Eu sou uma cadela motociclista, Breaux. Eu estava andando na garupa de motos antes de aprender a andar.

Pisquei, rindo do atrevimento que esteve ausente por muito tempo, e a arrastei para fora do apartamento. Saímos do prédio e pegamos a estrada. Sia segurou firme.

Tínhamos um resgate a fazer em Louisiana.

Cruzei as velhas ruas como um raio. A lanchonete onde eu comia todos os dias. O estúdio de tatuagem onde fiz a minha primeira tatuagem do... Poder branco. Cerrei os dentes ao me lembrar disso. Lembrar de ver Hush e seu pai sendo forçados a sair da lanchonete como se estivéssemos nos anos sessenta onde negros e brancos não podiam se misturar. Parecia que o tempo tinha esquecido de passar nesta cidade sempre estagnada no passado. Mentes pequenas e tolerâncias ainda menores para qualquer coisa fora do normal.

TRÍADE SOMBRIA

Sia apertou minha cintura com mais força, como se soubesse que eu travava uma batalha comigo mesmo. Eu era como um morcego saído do inferno enquanto dirigia pelo asfalto e estradas secundárias que levavam para onde eu sabia que meu irmão estaria. O chão estava molhado. Tínhamos escapado de uma tempestade que havia passado por ali. Meu corpo retesou ao ver um conjunto familiar de árvores não muito distante.

— Chegamos? — Sia perguntou, a boca perto do meu ouvido.

Assenti com a cabeça. Pela primeira vez, eu não conseguia falar. Tudo o que vi foram os fantasmas daquela noite. Vi o brilho alaranjado das chamas que estavam destruindo o mundo do meu melhor amigo enquanto ele se sentava ao meu lado na caminhonete. Fui eu quem o levou para a porra do rodeio naquele dia. Se eu não tivesse... se ele tivesse ficado...

Então eu o teria perdido.

Balancei a cabeça. Porque por mais que eu amasse seus pais, vi o que perdê-los fez com ele... Eu não teria conseguido suportar se também tivesse perdido Hush. Ele pensava que dependia de mim, mas para mim, estar sem ele representava a mesma dor de perder um membro.

O medo me envolveu enquanto eu entrava na estrada que costumava percorrer todos os dias. De repente, tudo parecia frio. Dirigir pela estrada fez minha pele arrepiar e meu corpo gelar. Sentindo minha tensão novamente, Sia beijou minha nuca... bem em cima dos números que causaram tanto sofrimento ao Hush.

Prendi a porra da respiração quando entramos na propriedade dos Durand. A primeira coisa que vi foi a pilha de madeira que costumava ser sua casa. As mãos de Sia apertaram meu *cut*, e eu apertei o guidão da moto. Havia uma caminhonete estacionada ao lado.

Então notei um familiar par de botas na lateral da casa. Parei a moto e desmontei, sendo seguido rapidamente por Sia. Meus pés estacaram quando me aproximei.

Lágrimas arderam em meus olhos quando vi a cena diante de mim. Hush, no chão, espancado e coberto de lama, tremendo... entre duas cruzes improvisadas.

O amor não vê cor...

Virei a cabeça por um segundo e passei a mão pelo meu cabelo. Lutei contra a porra do punho de ferro que tinha acabado de socar meu peito e colocar um aperto mortal no meu coração.

— Hush... — Sia chorou, sua voz um sussurro dolorido. — Meu Deus, *baby*, o que você fez? — Ela se abaixou e passou as mãos em seu rosto espancado. Suas lágrimas caíram nas bochechas dele e então ela congelou. Olhei o que havia capturado sua atenção. Em sua mão, Hush segurava uma foto. A única que tínhamos sido capazes de salvar dos escombros antes de pegarmos uma carona em um caminhão para dar o fora da cidade.

Ouvi Sia arfar e a vi pegar a fotografia da mão de Hush e levá-la ao peito. Seus olhos se fecharam enquanto ela chorava. A cadela chorou por um casal que nunca conheceu. Suas mãos trêmulas colocaram a foto em segurança em seu bolso.

Ela quase me destruiu. Porque os Durand a teriam amado. Eles a teriam aceitado de braços abertos, assim como fizeram comigo. Ela os teria ganhado como sua família também.

E ela os teria amado.

— Hush — Sia sussurrou e deu um beijo em seus lábios. A perna de Hush se moveu. Eu me aproximei, esperando que ele se movesse novamente. Meu sangue parecia gelo correndo nas veias. *Por favor, acorde, porra. Por favor.* — Hush? — Sia tentou novamente.

Um gemido baixo escapou da boca de Hush. Ele estava coberto de lama e seus lábios estavam azulados. Eu não tinha certeza se era por causa da surra que ele levou, do frio ou de ambos. A raiva tomou conta de mim enquanto eu pensava em quem poderia tê-lo machucado. Eu me perguntei se ele tinha procurado Jase e o resto dos idiotas. Então...

— Sia? — Uma voz familiar resmungou.

Foi como voltar para casa.

Sia assentiu, incapaz de falar em meio às lágrimas. Ela guiou a cabeça dele para seu colo. Meus olhos se moveram do meu irmão para as cruzes que foram marteladas na terra profanada. A porra de um ruído agonizante deixou minha garganta quando vi o que ele esculpiu. *Mãe. Pai.*

Ele nunca tinha ido ver o túmulo de sua mãe. E não tínhamos ideia do que tinha sido feito com os restos mortais do seu pai. Soubemos apenas que ele foi enterrado com outras pessoas que não tinham ninguém para reivindicá-los.

— O que aconteceu com você, *baby*? — Sia sussurrou. Os olhos de Hush estavam abertos, injetados de sangue e muito cansados.

Ele tentou se levantar, mas teve que segurar as costelas. Sia olhou para mim, seu rosto deslumbrante marcado pela tristeza ao ver meu irmão devastado. Meus pés lentamente me guiaram para frente e caí na lama em que ele estava deitado. Seus olhos azuis encontraram os meus e então ele desabou. Sia o segurou com mais força. O irmão nem reclamou por ela o estar machucando. Em vez disso, ele se agarrou a Sia como se ela fosse a única coisa que o mantinha vivo. Sia chorou enquanto o embalava. Mantendo-o no lugar que era o seu inferno na Terra.

Então uma mão foi estendida na minha direção. Fechando os olhos, agarrei a mãos de Hush e, porra, apenas segurei.

Hush finalmente se afastou de Sia e soltou minha mão. Eu me postei às suas costas para ajudá-lo a se sentar. Não havia uma parte dele que não estivesse coberta de lama. A respiração de Hush estava superficial e dolorida. Seus olhos desorientados, de repente, começaram a procurar ao seu redor.

A foto.

— Sia guardou — informei, e continuei observando-o. Ele deu um suspiro de alívio.

— Precisamos limpar e secar você — Sia falou.

Hush encontrou o olhar dela, mas o dele era inexpressivo. Um olhar morto... e isso me apavorou.

Eu me agachei ao lado de Sia.

— Val. — Seus olhos azuis focaram em mim. De perto, eu podia ver o estado de seu rosto. Seu corpo inteiro estava machucado. — Precisamos te levar embora daqui.

Lágrimas começaram a escorrer pelo seu rosto. Ele olhou para as cruzes.

— Não há nenhum lugar para eu ir.

Sia paralisou, agarrando seus braços. Ela me encarou, os olhos arregalados em óbvio alarme. Eu me aproximei; Hush estava olhando apenas para as cruzes.

— Val...

— Eu vi as fotos... — Hush engasgou com um soluço. — Eles estavam por toda parte. Cercando-os. E a minha mãe... — Ele respirou fundo, arfando. — Ela estava na janela. — Ele apontou para onde a janela costumava estar. — Ela os viu... — ele sussurrou. — Ela os estava observando com suas tochas acesas e cartazes que diziam que ela não deveria estar com meu pai... que eu nunca deveria ter nascido.

— Hush — Sia sussurrou com a voz rouca.

Ele piscou e então olhou para mim.

— Jase... Pierre... Stan... Davide... foi a iniciação deles na Klan.

Meu sangue gelou quando finalmente compreendi o que ele estava dizendo. Balancei a cabeça, mas Hush não havia terminado. Ele olhou bem dentro dos meus olhos e disse:

— Eles estavam vindo atrás de mim e do meu pai. — Ele tentou se mover, como se tivesse que fugir das palavras que estava se obrigando a dizer.

Sia recuou e deixou que ele se movesse. Hush engatinhou até as cruzes, segurando a que havia sido feita para sua mãe. Suas mãos percorreram seu nome e a inscrição esculpida.

— Mas eu tive aquela porra de convulsão — ele continuou. — Então ela ficou... e tomou o meu lugar! — gritou, aos berros. Repetidas vezes até que sua voz ficou rouca. — Deveria ter sido eu — ele sussurrou e desabou na base da cruz. Sia engatinhou para frente e o abraçou por trás. Ele olhou para cima. — Não tenho ninguém. Nenhuma família.

Meu coração se partiu quando ele disse essas palavras. Porque ele tinha a nós.

Ele *nos* tinha.

O som do rugido de uma moto me fez olhar para a estrada. Tirei a arma do cinto na mesma hora.

— Fique com ele — eu disse a Sia.

Uma Harley trovejou em direção à casa. Eu levantei a arma, me perguntando quem diabos poderia ser. O piloto parou e desceu da moto, e um rosto que eu conhecia muito bem, apareceu.

— Crow? — averiguei, confuso pra caralho. Ele caminhou até mim e viu Hush no chão, Sia protegendo-o com seu corpo como um escudo.

— Graças a Deus! — Crow soltou um suspiro. — Pensei que ia encontrá-lo morto. — Ele balançou a cabeça. — Ele quase conseguiu isso com o Titus.

Senti o sangue drenar do meu rosto.

— O quê?

— Hush entrou no bar e deu um soco no *prez*. — Crow acenou em descrença. — Então deixou Titus descer o cacete nele. Tirei Hush de lá e o levei para minha casa. Eu... — Ele me lançou um olhar estranho. — Eu descobri algumas coisas sobre como os pais dele morreram. — Ele passou a mão pelo rosto. — Eu deveria saber que ele não estava com a cabeça boa para ouvir sobre isso. Eu estava de ressaca. Antes de ele chegar no clube, estávamos bebendo o dia todo. Fui para a cama, deixei ele com todas as informações sobre o que aconteceu. Acordei algumas horas atrás e vi que ele e a minha caminhonete tinham sumido. Mal me lembrava de onde ele

TRÍADE SOMBRIA 239

morava e vim feito louco pra cá. Passei algumas vezes por este lugar antes de descobrir que era onde ele morava.

Olhei de volta para Hush, que estava sentado, mas seu olhar ainda estava perdido. Completamente desprovido de qualquer tipo de vida. Aquilo me assustou mais do que tudo.

— Foi o avô dele — Crow disse e virei a cabeça de volta para meu antigo *VP*. — Foi ele quem mandou a Klan incendiar o lugar. — Ele chegou mais perto, murmurando: — O velho queria que Hush e o pai morressem. — Crow hesitou, me olhou com estranheza e disse: — Os seus pais também sabiam, cara. Não estiveram diretamente envolvidos... mas eles sabiam que algo ia acontecer. Achei que você deveria saber.

O som da pulsação do meu sangue ecoou em meus ouvidos como uma inundação. Minhas mãos tremeram ao meu lado.

— Hush tem uma lista dos que estiveram aqui naquela noite. Quem incendiou a casa. — As palavras de Crow pairaram entre nós. Eu entendi o que ele estava falando, alto e claro. Eles não estariam caminhando nesta terra por muito mais tempo. Código dos Hangmen. Crow apontou o polegar para o lado sul. — Tem um hotel na próxima cidade. Pegue Hush e... — Ele olhou para Sia.

— Sia — eu disse. — Nossa *old lady*.

Crow assentiu com a cabeça, mas seus olhos escuros estavam fixos em mim, como se ele estivesse tentando decifrar alguma coisa.

— Ela entende como é a vida no clube?

Eu ri, embora sem humor algum.

— Ela é irmã do Ky.

Crow arregalou os olhos, surpreso, e então se voltou para Sia, que estava observando a interação. Eu sabia que ela podia ouvir cada palavra.

— Ky tem uma irmã? Desde quando?

— Longa história.

— Ele sabe que vocês tomaram a irmã dele como sua cadela?

— Sim, ele sabe — Sia respondeu. — E esta *cadela* não dá a mínima para o que o irmão dela pensa sobre nós.

Crow sorriu. Uma raridade para o irmão sádico.

— Agora vejo a semelhança. — Crow colocou a mão no meu ombro. — Eu vou fazer uma patrulha ao redor. Existem alguns idiotas nesta cidade que chamaram minha atenção. — Sua mão foi para o bolso. Eu sabia que ele estava jogando com seus dados. — Vão para o hotel. Deem um banho nele. Eu tenho uma calça jeans e outras merdas na caminhonete que vocês podem usar. Encontro vocês mais tarde.

Quando ele voltou para a moto, eu disse:

— Por que você está nos ajudando? Se Titus descobrir, ele vai matar você.

— Vou deixar Hush contar tudo para você.

Crow foi embora e me aproximei de Hush. Eu o levantei do chão e coloquei seu braço em volta do meu pescoço. Sia foi para o outro lado, imitando meu gesto. Eu sabia que ele não queria ir, mas era assim que tinha que ser. Ele tinha uma família. Ele tinha pessoas que o amavam pra caralho.

E estava na hora de ele entender isso. Porque nós não iríamos a lugar algum.

Pelo menos, para nenhum lugar que ele também não viesse.

Segurei Hush no chuveiro enquanto Sia entrava com ele, limpando o sangue, lama e a sujeira de seu corpo. Ele estava tremendo, as pernas se esforçando para mantê-lo de pé. Eu o fiz tomar seus remédios no minuto em que entramos no quarto do hotel. Hush afundou em meus braços enquanto Sia o limpava, beijando sua pele a cada vez que passava a esponja ensaboada. Demorou mais do que um banho normal, mas, pouco tempo depois, ele estava limpo o suficiente. Sua pele estava ferida e machucada, especialmente as costelas.

Peguei as roupas extras de Crow na caminhonete e as vesti em Hush; ele e Crow eram do mesmo tamanho. Eu o deitei na cama e Sia se deitou ao lado dele. Os olhos de Hush se fecharam em um instante. O irmão cheirava a uísque. Ele precisava dormir.

— Vou buscar comida para nós — anunciei, vendo Sia se aninhar a ele. O irmão pode ter lutado contra isso; estar conosco, com Sia, com todas as suas forças, mas seu corpo sabia o que era melhor. Enquanto Sia se pressionava à lateral de seu corpo, o braço de Hush a envolveu e a puxou para mais perto. Os lábios dele se grudaram à testa dela, e observei a cadela sorrir, fechando os olhos e também caindo no sono.

Eu os encarei por um tempo. Duas pessoas que não tinham nada além de tragédia em suas vidas. Sia, que ansiava por alguém – ou pessoas – para amá- la. E Hush, que afugentou todo mundo porque tudo o que ele viu na vida foram duas pessoas apaixonadas sendo destruídas porque as pessoas pensaram que elas tinham feito a escolha errada.

Eu vi os paralelos. Nós três. Uma mistura de branco e preto. Dois homens e uma mulher. Muitas pessoas teriam problemas com isso, mais do que apenas pela cor de nossa pele. Eu não conseguia me importar, mas sabia que Hush se importaria. O irmão tinha o direito de ser feliz pra caralho. Chega de brigar com idiotas que achavam que era direito dado por Deus julgar as pessoas por quem amavam.

Suspirando, passei pela porta, trancando-a em seguida. Pisquei ao ver minha Chopper parada no estacionamento. Eu sabia que de alguma forma Crow tinha feito isso. Precisando sentir o vento contra o meu rosto, escolhi a moto ao invés da caminhonete e simplesmente pilotei sem rumo. Pilotei por um bom tempo antes de entrar em uma lanchonete e levar a comida para o hotel.

Ao passar pela porta, congelei. Hush estava acordado, olhando para Sia enquanto acariciava seu longo cabelo loiro. Ele se virou para olhar para mim e eu o encarei. Da última vez, seu olhar era inexpressivo e vazio. Agora estava repleto de tanta angústia, raiva e tristeza, que me perguntei como ele não tinha desmoronado antes.

— Na caminhonete. — Ele apontou para fora. Não entendi o que ele quis dizer, mas coloquei a comida de lado e fui até a caminhonete mesmo assim. Procurei na cabine até encontrar a pasta enfiada no porta-luvas. Eu a levei de volta para dentro. Hush não se moveu.

Sentei à mesa e comecei a vasculhar o arquivo. Nunca pensei que uma pessoa pudesse sentir tanta raiva e ódio enquanto virava e lia cada página... estudava cada foto. No momento em que li sobre meus pais, eu queria destruir alguma coisa – ou alguém –, *porra*. Moreau disse a eles para me afastar de Hush naquela noite. Eles nem questionaram, apenas seguiram o que lhes fora dito como os filhos da puta fanáticos que eram.

Malditos.

Eu me levantei e passei as mãos pelo cabelo, segurando os fios e quase arrancando-os da porra do couro cabeludo.

Quando consegui respirar novamente, Hush encontrou meu olhar. Seus ombros relaxaram e ele desviou o olhar, em direção à janela. As cortinas estavam fechadas, ele estava encarando o nada. Levei a comida até ele.

— Coma. — Hush parecia que ia discutir, mas ele precisava comer. Por causa da epilepsia. Felizmente, ele pegou o hambúrguer e as batatas fritas e fez o que pedi.

Sia acordou e sorriu para Hush, depois para mim. Hush acariciou seu cabelo novamente antes de beijar seus lábios. Sia comeu sua comida em silêncio, assim como eu. Quando terminamos, deitei na cama atrás dela. A mão de Sia estava no peito de Hush, as pontas dos dedos acariciando suas tatuagens.

Hush foi o primeiro a falar:

— Nunca vou entender por que alguém se importa com quem o outro ama.

Sia ficou tensa embaixo do meu braço. Eu a segurei com mais força. A voz de Hush estava débil, o estresse nos últimos dias privando-o de energia e ânimo.

— Hush... — Sia o acalmou e foi colocar a mão em sua bochecha, mas Hush colocou a mão sobre a dela para detê-la.

— Eu não quero para você uma vida onde seja julgada por estar comigo. Pode não acontecer hoje ou amanhã, mas um dia, alguém em algum lugar dirá algo. Pode até ser mais do que palavras. Eu... — Ele balançou a cabeça. — Eu não posso fazer isso com vocês dois.

— O mundo está mudando — Sia argumentou

— Não rápido o suficiente.

— Então vamos criar um mundo só nosso — ela o desafiou e se ajoelhou no colchão, de frente para ele. Os olhos tristes de Hush focaram nela, e Sia agarrou sua mão. E então agarrou a minha. — Em nossa casa. Será nosso mundo. Não teremos que dar a mínima para as pessoas de fora. Eu amo vocês dois pra caramba. — Ela encontrou o olhar de Hush. — Você sabe disso?

— Sim — Hush disse, a voz falhando.

O rosto de Sia relaxou, assim como seus ombros. Ela se inclinou e beijou seus lábios machucados. Hush se afastou, encostando a testa à dela.

— Você tem família — ela sussurrou e levou minha mão aos lábios. — *Nós* somos uma família. — Sia soltou um suspiro. — O clube... — Ela hesitou, depois acrescentou com relutância: — Eles também são nossa família. — E passou a mão pelo rosto de Hush. — Você não está sozinho, mas precisa nos deixar entrar. — Um sorriso se espalhou em seus lábios. — Eu sei que você é "Hush". Seu nome de estrada combina contigo, porque você nunca se abriu para mim, mas me permita amá-lo. — Ela olhou para mim e depois para Hush. — Eu nem tenho certeza de que você realmente deixou Cowboy entrar também.

TRÍADE SOMBRIA

Ele não tinha. Não completamente.

— Por anos, estive esperando acordar um dia e ver que você tinha ido embora — declarei. Hush não olhou para mim. Seus olhos se perderam enquanto ele observava, sem ver, os lençóis. — Eu sempre soube que havia uma parte de você que estava fechada. Nunca lidou com... — Odiei dizer isso, mas... — A perda dos seus pais. Como eles morreram. — Olhei bem nos olhos dele, até que Hush não teve escolha a não ser retornar o meu olhar. — Não foi sua culpa, Val. As ações daqueles idiotas racistas nunca poderiam ser atribuídas a você. As vítimas nunca são responsáveis por seus próprios assassinatos. São os malditos que acabaram com eles, os responsáveis por tudo isso. — Peguei sua mão e apertei. — É hora de você se perdoar. Porque, ao meu ver, temos uma vida boa pra caralho pela frente. Nós apenas temos que vivê-la.

Sia se aninhou mais perto dele.

— Eu não me importo com o que as pessoas pensam de nós. Nem meu próprio irmão. Eu quero isso... Eu quero tanto isso que dói. — Ela beijou suas costelas feridas. — Eu preciso disso... Eu nunca soube o quanto, até que pensamos que tínhamos perdido você. — Sia se apoiou no cotovelo. — Por que é importante a aparência ou as pessoas envolvidas? Se for amor, devemos agarrá-lo com as duas mãos. — Ela baixou o olhar. — Eu não tenho pais. Você também está sozinho, Hush. — Sia beijou meus dedos. — E você, Cowboy, é a luz que afasta a escuridão mais profunda de dentro de nós quando ela começa a tomar conta.

Hush ficou em silêncio por tanto tempo que achei que ele fosse discutir, mas então ele olhou para mim.

— Eu preciso seguir em frente — ele reconheceu, e vi seu rosto desmoronar. — É sufocante. Eu não consigo... Não consigo respirar com isso pesando tanto sobre mim. — Quando voltou a levantar o olhar, eu sabia o que ele queria.

Ele precisava se vingar daqueles desgraçados doentios que mataram sua família.

Eu assenti com a cabeça. Ele sabia que eu estaria bem ao seu lado.

Ficamos ali deitados em silêncio, até que houve uma batida na porta. Abri e deparei com Crow. Ele entrou no quarto e Sia se levantou da cama.

— Vou tomar um banho — ela falou.

— Você contou para ele? — Crow perguntou ao Hush, que balançou a cabeça e me contou sobre as suspeitas de Crow em relação a Titus.

— O que você precisar, faremos — eu disse a Crow. — O que for preciso para levar esse filho da puta à justiça.

Crow me deu um tapa nas costas.

— E então? Quando vocês vão fazer uma visitinha ao bom e velho vovô?

Olhei para Hush e o vi se arrastar para fora da cama. Eu podia ver a raiva e determinação em seu rosto.

— Esta noite — ele disse. Eu concordei, com um aceno. — E então vamos atrás dos outros.

Crow balançou a cabeça.

— Não, irmão. *Eu* lido com eles. — Uma faísca acendeu em seus olhos. Nunca conheci alguém que ficasse tão alucinado matando tanto quanto ele... a não ser, talvez, Flame. Os dois juntos seriam como a porra de um filme de terror.

— Eles são meus — Hush argumentou.

— Você pega o mestre das marionetes. Deixe seus fantoches comigo — Crow insistiu. Hush balançou a cabeça. — Somos uma família, Hush.

Os olhos de Hush se arregalaram e seus lábios se entreabriram. Eu não acho que em todos os anos que estivemos com os Hangmen, ele se permitiu sentir realmente como se eles fossem nossa família. Titus não ajudou. E agora Ky estava ameaçando nossos postos por causa de Sia. Mas mesmo que tudo isso fosse um saco, os Hangmen eram nossa família. Hush nunca esteve sozinho. Eu sempre estive lá, mas mais do que isso, seus irmãos também... irmãos que ele nunca deixou entrar.

Era hora de ele começar a se abrir.

— Você parte em uma onda de assassinatos e corre o risco de ser pego. — Crow ergueu seu celular. — Já chamei reforços. Você cuida do vovô. Nós fazemos a limpeza. — Ele deu o sorriso mais fodido que já vi. — Então os dados de Hades, e eu, vamos nos divertir um pouco...

— Okay — Hush concordou, por fim. Eu vi algo, alguma expressão nunca antes vista, se estabelecer em seu rosto. Aceitação. E talvez um pouco de alívio.

Crow se levantou.

— Espero a sua ligação. — E saiu do quarto do hotel no instante em que Sia saiu do banheiro. A preocupação estava estampada em seu rosto. Eu sabia que ela estava ouvindo.

— Precisamos sair um pouco — eu disse.

TRÍADE SOMBRIA

Sia assentiu. Hush desceu da cama e a beijou na boca. Ele colocou seu *cut*, então fui até ela. Seus olhos imploravam para que voltássemos em segurança.

— Logo estaremos de volta, *cher* — assegurei e também beijei seus lábios.

Abri a porta, com Hush em meu encalço, mas ele parou, de repente, e se virou para Sia.

— Me chamam de Hush, não porque eu seja quieto, mas porque eu era um bebê mestiço que deveria ser mantido em sigilo. Ninguém me queria. — Ele sorriu, mas sua expressão era tensa. — A não ser os meus pais. O resto da minha família se recusou a reconhecer a minha existência.

Sia ficou enraizada no lugar, mas seus olhos brilharam.

— Obrigada — ela sussurrou. — Obrigada por se abrir comigo.

Hush suspirou e vi outra de suas defesas ruir.

Quando entramos na caminhonete de Crow, eu sabia que depois desta noite outros muros se transformariam em escombros. Ele deu um suspiro e assentiu. Tomando isso como um sinal, saí do estacionamento do hotel e me dirigi para a casa dos Moreau.

Vovô Moreau tinha um compromisso com Hades.

O portão da grande propriedade estava aberto quando desligamos os faróis da caminhonete e percorremos lentamente o caminho para a mansão. Mantive os olhos atentos em busca de jardineiros, seguranças, quem diabos mais que eles poderiam ter contratado. Mas não havia ninguém. Pude ver Hush procurando a mesma coisa. O irmão ficava checando sua arma e a faca em sua bota, esperando que alguém viesse até nós; nos questionasse, ou algo do tipo.

Quando estacionamos a caminhonete sob a cobertura de algumas árvores, o lugar parecia uma cidade-fantasma, murmurei uma explicação em uma única palavra:

— Crow. — Hush assentiu com a cabeça, olhando para a grande mansão branca e soltou um suspiro. — Você está bem? — perguntei.

— Ela cresceu aqui. — Hush apontou para a casa e balançou a cabeça. — Como ela pode ter sido feliz em nossa casa?

— Porque nela estavam você e seu pai. — Olhei para as colunas brancas e a varanda que rodeava a mansão. — Eu conheci seu avô — comentei, lembrando dos muitos jantares neste lugar. As atitudes prepotentes, a conversa racista... e como sua avó estava sempre em silêncio. Hush tinha mais em comum com ela do que poderia imaginar. — Está pronto? — perguntei, não querendo ficar por mais tempo do que o necessário aqui.

Crow não conseguiria manter as pessoas afastadas por muito tempo. Um telefonema para a polícia e estariam por todo este lugar em segundos. Hush abriu a porta e aquela foi a resposta que eu precisava. Ele estava mancando, se inclinando para o lado devido à dor nas costas. Mas havia uma determinação de aço em seus olhos. Caramba, com aquele fogo no olhar, ele poderia ter se passado pelo próprio Hades.

Caminhei ao lado de Hush enquanto subíamos os degraus e irrompíamos pela porta da frente. No minuto em que entramos lá, não éramos Hush e Cowboy, éramos Aubin e Valan, e estávamos ali para fazer o que deveria ter sido feito anos atrás.

A casa parecia um museu enquanto caminhávamos pelos corredores. Até que viramos no corredor da biblioteca... e encontrei o velho senhor Moreau sentado atrás de sua mesa. Ele pareceu surpreso quando paramos lado a lado à porta. Seus olhos se arregalaram; ele tentou pressionar algo embaixo da mesa – um alarme, talvez? Mas nenhum som soou.

Eu tinha muito a agradecer ao Crow.

Sorri e dei um passo à frente. Hush estava congelado no lugar.

— Senhor Moreau. — Sentei-me na cadeira em frente e coloquei os pés em cima da mesa. — Você se lembra de mim?

Ele olhou para mim por um tempo, então sua boca abriu.

— Aubin Breaux?

Inclinei meu Stetson para frente.

— Ao seu dispor.

Então seus olhos foram para Hush, parado atrás de mim. O velho engoliu em seco.

— E eu sou a abominação — Hush disse, friamente. Ele avançou para ficar ao meu lado.

Mantive o olhar focado na mão de Moreau, apenas no caso de ele tentar pegar uma arma. Como esperado, sua mão desapareceu embaixo da mesa. Peguei minha pistola e apontei direto para a cabeça do filho da puta.

— Mãos onde eu possa ver, idiota. — Quando ele não fez o que pedi, puxei a trava de segurança. Suas mãos foram para cima da mesa em um instante. — Val?

Hush não perdeu tempo e foi direto à porra do ponto.

— Você ordenou a minha morte e a do meu pai aos seus amigos da Klan. — Moreau empalideceu, mas o bastardo manteve a cabeça erguida. Ele não respondeu, afinal, não podia negar. — Mas você a matou em vez disso. Matou os dois por estarem apaixonados.

Moreau se endireitou, a mandíbula cerrada.

— Ela trouxe vergonha para esta família — o velho sibilou. — Nunca, em trezentos anos, esta família foi poluída, então ela trouxe ele para casa. — O olhar que Moreau deu a Hush demonstrava nojo. — E então eles tiveram você. — Ele riu. — Ela nem era biologicamente minha, mas era a ariana perfeita e carregava meu nome. Ela foi arruinada por aquele homem a quem você chama de pai — ele disse, se recostando na cadeira. — Você deveria estar lá, não ela. Eu a queria longe da influência de seu pai, de você. — Deu de ombros, indiferente. — Mas, olhando para trás, percebo que não teria dado certo. — Um brilho frio de vitória surgiu em seus olhos. — Agora considero um erro feliz que ela também tenha morrido. A vergonha do nome Moreau morreu com ela.

Em um segundo seus lábios estavam se movendo. No outro, um tiro soou e uma bala o acertou entre seus olhos. Coloquei os pés de volta no chão enquanto o sangue acumulava ao longo da mesa. Quando me levantei, Hush estava olhando para seu avô morto. Ele soltou um suspiro rápido e olhou para mim com os olhos arregalados. Eu estava prestes a falar quando ouvi alguém arfar à porta.

Nós dois nos viramos e deparamos com uma mulher mais velha com o cabelo loiro grisalho e olhos azuis... olhos exatamente iguais aos de Hush. E como Hush, um deles estava cercado por um hematoma.

— Olá, senhora Moreau — eu cumprimentei. Ela me deu uma olhada, mas seus olhos só queriam Hush. Senti meu irmão ficar tenso e sabia o que ele estava vendo. Ele estava vendo sua mãe, como ela teria sido quando fosse mais velha. A senhora Moreau entrou na biblioteca; seus passos eram lentos, resultado do derrame, anos atrás. Sua boca de um lado se inclinava ligeiramente para baixo. Mas isso não a impediu de se aproximar do neto.

A mão de Hush, ainda segurando a arma, tremia. Lentamente, ele a abaixou. Assim que fez isso, a mão da senhora Moreau se moveu para a boca e um soluço fraco escapou de sua garganta. Ela parou na frente de Hush, olhando para ele. Ela era uma mulher pequena; Hush era enorme, elevando-se sobre ela. Lágrimas desceram pelas bochechas da senhora. Pela reação de Hush, eu não achava que ele estava longe de fazer o mesmo.

— Valan? — sussurrou ela, o sotaque sueco pronunciando o nome sem esforço.

Hush abriu a boca e afirmou. Olhei para o braço nu da avó de Hush e vi hematomas desbotados. Parecia que Moreau era ainda mais filho da puta do que imaginávamos.

Ela afastou a mão da boca e a colocou sobre a bochecha de Hush. Sua mão tremia, assim como a voz quando disse:

— Você se parece com ela.

Seus dedos acariciaram o lado do olho machucado dele. Ela nem mencionou que meu amigo estava ferido; tudo o que ela podia ver era Hush e, através dele, sua filha.

— Ele a tirou de mim — ela sussurrou, a voz vacilando. — Ele nunca me disse se você estava vivo ou morto. — Seus olhos se fecharam com força. Quando se abriram, ela disse: — Eu nunca me importei. — Hush arregalou os olhos. — Eu não me importava com quem ela tinha se casado... Eu só queria que ela fosse feliz. — A senhora Moreau soluçou e se virou um pouco. Quando se recompôs, emendou: — E eu nunca conheci meu adorável neto. — Sorriu, sua mão ainda no rosto de Hush, como se não pudesse tirá-la de lá.

Hush estava imóvel como uma estátua, até que ele ergueu a mão e gentilmente segurou o pulso dela.

— Prazer em conhecê-la... *Mormor*.

A senhora Moreau desmoronou ao ouvir essas palavras e colocou os braços em volta de Hush. Ela parecia minúscula agarrada à cintura dele. Os olhos de Hush se fecharam e ele a abraçou de volta. Suas bochechas se contraíram, seus lábios franziram... e então vi uma lágrima escorrer por sua bochecha. Ele a abraçou com mais força, e pude ver que ele estava lutando para não desmoronar completamente.

Eu me recostei à parede, mantendo os olhos em qualquer movimento da casa. Só olhei para trás quando a senhora Moreau disse:

— Eu sabia que você voltaria um dia. Era o destino. Não se pode fazer algo tão hediondo e não ter que lidar com o destino. — Tive a impressão de que ela estava falando sobre algo mais do que o incêndio. Ela olhou para o marido e uma expressão fria tomou conta de seu rosto. — Mas vocês devem ir. — Ela passou a mão pelo rosto de Hush. — Um intruso entrou, tentando arrombar nosso cofre. — A senhora ajeitou o cabelo. — Eu estava lá em cima quando ele levou um tiro. Eu estava me escondendo, então desci e o encontrei aqui, morto.

Hush respirou fundo algumas vezes, trêmulo, e assentiu com a cabeça em aprovação.

— É melhor nós irmos — eu falei, mas Hush não conseguia desviar o olhar da avó. Ele estava preso no momento. — Val?

Ele finalmente olhou para mim e assentiu. Quando passou por sua avó, ela disse:

— Quando tudo isso passar... Eu gostaria muito de ver você.

Hush parou, respirou fundo e se virou.

— Eu gostaria disso.

Meu peito estufou por ele.

— E você deve voltar e ver sua mãe — ela disse. Hush paralisou e mais lágrimas se derramaram dos olhos da senhora Moreau. — Ela está em nosso jardim. — Hush assentiu com a cabeça, mas eu sabia que ele não seria capaz de falar nada, ciente de que estava caminhando no mesmo chão que sua mãe agora descansava. Como se isso não bastasse, a avó disse: — E também vou levá-lo para ver seu pai.

Hush se virou lentamente.

— O quê? — sussurrou ele, em descrença.

Sua avó deu um passo em sua direção.

— Ele nunca soube — disse ela, com confiança, gesticulando para Moreau caído sobre mesa. — Mas eu subornei o legista. Eu tinha algumas economias que ele nunca ficou sabendo. — Ela deu um sorriso triste. — Estava economizando em segredo para voltar para a Suécia... na esperança de antes encontrar Aia, seu pai e você e levar todos vocês comigo. Para começar uma nova vida longe dele. Mas... — Ela parou. Todos nós sabíamos o fim daquela história. — Quando seus restos mortais foram recuperados e meu marido se recusou a lhe dar um túmulo, paguei por um em segredo. — Sua respiração falhou e sua voz ficou rouca. — Eu conhecia minha filha e sabia que ela amava aquele homem mais do que a própria vida. Eles deveriam ter sido colocados para descansar juntos, mas eu não pude... ele teria...

Ela baixou a cabeça, sem dúvida com vergonha, mas Hush estava ao lado dela em um piscar de olhos, abraçando a velha senhora contra o peito.

— Obrigado — sussurrou ele, então disse algo a ela em sueco que eu não entendi.

A senhora Moreau soluçou e abraçou o neto.

— Eu sinto muito, Valan. — Ela chorou. — Lamento tanto que ele tenha feito o que fez. Eu sinto tanta falta da minha menininha... Tenho tantas saudades dela. Como se metade do meu coração tivesse sido tirado de mim. — Ela se afastou e deu um sorriso fraco. — Mas ver você hoje... o quanto você se parece com ela... deu vida à minha alma. — Ela riu. — Você é tão bonito, *gullunge*.

Por fim, Hush se afastou, dando um beijo na testa da avó. Ela suspirou.

— Agora vá. Deixe a cidade e siga para onde quer que você more agora. Vá embora e não olhe para trás. Não vou deixar você ser punido por algo que era muito merecido.

Segurei o cotovelo de Hush e o tirei de casa. Corremos, e ele o tempo todo olhava para trás, para ver sua avó na varanda nos observando. Voltamos para a caminhonete e eu rapidamente liguei o motor. Hush observou a casa e sua avó até que sumiram de vista.

— Você está bem? — perguntei assim que pegamos a estrada que nos levaria de volta a Sia.

Hush soltou um longo suspiro. Sempre pensei que ele tinha respirado fundo quando seus pais morreram. Acho que não percebi que até agora, com o suspiro pesado escapando de seus lábios, que ele nunca havia feito isso.

Hush se virou para mim, a luz da estrada iluminando seu rosto.

— Vamos buscar nossa Sia. — Sorriu enquanto se recostava no banco e olhava para a estrada à frente. — Eu quero ir para casa. — Mas então ele franziu a testa, algo claramente ainda em sua mente. — E quanto aos seus pais?

Ódio quente e puro correu pelo meu sangue.

— Eles estão mortos para mim — aleguei e vi Hush fechar os olhos por um breve momento. Quando ele os abriu novamente, dei uma piscada e meu grande sorriso característico, inclinando meu Stetson para frente ao dizer: — Vamos para casa, *mon ami*... vamos para casa.

CAPÍTULO 15

SIA

Parei a caminhonete na frente da cabana de Lilah e Ky. Minhas mãos apertaram com força o volante. Não falava com meu irmão desde o México. Não tínhamos tido a chance de conversar na casa dos Diablos, em Laredo, e então vim direto para casa com Hush e Cowboy e, desde então, estive com eles.

Eu não tinha certeza se ele ainda estava chateado comigo. Mas eu precisava conversar com ele. Depois de Louisiana; depois de ver Hush tão arrasado sobre o que acontecera com sua família, então tão diferente... feliz. Enquanto ele me contava sobre sua avó, tudo em que consegui pensar foi em Ky.

Ele era minha única família.

A porta da cabana se abriu. Lilah entrecerrou os olhos tentando reconhecer quem estava à porta. Assim que me reconheceu, um enorme sorriso aliviado apareceu em seus lábios. Nervosa, saí da caminhonete.

— Oi, garota — eu a cumprimentei.

Fui até a entrada do chalé, ouvindo a conversa das outras *old ladies* lá dentro. Lilah me puxou para um dos abraços mais apertados que já havia recebido dela.

— Ei — murmurei, baixinho, e beijei sua bochecha. — Estou bem.

Lilah inclinou a cabeça para trás e me encarou. Então ela me virou e meu coração começou a bater forte contra minhas costelas. Fechei os olhos, me preparando. Eu estava usando uma blusa de gola baixa de propósito. Eu não teria mais vergonha das minhas costas. Da marca que, para muitos, era um sinal de inferioridade. Decidi me apropriar dessa merda e usá-la com orgulho. E eu não tinha vergonha das queimaduras ocasionadas pelo ácido. Era hora de abraçá-las como uma parte de mim.

— Estou muito orgulhosa de você — Lilah sussurrou. Eu me virei e vi a cicatriz em seu rosto. Aquela que deu a Lilah uma sensação de paz que só ela poderia realmente entender.

— Obrigada. — Segurei sua mão estendida e entramos na casa.

Assim que chegamos à sala, vi suas irmãs, além de Beauty e Letti. Acenei novamente para todas.

— Sia!

Uma a uma, as *old ladies* vieram até mim, me abraçando. Retribuí os gestos de carinho, sentindo um enorme nó na garganta. Sentei e observei essas mulheres. Todas distintas, de diferentes estilos de vida, meigas. Era engraçado; sempre quis ficar longe deste clube, acreditando firmemente que era um inferno hedonista tóxico. Mas com essas mulheres, ou em casa com Hush e Cowboy – em nossa cama, fazendo tarefas mundanas como cozinhar, cavalgar –, eu percebi que estava simplesmente errada.

Como ouvi Crow dizer quando estava ouvindo do banheiro de um hotel em Louisiana, éramos uma família. Uma que perdi, que me foi negada.

Não importa o que Ky tenha dito, eu não iria deixar essa merda acontecer de novo.

— Como você está, garota? — Beauty perguntou ao se aproximar de mim. Eu gostava de Beauty. Entre todas as *old ladies*, era com ela que eu sentia uma afinidade maior. Ela tinha visto muita merda na vida, mas estava feliz e cheia de ânimo. Ela era a minha inspiração.

Beauty olhou ao redor para ver se alguém estava olhando. Na verdade, não dando a mínima se estivessem. Ela pegou o café que Lilah acabara de colocar na minha mão e serviu algumas doses de uísque do cantil que havia escondido em seu colete *"Propriedade de Tank"*. Olhei para Lilah e deparei com seu cenho franzido. Uma risada alta escapou dos meus lábios.

— Estou bem. — Pela primeira vez em muito tempo, eu realmente quis dizer aquilo. — Tem sido um caminho difícil, mas estou chegando lá.

— E Hush e Cowboy? — Bella perguntou. Vi a simpatia em seus olhos. Como eu, ela estava com um homem, ou no meu caso, homens, que o clube havia considerado traidores, ou que iam contra as regras do clube. No entanto, ela amava Rider mais que a própria vida e tinha muito orgulho disso.

Eu sorri.

— Eles estão bem. — Isso também era verdade. Cowboy estava novamente com seu jeito arrogante de sempre, quase totalmente recuperado de seus ferimentos. Hush ainda estava um pouco machucado, mas a maior mudança nele foi... *ele*. Ele estava sorrindo e conversando, e roubando meu coração.

Ele sempre seria quieto; essa era apenas sua natureza, mas ele falava comigo. Eles estavam sempre me beijando, fazendo amor comigo... me amando. Nunca estive tão feliz em toda a minha vida. Eu só queria que o clube os recebesse de volta. Não havia nada além de silêncio por parte dos Hangmen desde o México.

— Eles vão mudar de ideia.

Levantei a cabeça, perdida em meus pensamentos, os olhos fixos no café em minha mão. Mae foi quem falou. Ela estava embalando a barriga, esfregando o ventre pronunciado. Não demoraria muito para Styx se tornar pai.

Styx como pai. Eu ainda estava tentando assimilar aquilo. Dei um sorriso fraco.

— Espero que sim. — Olhei pela janela, procurando por qualquer sinal de Ky. — Eles pertencem a este clube. É a vida deles. — Uma súbita onda de raiva protetora tomou conta de mim. — O fato de estarem comigo não deveria significar merda nenhuma para o clube. E daí se eu quero os dois? Eu os amo. Quem se importa? Por que alguém deveria se importar, contanto que me tratem bem? E eles me tratam bem pra caralho. Não dá nem para acreditar em como sou sortuda. — Parei de falar quando senti a pressão subir e dei uma risada desprovida de humor. Minha voz saiu rouca, mas ainda consegui dizer: — Eu os amo. Tanto que dói. Eu... Eu não quero ser o motivo pelo qual seu clube, sua família, a razão pela qual eles vivem, sejam tirados deles.

A sala ficou em silêncio, até que uma voz suave disse:

— Semanas atrás você me perguntou como era. — Levantei a cabeça para ver Maddie do outro lado da sala. Ela estava com as bochechas coradas, os olhos verdes arregalados por ser o centro da atenção de todas. — Qual era a sensação de estar com Flame. — Um pequeno sorriso curvou o canto de seus lábios, e fez meu coração inchar no meu peito. — Paz. — Ela suspirou e assentiu suavemente com a cabeça. — Não posso descrever isso como outra coisa, senão paz. Com ele, juntos, estou em paz depois de anos sendo tão desesperadamente infeliz.

Maddie se levantou e atravessou a sala. Ela hesitou ao segurar minha mão. Em seguida, colocou a palma sobre as costas da minha e apertou.

— Se é assim que seus homens fazem você se sentir, então você deve lutar por eles. — Seus enormes olhos verdes se fixaram nos meus. — O que é o amor, afinal? Nunca é simples e nunca segue exatamente as mesmas regras das outras pessoas que também amam. O meu amor e do Flame pode, para muitos, parecer incomum. Mas ele me salvou. — Respirou fundo. — E eu o salvei. Se você salvou seus homens e seus homens salvaram você, então vocês pertencem uns aos outros.

— Obrigada — murmurei, meus olhos brilhando e o lábio inferior tremendo de gratidão.

Maddie voltou ao seu lugar; Mae segurou sua mão e apertou. Beauty deu um tapa na cadeira.

— E caramba, querida, é o maldito século vinte e um! Diga ao clube para sair da porra da idade das trevas e se juntar ao novo amanhecer, onde — ela fingiu surpresa — uma mulher pode estar com dois homens. — Beauty cobriu a boca e fez o seu melhor sotaque sulista. — Oh, meu Deus! Como ousa me dar um tapa na cara com esse *ménage-à-trois!* — Ela revirou os olhos e eu ri. — Fique com seus *cajuns*. — Ela arqueou as sobrancelhas. — Eles são lindos. Muitas cadelas morreriam para ficar entre aqueles peitos musculosos.

— Para nós — Phebe disse, e gesticulou para as mulheres que sobreviveram à seita —, a ideia de um relacionamento entre um homem e uma mulher era realmente mais chocante do que o que você está vivendo. O amor é subjetivo, não? — Ela sorriu. — Eu diria que esta vida é muito diferente do mundo fora das terras dos Hangmen. Já estamos vivendo um modo de vida alternativo. Sua vida amorosa não é tão estranha dentro dessas paredes.

— E ajuda que os irmãos, e cadelas como eu, literalmente, matariam qualquer um que tivesse um problema com isso.

Eu ri de Letti quando ela deu de ombros, como se matar alguém fosse apenas uma ocorrência diária em sua vida. Beauty apoiou seu comentário, cantando:

— Aleluia, irmã!

— Sia? — O som da voz de Ky às minhas costas me sobressaltou. Eu me virei e vi meu irmão parado na porta, então me levantei na mesma hora.

— Oi. — Baixei o olhar. Eu não sabia o que mais dizer, era tão estranho.

A sala ficou em silêncio.

— Vem comigo.

Levantei a cabeça e percebi que ele estava saindo da cabana. Olhei de volta para Lilah e ela me deu um sorriso encorajador.

Eu saí pela porta e Ky estava subindo em sua moto. Ele bateu no banco.

— Sobe, maninha.

Subi na garupa, inalando o cheiro de couro. Isso sempre me fez lembrar de Ky. Quando eu era mais nova, ele me levava para passear de moto. Às vezes, por horas, na autoestrada.

Dirigimos ao redor das terras dos Hangmen até chegarmos a um riacho. Ky baixou o estribo e desligou o motor. Eu desci da moto e estiquei os braços e pernas, vendo Ky se sentar na margem do riacho. O som da água escorrendo era calmante quando tomei meu lugar ao lado dele.

Antes mesmo de dizermos uma palavra, Ky me virou para olhar a parte inferior do meu pescoço. Ouvi o pequeno resmungo furioso que saiu de sua garganta. Eu me afastei e falei:

— Eu não tenho vergonha. — Encontrei seu olhar irritado. — Tenho muito orgulho de estar com ele.

Ky deixou escapar um longo suspiro, abaixou a cabeça e passou as mãos pelo cabelo loiro e comprido. E então levantou a cabeça.

— Dois deles, Sia? — Eu tive que me segurar para não sorrir. Porque não havia malícia em seu tom. Ky olhou para mim com o canto do olho e balançou a cabeça. — Tenho que admitir que eles cuidaram de você. — Ouvi o som de um pato nadando ao longe. — Cowboy, defendendo você até que também foi levado, — Ky respirou fundo. — E Hush... — Ele riu. — Veio aqui como o próprio Hades, exigindo ir atrás de vocês. — Tenso, acrescentou em seguida: — Ele disse que eu não queria você com eles, porque ele era negro. Ou mestiço ou qualquer merda dessas. — Fechei os olhos, imaginando o que deve ter se passado pela cabeça de Hush. — Eu disse a ele que não era por causa disso. Que eu não dava a mínima para essa porra. — Ky cerrou os punhos. — É o pensamento dos dois em cima de você que me deixa puto.

— Ky! — arfei e bati em seu braço.

— O quê? — Ele continuou com toda a seriedade. — Você é a minha irmãzinha, caralho. Agora está na cama não com um, mas com dois irmãos, que, honestamente, poderiam estar transando um com o outro. Tudo o que vejo na minha cabeça sempre que vocês três são mencionados é um espeto assado, com pênis e boceta. Isso está ferrando com a minha cabeça!

— Ky, eu amo você pra caramba, mas se você falar merdas como essa de novo, vou cortar sua língua quando você estiver dormindo.

— Você não pode fazer isso, maninha. — Ele encolheu os ombros. — A Li não poderia viver sem essa língua. — Revirei os olhos e fiz um som de engasgo. Ky colocou a mão no meu pulso. — Sério. Eu nunca vou mencionar a merda de espeto assado novamente se você nunca fizer esse som. Agora eu tenho a porra da trilha sonora de como você gosta de chupar pau.

Eu ri, e me senti muito bem quando Ky riu também. Apoiei a cabeça em seu ombro, o cheiro de couro flutuando em meu nariz. Eu senti falta disso; odiava estar brigada com ele.

— Como Lilah está?

Levantei o olhar e vi o sorriso de Ky.

— Ela está melhor. Muito mais forte. — Ele esfregou as mãos nas coxas cobertas pelo jeans. — Ela fez um exame de sangue na semana passada. Está no início da gravidez, mas os médicos queriam checar um monte de coisas — ele pigarreou. — Perguntaram se queríamos saber o sexo.

Meus olhos se arregalaram e Ky soltou um longo suspiro e acrescentou:

— Ela vai ter um menino. — Levantei a cabeça, ampliando mais ainda o meu sorriso. — E uma menina.

Fiquei boquiaberta.

— Gêmeos?

— Sim. Li disse que tem casos de gêmeos do lado da família do pai dela — ele suspirou, os olhos arregalados em puro pavor. — Outra menina. Vou ficar grisalho antes dos trinta e cinco anos. — Ele apoiou a cabeça nas mãos. — E um menino. Merda — sussurrou. — Só posso imaginar a porra do mulherengo que essa criança vai ser.

Cutuquei seu braço.

— Bem, você é o pai dele.

— Sim — ele assentiu. — E com uma tia transando com dois homens, ele vai pensar que tem direito de pegar todas as bocetas disponíveis.

Eu suspirei, então disse, séria:

— Ky? O que você vai fazer sobre Cowboy e Hush e o clube?

— Negócios do clube, Sia. Você sabe disso.

Fiquei olhando para o riacho.

— Estive em Louisiana na semana passada. — Ky olhou para mim com uma expressão confusa no rosto. — Eu conheci o Crow.

— Okay — disse ele, lentamente.

— Eu preciso dizer algumas coisas para você e estou meio que indo pelas costas do Hush e do Cowboy aqui. Mas quero que você saiba, que entenda por que Hush é assim. Por que ele é tão quebrado. — Ky lambeu o lábio inferior, virando-se para olhar o riacho. Mas eu sabia que ele estava ouvindo cada palavra minha. — E há algumas coisas sobre o *prez* de Nova Orleans que eu acho que você deveria saber.

Suas sobrancelhas baixaram quando comecei a contar a ele sobre Hush e Cowboy. Como eles se conheceram, o que aconteceu com os pais de Hush, como ele nunca teve a chance de se despedir e por que nunca deixou os Hangmen realmente serem sua família. Então contei a ele sobre Titus, o que ele fez para Hush no passado e alguns dias atrás. E o que ouvi Crow e Hush contando ao Cowboy quando eu não deveria estar ouvindo.

Quando terminei, Ky era como uma estátua à margem do riacho. Suspirei, sentindo o peso de tudo o que passamos sair dos meus ombros.

— Se você mandá-lo embora por algo tão idiota como se apaixonar por mim... — Ky virou a cabeça para mim. — Eles me amam — sussurrei. — E eu os amo muito. — Dei ao meu irmão um sorriso irônico. — É a primeira vez que qualquer um de nós realmente sentiu isso, Ky. Eu estou... — Pensei em Maddie. — Estou em paz agora. Com eles. Estou finalmente feliz e em paz.

Eu me levantei e limpei a sujeira da calça jeans. Ky esperou mais alguns minutos, sem dúvida pensando em tudo. Então se levantou. Fui caminhando até sua moto, quando ele agarrou meu braço e me puxou contra o peito. Grunhi de surpresa, mas então senti meu coração derreter quando os grandes braços de Ky me envolveram e me apertaram com força. Senti as lágrimas começarem a se formar, só piorando quando ele beijou o topo da minha cabeça e murmurou:

— Eu não teria conseguido suportar se o filho da puta do Garcia tivesse roubado você de mim.

A sinceridade em sua voz profunda me desarmou. Eu me agarrei a Ky com tudo que eu tinha.

— Eu amo você — sussurrei e quis dizer cada palavra.

— Também amo você, maninha. — Ele me abraçou por mais alguns segundos.

Quando nos separamos, tive certeza de ter visto seus olhos brilhando, mas quando subimos na moto, não pude dizer se havia imaginado ou não. Enlacei sua cintura com meus braços.

— Quer dar um passeio de verdade? — perguntou ele.

Sorri, me sentindo a irmã mais nova que realmente era.

— Sim. — Segurei firme assim que pegamos a estrada.

Eu não sabia se era um sinal, talvez da minha mãe, mas senti uma quietude se instalar em mim, algo que nunca havia sentido antes. E eu sabia que era porque seus dois filhos haviam encontrado o caminho de volta um para o outro. Com esse pensamento em mente, fechei os olhos enquanto as luzes da cidade de Austin passavam zunindo... e apenas curti o passeio.

Entrei no apartamento e encontrei Cowboy esticado no sofá. Ele se levantou e veio direto para mim, me erguendo no colo e me abraçando contra seu peito.

— Senti sua falta, *cher* — ele disse contra meu cabelo.

Eu ri.

— Eu estive fora apenas pela tarde.

Cowboy me colocou no chão e colocou a mão no peito.

— *Cher*, isso é muito tempo para ficar sem você — murmurou, em sua melhor encenação dramática. Eu ri na cara dele.

— Você é inacreditável — respondi, pressionando a boca contra a dele. Cowboy gemeu, suas mãos agarrando minha cintura. Ele pode ter estado brincando antes, mas esse beijo me mostrou que ele quis dizer cada palavra.

Quando ele se afastou da minha boca, estávamos respirando rápido. Senti seu pau duro contra minha coxa e engoli em seco. Levantei o olhar e vi Hush por cima do ombro de Cowboy. Ele tinha acabado de sair do banho, e nos observava encostado na porta. Uma toalha estava frouxamente enrolada em sua cintura, seu corpo musculoso e tatuado à mostra. Gotas de água desizaram sobre seu abdômen e desapareceram sob o tecido felpudo.

Cowboy havia se movido, sua boca agora na minha nuca. Meus olhos permaneceram nos de Hush, o azul-gelo de suas íris estreitando em torno das pupilas dilatadas. O hálito quente de Cowboy causou arrepios em minha pele, que queimava com o calor. Apertei as coxas uma à outra, tentando encontrar algum tipo de alívio para aquela ânsia.

Hush lentamente ergueu a mão para mim.

— Vá até ele — Cowboy sussurrou. Meus pés obedeceram, cruzando a cozinha até que segurei a mão de Hush.

Como sempre, ele olhou para os dedos entrelaçados. Mas antes, eu tinha visto medo em seu rosto, ansiedade sobre nossos diferentes tons de pele e o que aquilo poderia significar para nós. Como se seu passado fosse irromper instantaneamente no presente. Agora, quando ele observou nossas mãos, vi apenas amor e carinho em seu olhar. Eu sabia que sempre haveria uma parte dele que se preocuparia, mas eu esperava que os anos felizes que viriam pela frente dissipassem lentamente seus medos.

Eu me aproximei de Hush, a mão livre descendo por seu peito e abdômen. Outra gota de água escorreu pelo seu peito e, me inclinando, lambi a gota com a língua. Hush gemeu e segurou minha nuca. Olhei para cima, nossos olhares colidindo, e ele colou sua boca à minha. Eu gemi, sem fôlego, quando sua língua deslizou para dentro. Ele tomou minha boca, forte e rápido, mas ao mesmo tempo tão incrivelmente doce. Gemi mais alto ainda ao sentir duas mãos deslizando em volta da minha cintura.

A boca de Cowboy beijou ao longo da lateral do meu pescoço e nuca. Meus olhos tremularam com a sensação de tanto carinho. Estendi as mãos às costas e encontrei Cowboy nu. Agarrei seus quadris definidos e coxas musculosas. Cowboy impulsionou a pelve contra a minha bunda, me empurrando para Hush, que também estava duro. Eu me afastei de sua boca e tentei respirar.

Cowboy me guiou para frente, em direção ao quarto. Minhas mãos encontraram a toalha em volta da cintura de Hush assim que tomei seus lábios novamente com a boca. Éramos um misto de bocas, mãos e pele quando entramos no quarto. Eu mal tinha respirado direito quando Cowboy tirou minha blusa. Hush desabotoou minha calça jeans e se ajoelhou enquanto a puxava para baixo e para longe do meu corpo, levando junto a calcinha. As mãos de Cowboy fizeram um trabalho rápido no meu sutiã... e então eu estava nua, com cicatrizes e tudo... e nunca me senti mais bonita em toda a minha vida.

— *Je t'aime*[17] — Cowboy sussurrou em meu ouvido, sua boca se arrastando ao longo do meu pescoço.

Levantei as mãos acima da cabeça e as envolvi ao redor do pescoço do Cowboy. Gemi quando a língua de Hush começou a subir pelas minhas

---

17 Je t'aime (francês) – Eu amo você.

coxas, se movendo cada vez mais perto do meu centro. Cowboy segurou meus pulsos enquanto Hush separava minhas pernas e lambia ao longo da minha boceta.

— Hush! — gemi e arqueei as costas, me entregando a ele. Afastei uma das minhas mãos do Cowboy e rocei seu pau com os nódulos dos dedos. Cowboy gemeu em meu ouvido, empurrando-se contra minha palma. Eu o agarrei suavemente, acariciando para cima e para baixo.

Presa entre os dois homens que roubaram meu coração, meus olhos reviraram de prazer. O calor percorreu meu corpo como um incêndio. Agarrei o cabelo de Cowboy enquanto a outra mão trabalhava lentamente em seu comprimento. Seus dentes mordiscaram meu pescoço, ombro, minha orelha.

Hush levantou uma das minhas pernas e a colocou por cima do ombro, me abrindo ainda mais para sua boca. Eu mal havia tomado fôlego antes que sua língua me chicoteasse de volta, o dedo empurrando dentro de mim. Gritei quando a sensação de seus toques em todo o meu corpo me oprimiu; Cowboy gemeu em meu ouvido; Hush grunhiu enquanto me lambia. A pressão se acumulou nas minhas coxas e fechei os olhos, me perdendo na sensação. Quando as mãos do Cowboy abarcaram meus seios, foi o bastante para que meu orgasmo explodisse. Chamas, calor e vapor pareciam jorrar de mim enquanto Hush recebia cada gemido que eu tinha para dar a ele.

Minhas pernas fraquejaram. Cowboy me levantou e me deitou na cama antes que eu caísse; dois grandes corpos colados ao meu lado. Bocas tomaram um mamilo cada, sem me dar um segundo de alívio. Mas eu ansiava por isso, precisava de suas bocas e suas mãos acariciando minha pele. Em todos os lugares, me possuindo, me dizendo a quem eu pertencia. Senti mãos se moverem para minha boceta, sobre meu clitóris. Eu não sabia quem era e não me importava – na cama, éramos apenas um. Subi cada vez mais alto até que outro orgasmo se apoderou de mim. Arqueei as costas, incapaz de aguentar mais.

Lábios dominaram os meus, e não precisei abrir os olhos para saber que era Hush. Os lábios dele e de Cowboy eram diferentes. Seus gostos eram únicos. Hush se afastou da minha boca, apenas para Cowboy assumir o seu lugar. Girei para longe de Cowboy, ficando de joelhos, e ele se moveu às minhas costas, esfregando as mãos na parte inferior da minha coluna.

— Vou comer essa boceta — ele disse, com a voz rouca. Eu me virei para Hush, seus olhos azuis me observando como se eu fosse um presente que ele lutou para se acostumar a ter em sua vida.

Eu sentia exatamente o mesmo por ele.

Pelos dois.

Eu me abaixei e segurei o comprimento de Hush. Beijei a ponta, passando a língua em torno da cabeça. Mantendo os olhos fixos aos dele, o tomei em minha boca enquanto Cowboy deslizava a língua sobre o meu clitóris. Gemi quando Hush rebolou os quadris, enrolando meu cabelo em um punho.

— *Älskling* — ele murmurou, uma e outra vez. — *Älskling, älskling, älskling...*

Lambi e chupei até que Hush empurrou minha cabeça para longe. Suas bochechas estavam vermelhas e a respiração acelerada. Pressionei a testa em sua coxa musculosa enquanto Cowboy me provava, me lambendo e chupando com vontade até eu não conseguir falar ou pensar. Seu dedo me penetrou, me fazendo perder a cabeça. Então, quando outro deslizou na minha bunda, eu me deixei levar pela onda de prazer. Desabei em cima de Hush, sentindo seus braços protetores me envolvendo e me puxando contra seu peito. Ele distribuiu beijos em meu rosto.

— Eu amo você — murmurou, fazendo lágrimas surgirem nos meus olhos. Ele não se escondia mais atrás de silêncios estoicos, suas palavras eram dadas livremente e eram bem-vindas ao meu coração.

Mal tive tempo de abrir os olhos quando Cowboy separou minhas pernas, me sentando levemente. Hush estendeu a mão entre nós, mantendo os olhos em mim, e se posicionou na minha entrada. Não usávamos mais preservativos. Não havia necessidade. Eu era deles, e eles eram meus. Arfei com um gemido quando a espessura de Hush começou a me preencher. A mão de Cowboy deslizou pelas minhas costas, deixando um rastro de fogo sobre a pele.

Hush gemeu, passando o polegar sobre meu lábio inferior quando estava totalmente sentado. Precisando sentir a deliciosa plenitude de Hush, rebolei os quadris, arrepios cobrindo cada centímetro da minha pele. Ouvi um tubo ser aberto e então senti um líquido frio nos dedos de Cowboy assim que ele os inseriu em minha bunda. Meus lábios se separaram quando o senti entrar em mim. Hush ficou parado, me mantendo no lugar, me deixando sentir cada momento com seu melhor amigo. Sem egoísmo. Sem ciúme. Apenas amor.

— *Cher* — Cowboy gemeu, com as mãos em meus quadris. Gemi alto quando ele me penetrou por completo. Seu peito estava nivelado contra minhas costas. Virei a cabeça e Cowboy capturou minha boca em um beijo suave. Hush se moveu primeiro, depois, em um ritmo alternado, Cowboy também. Não tive tempo de recuperar o fôlego. Sem pausa, apenas me deliciando com uma sensação tão incrível, que meu desejo era que nunca mais tivesse que voltar à Terra. Fui passada entre bocas, lábios inchados e línguas famintas enquanto beijos profundos eram dados sem hesitação.

Eu era adorada.

Eu era amada.

Eu me sentia digna.

Choraminguei ao sentir que não aguentava mais. Minha pele estava encharcada de suor, escorregadia como manteiga entre dois corpos pesados e musculosos. Enjaulada pelos dois homens que eu amava. Dois homens que foram até o inferno para me salvar. Arriscaram suas vidas para que pudessem me possuir.

O ritmo aumentou, nossas respirações aceleradas. Minha boceta e bunda começaram a contrair, roubando gemidos ansiosos dos meus homens. Meus braços tremeram – as mãos contra o colchão, uma de cada lado do Hush –, enfraquecendo conforme o prazer crescia.

— É uma sensação maravilhosa — murmurei, a voz falhando em um gemido. — Eu vou... — Arfei, tentando recuperar o fôlego. — Vou gozar — gritei e então parei; Hush e Cowboy acelerando o ritmo sincronizado enquanto eu me fragmentava em milhares de pedaços. Dois gemidos baixos soaram um após o outro, então eu estava aquecida, com tanto calor que me senti viva com as chamas. O agarro de Hush e Cowboy no meu corpo aumentou enquanto eles gemiam e respiravam, gozando dentro de mim.

Desabei sobre Hush e ele enfiou as mãos no meu cabelo, mantendo-me perto de sua pele úmida. Respirei e suspirei até que meu coração começou a acalmar. Cowboy se curvou sobre as minhas costas, com as mãos na minha cintura.

Um silêncio confortável reinou, nos envolvendo como um casulo. Como eu disse para Hush em Louisiana, dentro dessas paredes, ninguém julgava a forma como nos amávamos. Sem julgamento ou censura.

Este mundo era nosso. Nosso próprio pedaço do paraíso, aqui na Terra.

Nossas respirações voltaram ao normal, mas eu sabia que nenhum de nós estava dormindo. Hush e Cowboy ainda estavam acariciando meu corpo.

Eles nunca me deixavam sozinha, um deles ou os dois sempre me abraçavam ou beijavam, roçando os dedos pela minha pele. Eu não sabia que tal amor poderia existir. E nem tinha ideia do que tinha feito para merecer isso, mas nunca deixaria de valorizar o que possuía. Todos nós percorremos uma estrada sombria para chegar a este lugar de luz.

Eu sorri, o calor de seus corpos me envolvendo. Fechei os olhos, contente por apenas existir... então Hush, com os dedos em meu cabelo, disse:

— A primeira prostituta com quem transei foi no Hangmen, quando éramos recrutas em Nova Orleans.

Abri os olhos e respirei fundo. Hush estava se abrindo novamente; ele tinha feito isso com frequência nos últimos dias. Cada vez que ele fazia isso, eu sentia outro peso sendo retirado de seus ombros. Quando ele exorcizava qualquer demônio para libertar sua alma, mais sorrisos enfeitavam seu rosto. Mais risadas saíam de seus lábios.

E mais meu coração batia.

— Eu... Eu não consegui fazer nada. — Ele soltou uma risada autodepreciativa. — Eu estava muito preocupado com as convulsões. Com pânico de que pudesse ter uma bem no meio da transa e então o *prez* iria descobrir e me expulsar.

Beijei sua pele quente.

— Continue.

Hush suspirou.

— Cowboy descobriu, é claro. Ele sabia que algo estava errado e não calou a boca até que contei a ele. — Hush riu, desta vez, de verdade. — E assim como o Cowboy que todos nós conhecemos e amamos, ele escolheu uma puta de clube que o tinha fodido com os olhos a noite toda e me arrastou para o quarto com ele. A prostituta estava disposta. — Ele balançou a cabeça. — Eu fiquei pasmo pra caralho. Mas... — Ele suspirou. — Consegui. E, na época, para mim, mesmo aos dezoito anos, foi como uma vitória pessoal.

Eu o abracei com mais força, estendendo a mão para segurar a de Cowboy também. Levei-a à boca e agradeci com um beijo.

— Nunca mais consegui transar depois daquela vez. Era minha cruz para carregar. Mas, de novo, Cowboy soube disso e nunca me deixou sozinho.

Cowboy deu de ombros contra minhas costas.

— Quanto mais, melhor — ele brincou. Mas eu sabia que, na verdade, era porque ele era um bom homem. E ninguém jamais encontraria um amigo melhor do que ele.

Altruísta. Cowboy era a pessoa mais leal que já conheci.

— Que bom. — Eu me aconcheguei a eles. — Porque isso trouxe os dois para mim. E eu nunca teria sido capaz de escolher entre vocês.

Cowboy se aproximou de mim e beijou minha bochecha.

— Você nunca terá que fazer isso.

Olhei para Hush, seus olhos brilharam de felicidade.

— Você nunca vai precisar escolher.

Eu não tinha certeza do que o futuro reservava para nós, mas enquanto eu segurava as mãos deles nas minhas, mãos com cicatrizes, machucadas, mas cheias de tanta luz, eu sabia que seria o nosso tipo de perfeição.

Porque viveríamos isso... juntos.

CAPÍTULO 16

HUSH

— Suba, *cher*.

Esperei na minha moto enquanto Sia subia na garupa do Cowboy. Eu mal podia esperar para tê-la na minha garupa, mas até que minha epilepsia estivesse sob controle, não queria arriscar. Eu até fui ver Rider. Conversei com o ex-irmão. Ele estava estudando para se tornar um médico de verdade na universidade, não apenas um no qual sua seita o transformou. Ele me apontou na direção certa. Agora que estava tomando novos remédios, já me sentia melhor. Mas até eu sabia que até ter um controle real sobre a doença, eu não levaria Sia na minha moto.

Em breve. Eu a teria comigo em breve.

Como se adivinhando o que se passava em minha mente, ela estendeu a mão. Eu a segurei e ela deu um aperto.

— Pronto para ouvir qual a decisão? — Cowboy perguntou.

Inspirei profundamente e, em seguida, assenti com a cabeça. Ky ligou ontem. Eles fariam a reunião da *church* hoje para votar se ficaríamos no clube ou não. Eu não tinha certeza do que diabos faria se eles votassem contra nós. Mas quando deixei meu olhar encontrar Sia e Cowboy, meu irmão fazendo-a rir de algo que ele disse, eu sabia que de alguma forma ficaria bem.

— Pronto? — perguntei. Cowboy assentiu com a cabeça e saímos do estacionamento. Aproveitei cada etapa do cenário que percorria no caminho para o complexo dos Hangmen, apenas no caso de a decisão ser negativa.

Eu amava Austin pra caralho. Louisiana sempre seria de onde eu tinha vindo, mas minha casa agora era aqui, no Estado da Estrela Solitária. Sia tinha me dito várias vezes, sempre que meus demônios vinham me atormentar para me insultar sobre nosso relacionamento, que Austin era um paraíso *hippie* liberal. Ninguém dava a mínima para casais interraciais ou, no nosso caso, uma tríade.

E ela estava certa.

Era a minha casa.

Cowboy estava ao meu lado, Sia se agarrando ao seu *cut*. Olhei para sua jaqueta de couro. Eu não queria nada mais do que vê-la com um *cut* escrito "Propriedade de Hush e Cowboy" nas costas. Meu pau ficou duro só de pensar nisso. Alguém para chamar de meu. Algo que pensei que nunca teria nesta vida.

Entramos nas extensas terras dos Hangmen e paramos na casa de Lilah. Sia ficaria com sua cunhada enquanto seu irmão e 'quase irmão' – Styx – decidiam nosso destino. Sia desceu do banco da moto do Cowboy e o puxou para um beijo.

Vi todas as *old ladies* saindo da casa de Lilah, esperando por ela. Seria a primeira vez que alguém do clube nos veria juntos, os três. Sia se separou de Cowboy e veio até mim. Ela sorriu, destruindo meu coração, pegou minha mão e pressionou seus lábios nos meus. Segurei sua nuca e a mantive colada à minha boca.

Sia suspirou e, relutantemente, se afastou.

— Eu amo vocês — ela sussurrou. — Agora, vão ver meu irmão.

Logo depois, ela entrou na casa. Lilah acenou, e eu retribuí o cumprimento, olhando em seguida para Cowboy.

— Está pronto?

Cowboy piscou.

— Sempre.

Dirigimos até a sede do clube. O lugar parecia uma cidade-fantasma. Ky falou para irmos direto para a *church*. Passamos pelo bar vazio e seguimos em frente para encontrar nosso destino. Bati à porta.

— Entrem! — A voz familiar de Ky ecoou.

Cowboy tocou no meu ombro e eu respirei fundo antes de passarmos pela porta. Franzi o cenho quando vi apenas Ky e Styx, sentados em seus assentos habituais.

— Sentem-se — Ky ordenou e apontou para nossos lugares à mesa.

TRÍADE SOMBRIA 267

Nós nos sentamos, e Cowboy me deu uma olhada de soslaio; eu estava muito confuso. Ky nos encarou, Styx também. Em seguida, Ky se inclinou para frente, os braços sobre a mesa, e disse:

— Não é contra as regras do clube foder a irmã de outro irmão — ele rosnou —, mas para mim, é antiético pra caralho. — Ky passou o olhar severo entre mim e Cowboy. — Já era ruim o suficiente ser um de vocês, mas o fato de serem dois é o que realmente me irrita. — Cerrou os punhos.

Um silêncio pairou pesadamente sobre a sala, então respondi com a verdade:

— Nós a amamos.

Ky ficou imóvel; o corpo de Styx tensionou. Lentamente, Ky ergueu a cabeça. Seu rosto estava vermelho como uma beterraba, e pude ver que o irmão não estava lidando bem com toda essa merda. E então Ky disse, calmamente:

— A única razão pela qual vocês não estão fazendo as malas é porque Sia também ama vocês, seus babacas.

Meu coração disparou. Cowboy se mexeu, inquieto, na cadeira.

— Nós não estamos sendo expulsos? — Cowboy perguntou.

Styx balançou a cabeça e Ky apontou para a parede.

— Levantem-se.

Eu me perguntei o que diabos estava acontecendo. Ky se levantou, com o cenho franzido, também esperando. Para quê, eu não tinha ideia.

Nós nos levantamos e fomos até a parede. Ky estava diante de nós, nos observando com severidade.

— Como o seu *VP*, não posso detonar seus rostinhos bonitos por causa da Sia. — Um sorriso frio curvou seus lábios e ele estalou os nós dos dedos. — Mas, com certeza, posso fazer isso como o irmão mais velho dela. — Seu soco me acertou na mandíbula. Minha cabeça virou para o lado, recuando a tempo de testemunhá-lo fazer o mesmo com Cowboy.

— Mas que porra, Ky? — Cowboy resmungou, lentamente, tão descontraído como sempre.

Ky nos agarrou pelos *cuts*, nos puxando para frente.

— Se vocês fizerem qualquer coisa para magoá-la, se atreverem a levantar a porra da mão para ela ou fazê-la chorar, eu prometo que arrancarei seus paus e farei de vocês dois eunucos. Entenderam?

— Gráfico demais, Ky — Cowboy reclamou, esfregando o queixo.

Ky arqueou uma sobrancelha.

— A única razão pela qual não estou fazendo isso agora é porque, por algum motivo, ela ama vocês. E Sia já passou por merdas suficientes na vida e eu quero... — Ele mordeu o lábio, como se a próxima parte o estivesse matando. Finalmente, ele disse: — ... que vocês, seus filhos da puta, a façam feliz.

Ele não disse mais nada, mas entendi que, de alguma forma, estava nos agradecendo.

Cowboy levantou os braços.

— Merda, *VP*. Isso nos torna irmãos de verdade?

Ky olhou feio para o meu melhor amigo. Ele apontou o dedo ferozmente para nossos rostos.

— É melhor ela ter um *cut* nas costas até o final da porra da semana. Vocês vão dar a cara a tapa e vão matar qualquer um que tenha algum problema com isso.

— Faremos isso — eu prometi.

Ky se virou para mim.

— Soube que você também não teve uma vida boa. — Ele fez uma pausa e senti meu coração bater mais rápido. *Sia,* pensei. *O que foi que ela disse?* — Se você tiver problemas, tiver qualquer merda do passado ou mesmo do presente para lidar, venha até nós. — Ele apontou o polegar para Styx, que estava observando silenciosamente a tudo o que acontecia. Ele estava olhando para meus hematomas e cortes. — Temos um rancho antigo que pertencia a um dos irmãos que morreu há alguns anos. É perto daqui. — Ele sorriu e eu entendi. Ele nos queria perto, para ficar de olho em nós com sua irmã. — Estamos dando para Sia. Vamos vender sua antiga casa; ela tem muitas lembranças ruins por lá. Não fica nas terras do complexo, mas é tão perto que praticamente poderia ser considerada como parte da propriedade. Ela também faz parte deste clube. Um pouco tarde demais, eu sei, mas agora ela está aqui e eu a quero perto de mim. — Ky passou a mão pelo cabelo. — Com certeza, vocês dois vão morar lá também.

— Sim — eu disse.

Ky se virou, então, olhando para nós, disse:

— Se eu ouvir uma palavra sobre vocês pegando a minha irmã... Se vocês disserem qualquer coisa, para qualquer irmão... — Ele parou no meio da frase e se corrigiu: — Se vocês se atreverem a dizer ao Vike, aí sim, eu vou reorganizar seus rostinhos de verdade. Entendido?

Cowboy riu, mas concordou rapidamente.

TRÍADE SOMBRIA

— Entendido — concordei ao mesmo tempo.

Styx se levantou, ergueu as mãos e sinalizou. Ky traduziu:

— *Lá fora. Agora.*

Ky caminhou logo atrás dele.

— Para onde diabos estamos indo? — Cowboy sussurrou.

Apenas balancei a cabeça, também sem entender.

Styx saiu pela porta dos fundos, a luz do sol me cegando. Protegi meus olhos com a mão e congelei quando vi o que estava na minha frente.

— Merda — Cowboy murmurou atrás de mim.

Eram os meus irmãos.

Todos eles, esperando em suas motos; prontos e em formação. Olhei para o lado e vi Sia parada com Lilah e todas as outras *old ladies*. Ky e Styx se viraram para olhar para mim.

Styx ergueu as mãos.

— *Vocês dois agora são membros totalmente oficializados dos Hangmen, Sede do Clube, em Austin.*

Notei quatro motos vazias na frente dos meus irmãos; a do Styx, do Ky, do Cowboy e a minha. Vike estava recostado ao guidão de sua moto, com um sorriso enorme no rosto. AK e Flame estavam ao lado dele. Smiler, Tank, Tanner, Bull... todos esperando, observando. A mão de Cowboy apertou meu ombro, me firmando, como sempre.

As mãos de Styx se moveram novamente. A voz de Ky explicou:

— *Nós somos sua família. E a família cuida uns dos outros.*

Styx cruzou os braços sobre o peito e observou, quando Ky encontrou meu olhar e continuou:

— *E família corre, quando um ou mais de nossos familiares caem.* — Respirei fundo e meu corpo congelou. — *Seus pais mereciam ser homenageados no estilo Hangmen.*

Comecei a tremer, meus malditos olhos começando a lacrimejar enquanto eu encarava meus irmãos outra vez... Todos eles usavam braçadeiras pretas ao redor dos bíceps.

Abaixei a cabeça.

A mão de Ky envolveu minha nuca e me puxou para seu peito, então ele beijou o topo da minha cabeça.

— Você corre na frente hoje, pelos seus pais. — Lutei contra a porra do nó na garganta. — Hoje você mostra ao mundo que eles não foram esquecidos; que todos nós lembramos deles.

Virei, me afastando de Ky, e coloquei a mão na parede atrás de nós. Cowboy parou ao meu lado, e então reconheci a mão de Sia segurando a minha. Eu simplesmente respirei, falhando em manter a compostura.

Família, Styx havia sinalizado. *Família*.

Quando finalmente consegui me recompor, me virei e vi que Styx e Ky haviam assumido seus lugares em suas motos... atrás da minha e do Cowboy. A minha mais à frente, a de Cowboy um pouco atrás, mas ainda praticamente ao meu lado.

Caminhei entorpecido até minha moto. Quando me sentei no banco, Lil' Ash trouxe uma braçadeira preta para mim, e Zane levou uma para o Cowboy. Ash a amarrou no meu braço e eu não consegui desviar o olhar daquele pedaço de tecido preto. Pelo que aquilo significava; o que realmente representava.

O assobio alto de Styx me tirou de meus pensamentos. Olhei para trás, vendo a mão de Styx erguida. Liguei o motor e pouco antes de sairmos, vi os olhos de Cowboy... brilhando pra caralho também. Ele assentiu para mim.

Encarei meu amigo e então olhei para Sia. As lágrimas rolaram por suas bochechas enquanto ela segurava a mão de Lilah com força. A cadela soprou um beijo na minha direção. Uma paz que nunca tinha sentido até este momento me encheu, acalmando os demônios que não haviam me dado descanso por tanto tempo.

Então, nos conduzi para fora do complexo e para a estrada. O rugido dos motores era a trilha sonora desse momento. E enquanto dirigíamos pelo centro da cidade – toda a avenida parando para assistir enquanto os Hangmen percorriam a cidade pelo irmão e irmã mortos –, eu não poderia estar mais orgulhoso de usar o emblema dos Hangmen.

Porque eles eram a minha família.

Eu, finalmente, fazia parte de algo... depois de todo esse tempo.

Depois de lutar contra meus demônios por tanto tempo, me permiti aceitar a verdade...

Eu estava em casa.

Um mês depois...

A *church* foi transferida para o bar. O local estava cheio com todos os *prez* e *VP*s de todos os Estados do sul. Styx estava sentado à frente, com Ky ao seu lado. Uma grande mesa foi trazida, grande o suficiente para acomodar todos os homens. Eu fiquei atrás, com o resto do clube-sede de Austin. Apenas *prez* e *VP* tinham um lugar à mesa. Nós éramos os únicos não-líderes permitidos aqui hoje.

Cowboy estava ao meu lado, mas seus olhos não estavam focados em Styx; ele estava encarando o filho da puta do outro lado da mesa. Titus se sentou ao lado de Crow, que encontrou nossos olhares assim que chegou. Ele balançou a cabeça, pois ainda não tinha nada de concreto a respeito do idiota.

O *martelo* bateu na mesa. Todos os olhos se voltaram para Styx. Ele ergueu as mãos e, como sempre, Ky falou por ele:

— *Vou direto ao assunto.* — Styx olhou nos olhos de todos no bar. — *Tivemos umas merdas acontecendo no clube há várias semanas, com o cartel Quintana. Quando tudo aconteceu, sabíamos que a chance de guerra era alta.* — Ele fez uma pausa e Cowboy olhou para mim. Respirei fundo, entendendo agora por que a reunião estava acontecendo. Senti a tensão emanando dos irmãos ao redor. A adrenalina estava começando a subir. — *Cinco dias atrás, o cartel de Quintana declarou guerra.* — O silêncio no local se tornou pesado. — *A família Quintana está junto com a Klan. Eles também declararam guerra contra nós.*

Minha respiração acelerou; amargura, ódio e tudo que guardei em relação àqueles filhos da puta, por anos, vieram fervendo à superfície.

— Aí, sim — Vike murmurou baixinho.

Eu podia ouvir Flame rosnando atrás de mim, os punhos cerrados e a respiração acelerada de excitação.

— *Estamos em alerta máximo* — Styx sinalizou e Ky falou: — *Eu só chamei os Estados do sul. Mas se essa guerra ficar complicada, todas as filiais serão transferidas para o Texas até o fim disso tudo.* — Styx suspirou e acrescentou: — *A última guerra ceifou muitas vidas.* — Ele deixou isso pairar entre todos nós. Olhei para o Cowboy, que retribuiu o olhar; ambos sentindo a gravidade das palavras de Styx. Voltei a olhar para o *prez*. — *Não espero que esta seja diferente.* — Ele olhou ao redor. — *Alguns de nós não vão voltar de onde diabos esta guerra nos levar.*

— Se morrermos pelo clube, será uma honra do caralho — Suede, o *prez* da filial do Arkansas, disse, com orgulho. Os irmãos concordaram. Styx assentiu com a cabeça em aprovação.

— *Temos que ser fortes* — Styx sinalizou, Ky sendo seu porta-voz, como sempre. — *Apenas os irmãos mais dedicados lutam.* — Styx olhou para Tanner e eu franzi o cenho. O que diabos estava acontecendo?

Tanner saiu do bar e então Styx olhou para Titus. Eu congelei. Cowboy estendeu a mão e segurou meu braço.

Titus olhou ao redor da mesa, com seu sorriso arrogante de sempre.

— O que foi, *Prez*?

Styx inclinou a cabeça para o lado.

— *Você tem algo a dizer?* — Ky traduziu. — *Algo para... confessar?*

As sobrancelhas de Titus franziram, mas o filho da puta se mexeu desconfortavelmente em sua cadeira. Ouvi a porta abrir atrás de mim. Tanner voltou a entrar no bar com uma pasta em mãos. Ele parou ao lado de Tank.

— Não — Titus disse, em resposta à pergunta de Styx.

Ky assumiu a liderança desta vez.

— Temos dado umas olhadas por aí. — Ele acenou com a mão para Tanner, que deu a volta na mesa e jogou a pasta sobre a superfície de madeira... bem na frente de Titus. O filho da puta apenas a encarou. — Percebemos que estava faltando dinheiro da filial de Nova Orleans. — Ky deu seu sorriso de astro de Hollywood, mas estava mesclado com fúria. — Acontece que um pequeno *prez* com os sonhos supremacistas andou financiando sua antiga Ku Klux Klan local — rosnou, a tensão no bar aumentando. — E isso não é jogar de acordo com as regras.

Titus jogou a pasta de volta sobre a mesa.

— Isso é mentira!

— Não aceitar ninguém de qualquer cor no clube, a não ser brancos. — Ky se recostou à cadeira, cruzando os braços. — E então, culpar o único irmão negro pelo roubo e expulsá-lo do seu clube.

Meus olhos se arregalaram. Titus virou a cabeça na minha direção, os lábios curvados em desgosto. Crow olhou também, e pude ver seu rosto se iluminando.

— Tem algo a dizer, filho da puta? — Ky perguntou, com candura, depois ficou sério. — Se explique.

Titus ficou de pé. Seus olhos se estreitaram e percorreram o local.

— Essa porra de clube costumava representar algo. Éramos brancos, e apenas permitíamos membros brancos. — Ele cuspiu na mesa, apontando para mim. — Então vocês começaram a deixar entrar esses pretos e latinos e qualquer outra porra de tipos inferiores que possam encontrar.

O clube rapidamente perdeu o orgulho. — Titus olhou para Ky e Styx. — Quando seus pais estavam no comando, pelo menos no começo, eles estavam certos. Apenas os malditos soldados usavam o emblema dos Hangmen. — Ele olhou para Styx. — Então o retardado gago entrou e assumiu. Tossindo e balbuciando palavras, tendo que falar com as mãos como a porra de uma bicha. Fazendo de nós a porra da piada de todos os clubes um porcento nos Estados...

Styx se lançou de sua cadeira, tão silencioso quanto a porra da noite, e agarrou Titus pelo *cut*. Ele o arrastou para a frente da mesa, chutou suas pernas e atirou bem no meio da testa do filho da puta.

Em seguida, largou o cadáver ainda quente de Titus no chão, apenas parando para arrancar o emblema de *prez* do seu *cut* e jogá-lo no peito de Crow. Colocando a arma de volta na calça jeans, ele sinalizou:

— *Parabéns, você é o prez agora.*

Styx se sentou e, como se não houvesse um maldito cadáver no chão, com sangue acumulando aos seus pés, sinalizou:

— *Algum outro filho da puta desleal com quem tenho que lidar?* — As cabeças balançaram de um lado ao outro. Styx suspirou. — *A guerra está vindo. Então fodam suas old ladies, bebam o que puderem aguentar e se preparem... porque alguns dos nossos dias estão contados.*

Styx ergueu o *martelo*, encerrando a reunião. No minuto em que o *martelo* atingiu a mesa, as portas se abriram atrás de nós. Todos nos viramos para ver um cara alto e loiro entrar pela porta. Seu cabelo estava todo para o lado, e uma barba curta emoldurava seu rosto com um sorriso largo.

— Há quanto tempo, seus malditos ianques! — Seu forte sotaque britânico viajou como um raio pelo bar.

— É isso aí! — Vike gritou, pulando de seu assento, passando por nós para tirar o cara do chão e girá-lo. — Porra, caralho, SIM! O maldito Barnaby Rudge!

— Vike! — o cara o cumprimentou, com um puta sorriso. — Como está o meu parceiro no crime?

— Em êxtase agora que você está aqui.

Ky abriu caminho pela multidão. Ele gemeu e revirou os olhos.

— Rudge, o que diabos você está fazendo aqui?

Ele passou o braço em volta de Vike, suas alturas absurdas combinando. Com um sorriso, explicou:

— Vim para uma luta no circuito. Ouvi dizer que estava rolando uma reunião de *prezes* e *veeps* aqui no bom e velho Texas. — Balançou a cabeça. Meus olhos foram para seu *cut*. Ele era da filial de Londres, na Inglaterra.

— Sim, *VP*s e *prez* — Ky confirmou, deixando a frase pairar no ar. Rudge claramente não era nenhum dos dois.

Ele deu de ombros, indiferente.

— Sim, cara. Mas sou eu, o Rudge, porra! Sabia que você ia me querer aqui, se soubesse que eu estava por perto.

— Você sabe das coisas! — Vike bateu nas costas de Rudge com sua mão gigante.

— Então? — Rudge perguntou, seus olhos cinzentos indo para Ky. — O que está rolando?

— Estamos indo para a guerra — Vike anunciou, com entusiasmo. — Cartel e Klan estão juntos.

Rudge gemeu, revirando os olhos e mordendo o lábio.

— Poooooooooorra... Quase gozei. — Ele se inclinou para perto de Vike. — Repita para mim, garotão... que tesão do caralho.

— Guerra — Vike sussurrou e soltou seu próprio gemido falso.

— É... — Rudge disse. — Aconteceu. Gozei na porra da minha cueca. — Rudge foi até Ky e passou o braço em volta dele. O cara ainda era musculoso pra caralho.

Eu sabia disso porque Vike levantou a camisa de Rudge e disse:

— Merda, Rudge, você ainda tem tanquinho. — Uma bandeira britânica enorme estava tatuada em seu peito, junto com um bulldog inglês fumando um cachimbo em sua barriga.

— Sempre. — Ele deu uns soquinhos em Vike. — E ainda matando pessoas com um único soco. — O filho da puta era rápido e parecia um bom lutador. — Você tem um quarto para mim, grandalhão?

— Porra, claro que sim — Vike disse, e eles desapareceram por entre a massa de irmãos que se moviam para o bar para beber.

— Porra. Agora a merda vai feder — Ky murmurou, indo à procura de Styx.

Enquanto todos se afastavam da mesa, meus olhos focaram no corpo ainda no chão. Uma mão pousou no meu ombro. Alguém se aproximou do meu outro lado, e quando levantei a cabeça, vi que eram Crow e Cowboy.

— Imagino que um de vocês fez isso? — Crow disse.

Balancei a cabeça. Cowboy também... então encontrei o olhar de Cowboy e soube que nós dois estávamos pensando a mesma coisa.

TRÍADE SOMBRIA

Sia.

— Bem... — Crow olhou para o emblema em sua mão. — Parece que tenho a porra de um clube para administrar.

— Parabéns, você merece — eu disse, com sinceridade. Cowboy apertou sua mão.

— Vocês são bem-vindos se quiserem voltar para casa — Crow declarou. — Sempre haverá lugar para vocês na minha mesa.

Encontrei o olhar de Cowboy e sabia que ele sentia o mesmo que eu.

— Meu lar agora é no Texas, Crow, mas obrigado.

Ele assentiu.

— Imaginei, mas de qualquer maneira, eu queria que vocês soubessem disso. — Ele se afastou, mas segurei seu braço.

— Você... — Pigarreei. — Você pode cuidar...? — Parei, nem mesmo querendo dizer seus nomes.

O sorriso de Crow não era nada além de pura maldade quando se espalhou em seus lábios.

— Ah, *mon ami*, eu já cuidei de *todos eles*. — Crow fechou os olhos e gemeu. — Na verdade, eu repasso essa merda na minha cabeça todas as noites só para cair no sono. — Ele se afastou e eu suspirei. Jase e aqueles outros filhos da puta já eram.

A justiça foi feita.

A última corda que me prendia desde aquela noite, finalmente, se soltou. Cowboy pousou o braço sobre meus ombros, beijou minha cabeça e perguntou:

— Bebida?

Assenti, prestes a ir com ele, quando Tanner veio e parou ao meu lado. Ele mudou o peso de um pé ao outro.

— Podemos conversar?

Meus olhos se estreitaram, mas sentindo um aperto encorajador de Cowboy no meu braço, assenti em concordância. Segui Tanner para fora até o banco de frente ao mural de Hades e Perséfone.

Tanner se sentou e esperou até que eu me sentasse ao seu lado. Então tirou um cigarro do *cut* e o acendeu. Tragando, exalou e abaixou a cabeça.

— Agora eu entendo — ele disse, sua voz rouca.

Na verdade, agora que dei uma boa olhada em Tanner, percebi que ele estava com uma péssima aparência. Sua pele estava mais pálida do que o normal, e olheiras profundas rodeavam seus olhos.

Ele se virou para olhar para mim.

— Entendo porque você tem problemas comigo. — Ele riu, mas não havia uma gota de humor ali. — Quer dizer, entendo que você, provavelmente, olhou para mim, com minhas tatuagens supremacistas e... por você ser um...

— Um vira-lata mestiço? — rosnei, ainda encontrando alguma raiva restante.

O rosto de Tanner ficou sério.

— Um tempo atrás, eu teria chamado você dessa forma. Talvez até de coisa pior. Eu teria tornado sua vida um inferno. — Ele respirou fundo e admitiu tristemente: — E eu teria sancionado o que foi feito com os seus pais... Eu poderia até mesmo ter estado lá.

Fiquei de pé, com as mãos cerradas. Eu me virei para ele, pronto para enchê-lo de porrada. O filho da puta estava esperando, braços para baixo e pronto para enfrentar a dor. A imagem me fez parar. Tanner engoliu em seco com tanta força que pude ver seu pomo-de-adão subir e descer.

— Vá em frente — ele murmurou, jogando o cigarro no chão. Eu respirei fundo, tentando me acalmar. Quando não me mexi, ele repetiu: — Vá em frente, porra. Eu mereço.

— Por que você saiu?

Tanner fechou os olhos diante da pergunta e desabou de volta no banco.

— Eu me apaixonei por uma cadela mexicana.

Eu sabia disso, mas não acreditei que fosse esse o motivo. Ao olhar para ele, naquele momento, eu soube que não conseguiria mais do que ele estava oferecendo. Tanner passou a mão pelo rosto e deu outra risada desprovida de humor.

— Ela é filha do Quintana.

— Estamos em guerra com Quintana.

Aquela risada angustiada soou novamente.

— Eu sei.

Olhei para ele.

— Estamos em guerra com a Klan.

Ele congelou.

— Eu sei.

Naquele momento, meu ódio por ele se dissipou. Eu tinha Sia e Cowboy. Bastava olhar para Tanner, o grande corpo do ex-nazista derrotado e sentado no velho banco de madeira, para saber que ele estava sofrendo pra caralho.

E estava sozinho.

Eu estive lá. Porra, eu mal sobrevivi.

Sentei ao lado dele no banco.

— O que você vai fazer?

Tanner acendeu outro cigarro, mas nem mesmo o levou aos lábios. Apenas deixou queimar entre seus dedos.

— Lutar — afirmou, sua voz rouca e áspera. Então olhou para mim. — Eu não estava mentindo quando entrei para os Hangmen. Este é o meu lar agora. Meu lugar. E vou lutar contra meu pai, tio e até mesmo meu irmão, se for preciso. — Ele balançou a cabeça. — O que eles estão fazendo é errado. Eu entendo isso agora. Então, vou lutar contra.

Levantei a mão e hesitei. Tanner deve ter visto o gesto; porque ficou tenso. Então, respirando através das memórias daquela noite, das fotos, dos capuzes e das tochas, deixei essa merda ir embora... e coloquei a mão em seu ombro, dando um aperto firme.

— Você tem uma estrada difícil pela frente, irmão.

— Eu sei — ele sussurrou.

Eu me levantei. Assim que abri a porta do bar, ele disse:

— Mantenho as tatuagens como um lembrete. — Apertei a maçaneta com força. Olhei para Tanner, mas ele continuou encarando o mural. — Para me lembrar das vidas que destruí por uma causa que acabou significando porra nenhuma. — Ele respirou fundo. — Elas não me deixam esquecer do idiota que fui pela maior parte da minha vida. — Ele virou a cabeça e olhou nos meus olhos. — Não ostento essa merda na pele ainda por apoiar a Klan e seus ideais. Mas por odiá-los com todas as forças.

Naquele momento, não senti nada além de pena por Tanner Ayers. Porque ele estava prestes a passar pelo inferno durante esta guerra. Eu o deixei sozinho e entrei no bar.

Cowboy acenou ao lado de Vike. Enquanto eu caminhava até eles, Vike passou o braço em volta do meu pescoço e disse a Rudge:

— Rudge, este é Hush, meu irmão chocolate ao leite de olhos azuis.

Rudge apertou minha mão.

— Prazer em conhecê-lo, cara.

E com isso, doses de bebidas foram servidas. Irmãos de todo o sul se reunindo para uma boa-noite antes que a guerra chegasse e todos empunhássemos nossas armas.

Como irmãos.

Como uma família.

Como malditos Hangmen.

EPÍLOGO

HUSH

Escutei um carro parar na parte da frente. Limpei as mãos sujas de graxa na calça jeans e baixei as ferramentas. Eu estava trocando o óleo da moto enquanto Sia e Cowboy estavam no rancho. Havia muito trabalho a ser feito em nosso novo espaço, mas era nossa casa.

E eu adorava isso.

Meus pés pararam, repentinamente, quando vi que não eram Sia e Cowboy. Um táxi estava estacionado em frente à nossa casa. Quando a porta traseira se abriu, prendi a respiração. Saindo do táxi, trajando um vestido branco, estava minha avó.

Fiquei paralisado. Sem palavras, quando seus olhos encontraram os meus e um sorriso se espalhou em seu rosto. Olhei para baixo, notando que estava sem camisa, usando uma calça jeans azul manchada de óleo. Mas eu podia ver pela expressão em seu rosto que ela não dava a mínima. Ela disse algo ao motorista e fechou a porta. O táxi não se moveu; o motor continuou ligado.

Finalmente, meus pés começaram a se mover quando ela veio na minha direção, ainda mancando. Estendi a mão para segurar a dela; minha avó sorriu, e meu peito quase desabou. Porque aquele sorriso... era o da minha mãe.

— *Mormor*. — Inclinei-me para beijar sua bochecha, sentindo o cheiro do seu perfume. Quando ela se afastou, vi que seu rosto estava livre dos hematomas.

— Valan — ela cumprimentou, e assim como quando a conheci naquela noite na Louisiana, vi lágrimas se acumularem em seus olhos. Acho que nós dois vimos minha mãe um no outro. Acho que nós dois ainda sentíamos que nossos corações nunca se encheriam completamente agora que ela se foi.

— O que... o que você está fazendo aqui no Texas?

Minha avó olhou para o táxi.

— Eu estou indo para casa.

Meu coração apertou, porque eu sabia que ela não estava falando sobre a Louisiana. Engoli em seco, tentando aliviar o nó na garganta. Eu nem tive a chance de conhecê-la. Eu fiz o que ela disse; fiquei afastado de lá, até que o caso do meu avô fosse arquivado. A polícia acreditou em minha avó – pelo menos, eles não tinham nenhuma evidência para provar qualquer outra coisa.

Eu queria visitar minha mãe.

Queria visitar meu pai.

— Suécia — sussurrei.

Seu rosto se iluminou.

— Sim — ela suspirou. — Finalmente, vou para casa.

Assenti com a cabeça, mas desviei o olhar, sentindo aquele nó começar a me sufocar. Eu tinha acabado de tê-la de volta na minha vida. Eu não tinha certeza se poderia deixá-la ir... ainda. Ela apertou minha mão.

— Eu queria vir e ver você primeiro. Escolhi um voo que vai sair de Austin para que eu pudesse ver você antes de partir.

Assenti com a cabeça, mais uma vez.

Sua mão roçou meu rosto. Ela usava luvas brancas. Tentei me afastar, sabendo que acabaria manchando-as de óleo, mas ela não me soltou. Ela não se importava.

— Eu tenho uma casa em Estocolmo. Você deve ir visitar com seus parceiros. — Assenti, sentindo como se tivesse levado um soco no estômago. — E eu vou ligar para você, se estiver tudo bem...?

— Sim — eu disse, com a voz rouca.

— Eu quero conhecer você, Valan. Tudo sobre você. Sua vida... O bom e o ruim.

Assenti novamente e me perguntei por que achava isso tão difícil quando mal a conhecia. Mas quando olhei para o rosto dela e vi minha mãe me encarando de volta, eu soube. Eu não tinha certeza se poderia dizer adeus novamente.

Os lábios da minha avó tremeram, assim como sua mão.

— Eu não posso mais ficar aqui, Valan... — Ela fungou e desviou o olhar para se recompor. — Eu tenho alguns familiares na Suécia... mas é principalmente porque... — Ela respirou fundo. — Porque não posso viver no lugar que tão cruelmente me roubou minha filha... meu genro... e os anos que poderia ter passado amando você.

E eu entendia; eu também nunca poderia voltar a viver em Louisiana. Eu também precisava deixar isso para trás.

— Prometa que você irá me visitar — ela disse, e beijou minha bochecha.

Meus olhos se fecharam.

— Eu vou — eu disse, então me corrigi: — Nós vamos.

Ela deu um sorriso trêmulo e me beijou novamente.

— Preciso ir, Valan. Mas espere um telefonema em breve. — Ela riu, o som aquecendo meu peito. — Vou ligar tanto que você vai ficar enjoado de mim.

— Estou ansioso por isso — sussurrei e a observei entrar no carro. Sua mão estava apoiada na janela entreaberta quando estava prestes a passar por mim, com lágrimas escorrendo pelo rosto. O táxi parou e minha avó baixou totalmente o vidro.

— Aubin e Elysia estão esperando por você no campo norte. — Ela sorriu. — Vá encontrá-los agora.

Franzi o cenho, me perguntando o que ela quis dizer, e o carro saiu do nosso rancho, a caminho do aeroporto. Virei para pegar minha moto, mas parei. E então gelei. Minha mãe. O túmulo da minha mãe estava nas terras da minha avó... e ela foi embora.

Meu celular vibrou no meu bolso. Uma mensagem de Cowboy:

> Estamos no campo norte. Vem aqui, agora.

Corri para a moto. Eu veria o que o Cowboy queria, então iria atrás da minha avó, para descobrir sobre o túmulo da minha mãe... sobre o lugar onde meu pai foi enterrado. Eu precisava vê-los. Eu precisava vê-los pelo menos mais uma vez.

Eu precisava vê-los em seu local de descanso, em paz.

Cruzei os campos, seguindo a cerca branca recém-construída. Segui a estrada até que vi Sia e Cowboy em uma pequena área isolada do campo norte.

Eles estavam parados próximos ao pequeno aglomerado de árvores; Cowboy tinha os braços em volta da cintura de Sia, abraçando-a por trás.

Parei a moto e abri a boca para contar a eles sobre minha avó, mas Cowboy perguntou:

— Ela está bem?

Fechei a boca, confuso.

— Sim... — respondi, devagar. — Ela quer que a gente vá para Suécia para visitá-la.

Sia sorriu.

— Nunca estive na Europa. — Então seu sorriso se desfez e uma expressão tensa nublou seu belo rosto. Ela estendeu sua mão e Cowboy a soltou.

Entrelacei meus dedos aos dela.

— O que está acontecendo?

Sia me puxou para mais perto e se colocou na ponta dos pés para me dar um beijo. Seus lábios tremiam. Segurei suas bochechas entre as mãos.

— Sia? — perguntei, e olhei para o Cowboy.

— Já faz um tempo que estou conversando com sua avó — ele disse.

— Você conversou?

— Sim — ele falou, a voz falhando.

— Aubin... O que houve?

— Vem. — Sia me levou para frente. O sol brilhava e o tempo estava quente. Eu os segui em torno do pequeno aglomerado de árvores. Então... Parei no meio do caminho, vendo o que estava adiante, debaixo da sombra de um sicômoro.

Minhas mãos tremiam e eu sabia que lágrimas estavam caindo dos meus olhos enquanto eu olhava para o chão... para as duas lápides de mármore branco. Uma delas dizia: *"Aia Durand, esposa e mãe amorosa"*. A outra dizia: *"Dominic Durand, pai e marido amoroso"*. Um som sufocado de pura agonia saiu da minha garganta quando me aproximei e vi a foto... a *minha* foto deles, a que mantive na gaveta por tantos anos; que foi gravada em cada uma das pedras.

"O amor não vê cor. Apenas corações puros" estava gravado na parte inferior de cada lápide, abaixo das datas de seus nascimentos e falecimentos.

Minhas pernas não aguentaram e cederam. Estendi a mão e passei os dedos sobre as lápides. Uma de cada vez, vendo seus rostos na minha cabeça. Mas os vi sorrindo. Não naquela noite. Eu os via tão perfeitamente. Vi meus pais dançando na cozinha como se ninguém estivesse olhando. Sentados na varanda, no balanço, de mãos dadas... e minha mãe olhando da porta enquanto meu pai tocava seu trompete para mim enquanto eu adormecia.

— Como? — sussurrei, as imagens borradas com minhas lágrimas.

— A senhora Moreau e eu conversamos — Cowboy respondeu. — Ela concordou que você, filho deles, deveria tê-los onde quer que estivesse. — Encarei aquela imagem, meu coração inchando pra caralho, tão grande que pensei que iria explodir do meu peito. — Nós exumamos seus túmulos e os trouxemos aqui, para o Texas... para você.

— Para nós — Sia acrescentou, e fechei os olhos.

Inclinei a cabeça para frente e minhas mãos agarraram a grama sob meus dedos. Nove anos. Por nove anos, senti falta deles. Senti a injustiça de que na morte eles não estivessem juntos, quando juraram nunca se separar. Um voto que mantiveram até que a escolha foi tirada de suas mãos.

E então Cowboy e Sia, as pessoas que eu mais amo no mundo inteiro, os trouxeram para mim, para descansarem lado a lado pela eternidade.

Finalmente juntos, depois de tanto tempo. Não há mais ódio. Não há mais dor... simplesmente paz e um ao outro. Minha garganta estava tão apertada que não pensei que seria capaz de falar, mas consegui sussurrar:

— Obrigado. — E eu sabia que, embora tivesse proferido isso em um tom baixo de voz, eles haviam me ouvido.

Sia se abaixou ao meu lado primeiro e eu a puxei para os meus braços. Ela me abraçou de volta, suas lágrimas caindo sobre meus ombros nus. Encostei minha testa à dela.

— Obrigado, *Älskling* — murmurei. Pressionei meus lábios aos dela e a beijei. Beijei-a uma e outra vez até que ela entendesse o que aquilo significava para mim.

Senti o Cowboy também se sentar ao meu lado. Olhei para o meu melhor amigo e ele assentiu com a cabeça.

— Estava na hora — ele falou. — Já era hora de eles voltarem para nós. — Cowboy deu de ombros e disse com a voz rouca: — Eu também sinto falta deles, todos os dias. — Desviou o olhar para longe. — No final das contas, eles também eram meus pais...

Passando a mão em volta de seu pescoço, eu o puxei para mais perto de mim.

— *Merci*. — Eu o senti acariciar minha cabeça.

Quando nos afastamos, Sia se aconchegou ao meu lado. Eu a abracei forte, apenas vivendo o momento.

TRÍADE SOMBRIA

Enquanto contemplava os túmulos de meus pais, entendi por que eles fizeram isso. Como sobreviveram a todos aqueles anos de ódio e abuso. Nunca perdendo seus sorrisos, seu amor... nunca perdendo a esperança.

Porque a forma como se amavam merecia ser defendida, com todas as suas forças... e merecia sair vitoriosa contra aqueles que só tinham ódio em seus corações.

Meus pais amavam e viviam para si mesmos e mais ninguém. Ao sentir Cowboy e Sia ao meu lado, eu sabia que comigo também era assim. E se alguém não pudesse nos aceitar, eu também lutaria e nos defenderia. Apesar de anos sem acreditar, agora eu sabia, com certeza, que merecia isso. Eu merecia minha Sia e meu melhor amigo para sempre ao meu lado.

Então jurei que viveria para os pais que não tiveram a chance de envelhecer juntos.

E que eu amaria.

Eu seria feliz.

Porque eu, finalmente, estava... feliz pra caralho.

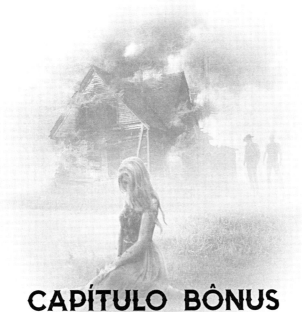

CAPÍTULO BÔNUS

CROW

Louisiana

— Bem-vindo!

Estendi os braços quando Jase Du Pont, o último filho da puta, entrou pela porta. Seus olhos se arregalaram, então o mesmo instinto de fugir o atingiu como todos aqueles a quem matei antes.

A porta se fechou antes que ele pudesse escapar, cortesia do meu irmão, Thunder, parado do lado de fora. O irmão tinha, como sempre, me ajudado nesta nova rodada de 'A Escolha de Hades'.

Du Pont virou a cabeça e observei, com meu pau ficando duro pra caralho, enquanto seus olhos encontravam seus amigos. Ele tropeçou para trás e coloquei a mão no bolso, roçando os dados guardados ali dentro.

— Que porra é essa? — A voz estridente de Du Pont vacilou enquanto ele tentava empurrar a porta.

Franzi o cenho e então olhei para seus amigos.

— O que você quer dizer? — perguntei. — É uma reunião da Klan. É por isso que você está aqui, não? — Nós sabíamos que os idiotas nunca perderiam uma boa e velha reunião da Klan. Trazê-los aqui foi como roubar doce de uma criança.

Na verdade, foi decepcionante pra caralho do quão fácil foi.

Du Pont ficou em silêncio, seus olhos indo de mim para seus amigos. Fui até onde eles estavam e tirei um capuz branco de uma de suas cabeças.

TRÍADE SOMBRIA

Eu me agachei, estudando seu rosto com muita atenção. Meus olhos se estreitaram.

— Davide está aqui, viu? — A respiração de Du Pont se tornou errática, até que ele virou a cabeça e vomitou no chão. Dei de ombros e coloquei o capuz branco de volta na cabeça de Davide. — Acho que é difícil distingui-lo agora.

Levantei e me aproximei de Du Pont. Ele tropeçou até cair contra a parede. Quando cheguei mais perto, ele ficou paralisado, seus olhos apavorados.

— Quem diabos é você? — Seus olhos pousaram no meu *cut*. — Hades Hangmen? Quem diabos são eles?

Dei um sorriso frio e calculado. O nariz de Du Pont dilatou quando ele olhou para mim... Da cabeça aos pés. Também olhei para baixo, vendo o sangue em meus braços. Eu sabia que também havia alguns respingos no meu rosto. Eu podia sentir o cheiro.

— Você está incomodado com o sangue? — perguntei. Du Pont contornou a parede do velho celeiro, tentando se afastar de mim. Eu o segui, rastreando seus movimentos com o olhar. Limpei o sangue em meu braço. — Pertence aos seus amigos. — Du Pont parou, de repente, e apontei meu polegar para a parede às minhas costas. — Davide, Pierre, Stan. Seus amigos, certo?

— O que diabos você fez com eles? — perguntou ele, a voz falhando por conta do medo.

Eu *amava* o cheiro do medo.

Minha cabeça estremeceu e eu sorri.

— Então é aqui, hein? — Fiz um gesto ao redor do velho celeiro.

— Aqui o quê?

— Onde vocês amarraram meu irmão. — Apontei para a porta. — Lá fora. Vocês o amarraram a uma árvore.

Du Pont balançou a cabeça.

— Que porra você está... — Ele parou no meio da frase, então olhou para seus amigos. A maneira como eles morreram; como os dados de Hades escolheram suas mortes.

— Vocês marcaram um "N" nas costas dele e então o deixaram para morrer... Lembrou agora?

Du Pont começou a balançar a cabeça. Um sorriso desesperado – meu tipo favorito de sorriso – surgiu em seus lábios.

— Valan? — Ele riu. — Estávamos apenas brincando. Éramos crianças.

Meu sangue ferveu nas veias enquanto o filho da puta continuava a falar, tentando salvar sua maldita pele supremacista. Não sei que merda ele disse. Minha mente vagou com o pensamento de cortar a língua desse idiota e enviá-la para seu Grande Mago em uma bela caixa de presente.

Talvez, até mesmo, enviar seu minúsculo pau decepado para sua esposa no aniversário dela.

Sentindo os dados de Hades esquentarem no meu bolso, acabei com aquela baboseira e soquei o filho da puta bem na mandíbula. Ele caiu no chão, os olhos confusos e a cabeça inclinada sobre o peito. Puxando-o pelo colarinho, joguei o imbecil em uma cadeira no centro do celeiro, ao lado de um barril velho virado para cima. Amarrei seus braços e pernas na cadeira e esperei em um banquinho do lado oposto do barril.

Fechei os olhos e inspirei. Os dados queimaram, esperando para serem lançados. O cheiro de pele carbonizada subiu pelo meu nariz.

Era um cheiro bom pra caralho.

Soltei um suspiro e sorri antes mesmo de abrir os olhos.

Era hora de jogar.

— Hades tem um jogo — eu disse, e, lentamente, abri as pálpebras. Os olhos atordoados de Du Pont focaram em mim, tentando se concentrar. Inclinei o corpo para frente, apoiando os antebraços nas coxas. Minha perna tremeu enquanto a adrenalina crescia dentro de mim... esperando o jogo começar. Alonguei o pescoço, meu pau ficando duro com o que eu sabia que viria. Olhei para a tatuagem de corvo em meu braço. Seus olhos vermelhos me encararam quando levantei o cotovelo.

O cheiro da morte iminente encheu o ambiente.

— Hades? — Du Pont perguntou, tentando se soltar de suas amarras. — Do que diabos você está falando, seu psicopata?

Enfiei a mão no bolso e tirei os dados. Eu os girei na mão, os cubos dançando sobre meus dedos. Os olhos de Du Pont foram para eles e o cagão engoliu em seco. O suor escorria de sua testa.

— Você matou os Durand. — O rosto de Du Pont empalideceu assim que essas palavras escaparam da minha boca. Ele lutou contra as amarras com mais força.

Meus dados giravam cada vez mais rápido nas palmas das minhas mãos. Eu podia ouvir daqui a respiração áspera do filho da puta.

Era como música para os meus ouvidos.

— O Senhor das Trevas decide se você vive ou morre. — Agitei os dados em meu punho, pairando sobre o barril. — A Escolha de Hades. — Du Pont observou minha mão e inclinei a cabeça para o lado. — O que será que vai dar? — Seu olhar frenético procurou o meu. — Qual número eles vão mostrar?

Du Pont balançou a cabeça.

— Você não pode estar falando sério.

— Escolha — rosnei, sacudindo os dados com mais força. Inclinei para frente, o sangue de seus amigos se misturando com uma gota de suor pingando da minha testa. O filho da puta a observou cair no chão. Os olhos de Du Pont voaram para seus amigos, e seu rosto desmoronou, sem dúvida vendo qual seria seu futuro se ele escolhesse errado.

— Seis — ele respondeu.

Lancei os dados e observei quando eles quicavam em cima do barril. Quando os dados pararam de girar, os olhos de Du Pont encontraram os meus.

— Não há números neles! — sibilou ele, em pânico. — Eles estão em branco, porra!

Com um sorriso, fixei meu olhar ao dele.

— Hades diz que você perdeu.

Eu estava fora do banco em segundos, os dados de Hades de volta no meu bolso. Du Pont começou a gritar às minhas costas. Peguei a lata de gasolina que havia trazido e a balancei, averiguando a quantidade.

— O suficiente — comentei e me virei para Du Pont.

Ele estava tremendo na cadeira, os olhos arregalados.

— Você não vai se safar dessa — ele disse, a respiração acelerada enquanto olhava para os amigos. Os filhos da puta estavam irreconhecíveis.

— Me safar? — Eu ri e derramei a gasolina sobre sua cabeça. Ela deslizou sobre seu corpo e eu despejei até que ele estivesse completamente encharcado. Jogando a lata para o lado, me inclinei para falar em seu ouvido: — Hades sempre se safa. — Inspirei profundamente. — É você quem vai pagar. Por ferrar com o Valan. Por matar os pais dele... — Fiz uma pausa para um efeito dramático. — Por escolher ser um cuzão fascista e racista.

Acendi um fósforo e observei a chama queimar a madeira. Du Pont também. Ele me encarou, e meus olhos seriam a última coisa que o filho da puta veria, então deixei cair o fósforo em seu colo... e o maldito foi imediatamente engolido pelas chamas.

Fiquei exatamente onde estava, seus gritos soando como a porra de uma sinfonia aos meus ouvidos. Fiquei ao lado dele, deixando meu rosto ser a última coisa que ele viu antes de seu corpo ceder à morte... e à justiça de Hades que havia sido feita.

Chutando o corpo do filho da puta para se juntar aos seus amigos, joguei um capuz branco em sua cabeça ainda escaldante e os deixei para seus parentes de Klan encontrarem.

Enquanto saía do celeiro, girei os dados nas mãos, a sede de sangue de Hades satisfeita, por enquanto. Thunder começou a caminhar ao meu lado e subimos em nossas motos.

Quatro vidas malditas trocadas pelas duas que tiraram do meu irmão. Eu sorri, o ar da noite açoitando meu rosto encharcado de sangue enquanto eu pilotava. Porque eu sabia que não demoraria muito para que Hades decidisse jogar novamente.

E ele mataria qualquer infeliz que tentasse se meter com seus Hangmen.

Eu me certificaria disso.

AGRADECIMENTOS

Obrigada ao meu marido, Stephen, por me manter sã. Este ano com você e nosso homenzinho, Roman, tem sido o melhor da minha vida. Eu não mudaria isso por nada no mundo!

Roman, nunca pensei que fosse possível amar tanto alguém. Você é a melhor coisa que já fiz na minha vida. Amo muito você, meu pequeno!

Mamãe e papai, obrigada pelo apoio contínuo.

Samantha, Marc, Taylor, Isaac, Archie e Elias, amo todos vocês.

Thessa, obrigada por ser a melhor assistente do mundo. Você faz as melhores revisões, me mantém organizada e é uma amiga incrível!

Liz, obrigada por ser minha superagente e amiga.

Para minha fabulosa editora, Kia. Eu não poderia ter feito isso sem você.

Neda e Ardent Prose, estou tão feliz que entramos nessa jornada juntas. Vocês tornaram minha vida infinitamente mais organizada. Vocês são incríveis!

Para o meu Hangmen Harem, eu não poderia pedir melhores amigas literárias. Obrigada por tudo o que vocês fazem por mim. Aqui está mais um passo em nossa Revolução do Dark Romance! *Viva o Dark Romance!*

Jenny e Gitte, vocês sabem o que sinto por vocês duas. Amo vocês demais! Eu realmente aprecio e valorizo tudo o que vocês fizeram por mim ao longo dos anos e continuam a fazer!

Obrigada a todos os blogueiros INCRÍVEIS que apoiaram minha carreira desde o início, e aqueles que me ajudaram a compartilhar meu trabalho e a panfletá-lo.

E por último, obrigada aos leitores. Sem vocês, nada disso seria possível. Nosso mundo dos Hades Hangmen é um dos meus lugares favoritos. Algumas pessoas não nos entendem, e o nosso amor eterno pelos nossos homens favoritos em motos e roupas de couro... Mas nós temos uns aos outros, nossa própria tribo, e isso é tudo de que precisaremos conforme nossa série cresce!

Nosso mundo Hangmen arrasa!

Viva livre. Corra livre. Morra livre.

A The Gift Box é uma editora brasileira, com publicações de autores nacionais e estrangeiros, que surgiu no mercado em janeiro de 2018. Nossos livros estão sempre entre os mais vendidos da Amazon e já receberam diversos destaques em blogs literários e na própria Amazon.

Somos uma empresa jovem, cheia de energia e paixão pela literatura de romance e queremos incentivar cada vez mais a leitura e o crescimento de nossos autores e parceiros.

Acompanhe a The Gift Box nas redes sociais para ficar por dentro de todas as novidades.

 www.thegiftboxbr.com

 /thegiftboxbr.com

 @thegiftboxbr

 @GiftBoxEditora